Annie Darling vit à Londres dans un petit appartement dont les murs menacent de se fissurer sous le poids des piles chancelantes de livres qui les compriment. Elle a deux grandes passions : la littérature et Mr Mackenzie, son chat, un british shorthair. Elle est l'autrice de la série *La Librairie des cœurs brisés*, publiée chez Hauteville.

De la même autrice :

La Petite Librairie des cœurs brisés
Coup de foudre à la librairie des cœurs brisés
Retour de flamme à la librairie des cœurs brisés
Noël à la librairie des cœurs brisés

La Petite Boutique vintage de Primrose Hill

Annie Darling

La Petite Boutique vintage de Primrose Hill

Traduit de l'anglais (Grande-Bretagne) par Agnès Jaubert

Hauteville

Hauteville est un label des éditions Bragelonne

Titre original : *The Vintage Dress Shop in Primrose Hill*

Directeur : Antoine Béon
Directrice de la publication : Claire Renault Deslandes
Directrice éditoriale : Julia Leloup
Directeur artistique : Fabrice Borio

ISBN : 978-2-38122-647-7

Bragelonne – Hauteville
60-62, rue d'Hauteville – 75010 Paris
E-mail : info@editions-hauteville.fr
Site Internet : www.editions-hauteville.fr

Pour toutes celles qui se sont vues un jour métamorphosées
par le pouvoir d'une robe vraiment exceptionnelle.

« Aussi futiles qu'ils puissent paraître, les vêtements ont, paraît-il, une fonction plus importante que celle de simplement nous tenir chaud. Ils changent notre vision du monde et la vision que le monde a de nous. »

Virginia Woolf, *Orlando*

PARTIE 1

Chapitre premier

Sophy Stevens passait une sale journée.

Correction : une sale semaine.

Disons carrément un sale mois.

Peut-être même une sale année. En fait, elle était sans doute même née à un moment où aucune des planètes du cosmos n'était alignée, que Mercure rétrogradait et que la lune était pleine.

Ce qui expliquerait beaucoup de choses.

Mais, actuellement, elle ne pouvait se concentrer que sur une sale journée à la fois. Or, en parlant de sales journées, ce jeudi-là était particulièrement moyen.

Elle émergea de la station de Chalk Farm sous un ciel de février d'un bleu limpide. Pas un nuage à l'horizon. Un temps radieux qui contrastait étrangement avec sa profonde déprime.

Il faisait vraiment trop froid pour manger une glace. Elle aurait nettement préféré un grand verre de vin blanc. Mais cela faisait des années qu'elle retrouvait Johnno à *Marine Ices*. La tradition remontait à si loin qu'elle revoyait la boutique d'origine, juste en face de la station de métro. Tenue par une famille italienne, *Marine Ices* était une institution londonienne qui, elle l'espérait, ne tomberait jamais en disgrâce. En effet, si elle devait choisir un dernier repas dans le couloir de la mort, ce serait une grande coupe de leur glace à la noisette.

La tradition voulait aussi que, quelquefois, Johnno soit au rendez-vous et quelquefois pas. Elle sortit son téléphone de son sac pour regarder si elle avait reçu un message d'excuse plein d'émojis. Même s'il lui arrivait, quand il lui posait un lapin, de ne même pas envoyer de message. Pas pendant quelques jours.

Juste pour être sûre, même si elle misait plutôt sur l'espoir que sur l'expérience, elle lui envoya un message.

J'arrive dans cinq minutes.

Mais quand, trois minutes plus tard, elle entra chez le glacier, elle fut surprise de voir qu'il l'y attendait, attablé devant un *knickerbocker glory* et deux cuillères parce qu'il la prenait toujours pour une gamine de huit ans.

— Mon chou ! Je te jure que tu es plus belle de jour en jour, la salua-t-il avec son accent australien que même trente années à Londres ne parvenaient pas à gommer.

— J'ai un gros bouton sur le menton, répliqua-t-elle.

Il se leva pour la serrer dans ses bras. Il n'était pas tellement plus grand qu'elle, et elle ne mesurait qu'un mètre soixante-cinq. Mais les centimètres qui lui manquaient étaient compensés par son charisme. Ce n'était pas juste à cause de sa chemise de cow-boy rose et blanc rentrée dans son pantalon en cuir, ni de ses rares cheveux coupés en brosse de la même couleur rose fluo que sa chemise ; c'était sa présence.

Il aurait pu charmer n'importe qui. Il pouvait arracher un sourire éclatant aux plus guindés, aux plus rigides. Un don assez utile, quand il avait affaire à un agent de circulation. Il pouvait entrer dans une pièce remplie d'inconnus qui, au bout de cinq minutes, étaient devenus ses meilleurs amis. Johnno était un filou. Johnno était un malin. Un magouilleur. Un cow-boy. Un escroc. Un voyou. Ou, comme la mère de Sophy le lui avait gentiment dit, un samedi après-midi, quand elle avait six ans, lorsqu'elles l'avaient attendu une heure en vain chez le glacier : « Je sais qu'il peut être super drôle, mais il faut que tu comprennes, Sophy, que tu ne dois pas en attendre trop de ton père. »

C'était une leçon que Sophy avait apprise à ses dépens. Même si, en vérité, elle ne se souvenait même pas qu'ils avaient été un jour une vraie famille. Elle était encore un bébé quand Johnno était parti. Ou, plus exactement, lorsque Caroline l'avait jeté à la rue avec ses affaires. En apprenant qu'elle était enceinte, il avait promis de l'épouser et n'avait jamais tenu parole.

Puis, quand elle avait dix ans, sa mère s'était mariée avec Mike, que Sophy avait toujours considéré comme son vrai père.

Un père qui assistait aux réunions de parents d'élèves, aux spectacles de l'école, qui la conduisait dans le nord de Londres pour les cours de danse, les compétitions sportives, les invitations à passer la nuit chez des amies, pour traîner au centre commercial de Brent Cross avec ses copines.

Mais Johnno était toujours son père biologique. Et même s'il avait été plutôt absent, un parent sur lequel elle ne pouvait pas compter, quand ils réussissaient à se voir, il était très doué pour prodiguer des conseils pratiques sur la vie. (« Ne fais jamais confiance à un type qui ne laisse pas de gros pourboires. » « Qui que tu rencontres après minuit a forcément de mauvaises intentions. » « Fais toujours en sorte d'avoir une petite culotte de rechange et 10 balles sur toi. »)

Il était aussi plutôt utile quand elle avait besoin d'un soutien. Comme la fois où elle était serveuse dans un restaurant français à Soho et que son patron avait glissé sa main sous sa jupe, avant de la virer quand elle avait protesté. Johnno avait débarqué, foudroyé l'homme qui avait une bonne tête de plus que lui d'un regard implacable, puis l'avait menacé de briser tous les os de son corps, de l'éventrer et de donner ses tripes aux pigeons de Leicester Square. Même Sophy l'avait cru. Son ex-patron lubrique lui avait alors donné 300 livres de la caisse et l'avait suppliée de lui pardonner.

Avec Johnno, il fallait accepter les hauts et les bas. Aussi Sophy s'assit, prit sa cuillère et lui demanda comment il allait.

— Ça peut aller, Sophy.

Il n'était pas du genre à s'apitoyer sur son sort et il ne pouvait pas supporter les geignards. Et surtout pas les « *British* geignards ».

— Le soleil brille, les oiseaux chantent. Je mange de la glace avec ma ravissante fille, que demande le peuple ?

— D'accord, bien sûr, vu comme ça.

Pensive, Sophy prit une nouvelle cuillerée de glace. Quelle était la meilleure approche pour lui annoncer sa nouvelle ?

— L'Australie ne te manque pas du tout ? Ça fait un sacré bail que tu n'y es pas allé.

Johnno joignit les mains, et elle lut les mots « Amour » et « Haine » tatoués sur ses phalanges. Dans la vie, la devise de Johnno était qu'il était préférable de regretter ce que vous aviez fait plutôt que ce que vous n'aviez pas fait. Mais il lui avait dit un jour que la seule chose qu'il regrettait vraiment était de s'être fait tatouer le mot « Haine » sur le corps.

— J'y suis retourné pour les soixante ans de maman, calcula-t-il. C'était quand ? Il y a deux ans ?

— Elle va avoir soixante-treize ans cette année, lui rappela-t-elle doucement.

— Vraiment ? Bon sang !

L'air incrédule, Johnno écarquilla ses yeux d'un bleu délavé.

— Tu es souvent en contact avec tes grands-parents, alors ? Je sais que, du côté maternel, ils veulent me voir fouetté.

Pas littéralement « fouetté ». Mais il était vrai que les parents de Caroline n'avaient jamais la moindre parole positive au sujet de Johnno. Quant à ses propres parents, Bob et Jean, quand son nom était mentionné lors des discussions en visio qu'elle avait régulièrement avec eux, ils se contentaient de pousser de gros soupirs.

— Je leur parle de temps en temps. En fait, une fois par mois. Quelquefois deux.

— Oh, d'accord, c'est bien normal, après tout. Il faut que je les appelle, ajouta Johnno d'un ton vague.

Autrement dit, il pourrait s'en souvenir un jour ou l'autre, mais qui sait s'il donnerait suite !

— Figure-toi d'ailleurs que, d'ici peu, je vais leur parler beaucoup plus souvent, lâcha-t-elle à brûle-pourpoint.

Elle avait maintenant la parfaite introduction pour annoncer sa nouvelle. Elle adressa un sourire éclatant à son père qui la regarda sans broncher. Un autre de ses conseils sur la vie : ne jamais faire confiance à quelqu'un qui sourit de toutes ses dents.

— Voilà ! J'ai décidé, et c'est une bonne chose que tu sois assis, j'ai décidé que… je…

— Crache le morceau, Sophy. Ni toi ni moi ne rajeunissons.

Elle posa sa cuillère pour pouvoir joindre les mains.

— Je vais déménager. En Australie.

— Tu vas… quoi !?

Johnno était habituellement si détendu que ce fut un miracle qu'il ne tombe pas à la renverse. Mais il se cala contre son dossier, le visage tourné vers le ciel, et, l'espace d'un horrible instant, Sophy craignit qu'il ne soit en train de faire une attaque.

— Tu as perdu la boule ?

Ah, non, il ne faisait pas une attaque. Il assimilait juste l'annonce.

— Je n'ai jamais exploré le côté australien de mon héritage.

— C'est parce que le côté australien de ton héritage se limite à une ferme de moutons au fin fond de la cambrousse.

— C'est presque sur la côte, et grand-père a dit que je pourrais emprunter le pick-up chaque fois que je le voudrais.

— Donc tu vas habiter avec eux ?

— Au début. Mi-août, ils fêtent leurs noces d'or, ce que tu devrais savoir parce que ce sont tes par…

— Tu sais conduire au moins ?

— En théorie, oui. Maman et Mike m'ont offert des cours pour mes dix-huit ans, et j'ai eu mon permis au quatrième essai. Mais bon, personne ne conduit vraiment, à Londres. On ne peut se garer nulle part, et c'est super cher. Et…

— Tu es en train de dévier du sujet, chérie.

Il se pencha en avant et l'observa comme s'il la voyait pour la première fois.

— Qu'en pense ta mère ?

— Elle commence à se faire à l'idée.

Sophy avait décidé d'enjoliver la réaction de Caroline, qui avait en réalité poussé des hauts cris : « Tu as pété les plombs ? » avait-elle hurlé.

— Je sais que ça donne l'impression de sortir de nulle part, mais ce n'est pas le cas. Pas vraiment. J'en ai besoin. Ça fait un temps fou que je veux changer de vie. Ce qu'il me fallait, c'était une impulsion…

Sa voix tremblotait. Elle sentit des larmes rouler sur ses joues et tomber dans sa glace à moitié fondue.

— Qu'est-ce qui t'a donné l'impulsion, mon chou ?

Sophy savait que Johnno n'aimait pas les pleurnichards et qu'ils avaient une relation superficielle. Aucun d'entre eux ne se confiait jamais. Aussi avait-elle eu l'intention de rester positive. Mais, maintenant, elle pleurait et les mots jaillirent tout d'un coup.

— Je me suis fait licencier, hoqueta-t-elle. Pas même licencier. Je suis arrivée pour travailler comme tous les jours depuis dix ans, et la boutique était fermée, avec des planches clouées sur la porte. Un avis des administrateurs judiciaires y était accroché, annonçant que la société avait déposé le bilan. Donc on n'a même pas eu d'indemnités de licenciement. Ils me doivent toujours mon salaire de décembre et toutes mes heures supplémentaires de Noël, d'ailleurs, que je ne toucherai sans doute jamais.

— Sophy, chérie, je peux te donner l'argent…

— Tu n'es pas obligé, protesta-t-elle. Je peux trouver un autre boulot. J'ai dix ans d'expérience dans la vente. J'ai été une employée exemplaire. Sauf que je n'arrive pas à obtenir de réponse à mes messages sur LinkedIn, pour que la responsable régionale puisse me faire une lettre de recommandation.

— Ils ont intérêt à te la faire, cette foutue lettre, grommela Johnno.

Mais, cette fois, ce n'était pas quelque chose qu'il pouvait régler en se présentant au siège de la société et en les menaçant de violence.

Ce n'était même pas le pire.

— Ensuite, quand je suis rentrée à la maison, j'étais plutôt contrariée et, lorsque je l'ai annoncé à Egan, il n'a même pas dit qu'il était désolé pour moi. Il m'a juste demandé comment j'allais payer le loyer.

— Je ne l'ai jamais aimé, déclara Johnno.

Egan était le copain de Sophy depuis cinq ans. Mais il ne l'avait rencontré qu'une seule fois. Et lui avait écrasé les doigts en lui serrant la main.

— Et puis, en plus, il n'est pas propriétaire de cet appartement ?

— Comment tu te souviens de ça ?

Il ne savait même pas comment allait sa propre mère, et pourtant il avait enregistré l'information qu'Egan était propriétaire de son propre appartement. Ou plutôt que ses parents le lui avaient acheté.

— Comme je ne voulais pas vivre à ses crochets, nous partagions les factures et je payais un loyer.

— Tu lui payais un loyer *et* tu payais les factures ? OK, je vais lui dire deux mots, moi, à cet Egan.

— Non, tu ne lui diras rien du tout parce que Egan et moi avons rompu et que maintenant j'ai trente ans, *trente ans*, je suis au chômage, célibataire et SDF, résuma-t-elle.

Elle ne pouvait plus parler, mais hoquetait, sanglotait et essayait de s'essuyer les yeux avec une serviette rugueuse normalement destinée aux taches de glace.

Johnno poussa un soupir tremblant.

— SDF ? Caroline et Mike ne veulent pas te laisser revenir habiter chez eux ?

— Oui, bon, techniquement, je ne suis *pas* SDF. Ils m'ont accueillie avec plaisir, mais je dois dormir sur le canapé, car maman a transformé ma chambre en spa à domicile, expliqua Sophy dans un gémissement.

— OK, donc, je ne veux pas enfoncer le clou, je vois bien que ça ne va pas fort, mais c'est pour ça que tu as décidé de partir en Australie ? Parce que, franchement, c'est vraiment une idée stupide.

— Non. Pas du tout. C'est une super idée.

Mais, sans lui laisser la chance de lui lister les raisons en faveur de son projet, Johnno s'était lancé dans l'histoire qu'il lui avait déjà racontée si souvent. Qu'il avait eu tellement hâte de quitter l'Australie, qu'il avait suivi ses potes qui étaient dans un groupe punk qui s'appelait *The Birthday Party*.

— Nick Cave, tu as entendu parler de lui ? Il a pas mal réussi. Et moi aussi, parce que je ne suis pas enfoncé jusqu'au cou dans la crotte de mouton. Tu ne pars pas, Sophy, je te l'interdis.

Elle arrêta de pleurer et se mit à rire.

— Tu me l'interdis ? Ouais, OK ! Je suis une adulte, en fait. Tu ne peux rien m'interdire et tu es celui qui me dit toujours que je devrais tout essayer au moins une fois. Eh bien, je vais essayer l'Australie, et tu ne peux pas m'en empêcher !

— Mais de là à carrément aller t'y installer..., bégaya Johnno.

— Eh bien, oui, je compte m'y installer, et alors ? Je te rappelle, au cas où tu aurais déjà oublié, que j'ai trente ans, que je suis complètement paumée, que j'ai perdu le job où je bossais depuis dix ans, alors que je ne l'aimais même pas tant que ça, que Londres est la ville la plus chère du monde après Tokyo et qu'il n'y a pas un seul homme potable sur les applis de rencontres, où tu te fais assaillir de *dick pics*, et bref ! J'ai juste besoin de changer de vie.

Elle frappa du poing sur la table.

— *J'ai* besoin de changer.

— Tu peux changer sans partir de l'autre côté du monde, bordel !

— Je ne veux plus rien entendre, lâcha Sophy.

Elle savait qu'à cet instant elle devait ressembler à sa mère, car Johnno mima le geste de se coudre la bouche et se cala contre son dossier, bras croisés, l'air intimidé.

Ils restèrent assis en silence. Ce n'était pas du tout ainsi que Sophy avait envisagé la conversation. Son père et elle ne se disputaient jamais. Ils n'abordaient que des sujets légers. C'était leur mode de fonctionnement.

Bien sûr, fidèle à lui-même, Johnno ne put pas se taire plus d'une minute et quinze secondes. Même si, pour lui, cela devait être un exploit.

— De toute façon, reprit-il, tu ne peux pas partir en Australie comme ça. Ils sont très pointilleux sur qui ils laissent entrer. Tu auras besoin d'un visa, et ils ne sont pas donnés non plus.

— Je n'ai pas besoin d'un visa.

Il secoua la tête.

— Si, tu auras besoin d'un visa, Sophy. Un de mes copains est tombé amoureux d'une fille de Canberra. Il est parti pour l'épouser et, malgré ça, ils ne voulaient pas le laisser entrer s'il n'avait pas un visa ou quelques milliers de livres d'économies pour se le payer.

— Je n'ai pas besoin de visa, répéta-t-elle.

Et si elle avait hérité d'un certain ton de voix de sa mère, la façon dont elle le défiait à présent du menton, prête à en découdre, était du pur Johnno.

— Je n'ai pas besoin d'économies non plus, même si, bien sûr, je ne vais pas arriver les mains vides.

Johnno prit son téléphone et fit défiler l'écran. Il leva un doigt en signe d'avertissement. Comment osait-elle interrompre sa recherche ?

— Ouais, tu vois ? Tu as besoin d'un visa, décréta-t-il en lui montrant le site du ministère de l'Intérieur australien.

Un site qu'elle connaissait très bien.

— Tu pourrais être sur la liste des professions qualifiées.

— Je n'y suis pas, parce que je n'ai pas de compétences extraordinaires, à part faire la caisse et gérer les clients odieux.

Ce manque d'expertise particulière était d'ailleurs un point dont elle souffrait un peu, mais c'était l'une des raisons pour lesquelles elle voulait partir : pour acquérir de nouvelles compétences, extraordinaires ou pas.

— Pas besoin d'avoir l'air si exaspérée, mon chou ! s'exclama Johnno d'un ton enjoué, en tapotant sur son téléphone de son index. Il y a cette histoire de visa touristique familial qui ne coûte que 145 dollars et tu peux rester jusqu'à un an. C'est bien mieux que de t'y installer pour de bon.

— Mais je *veux* m'y installer, insista-t-elle, peinant à prononcer les mots à travers ses dents serrées. Ma meilleure amie, Radha, avec qui j'étais à l'école, y vit maintenant. Je devais partir avec elle, à l'époque. Mais Egan m'a demandé d'emménager avec lui et, à ce moment-là, j'ai pensé que c'était la meilleure option.

Elle poussa un soupir. Elle était l'incarnation même des occasions manquées.

— Bref, elle se marie en octobre. Je suis demoiselle d'honneur, et comme il y a aussi les noces d'or de Bob et Jean… j'ai l'impression que ce sont des signes, tu comprends ?

— Des signes que tu peux y passer quelques mois, puis tu rentres au bercail, répliqua Johnno.

Sophy secoua la tête.

— Radha ne devait partir que pour une année sabbatique, mais elle est tombée amoureuse de l'Australie.

Et aussi d'un ingénieur logiciel du nom de Patrick.

— Elle dit que, dix minutes après être sortie du travail, elle est à Bondi Beach. Elle a même appris le surf.

Catégorique, son père rétorqua :

— En tout cas, ce n'est pas à Queensville que tu apprendras à surfer. C'est peut-être près de la côte, mais il n'y a pas de bonnes vagues.

— C'était juste un exemple, le surf.

— Et tu auras toujours besoin d'un visa et de milliers de livres sterling...

— Mais non !

La seule manière de se faire entendre par Johnno était de hausser la voix. Les deux filles de la table voisine se retournèrent pour la regarder. À en juger par leurs vestes d'uniformes, elles séchaient visiblement leurs cours.

— Je peux demander la citoyenneté australienne par filiation. Parce que j'ai la double nationalité.

Johnno fronça les sourcils. Il n'était généralement pas aussi long à la détente.

— Répète ça ?

— Tu étais australien à l'époque de ma naissance.

— Je le suis toujours, ma chérie, objecta-t-il avec fierté, alors qu'il n'avait pas remis les pieds dans sa patrie depuis treize ans.

— Il me suffit donc de remplir quelques papiers, de leur fournir des références écrites par des tiers pour attester que je suis une personne intègre, de payer 300 dollars, et je serai parée pour le départ.

Elle sortit une chemise en plastique de son sac. Elle y conservait sa collection toujours croissante de documents pour son dossier.

— J'ai juste besoin que tu me fournisses quelques bricoles. J'ai dressé une liste.

Sans même prendre la peine de tendre la main vers la feuille, il fit remarquer :

— Elle a l'air sacrément longue.

— J'ai besoin de toi pour trois choses. Une copie de ton passeport, une de ton acte de naissance, et que tu les fasses certifier par un notaire.

Soudain prise d'un mauvais pressentiment, elle demanda :

— Tu as bien une copie de ton acte de naissance, j'espère ?

— Eh bien, non, pas sous la main.

Son haussement d'épaules désinvolte ne lui disait rien qui vaille.

— Il ne doit pas être loin. De toute façon, quand as-tu l'intention de partir ?

Elle foudroya son père d'un regard encore plus dur que le précédent.

— Le 15 août, tes parents fêtent leurs noces d'or et je veux arriver à temps pour y assister. Pour leur faire la surprise. Nous sommes fin février, et j'ai besoin que tu me fournisses ces documents d'ici un mois, pour pouvoir soumettre ma demande dès que possible.

— Un mois, ce n'est pas très long.

Une réponse prévisible, de sa part. La plupart des gens savaient exactement où se trouvaient leur acte de naissance et leur passeport. Mais Johnno n'était pas comme la plupart des gens. D'un autre côté, son imprévisibilité était ce qu'il avait de plus prévisible.

— Un mois, répéta-t-elle, espérant qu'il avait assimilé le message. Et puis, avec les vacances scolaires, le prix des billets va monter en flèche après juin. En attendant, je vais trouver un job, n'importe quel job pourri, pour économiser pour mon billet et avoir un peu de sous de côté. Et après, je partirai. J'ai juste besoin que tu t'occupes de cette liste dès que…

— Un job, répéta Johnno. Tu as besoin d'un job ? Je peux t'aider à en trouver un. Même si je persiste à penser que c'est une idée complètement dingue.

Venant de lui, le roi des idées délirantes, c'était un peu culotté. Mais le moment était mal choisi pour le lui faire remarquer. Elle avait vraiment besoin d'un travail.

— Tu connais quelqu'un qui cherche du personnel ? demanda-t-elle, pleine d'espoir.

Même si elle était sûre que, quel que soit le poste, ce ne serait pas un emploi banal, avec des horaires de bureau normaux. Il avait un copain qui travaillait dans le pavillon des reptiles du zoo de Londres, par exemple.

— Moi, je vais te donner un boulot. Au magasin.

Il agita une main trapue.

— Je vais en parler à Freddy. Il gère toutes ces affaires pour moi. Oui, tu peux venir et bosser pour moi dans la vieille affaire de famille. Qu'en penses-tu ?

Elle ne voulait pas être mesquine, mais la perspective de travailler dans le magasin de Johnno était loin de la réjouir. Elle sentit son cœur se serrer.

Le Bric-à-Brac de Johnno. Quelle horreur !

Elle n'y était allée qu'une seule fois, enfant, mais elle se souvenait de la poussière et de l'odeur de moisi qui l'avaient prise à la gorge. Les vieux vêtements informes. Les livres de poche jaunis aux couvertures criardes. La tête de renard empaillée, les babines retroussées sur ses crocs, dans une vitrine de verre.

— Ce n'est peut-être pas une solution que je travaille pour toi. Ce n'est jamais une très bonne idée de mélanger les affaires et le plaisir, tout ça, déclina-t-elle avec gentillesse.

Bien sûr, elle appréciait sincèrement sa proposition. Mais la pensée de toute la camelote du bazar de son père lui donnait littéralement de l'urticaire.

Pour elle et sa mère, que Johnno n'ait jamais fait faillite était un pur mystère. Tout comme le fait qu'il semblait toujours plein aux as. Comme à cet instant précis où, son portefeuille ouvert, il comptait une épaisse liasse de billets. Toujours d'une générosité sans bornes, il lui offrit :

— Laisse-moi te dépanner d'un peu de liquide, le temps que tu retombes sur tes pieds.

— Oh non, ce n'est pas nécessaire ! protesta-t-elle. J'ai quelques économies.

Les mains levées, elle repoussa la liasse de billets de 20 livres qu'il essayait de lui donner.

— Allez, mon chou ! Laisse ton père te gâter un peu.

— Non, merci, je n'ai pas besoin de ton argent, répliqua-t-elle d'un ton ferme.

— Si tu ne veux pas accepter d'argent de ma part, laisse-moi au moins te proposer un travail, fit-il, enjôleur, en battant des cils.

Il était ridicule, mais il parvint à la faire sourire. Il était vraiment impossible !

— Allez… Toi et moi bossant ensemble, ce sera sympa.

En dépit de ses dix années d'expérience dans le prêt-à-porter, elle allait avoir le plus grand mal à trouver un nouveau poste. Elle n'avait aucune référence, et le service des RH de son ancien travail avait aussi été coupé du siège de l'entreprise. En outre, elle n'avait pas vraiment monté les échelons professionnels, vu qu'elle avait refusé des promotions qui lui auraient imposé trop de responsabilités, sans augmentation de salaire conséquente. Et puis, malgré ce qu'elle venait d'affirmer à son père, elle n'avait presque plus d'économies.

Elle allait devoir se désinfecter intégralement à la fin de chaque journée, mais elle avait besoin d'un travail. Et ce serait agréable, ou tout au moins distrayant, de passer un peu de temps avec Johnno.

— D'accord, concéda-t-elle. Mais jusqu'à ce que je trouve quelque chose de mie… je veux dire, autre chose.

Johnno lui adressa un grand sourire narquois, car il savait exactement ce qu'elle allait dire, et la taquina :

— Un meilleur job ? Qu'est-ce qui pourrait être mieux que de travailler dans ma boutique ?

Pas mal de choses, en fait. Pourtant, une fois dans le métro qui la ramenait à Hendon, chez sa mère, elle repensa un peu nostalgique à tous les bons moments qu'elle avait passés avec Johnno. Quand il ne lui faisait pas faux bond, bien entendu.

Et puis, elle voyait désormais son futur avec plus d'optimisme. C'était un autre trait de caractère de son père qu'elle avait tendance à oublier. Il avait un peu raté sa vocation : il aurait pu gagner une fortune en tant que coach de vie.

— Tu es intelligente, tu es drôle, tu as ton franc-parler et, heureusement, tu as hérité du physique de ta mère, avait-il déclaré en la raccompagnant à la station. Il n'y a rien que tu ne puisses accomplir, Sophy. Je suis sûr que tu t'en sortiras. Et remarquablement, même. Tu vas faire des miracles, mon chou, mais tu ne trouveras pas ton bonheur dans cette foutue ferme de moutons. Bref, je te recontacte bientôt, pour le job.

Et ce fut tout. Ce serait peut-être même la dernière fois qu'elle le verrait avant de partir pour l'Australie. Mais, au moins, elle pourrait dire à Bob et à Jean que leur fils rebelle avait un cœur d'or.

Chapitre 2

Une semaine plus tard, un mardi matin, Sophy était de retour à la station de Chalk Farm. Personne, pas même sa mère, n'avait été plus surpris qu'elle quand elle avait reçu un message de Johnno lui annonçant qu'il lui avait trouvé un poste et qu'il lui donnait rendez-vous au métro pour lui « mettre le pied à l'étrier », lui « présenter tout le monde et tout le tralala ».

Le magasin étant situé à Holloway, elle ne comprenait pas très bien pourquoi ils se retrouvaient de nouveau à Chalk Farm. Mais elle avait appris depuis longtemps qu'il était préférable de ne pas trop se poser de questions sur les décisions de Johnno.

Le bric-à-brac miteux, à côté d'une volaillerie, n'avait rien à voir avec les grandes enseignes de mode d'Oxford Street où elle avait l'habitude de travailler. Néanmoins, elle avait le trac du premier jour. Même si elles ne devaient pas être bien nombreuses, elle ignorait combien de vendeuses son père employait. Allaient-elles voir d'un mauvais œil qu'elle débarque comme ça, ou penser qu'elle avait l'intention de les prendre de haut parce qu'elle était la fille du patron ? Elle ne savait pas non plus comment s'habiller. Elle ne voulait rien de trop élégant. Dans son ancien travail, elle ne portait que du noir, profitant des réductions pour le personnel lors de la dernière période de dernières soldes. Mais, au risque de finir couvert de poussière et de toiles d'araignée, on ne pouvait pas porter de noir dans une brocante. Sans parler du moisi. Il devait y avoir du moisi !

Sophy avait opté pour une combinaison bleue à pois blancs et, comme elle allait être debout toute la journée, elle avait enfilé l'une de ses plus belles paires de tennis. Enfin pas non plus ses Veja, mais la version sous-marque. En attendant Johnno, elle prit son miroir de poche pour scruter son visage. Ses yeux étaient du même bleu que ceux de son père. Mais elle tenait ses cheveux roux et raides, ainsi que son teint pâle, de la famille irlandaise de sa mère, originaire du comté de Cork. À cet instant précis, elle avait les joues roses de trac. Elle essuya une bavure de mascara sur sa paupière et envisageait de se remettre du gloss, quand elle sentit quelqu'un lui taper sur l'épaule.

Elle pivota sur place.

— J'y crois pas ! C'est la deuxième fois que tu viens à un rendez-vous, comme prévu ! C'est un record historique, non ?

Mais ce n'était pas Johnno. Elle se trouvait face à un homme de haute taille, en jean, polo noir et veste Harrington, aux cheveux artistiquement ébouriffés. Il semblait appartenir à l'un de ces petits groupes de musique indé qui pullulaient dans cette partie du nord de Londres. Peut-être était-il perdu et avait-il besoin d'indications pour regagner Camden ?

— Vous êtes Sophy ? demanda-t-il d'une voix dont il avait visiblement gommé presque toute trace d'accent cockney.

Il n'était donc pas membre d'un petit groupe de musique indé. Et de plus…

— Vous n'êtes pas Johnno, fit-elle remarquer, soulignant l'évidence.

— Je suis Freddy, se présenta-t-il, une main tendue. Johnno m'a demandé de venir à votre rencontre.

Johnno avait fait allusion à un certain Freddy.

— Vous vous occupez des affaires de mon père, c'est ça ?

— En fait, je suis avocat, mais je déteste porter un costume, répondit-il avec un haussement d'épaules, une lueur malicieuse dans ses yeux noirs.

Il avait la peau mate, une tignasse indisciplinée de boucles chocolat et un sourire espiègle. Sophy comprenait pourquoi il plaisait à Johnno. Elle se sentit naturellement prête à l'apprécier aussi.

— Johnno vous envoie ses excuses. Il m'a dit qu'il devait aller voir un type au sujet d'un chien.

Quand elle était enfant, chaque fois que son père allait « voir un type au sujet d'un chien », elle l'attendait avec impatience, pleine d'espoir. Jusqu'à ce qu'elle comprenne qu'il n'y aurait jamais de chien. Et, une fois de plus, Johnno ne se montrait pas fiable.

— Il a vraiment un travail pour moi ?

Freddy hocha la tête.

— C'est pour ça que je suis ici. Ne vous inquiétez pas, vous êtes entre de bonnes mains. Voulez-vous que nous discutions en marchant ?

Ils avaient de nombreux sujets à aborder.

— Je n'ai pas encore mon attestation de fin de contrat de travail. Johnno vous a parlé de mon dernier poste ? Il vous a précisé que la société a déposé le bilan ? Tout est entre les mains des administrateurs judiciaires. Je ne sais donc même pas vraiment si je peux travailler en intérim. D'ailleurs, Johnno peut-il se permettre de me déclarer, ou est-ce que je serai payée en espèces ? Non que je sois en train de dire que je veux être payée en espèces, mais je sais que pour un job à la dernière minute comme ça, ils vous assignent à un régime fiscal d'urgence qui vous empêche de bénéficier des abattements…

— Et si nous allions à la boutique ? suggéra Freddy. Tout le monde vous attend. Ils sont impatients de vous rencontrer.

Sophy hocha la tête.

— On prend un bus ? Nous pourrions marcher jusqu'à Camden et attraper le 29.

— Un bus ?

— Jusqu'à la boutique. Ou un Uber ?

— Mais, c'est à deux pas !

— Freddy, Holloway Road n'est pas à deux pas.

— Holloway Road ? répéta Freddy en secouant la tête. Nous n'allons pas là-bas.

Il la prit par le coude et la guida jusqu'au coin de la rue, pour ensuite traverser le pont qui menait à Primrose Hill. Collé au quartier un peu délabré, mais très branché de Camden Town, Primrose Hill était l'un de ces lieux emblématiques de Londres. De grandes demeures victoriennes en stuc, des rangées de maisons de style Régence, peintes de jolies couleurs acidulées, une vaste rue centrale truffée de boutiques chics, de bistrots raffinés et de petits commerces indépendants florissants.

Primrose Hill était pour les vrais riches. Qui d'autre aurait pu se payer une baraque à plusieurs millions de livres sterling ? C'était l'endroit idéal pour promener son toutou dans le parc de Primrose Hill, qui surplombait Regent's Park et, dans le prolongement, les flèches des églises et les gratte-ciel de Londres. On pouvait y faire son jogging le long du chemin de halage de Regent's Canal. Ou regarder les passants déambuler, assis derrière une vitrine de café, où un billet de 10 livres suffisait à peine à payer un latte confectionné avec un pur arabica du Pérou et du lait d'amande ultra-frais, certifié bio et commerce équitable.

Elle voyait mal Johnno vendre sa camelote à Primrose Hill. Pas étonnant qu'elle soit perplexe.

— Le bric-à-brac a déménagé ?

Freddy parut tout aussi perplexe.

— Le bric-à-brac ? Quel bric-à-brac ?

Sophy fronça les sourcils.

— Ça n'a aucun sens. Pourquoi Johnno aurait-il déménagé son magasin à Primrose Hill ? C'est hyper bobo ici, et *Le Bric-à-Brac de Johnno* ne l'est vraiment, mais alors vraiment pas. C'est même l'opposé absolu, je pense.

— Je ne sais pas ce que vous appelez *Le Bric-à-Brac de Johnno* et, très franchement, je crois que je préfère ne pas savoir. Nous y sommes.

Ils étaient en plein cœur d'une allée de boutiques. Les plus luxueux des commerces. Des façades gris tourterelle et des vitrines étincelantes. Un studio de yoga. Un magasin de décoration intérieure. Un pressing au style le plus minimaliste qui soit.

Le dernier magasin de la rangée, peint d'un bleu Wedgwood exquis, avait une robe exposée en vitrine. Mais quelle robe! Noire, avec un bustier ajusté au décolleté en forme de cœur et une jupe corolle qui s'évasait en une multitude de couches de tulle superposées, scintillant. C'était l'une des plus belles robes que Sophy ait jamais vues. Le genre dans laquelle on vivait des aventures. Elle pouvait l'imaginer sur une femme incroyablement belle, très svelte, dans une boîte de nuit. Elle boirait du champagne dans une flûte délicate, au son d'un orchestre de jazz, entourée par une clique d'hommes séduisants, tous suspendus à ses lèvres. C'était ce genre de robe.

Se détachant à regret de la vision divine, elle regarda l'enseigne. *La Petite Boutique vintage*, annonçait-elle en lettres sobres et élégantes, comme si elles avaient été tapées sur une machine à écrire ancienne.

— Ce n'est pas *Le Bric-à-Brac de Johnno*, fit-elle remarquer.

Freddy la regarda, impassible, mais un muscle tressautait dans sa joue. Peut-être était-ce ce qu'Egan avait voulu dire lors de leur dernière violente dispute, lorsqu'il lui avait balancé qu'elle était la fille la plus exaspérante qu'il ait jamais rencontrée.

— Non, en effet. Johnno a fait référence à une autre boutique qu'il avait, mais qui a fermé il y a au moins vingt ans.

Sophy sentit une pointe de culpabilité l'étreindre. Elle l'ignorait. Elle savait le strict minimum du quotidien de son père. Mais en même temps, pour qu'elle puisse être au courant de tout ce qu'il se passait dans la vie de Johnno, il aurait fallu qu'il soit un peu plus présent dans la sienne.

— Il ne me l'a jamais dit, marmonna-t-elle.

Freddy avait ouvert la porte et lui faisait signe d'entrer.

Malgré l'élégance de l'enseigne et la magnifique robe en vitrine, elle se prépara psychologiquement à être assaillie par l'odeur poussiéreuse de vieux vêtements moisis dans lesquels des gens étaient sans doute morts.

Elle alla jusqu'à mettre une main sur son nez pour se protéger de la puanteur. Jusqu'à ce qu'elle s'aperçoive qu'à l'intérieur de la boutique, au lieu de relents de naphtaline ou de laine humide, flottait une odeur de luxe, d'opulence. De propreté aussi, avec une légère touche de parfum. Comme les fois où elle avait osé franchir le seuil d'une boutique huppée de Bond Street, avant de s'empresser de ressortir sous le regard noir d'une vendeuse hautaine.

Lentement, elle pivota sur place pour essayer d'absorber chaque détail qui l'entourait. Elle avait envie de tout admirer. Les friperies dans lesquelles elle était déjà entrée, traînée en général par sa demi-sœur, Cress, étaient sombres, exiguës, avec des étagères de vêtements criards, des casiers et des corbeilles débordant d'accessoires ringards. Tout l'opposé de cette boutique, lumineuse, aérée.

Les murs et les planchers étaient peints d'une douce teinte blanc crayeux : un écrin idéal pour la multitude de robes. Elles étaient organisées par couleurs. Un mur entier de robes vertes : de la couleur de l'écume la plus pâle à un émeraude éclatant en passant par un vert bouteille couleur de mousse. La palette du portant jaune allait du citron le plus tendre à un vibrant jaune d'œuf. Il y avait des robes bleues, des mauves, des rouges. Et une section entière consacrée aux petites robes noires.

C'était l'exact équivalent des bibliothèques soigneusement élaborées, aux volumes organisés par couleurs, qu'elle avait vues sur Pinterest et Instagram.

Quelle que soit la direction dans laquelle elle se tournait, une nouvelle merveille lui enchantait le regard. Des vitrines qui semblaient sortir tout droit d'un paquebot des années 1930 étaient remplies de bijoux fantaisie aux couleurs aussi acidulées que des bonbons.

Au centre de la pièce trônaient deux canapés d'un rose pimpant, qui ressemblaient plutôt à des méridiennes. Au fond, un élégant bureau de forme arrondie qui semblait, lui aussi, appartenir à un paquebot des années 1930. Au-delà, une rangée de cabines d'essayage, aux longs rideaux, s'étendait.

Immédiatement, Sophy sentit qu'elle n'était pas à sa place, dans sa combinaison moderne. Elle avait pensé que ce serait la tenue idéale, facile à laver pour son premier jour dans un job temporaire qui devait consister à farfouiller dans un vieux bric-à-brac. Maintenant, elle lui paraissait vraiment de mauvais goût, inappropriée. D'autant que la femme qui se tenait derrière le bureau était la quintessence du mot « chic ». Ses cheveux d'un noir de jais étaient coupés en un carré impeccable. Grande, mince, sa silhouette sans défaut était mise en valeur par la robe qu'elle portait. Lorsqu'elle contourna le bureau, Sophy remarqua ses escarpins : le genre de talons qui lui donnaient des cauchemars. Bien entendu, elle avait des sourcils parfaitement dessinés, et sa bouche en cœur était maquillée d'un rouge carmin que jamais Sophy n'aurait eu le courage de porter. Ses lèvres esquissaient d'ailleurs un sourire pincé qui n'avait rien d'accueillant.

— Freddy, lâcha-t-elle d'une voix tout aussi peu avenante.

Elle survola Sophy du regard puis, comme si elle n'avait pas été digne de son attention, ses yeux se fixèrent sur un point, derrière son épaule.

— Phoebe, répondit Freddy, toute chaleur disparue de sa voix. Je te présente Sophy, la fille de Johnno. Sophy, voici Phoebe, qui dirige cet endroit quasiment à elle seule.

Avec un sourire qu'elle espérait amical – et qui ne voulait surtout pas dire « j'ai eu ce poste grâce à mon père et je vais vous en faire baver » –, elle déclara :

— C'est ravissant. Je n'ai jamais vu une telle quantité de vêtements plus sublimes les uns que les autres réunis en un seul endroit. Vous ne vendez que des robes ou vendez-vous aussi d'autres vêtements parce que…

Coupant court à sa question pourtant tout à fait pertinente, Phoebe annonça :

— Tout le monde attend en haut. Je vais demander à Béatrice de s'occuper de la boutique.

Quand elle pivota sur place, Sophy remarqua ses bas à couture. Elle longea les cabines jusqu'à une porte arborant l'inscription « Privé » et disparut.

Freddy entraîna gentiment Sophy à travers la boutique. À leur tour, ils longèrent les cabines jusqu'à un escalier en colimaçon peint en doré.

— Il lui faut un certain temps pour apprendre à connaître les gens, expliqua-t-il. Nous allons monter à l'*atelier**.

— Hein ?! Le *quoi* ?

Elle sentit ses joues s'enflammer en se rendant compte qu'elle s'était exclamée à voix haute. Mais, et c'était tout à son honneur, loin de rire de sa gaucherie, Freddy lui adressa un sourire plein de bienveillance, réconfortant.

— L'*atelier**. C'est l'endroit dédié aux essayages et où sont entreposées les robes de mariée et les robes de luxe, expliqua-t-il.

Sophy monta les marches qui débouchaient sur une magnifique pièce. Non, « pièce » était un mot trop banal pour décrire ce lieu. C'était un salon. Entièrement décoré de dorures, des murs au plafond. Ses baskets de contrefaçon s'enfoncèrent dans le plus moelleux des tapis crème. Ici, à l'étage supérieur, plus près du paradis, flottait un parfum encore plus délicieux : de rose, de géranium, de luxe raffiné, absolu.

Bien sûr, il y avait davantage de robes ici. « Des robes de mariée », avait dit Freddy. La gamme de couleurs se déclinait du

---

* Les mots et phrases en italique suivis d'un astérisque sont en français dans le texte original. (*NdT*)

blanc délicat du perce-neige au doré mat des pièces anciennes, en passant par la teinte crémeuse de la chantilly. Elles étaient confectionnées en dentelle, satin, soie et en tissus que Sophy essaya de deviner : organza, soie shantung, crêpe Georgette, taffetas… Son regard fut alors attiré par une antichambre remplie de robes élégantes : sur le tissu bleu pâle de l'une d'entre elles, d'inspiration grecque, s'entrelaçaient des broderies perlées.

Elle ramena son attention vers la pièce principale, ce qu'elle regretta immédiatement. Autour d'une estrade circulaire, une enfilade de miroirs permettaient aux mariées et à ces femmes qui pouvaient s'offrir de magnifiques robes vintage de s'admirer. Ils lui renvoyaient son reflet, lui rappelant à quel point elle se sentait troublée et désorientée.

Sophy n'avait aucune illusion sur la banalité de son physique. Si elle n'avait pas eu les cheveux roux, personne n'aurait jamais pu la désigner dans une séance d'identification de police. Pas même si elle avait été vue perpétrant les crimes les plus atroces. Elle était de taille et de corpulence moyennes. Comme toutes les femmes qu'elle connaissait, elle luttait quotidiennement entre son rêve de perdre une taille et sa passion pour les glucides. Elle avait des traits classiques. Elle aimait ses yeux bleus, cadeau de Johnno, et ses lèvres pulpeuses, cadeau de sa mère. Elle n'aimait pas les petites rides d'anxiété entre ses yeux, qui semblaient ne plus la quitter, en ce moment. À part ça, elle ne présentait littéralement aucun signe distinctif. Si elle n'avait pas recours à un mascara et à un crayon à sourcils, ses cils et sourcils auraient été tout simplement invisibles.

Elle n'était vraiment pas à sa place à cet endroit, avec ces gens.

Comme au rez-de-chaussée, deux canapés, crème et or, paraient le centre de la pièce. Et sur l'un d'entre eux, deux autres femmes en élégantes robes noires, aux physiques de déesses hollywoodiennes tout droit sorties d'un écran de cinéma, étaient installées. En face d'elles, un homme d'une beauté renversante, de très grande taille, aux cheveux en bataille, aux pommettes saillantes, était vêtu d'un costume de tweed gris clair à la coupe parfaite, agrémenté d'une pochette rose. Il pianotait sur son téléphone. À côté de lui, sur un coussin de satin bleu pastel, trônait un bulldog français noir à l'air particulièrement grincheux.

— Oh, mon Dieu ! murmura Sophy.

Elle se sentait à des années-lumière de sa zone de confort. Comme s'il avait perçu son angoisse, l'homme leva la tête. Il était encore plus beau de face. Puis, lentement, délibérément, il lui adressa un clin d'œil, faisant naître en elle un trouble tout autre que son trac.

— Tout va bien, lui chuchota Freddy, rassurant.

C'était très gentil de sa part. Mais absolument faux. Phoebe avait surgi en haut de l'escalier, prête à lui lancer un nouveau regard assassin. Son regard d'un vert ensorcelant (parce que oui, *bien sûr*, il fallait qu'elle ait des yeux magnifiques) s'attarda sur la tache de café qu'elle avait réussi à se faire sur sa combinaison.

— Laissez-moi vous présenter tout le monde.

« Tout le monde » s'avéra être Chloé et Anita, les deux autres vendeuses. Chloé était blonde et menue, Anita était brune et menue. Et, même si elles se montrèrent d'une politesse certaine, ni l'une ni l'autre n'était vraiment accueillante.

— Et vous avez déjà rencontré Phoebe, lui rappela Freddy.

Ça, elle ne risquait pas d'oublier ! Le regard de la directrice restait rivé sur elle, exprimant un mélange d'incrédulité et de léger amusement. Quelqu'un devrait dire à Phoebe qu'elle n'avait aucun talent pour masquer ses pensées.

— Mais vous n'avez pas rencontré Charles, reprit-elle alors.

Elle lui jeta un coup d'œil et, avec un sourire étonnamment chaleureux, elle précisa :

— Il déniche tous nos bijoux et nos articles de luxe.

Ce fut au tour de Charles de la regarder de la tête aux pieds. D'une façon qui n'était pas antipathique. Une lueur chaleureuse et affable dansait dans ses yeux. Mais son regard était perçant, comme s'il évaluait la marchandise en l'observant sous toutes les coutures.

Sophy n'était pas trop sûre de ce qu'elle ressentait face à cet examen minutieux. Ce qui était certain, c'est que cela la mit encore plus mal à l'aise qu'elle ne l'était déjà. Puis il se mit debout, dépliant son long corps, obligeant Sophy à lever les yeux pour le regarder – il mesurait plus d'un mètre quatre-vingts – avant de combler les quelques mètres entre eux. Elle lui tendit la main, s'attendant à ce qu'il la serre. Mais il la porta à sa bouche et l'embrassa. Un geste très suave, très étudié. Pourtant, elle se sentit un peu grisée.

—*Enchanté**, lui murmura-t-il en français, son souffle caressant sa peau.

Puis il la libéra et esquissa un sourire charmant, avant de se rasseoir.

Elle éprouva une pointe de regret. Manifestement, il était gay. Aucun homme vêtu d'un costume à la coupe aussi parfaite, aux pommettes aussi saillantes, qui murmurait quelque chose en français au lieu d'un banal « ravi de vous connaître » en anglais, ne pouvait être hétéro. Hélas.

—Enfin, et non des moindres, voilà Coco Chanel, déclara alors Freddy.

Le bulldog français lui lança le plus foudroyant des regards. Elle avait des oreilles énormes et, en guise de collier, une rangée de perles entourait son cou épais.

—C'est le cerveau de l'affaire. Et bien sûr, tout le monde, je vous présente Sophy, la fille de Johnno. Notre nouvelle vendeuse.

—Oh non ! Il est inutile de… je veux dire, je suis juste là pour aider temporairement, car je mets un peu d'argent de côté pour partir en Australie, s'empressa-t-elle d'expliquer en se tordant les doigts. Je suis ravie de pouvoir vous donner un coup de main.

—D'après Johnno, Sophy a dix ans d'expérience dans le domaine du prêt-à-porter, et nous avons beaucoup de chance de la compter parmi nous. Je suis certain qu'elle sera un véritable atout, ajouta Freddy en plantant sans ménagement un index entre ses omoplates.

Personne ne semblait très convaincu. À commencer par Sophy.

Le reste de la journée s'écoula dans une atmosphère confuse et désagréable. Une fois tout le personnel de la boutique redescendu au rez-de-chaussée, Freddy prit congé. Quand Sophy demanda à Phoebe ce qu'elle pouvait faire, elle fut envoyée dans une cave sans fenêtre où elle passa son temps à emballer des vêtements vintage de qualité inférieure, y compris plusieurs boîtes de cardigans en laine bouillie qui sentaient le chien mouillé, pour les expédier au recyclage.

Ces vêtements qu'elle triait activement ne ressemblaient en rien aux robes vendues dans la boutique. Elle était prête à parier que quelqu'un était mort dans l'un d'entre eux. Dans quatre ou cinq, même.

À 13 heures, elle prit une courte pause pour déjeuner. Phoebe sembla estomaquée qu'elle ait l'audace de demander trente minutes pour sortir acheter un sandwich et réfléchir à ses récents choix de vie. Elle le fut toutefois cent fois plus quand Sophy lui proposa de garder la boutique pendant qu'elle-même sortait déjeuner.

— C'est hors de question ! déclara-t-elle, glaciale. Vous ne connaissez rien aux vêtements vintage, aux clientes… Non. Vous retournez à la cave.

Elle passa donc le reste de l'après-midi à trier d'autres vêtements de défunts (certains d'entre eux ne sentaient vraiment pas la rose) et ne fut libérée de son purgatoire malodorant par Phoebe qu'à 18 heures.

— Oh, vous êtes encore là ! s'exclama-t-elle, feignant la surprise, en surgissant en haut de l'escalier de la cave. Je vous avais complètement oubliée. Nous fermons, à moins que vous ne vouliez faire des heures supplémentaires.

— Sans façon, répondit Sophy en attrapant son sac et sa veste.

Quand elle émergea du métro à Hendon Central, elle était toujours aussi furieuse après Phoebe et son intolérable arrogance. Elle sortit son téléphone de son sac, et le message d'Egan, son ex, ne fit qu'exacerber sa détresse.

Tu as laissé des tonnes d'affaires chez moi et tu me dois 323 livres pour tes factures.

Visiblement, elle ne lui manquait pas le moins du monde. Elle couvrit la courte distance qui la séparait du pavillon de sa mère, qu'elle avait été si heureuse de quitter à vingt et un ans pour une colocation à Manor House, avec deux amies. À présent, Anjula et Kate étaient toutes les deux mariées, avaient un enfant chacune et avaient fui Londres pour des contrées verdoyantes, où l'on n'avait pas besoin de vendre ses deux reins pour s'acheter une maison.

Sophy, elle, était revenue à la case départ : elle habitait avec sa mère et avait la sensation de n'avoir rien accompli depuis l'époque où, dans sa chambre d'adolescente boudeuse, elle rêvait à toutes les incroyables aventures qu'elle vivrait adulte.

Maintenant, elle avait trente ans et elle avait l'impression qu'en dehors de quelques courtes vacances elle n'avait rien vécu de bien excitant. Pas étonnant qu'elle ait un mal fou à afficher un grand sourire en poussant la porte d'entrée.

Caroline et Mike étaient dans la cuisine, d'où lui parvenait la délicieuse odeur aillée et épicée d'un plat qui mijotait. Leurs deux têtes rapprochées, riant, ils étaient devant la cuisinière. Ils se retournèrent lorsqu'elle laissa tomber ses clés sur la console de l'entrée et s'avança vers eux dans le couloir.

— Comment ça s'est passé, ma chérie ? demanda Caroline, son joli visage pâle rougi par la chaleur des fourneaux.

— Oui, alors, dure journée au boulot ? s'enquit Mike.

En dépit de sa chambre d'enfant convertie en spa à domicile, ils l'avaient accueillie à bras ouverts, même s'ils s'étaient habitués à avoir la maison pour eux seuls. Peut-être était-ce la raison pour laquelle elle avait l'impression d'être une intruse. Et puis, elle regrettait son indépendance. Elle avait vécu cinq ans dans diverses colocations avec plein d'amis différents. Puis quatre années avec Egan. Et maintenant, elle était de retour à Hendon. Même si elle essayait d'être gaie et de faire contre mauvaise fortune bon cœur, il lui arrivait, comme à ce moment précis, de vouloir s'allonger sur le tapis beige en laine touffetée, de serrer Lollipop, le chat de sa mère, contre sa poitrine, et de pleurer toutes les larmes de son corps.

Au lieu de cela, elle s'efforça de feindre un sourire convaincant. Lollipop n'était pas très câlin, de toute manière.

Essayant de rassembler le – très – peu d'enthousiasme dont elle était capable en cet instant, elle répondit :

— Oui, c'était super ! Je suis crevée.

— Pas étonnant, à piétiner comme ça, debout toute la journée, compatit Caroline avec un hochement de tête.

Elle examina sa fille, et rien ne parut lui échapper : les cernes sous ses yeux, la façon dont elle se dandinait d'un pied sur l'autre parce que ses baskets de mauvaise qualité lui faisaient mal.

— Le dîner sera prêt dans dix minutes. Si tu allais t'installer au salon et que je t'apportais un plateau ? Traitement de faveur.

C'était vraiment un traitement de faveur. Caroline voyait d'un très mauvais œil que l'on mange au salon. Si Sophy voulait manger du pop-corn en regardant un film, sa mère maugréait en se plaignant qu'elle en faisait tomber sur le côté du canapé et que cela allait attirer les souris.

— À vrai dire, maman, j'ai d'abord besoin d'un bain. Je pue le vieux type mort. Je peux dîner plus tard ?

Ce ne fut qu'une fois dans la salle de bains, la porte fermée à clé, les robinets ouverts, qu'elle s'abandonna à ce qu'elle souhaitait faire depuis environ 10 heures du matin. Elle fondit en larmes.

Elle ne s'arrêta de pleurer qu'une fois totalement submergée par des bulles embaumant la rose, et c'est alors qu'un éclair de lucidité la frappa. Il y avait un moyen imparable de se préserver d'un bon tiers de sa détresse actuelle : il lui suffisait de ne pas se présenter à la boutique de robes vintage le lendemain, tout simplement.

Chapitre 3

Rien n'allait vraiment mieux le lendemain. Au contraire, quand Sophy marcha vers la station de métro pour une nouvelle journée de dur labeur au service de la mode rétro, le ciel gris et couvert s'accordait à son humeur. Le message WhatsApp qui l'attendait à son réveil n'avait pas aidé. C'était sa vieille amie d'école, Radha, qui vivait désormais la vie d'expat sous le soleil de Sydney.

Dépêche-toi de me rejoindre, Soso ! Le surf attend.

Accompagné d'une photo d'elle sur une plage, le bronzage éclatant, les yeux brillants, devant un coucher de soleil spectaculaire.

Sophy voulait le bronzage de rêve – même si elle n'était pas sûre que sa peau d'une blancheur laiteuse possède la moindre trace de mélanine – et les couchants magnifiques. Même si elle allait commencer sa nouvelle vie australienne au sein de l'élevage de moutons de ses grands-parents, en Australie-Méridionale, elle envisageait réellement de s'installer à Sydney par la suite. Radha serait là pour lui montrer les ficelles, et elle avait hâte de s'inscrire à des cours de surf avec un moniteur aux muscles ciselés, aux cheveux ébouriffés, qui ressemblait à l'un des frères Hemsworth.

Elle se souvint soudain qu'elle ne pouvait pas payer son billet pour l'Australie avec des pièces en chocolat. Elle avait besoin d'argent. Et c'était la raison pour laquelle elle allait finalement se présenter pour la seconde journée consécutive à *La Petite Boutique vintage* sans se laisser intimider par l'horrible Phoebe. Et elle serait à son poste parce qu'elle n'était pas une dégonflée. Mais oh ! Comme elle aurait aimé être une dégonflée !

Quand, une demi-heure plus tard, elle arriva à Primrose Hill, elle fit halte dans une charmante boulangerie pour acheter un café à emporter et une viennoiserie. Elle avait besoin de réconfort. Mais leur prix astronomique lui redonna une grosse envie de pleurer. Puis, traînant des pieds, elle se dirigea vers la boutique.

Sophy prit une profonde inspiration, redressa les épaules et, un sourire radieux aux lèvres, ouvrit la porte.

— Bonjour tout le monde !

« Tout le monde » se limitait à Anita qui grommela un vague « bonjour » et à Phoebe. Trônant derrière le bureau de paquebot, elle ne prit pas la peine de dissimuler son air furieux.

— Que pensez-vous être en train de faire ? lança-t-elle.

— Je suis ici pour travailler, exactement comme vous. Cela vous pose un problème ? rétorqua Sophy d'un ton calme.

Pourtant, elle se sentait tout sauf calme.

— Un problème ? répéta Phoebe d'un ton incrédule.

Elle se leva gracieusement et, les mains sur les hanches, reprit :

— Oui, j'ai un problème. Vous ne savez pas lire ?

C'était une accusation vraiment mesquine. Bien sûr, Sophy savait lire. Elle vit alors que Phoebe montrait un panneau d'un doigt parfaitement manucuré.

Par ordre de la direction, nourriture et boissons sont interdites dans ces locaux.

— Quoi ? Je ne peux même pas boire un thé toutes les deux heures ? Il existe une chose qui s'appelle les droits des travailleurs, Phoe…

— Ni nourriture ni boisson à proximité des robes, clarifia Phoebe brusquement. Si vous voulez manger ou boire, vous devez aller dans l'arrière-boutique.

D'un pas rapide, elle passa devant Phoebe pour gagner l'arrière-boutique. Elle aurait été incapable de dire quand, pour la dernière fois, elle s'était sentie aussi minuscule, aussi insignifiante qu'un… un coléoptère… Probablement la fois où elle avait été traînée devant la directrice de l'école, à douze ans, après avoir été prise en flagrant délit en train de coller un chewing-gum sous son bureau pendant un cours de biologie.

Elle n'avait plus douze ans, elle était une femme adulte. Mais Phoebe avait une façon de la regarder qui lui donnait l'impression qu'elle n'était pas digne de respirer le même air qu'elle.

Dans l'arrière-boutique, elle trouva Béatrice. C'était une version un peu moins intimidante de Chloé et d'Anita. Elle portait le même uniforme, la petite robe noire et les escarpins à talons, mais, au moins, elle savait sourire. Elle chuchota :

— Ne fais pas attention à Phoebe. Elle est juste très protectrice des robes. Nous avons une petite table et des chaises dehors, tu veux sortir t'asseoir pour prendre ton café ?

La porte-fenêtre ouvrait sur une minuscule terrasse qui surplombait Regent's Canal et ses péniches amarrées peintes en couleurs vives. Par temps ensoleillé, ce devait être très plaisant de s'asseoir à la table en fer forgé entourée de chaises assorties. Cela restait d'ailleurs plutôt agréable, même par une grise matinée de mars et malgré le froid, de dévorer son croissant et de savourer son café, qui avaient toutefois désormais un goût de cendre et d'eau de vaisselle.

Cette nouvelle journée ne fut pas aussi pénible que la première l'avait été. Au moins, on ne lui demanda pas de trier des vêtements dans lesquels des gens venaient juste de mourir. Elle passa presque tout son temps dans l'arrière-boutique en compagnie de Béatrice, qui lui expliqua leur système d'inventaire, avec l'impression d'être en terrain un peu familier.

Quand Béatrice sortit déjeuner, elle essaya de s'aventurer dans la boutique pour commencer à se familiariser avec le stock. Si tout était rangé par couleurs, comment trouvait-on les tailles ? Quelles étaient les gammes de prix ? Comment était-elle censée savoir de quelle décennie datait telle ou telle robe ?

Comme si elle avait subrepticement installé un mouchard sur elle, dès que, sous le regard méfiant d'Anita, Sophy approcha des portants de robes bleues, Phoebe dévala les marches en colimaçon. Elle aurait été curieuse de savoir comment il était humainement possible de courir aussi vite, sur des talons aussi hauts, dans un tel escalier.

— Tout va bien, lui promit-elle. Je me suis lavé les mains. Deux fois !

— Vraiment ?

Elle semblait si sceptique que Sophy, qui était pourtant une adulte, se surprit à lui présenter ses paumes pour que Phoebe les inspecte. Quand elle s'aperçut de ce qu'elle faisait, elle les retira vivement.

— J'ai bien conscience que le monde de la mode vintage est totalement nouveau pour moi, mais j'ai de nombreuses années d'expérience en vente de prêt-à-porter, se justifia-t-elle aussitôt.

Désormais, c'était elle qui avait les poings sur les hanches, sous le regard consterné de deux clientes qui venaient d'entrer dans le magasin.

Elle se tourna vers elles avec un sourire légèrement frénétique.

— Bonjour ! Bienvenue à *La Petite Boutique vintage*. Jetez un coup d'œil à la ronde et appelez-moi si vous avez besoin d'aide.

Il lui sembla entendre Phoebe émettre un grognement d'irritation devant son accueil désinvolte. Mais peut-être était-ce Coco Chanel qui avait pesamment descendu l'escalier pour venir voir à quoi était due toute cette excitation. Même le chien de la boutique avait un sérieux problème d'arrogance.

— Comme vous l'avez reconnu vous-même, vous n'avez absolument aucune expérience en mode vintage, rétorqua Phoebe en réprimant un soupir furieux. Je vous ai même entendu dire à Béatrice que vous pensiez que des femmes étaient peut-être mortes dans nos robes…

En entendant ces paroles, les deux clientes qui étaient entrées ressortirent prestement.

— C'était une blague.

Elle était déterminée à ne pas laisser la conversation changer de cap. Elle comptait bien dire à Phoebe la Terrible ses quatre vérités.

— Bref, en tout cas, j'ai travaillé pour *Belle Girl* pendant dix ans, et ces cinq dernières années j'étais vendeuse senior dans leur boutique d'Oxford Street.

— « Senior » veut juste dire que vous étiez la plus ancienne dans l'équipe, fit remarquer Phoebe, comme si cela n'avait rien d'impressionnant.

À vrai dire, elle n'avait pas tout à fait tort.

— C'était un très grand magasin. Le plus important de la marque.

— *Belle Girl* ne vient-il pas d'être placé en redressement judiciaire ?

Phoebe haussa ses sourcils déjà parfaitement arqués, comme si elle la soupçonnait d'être personnellement responsable de la faillite de toute la chaîne de deux cents boutiques.

— C'est un environnement commercial extrêmement difficile, et nous avons été repris par un investisseur en capital-risque, que la réduction de nos coûts intéressait plus qu'investir dans…

— Et c'était une chaîne de *fast fashion*. Tee-shirts à 5 livres, robes à 10 livres, le tout confectionné par des travailleurs de pays pauvres, qui trimaient dans des conditions déplorables et gagnaient à peine de quoi nourrir leurs familles. En outre, je suis sûre qu'un large pourcentage de vos stocks a probablement fini à la décharge, poursuivit Phoebe.

Elle avait raison sur ce point. Sur plusieurs d'entre eux, du reste. Et cela avait d'ailleurs tourmenté Sophy, tout particulièrement après la diffusion d'un documentaire sur la BBC2 alors qu'ils venaient de se débarrasser d'une collection entière : le département stylisme avait plagié le travail d'un jeune créateur de mode prometteur, qui les avait explosés sur les réseaux sociaux.

— Nous étions en pourparlers pour proposer une gamme de vêtements en matériaux durables, se défendit-elle faiblement.

Elle n'était pas responsable des aspects négatifs des chaînes de magasins de prêt-à-porter. Ce n'était pas vraiment sa faute si elle avait contribué au problème, même si…

Anita, qui était restée tapie derrière le bureau, intervint alors :

— La mode vintage est le vêtement durable par excellence. De nombreuses pièces de notre stock ont plus de soixante-dix ans et peuvent encore être portées. Cela m'épate quelquefois. Même s'il faut faire attention quand on porte certains habits vintage, parce que les déodorants d'aujourd'hui peuvent faire pourrir le tissu à une vitesse folle.

— Nous dévions du sujet, là, déclara Sophy entre ses dents serrées. Je suis ici pour travailler, pas pour marcher sur les plates-bandes de quiconque, alors laissez-moi bosser. Faites-moi une formation accélérée sur la mode vintage. Permettez-moi au moins de jeter un coup d'œil aux stocks.

Elle s'avança vers l'escalier parce que, comme tout un chacun, elle aimait les jolies tenues et qu'elle mourait d'envie d'aller farfouiller dans les robes de mariée et les toilettes d'une élégance folle à l'étage. Hélas, elle n'atteignit même pas la première marche. Phoebe et Coco Chanel lui barraient le passage, l'empêchant de monter à l'atelier.

— Je suis désolée, assena Phoebe d'un ton qui laissait entendre qu'elle ne l'était pas le moins du monde. Mais l'atelier renferme un stock d'une valeur de plusieurs centaines de milliers de livres. Nous n'avons rendez-vous avec aucune cliente. Vous n'avez aucun besoin d'y monter. Si vous voulez vous rendre utile, vous pouvez nous préparer un peu de café. Tant que vous ne l'apportez pas dans la boutique.

Sophy battit en retraite dans la minuscule cuisine et essaya d'ignorer les larmes qui lui picotaient les yeux. Elle n'allait pas pleurer à cause de Phoebe. Mon Dieu ! Deux mois auparavant, elle n'aurait même pas permis à la directrice régionale de *Belle Girl*, qui était tyrannique au possible, de lui parler ainsi. Mais elle venait de traverser une période abominable, elle n'était pas au mieux de sa forme, se sentait larguée, et maintenant elle en était réduite à faire le café comme si elle était une vulgaire stagiaire.

Elle passa le reste de la journée à éviter Phoebe. Anita la laissa emballer quelques bijoux fantaisie. Une simple tâche qui lui fut expliquée comme si elle était incapable de prendre la moindre initiative.

— Alors, encore une fois. Après avoir enveloppé le bijou dans du papier de soie, tu le mets dans une petite pochette, tu écris sa description sur une étiquette, tu la colles sur la pochette, puis, si c'est une broche, tu la ranges dans le tiroir marqué « broches », et si c'est…

— Si c'est un bracelet, je le mets dans le tiroir marqué « bracelets ». Oui, merci, Anita. Si j'ai le moindre doute, je te demanderai.

Heureusement, après toutes ces années dans la vente, elle savait à la perfection dissimuler sa frustration, sa colère, son énervement, derrière un sourire guilleret.

En vérité, c'était plutôt agréable d'être assise à l'énorme bureau et de pouvoir manier quelques articles. Surtout quand ils étaient aussi jolis, aussi scintillants. Après s'être assurée que personne n'allait se précipiter pour la réprimander, elle essaya même certaines des grosses bagues tape-à-l'œil.

Il était également assez fascinant d'observer Phoebe et Anita avec les clientes. Seule une femme d'une minceur extrême, luxueusement habillée, portant nonchalamment un sac Chanel en bandoulière, fut autorisée à entrer dans l'atelier. Toutes les autres clientes se contentaient de regarder les robes de qualité inférieure du rez-de-chaussée.

Sophy leur aurait demandé, si elle avait été autorisée à ne serait-ce que leur adresser la parole, si elles faisaient les boutiques pour une occasion spéciale, ou encore si elles avaient une idée de ce qu'elles cherchaient. Mais Anita et Phoebe ne faisaient rien de tout cela.

Anita avait à cœur de fournir des informations sur les robes sur lesquelles les clientes (toutes des femmes) s'attardaient.

— Viscose des années 1940 avec un pli d'aisance, annonçait-elle.

Ou encore :

— Minirobe des années 1960, avec une forte influence Paco Rabanne.

Quant à Phoebe, elle en connaissait peut-être un rayon sur la mode vintage, mais elle était clairement complètement à la ramasse quand il s'agissait de traiter sa cliente comme une vraie princesse.

— Oh, c'est une toute petite taille, commenta-t-elle d'un ton dubitatif à l'intention d'une jeune femme qui décrochait une magnifique robe fourreau vert émeraude du portant.

Elle aurait pu tout aussi bien lui dire : « Vous n'entrerez jamais là-dedans, ma grosse ! »

— Humm… C'est plutôt une robe pour s'asseoir dans un salon. Vous voulez la porter à un mariage ? Vous danserez beaucoup ? Eh bien, c'est à vous de décider. Mais la robe a quatre-vingts ans. Pour moi, quand vous achetez une robe vintage, vous en devenez la responsable, plutôt que la propriétaire.

Alors la jeune femme, les joues rouge pivoine, s'empressa de remettre sur son portant la jolie robe rose virevoltante années 1950 sur laquelle elle s'extasiait.

Elle s'empourpra encore plus quand, avec un claquement de langue désapprobateur, Phoebe rangea la robe à sa place d'origine, entre une robe rose acidulé et une autre rose barbe à papa, et non à l'extrémité du portant où se trouvaient les robes d'un rose toujours plus vif.

— Je suis vraiment désolée, s'excusa la femme, nerveuse, d'une voix stridente.

— Ce n'est pas grave, il n'y a pas de mal, répondit Phoebe avec un sourire qui n'était pas sans ressembler à celui d'un requin qui aurait mis du rouge à lèvres.

Sophy en venait presque à se demander si la boutique parvenait à être rentable. Elle ne comprenait toujours pas comment diable Johnno était passé de son bazar miteux à cet élégant magasin, au personnel si pointilleux, encore plus intimidant que la boutique *Louis Vuitton* sur Bond Street où elle était entrée une fois pour acheter à Caroline un cadeau vraiment spécial pour ses cinquante ans, et dont elle était ressortie avec un porte-monnaie, car elle ne pouvait pas dépenser plus.

La journée s'écoula, plus longue qu'un jour sans pain. Il était à peine 17 heures, et elle regardait la pendule au mur, dans l'espoir de faire avancer la grande aiguille plus vite pour qu'il soit 18 heures et l'heure de rentrer. Quand, soudain, la porte s'ouvrit si violemment qu'elle rebondit sur ses gonds.

Une femme âgée, de petite taille, vêtue d'un imperméable rouge vif, surgit sur le seuil.

— Est-ce que quelqu'un peut décharger les affaires du taxi et payer le chauffeur ? ordonna-t-elle avec un fort accent cockney.

— Oh, mon Dieu ! marmonna Phoebe.

En l'espace de quelques secondes, elle était dans la rue avec la boîte contenant la monnaie tandis que la femme s'écroulait sur un canapé.

— Fais-moi un thé, Nit, je suffoque, grogna-t-elle, en penchant de côté comme un navire sabordé.

— Du lait, deux sucres ? demanda timidement Anita.

— Pas de lait, quatre sucres, répliqua la femme avec une férocité que même Phoebe ne pourrait égaler.

Sophy était à la fois ravie et fascinée par la distraction. La femme était très maquillée. L'un de ses faux cils, de travers, ressemblait à une araignée à pattes molles accrochée à son cil inférieur, et son rouge à lèvres carmin avait coulé. Mais ses cheveux étaient impeccables : une mise en plis bleutée qui semblait devoir rester intacte quel que soit le temps. En fait, elle semblait pouvoir résister à une attaque nucléaire.

— C'est qui, celle-là ? demanda la femme en apercevant Sophy, captivée, derrière le bureau.

— Oh, ne fais pas attention à elle, c'est juste la fille de Johnno, répliqua Phoebe en se hâtant dans la boutique, les bras chargés de sacs de vêtements. Reenie, tu avais promis de ne pas fumer, mais ces sacs empestent les Benson & Hedges. Oh non, et tu n'allumes pas de cigarette ici. Les robes !

— Et puis c'est illégal, ajouta Anita qui hésitait dans le no man's land entre la boutique et l'arrière-boutique. Où voulez-vous prendre votre thé?

— Ici même, répondit Reenie, implacable, en rangeant ses cigarettes et son briquet dans son volumineux sac verni.

Phoebe leva les yeux vers le plafond à moulures en bronze doré. Sophy eut l'impression qu'elle récitait une prière silencieuse.

— Tu ferais perdre patience à un saint.

— Les saints ne voudraient pas de moi, chérie, gloussa la femme.

Sophy la trouvait de plus en plus sympathique.

— Bref! J'ai fait toutes les retouches, mais je n'ai pu agrandir cette robe de mariée en charmeuse que d'un quart de centimètre. Elle devra perdre encore au moins trois kilos. Et les coutures de cette tenue Jaeger étaient déchirées, chérie. J'ai fait de mon mieux, mais il est peut-être temps de lui offrir des funérailles décentes.

Phoebe se signa.

— Seigneur !

— Même Lui, là-haut, n'aurait rien pu faire de ça, ajouta Reenie.

Phoebe adressa un clin d'œil à Anita qui apportait le thé sur un plateau. Reenie s'empara du mug sans la moindre considération pour le velours rose sur lequel elle était assise et avala quelques gorgées enthousiastes. Après avoir tendu les sacs de vêtements à Anita qui les prit avec la plus grande révérence, la directrice s'assit à côté de Reenie.

— Bien, nous arrivons à la saison des mariages. Nous allons être vraiment très occupées, et il y a une pièce tout à fait charmante, en haut, avec tout ce dont tu as besoin...

— Oh, jamais je ne pourrais monter cet escalier. Il me tuerait.

— Mais nous avons vraiment besoin de toi, sur place, insista Phoebe de sa voix la plus douce, la plus enjôleuse. Cela nous faciliterait considérablement la vie, pour les essayages.

Elle battit de ses cils qui, contrairement à ceux de Reenie, tenaient fermement en place.

— La vie n'est pas toujours facile, chérie, philosopha cette dernière en lui prenant la main. Et je crains que la tienne ne s'apprête à devenir encore un peu plus compliquée.

Comme si elle cherchait de la compassion, à se faire rassurer, Phoebe jeta un coup d'œil à Sophy qui haussa les épaules d'un air impuissant.

— Compliquée ? répéta-t-elle.

— J'ai eu cinq numéros gagnants et le numéro complémentaire il y a quelques semaines, tu te souviens ? dit-elle en tapotant son sac, comme s'il contenait ses gains au loto, bien en sécurité. Il est temps que je prenne ma retraite. Je ne rajeunis pas.

Elle avait beau n'avoir fait sa connaissance qu'un quart d'heure auparavant, Sophy n'aurait pas été surprise que son sac renferme un million de livres.

— Balivernes ! Tu as toujours prétendu que tu avais l'énergie d'une femme de la moitié de ton âge, protesta Phoebe, paniquée. Toi, prendre ta retraite ? Ne dis pas de bêtises.

— J'ai déjà versé des arrhes pour une villa toute neuve à Bournemouth. Très jolies plages, par là-bas, ajouta Reenie en finissant son thé avec un rot discret. Alors, peux-tu dire à Freddy de m'envoyer mon chèque ? Je serai à Paddington encore une semaine ou deux. L'une de vous peut-elle m'appeler un taxi ou l'un de ces « Oubers » ?

Anita lui commanda un Uber tandis que Phoebe la conjurait de reconsidérer la villa à Bournemouth.

— Ou sinon, nous pourrions envoyer les vêtements à Bournemouth par coursier. Je veux dire, que vas-tu faire de tes journées, de toute façon ?

Pour un peu, on avait l'impression qu'elle allait se mettre à genoux et supplier. Mais Rennie n'était pas du genre à changer d'avis. Quand son Uber arriva, Phoebe l'escorta dans la rue, sans cesser de lui vanter les vertus de l'importance pour une couturière de garder son esprit et ses doigts actifs.

Une fois les deux femmes sorties, Sophy regarda Anita.

— Waouh ! C'était… Je ne sais même pas ce que c'était, à vrai dire.

— C'était Rennie. Notre raccommodeuse et retoucheuse. Elle travaillait autrefois pour Hardy Amies, expliqua Anita d'une voix étouffée. Nous avons trois essayages de mariée la semaine prochaine. Qu'allons-nous faire, Phoebe ?

Phoebe était de retour dans la boutique, le visage blême. Elle tordait ses mains élégantes comme si elle s'efforçait d'étrangler quelqu'un.

— Je ne sais pas, murmura-t-elle, semblant sur le point de craquer. Nous allons être obligées de le dire à Johnno. Quelqu'un l'a vu cette semaine ? Sophy ?

Elles regardèrent toutes les deux l'intéressée, qui secoua la tête.

— Johnno et moi n'avons pas le genre de relation père-fille qui implique que nous nous tenions au courant de nos allées et venues respectives.

— Je vais parler à Freddy, soupira Phoebe. Mais va-t-il pouvoir dénicher une couturière avec la compétence et l'expertise de Reenie ? C'est fort peu probable.

— Qu'allons-nous faire concernant nos mariées ? demanda Anita en s'asseyant lourdement sur le canapé le plus proche. Il est impossible que Judith Tavernier porte la robe ivoire avec le galon doré telle quelle. L'ourlet a besoin d'être raccourci de huit bons centimètres.

— Et les perles sur la Ronald Paterson sont dans un état pitoyable, ajouta Phoebe, en venant s'asseoir à côté de sa collègue.

Sophy avait l'impression qu'elles étaient sur le point de fondre en larmes. Elle ne connaissait rien aux robes ni aux mariées. Et elle n'avait toujours pas été autorisée à aller en haut. Pourtant, elle aussi se sentait un peu fébrile. Mais ce n'était pas à elle de trouver une solution. Elle n'était plus vendeuse senior. Elle était juste une intérimaire à qui l'on ne pouvait confier que les tâches les plus ingrates, le temps qu'elle économise l'argent pour son billet pour l'Australie.

D'un autre côté, économiser allait prendre des semaines, et Sophy était capable de bien plus que de s'acquitter des tâches les plus ingrates. Cela ne ferait pas de mal d'obtenir un peu de respect, dans cette boutique. Et puis, en tant que vendeuse senior de l'une des enseignes le plus reconnues d'Oxford Street, elle avait l'habitude d'éteindre les incendies. Une fois, littéralement, quand une pile de retours avait commencé à se consumer.

— Nous ne pouvons pas envoyer les mariées à l'autel dans des modèles vintage qui ne seraient pas conformes à nos exigences de qualité ! se lamenta Phoebe. Notre réputation serait ruinée.

Elle paraissait vraiment au bord des larmes.

— Mesdames, j'ai une idée ! s'exclama Sophy, soudain tout excitée, en osant contourner le bureau pour s'aventurer en territoire interdit, dans la boutique.

— Non mais sérieusement, vous imaginez, une mariée qui, lors du plus beau jour de sa vie, se rend compte qu'il manque un crochet pour attacher sa robe ? lança Anita.

Elle étouffa un cri d'horreur, comme si elle avait déjà vécu pareille expérience.

— Arrête, Anita. C'est horrible, rien que d'y penser.

— Eh ! Écoutez-moi. Je connais la personne idéale pour remplacer Reenie, insista Sophy. Vous allez l'adorer.

— Vous connaissez une personne parfaite, adorable, qui est aussi talentueuse et compétente que Reenie, qui a travaillé pour Hardy Amies pendant trente ans ?

La voix de Phoebe avait retrouvé son habituelle intonation dédaigneuse. Mais, pour une fois, Sophy resta de marbre.

— Oui. Vraiment ! Je gère.

Chapitre 4

Que Sophy soit capable de dégotter une remplaçante pour Reenie avait laissé Phoebe très sceptique. Mais, après bien des hésitations, magnanime, elle lui avait donné la permission de venir à la boutique un peu plus tard le lendemain, pour que Sophy puisse d'abord aller parler à la fameuse candidate.

— Aussi étrange que cela puisse paraître, je suis certaine que nous pourrons nous débrouiller sans vous, avait-elle lâché, dédaigneuse.

C'était vraiment la pire des garces.

Bien entendu, Sophy aurait pu régler la question au téléphone. Mais cela aurait supposé que la personne réponde, au lieu d'ignorer son appel. Et si elle avait essayé d'envoyer un SMS ou un e-mail, l'intéressée aurait à coup sûr tout fait pour se défiler.

Non, la meilleure approche était un face-à-face. Aussi, le lendemain matin, prit-elle le chemin de l'un des endroits qu'elle détestait le plus à Londres.

Le Musée des reliques religieuses était installé dans une charmante maison de briques rouges, à tourelles, dans une petite rue de Chelsea. Un emplacement de choix, qu'il n'aurait sûrement jamais pu se permettre, à une adresse si prestigieuse, sans le legs d'une personne aussi riche que dévote.

Sophy franchit le seuil de l'entrée, se préparant mentalement à recevoir de plein fouet l'odeur d'église et de crottes de souris qui imprégnait l'air. Elle longea d'un pas rapide une exposition de martyrs en plâtre subissant des tortures en tous genres, puis passa une porte indiquant « Privé ».

Étant donné le manque d'effectifs chronique du musée, elle ne croisa pas un employé pour l'interpeller. Il n'y avait même pas d'agent de sécurité. En même temps, qui irait voler un saint Sébastien en plâtre au torse étroit percé d'un millier de flèches ? Personne, c'est certain.

Dans les coulisses du musée s'étendait un véritable labyrinthe de passages et de réserves. Sophy finit par repérer ce qui avait été l'escalier de service des domestiques, à l'époque où la maison était une résidence privée, et le dévala jusqu'à la cave sombre, confinée. Dans une minuscule pièce sans fenêtre, penchée sur une machine à coudre, éclairée par une lampe totalement inadéquate, elle trouva celle qu'elle était venue voir.

— Coucou, sœurette ! lança-t-elle.

Cressida Collins leva si brusquement la tête qu'elle se cogna à la lampe.

— Aïe ! Et bonjour à toi aussi, sœurette ! Que fais-tu ici ? demanda-t-elle.

Sophy écarta grand les bras, comme un magicien sur le point de faire apparaître un lapin de son chapeau.

— Je suis venue te sortir de ta tanière !

Cressida ne parut guère emballée.

— Il est beaucoup trop tôt pour déjeuner, Soso, et ces chasubles ne vont pas se raccommoder toutes seules.

Elle pencha la tête pour se concentrer de nouveau sur le vêtement de lourd brocart jaune sur lequel elle travaillait.

— Je ne sais pas pourquoi, mais ce sont toujours les archevêques qui maltraitent le plus leurs chapes.

À strictement parler, elles n'étaient pas sœurs, mais demi-sœurs. L'une des raisons pour lesquelles Sophy avait été si heureuse d'accueillir Mike dans leur petite famille quand elle avait dix ans était qu'elle y avait gagné une demi-sœur. Comme un cadeau bonus avec un achat. Elle avait toujours rêvé d'avoir une sœur.

Rétrospectivement, elle se rendait compte de la nervosité qu'avaient dû ressentir Mike et Caroline quand ils les avaient présentées. Cressida passait à ce moment-là tous les week-ends avec son père. Si elles s'étaient détestées, cela aurait compliqué l'avenir commun de leurs parents.

Sophy se rappelait encore ce samedi matin, plus de vingt ans auparavant. Elle était dans un tel état de nervosité, d'excitation, qu'elle avait à peine touché à son petit déjeuner. Puis elle avait passé la matinée agenouillée sur le canapé, à guetter la Ford Mondeo de Mike. Mais, quand il s'était garé devant la maison, l'énormité de la situation l'avait rattrapée. Et si la fille de Mike la détestait ? Elle était partie se réfugier dans sa chambre jusqu'à ce que Caroline vienne frapper doucement à la porte. La rejoignant pour s'asseoir sur son lit, elle avait tendrement repoussé les cheveux du visage pâle de sa fille et avait dit :

— Je sais que tu as peur, chérie, mais la pauvre Cress est encore plus terrifiée que toi. Elle ne veut même pas descendre de la voiture. Pourrais-tu être vraiment courageuse et venir lui dire bonjour ?

— Pourquoi c'est à moi d'être courageuse ? s'était-elle étonnée.

Elle avait eu sa réponse quand, ayant enfin été persuadée par la promesse qu'elle pourrait regarder un DVD en mangeant un *fish and chips* plus tard, elle avait vu Cress blottie sur la banquette arrière de la voiture de son père : effectivement, elle avait l'air d'être bien plus intimidée que Sophy.

Pourtant, Cress était sans doute la plus jolie fille que Sophy ait jamais vue de sa vie. Une cascade de boucles châtain entourait un visage aux traits doux qu'elle considérait aujourd'hui comme éthérés. À l'époque, elle avait trouvé qu'elle ressemblait à celle qui était toujours choisie pour jouer Marie dans la crèche. Pour sa part, elle se voyait toujours attribuer le rôle du mouton. Pas même celui de l'un des anges de l'arrière-plan.

Elle avait passé la tête à travers la portière ouverte et, évitant de regarder le visage pincé et terrifié de Cress, inspecté l'habitacle pour chercher l'inspiration. Quand ses yeux avaient fini par se poser sur le sac à dos Spice Girls, elle avait soudain trouvé son sujet de conversation.

— C'est laquelle, ta Spice Girl préférée ? avait-elle demandé. Moi, c'est Geri, parce qu'on est toutes les deux rousses et qu'on croit toutes les deux au pouvoir des femmes.

— Moi, c'est Posh ! avait glapi Cress.

Ce qui était un peu décevant, car Posh Spice était de loin celle que Sophy aimait le moins (franchement, ses talents semblaient se résumer à faire la moue et pointer des trucs du doigt). Mais la glace était brisée. Cress était descendue de la voiture, et elles avaient passé l'après-midi dans la chambre de Sophy à s'entraîner sur la chorégraphie de *Spice Up Your Life* et à comparer leurs livres scolaires préférés au programme de leurs écoles respectives. Après ça, il ne faisait aucun doute que Cress resterait pour partager un *fish and chips* et regarder le DVD que Sophy avait loué.

Leur rencontre avait vraiment ressemblé à un coup de foudre.

Cressida était toujours la plus jolie personne que Sophy ait jamais vue en vrai. Elle était également toujours d'une timidité maladive. Elle détestait les conflits et le changement tout autant qu'elle détestait la moutarde et les guêpes. C'était quelqu'un qui choisissait toujours la solution de facilité. Elle avait beau avoir un diplôme de restauratrice de costumes de l'école d'art Central Saint Martins, elle avait accepté le premier poste qu'on lui avait proposé au Musée des Vieux Trucs Religieux Ennuyeux. Dix ans plus tard, elle n'avait pas bougé d'un pouce. Elle habitait toujours avec sa mère, Diane, qui, elle, n'avait pas transformé la chambre de sa fille en spa à domicile. Depuis qu'elle avait seize ans, elle sortait avec Colin qui n'était même pas digne d'embrasser l'ourlet de sa ravissante blouse de travail, cousue main.

Mais Sophy exprimait rarement ses réserves au sujet de Colin. Même s'il tenait Cressida pour acquise et s'était toujours montré paternaliste. Or, chaque fois qu'elle suggérait qu'elle pourrait trouver beaucoup mieux, Cress se tortillait nerveusement et répliquait :

— Oh, mais il est gentil.

Une défense sans grande conviction de son petit ami depuis quatorze ans.

Sophy s'avança dans la pièce et s'appuya sur le bord du bureau.

— Tu te souviens de quand nous avons parlé d'aller s'installer en Australie…

— Non !

Cress posa la chasuble de l'archevêque pour se boucher les oreilles.

— Nous ne parlons pas de ton déménagement en Australie, parce que c'est la pire idée au monde. La la la, je ne t'entends pas.

— Oh, allez, Cress, souviens-toi de ce passage de la Bible, *carpe diem*, « cueille le jour présent », tout ça, reprit Sophy en haussant la voix. Tu sais ? Je suis ici pour t'aider à le cueillir, ce fameux jour, je vais te faire profiter à fond de ta journée. Donc, tu vas venir avec moi et…

— Je ne peux pas. J'ai des soutanes à raccommoder.

— Je te propose un travail, Cress. Je te propose de travailler dans la mode vintage haut de gamme toute la journée et tous les jours.

Cress pinça sa jolie bouche en bouton de rose sans cesser de coudre de minuscules points, presque invisibles. Mais elle leva tout de même la tête une fois, et Sophy put lire une pointe d'envie dans ses yeux.

— J'ai déjà un travail.

— Il y a une robe dans la boutique qui est presque identique à celle que porte Audrey Hepburn dans la première scène de *Diamants sur canapé* : noire, sans manches, longue…

— Givenchy, précisa Cress avec un soupir plein de révérence, comme si elle disait une prière. Hubert de Givenchy a dessiné toutes les robes de *Diamants sur canapé*, et tu sais ce passage où elle chante *Moon River* ?

— Oui, je vois très bien.

Diamants sur canapé était l'un des films préférés de Cress, autrement dit Sophy avait dû le regarder avec elle une bonne centaine de fois. Au moins. Elle savait donc exactement là où Cress voulait en venir.

— Quand Audrey Hepburn est morte, tous les magasins *Tiffany* du monde ont affiché une photo d'elle dans leurs vitrines, avec ses dates de naissance et de mort, et une citation de la chanson.

La voix de Cress se brisa, alors qu'elle acceptait le mouchoir tendu par Sophy, qui avait anticipé son émotion. C'était loin d'être la première fois qu'elle entendait cette anecdote.

— Nous avons une autre robe dans la boutique qui ressemble à celle que portait Audrey dans *Drôle de frimousse*, quand ils font la séance de photos de mode…

— Oh, arrête ! s'écria Cress d'une voix qu'elle échoua lamentablement à rendre sévère. Quelle robe ? La robe bustier blanche, ou celle aux broderies noires et à jupe double ?

— Il n'y a qu'une façon pour toi de le savoir, la taquina Sophy.

Elle se lança dans le discours sur lequel elle avait travaillé toute la nuit précédente et une grande partie de la matinée. C'était un argumentaire largement axé sur la mode, qui vantait les vertus de pouvoir brasser de jolies robes toute la journée plutôt que les costumes cérémonieux d'un pieux clergé. Elle pouvait même affirmer avec certitude qu'au moins un cardinal était mort dans sa chasuble, il s'était d'ailleurs effondré au moment même où ils élisaient un nouveau pape. Elle le savait parce que le vêtement en question était de loin l'article le plus intéressant de tout le musée.

— Tu aurais ton propre espace, un endroit charmant, juste à côté de l'ately… atelia… hum… du salon ?

— Tu essaies de dire *atelier** ? C'est le mot français à la fois pour boutique et salle de travail.

— Oui, voilà. C'est là que sont les belles robes de mariée et les robes élégantes. Il y a un velux, donc tu ne t'abîmerais plus les yeux dans cette cave sombre et humide. Où, à propos, je compte trois pièges à souris sans même avoir à les chercher du regard.

— Nous avons des problèmes terribles avec les souris, répondit Cress d'un ton calme.

Sophy voyait bien que même la référence aux robes vintage n'avait pas encore réussi à enflammer le regard de la jeune femme. À ce stade, elle se serait contentée de voir ne serait-ce qu'une toute petite étincelle briller au fond de ses prunelles.

— C'est à Primrose Hill, juste sur le canal, ce qui est bien plus facile d'accès de chez toi, reprit-elle.

Cress habitait Finchley.

— À quelques arrêts sur la Northern Line et, bien sûr, tu travaillerais avec moi, ta demi-sœur préférée et, franchement, Cress, ça ne me ferait pas de mal d'avoir une amie sur place.

— Pourquoi ? Ils sont méchants ? Le personnel est-il extrêmement intimidant, sait-il tout sur la mode, va-t-il se moquer de moi si je prononce mal le nom de Balenciaga ou Lucien Lelong ?

Comprenant immédiatement son erreur, Sophy s'empressa de faire marche arrière.

— Je ne sais pas de quoi tu parles, mais en tout cas, les femmes de la boutique sont très sympas. Vraiment. Mais elles sont toutes obsédées par la mode vintage. Elles ne parlent que de ça.

Sophy croisa les doigts dans son dos. Elle eut toutefois un instant de doute. Était-ce réellement une bonne idée de présenter Cress à Phoebe, qui allait sans doute n'en faire qu'une bouchée ?

— Écoute, Cress, tu aimerais vraiment le travail, là-bas. Tes talents sont gâchés, ici. Tu le sais. Tu n'arrêtes pas de dire à quel point tu détestes ce musée.

Cress jeta un coup d'œil anxieux à la ronde au cas où quiconque aurait surpris cette dernière phrase. Mais, comme toujours, elle était reléguée à la cave, seule. Elle avait confié un jour à Sophy que, parfois, elle avait l'impression que ses uniques amies étaient les présentatrices de l'émission *Woman's Hour* sur la BBC Radio 4.

— J'ai des compétences très spécifiques, renchérit-elle. Je ne veux pas avoir la grosse tête, mais je ne pense pas que vous puissiez me payer, et je ne peux vraiment pas m'en sortir avec moins que ce que je gagne ici.

— Combien gagnes-tu ici ? demanda Sophy.

C'était une question qu'elle se posait souvent. Elle s'était dit que le vieux bienfaiteur décrépit qui avait fait don des locaux avait peut-être aussi laissé suffisamment d'argent au musée pour verser un généreux salaire à Cress.

L'air gêné, Cress nota un chiffre sur un Post-it qu'elle poussa vers Sophy qui le lut, incrédule. Elle s'était toujours considérée comme mal payée pour son poste de vendeuse senior dans une boutique phare d'Oxford Street... Mais...

— Je sais que c'est beaucoup...

— Enfin, Cress ! Ce n'est même pas le SMIC ! Freddy, le gestionnaire de Johnno, m'a dit qu'il pourrait te proposer ce salaire.

À son tour, elle gribouilla un chiffre sur un Post-it. Cress lâcha un cri, comme si elle venait de se piquer le doigt.

— C'est... ça dépasse tout ce qu'on peut rêver de gagner.

— Bon alors, tu viens bosser avec nous ?

Elle eut beau avouer qu'elle n'avait pas de contrat de travail avec le musée et qu'elle était presque sûre que les souris avaient des puces, parce que ses chevilles portaient des piqûres inexpliquées, Cress ne voulait toujours pas se résoudre à accepter l'offre de sa demi-sœur. Elle finit tout de même par consentir à venir visiter la boutique le lendemain. Mais, même pour cela, Sophy dut se battre.

— Je ne peux pas dire que j'ai un rendez-vous chez le dentiste. C'est faux. Ce ne serait pas bien. Et t'ai-je parlé des soutanes à repriser… ?

— Si tu ne viens pas demain, je vais prendre la petite robe noire qui ressemble à celle que porte Audrey Hepburn au début de *Diamants sur canapé*, et je vais découdre l'ourlet avec mes ciseaux à ongles.

— Tu ne ferais pas ça ! s'exclama Cress, horrifiée.

Bien sûr que non. Phoebe la tuerait à petit feu, cruellement, avec les mêmes ciseaux, si jamais elle le faisait. Mais ça, Cress l'ignorait. Aussi, réticente, accepta-t-elle de feindre un rendez-vous urgent chez le dentiste pour pouvoir se libérer.

— Même si, franchement, c'est tenter le diable. Je parie que j'aurai mal aux dents avant la fin de la journée, maugréa-t-elle d'un ton lugubre, tandis que Sophy lui envoyait l'adresse de la boutique sur son téléphone.

Chapitre 5

La présentation de Cress à *La Petite Boutique vintage* ne démarra pas sous les meilleurs auspices. Quand Sophy la retrouva à la station de Chalk Farm, elle vit au visage de sa demi-sœur, aussi sombre qu'un ciel de mars plombé, qu'elle regrettait déjà sa décision d'envisager un nouvel emploi.

— Je suis au musée depuis presque dix ans. Ce n'est pas très loyal de partir comme ça, tu ne trouves pas ? lui demanda-t-elle d'un ton bougon alors qu'elles traversaient le pont.

— Ce n'est pas tellement plus correct de te faire travailler avec un contrat sans heures fixes après presque dix ans.

Sophy aurait pu en ajouter beaucoup plus, mais elle n'en fit rien. En période de bouleversement et de potentiel changement, Cress devait être maniée avec la plus grande délicatesse. Pourtant, il était nécessaire qu'elle lui précise un point :

— Je te préviens juste, Phoebe, la directrice, elle peut être un peu… sèche. Juste un peu.

Ce qui était un mensonge. Phoebe était en vérité aussi aride qu'un désert rempli de cactus.

De gris, le visage de Cress devint blanc comme un linge.

— Oh non ! Pourquoi me suis-je laissé convaincre ? murmura-t-elle. C'est comme la fois où tu m'as persuadée de prendre un billet pour ce festival, et il a plu et il faisait si froid que la

Croix-Rouge a dû distribuer des couvertures de survie en alu. Et, en plus, on a eu une intoxication alimentaire avec les falafels.

— Ça n'a strictement rien à voir, répliqua Sophy.

Malgré le ciel encore couvert, Primrose Hill était un quartier toujours aussi charmant. Elle lui montra l'élégante boutique de décoration intérieure et son café préféré qui vendait des boissons chaudes à un prix exorbitant.

— Et si tu continues par là, tu arrives au canal. Je t'ai dit que la boutique avait un patio avec vue sur le canal ? Imagine comme ça doit être agréable, l'été.

Cress acquiesça d'un « hum » sans conviction. Une fois devant la vitrine, quand elle vit la merveilleuse robe bustier en tulle noir, son expression pincée s'adoucit. Mais Sophy sentit son propre visage se crisper en lui ouvrant la porte pour l'inviter à entrer.

Cress s'avança de quelques pas hésitants, et Sophy dut la pousser vigoureusement pour lui faire franchir le seuil. Elles furent accueillies par Phoebe et par Charles dans un costume de tweed lilas. Du tweed lilas ! La couleur lui allait bien. Elle faisait ressortir le bleu de ses yeux et ses épais cheveux blonds. Assis sur l'un des canapés, il buvait du thé dans l'une de ces tasses en porcelaine si fines que Sophy ne les utilisait jamais. D'abord, parce qu'elles ne contenaient qu'une goutte de liquide ; ensuite, parce qu'elle était terrifiée à l'idée d'en casser une.

— … Il y a quelques ventes de biens en succession à venir. Toujours intéressant pour les robes de mariée, était-il en train de dire alors que Phoebe acquiesçait avec vigueur.

— Tu sais que j'adore la silhouette des années 1930 et, bien sûr, toutes les robes à taille de guêpe des années 1950. Elles sont parfaites pour dissimuler une multitude de défauts chez certaines de nos mariées aux physionomies les plus… défavorisées.

Charles lui donna un coup de coude.

— Voilà une remarque presque délicate de ta part, Phoebe. Freddy a-t-il enfin fini par te faire participer à un atelier de sensibilisation ?

Jamais Sophy n'aurait osé taquiner Phoebe comme ça. Mais cette dernière se contenta de lever les yeux au ciel et de rendre son coup de coude à Charles. Quand Phoebe aperçut Sophy, Cress tapie derrière elle, son humeur enjouée s'évanouit brusquement.

— Oh, c'est vous ! lança-t-elle, comme tous les matins, comme si elle espérait qu'elle arrêterait soudain de venir. Et est-ce… Qui est-ce ?

— Manifestement, l'atelier de sensibilisation n'a pas vraiment été une réussite, murmura Charles, les lèvres pressées sur le bord de sa tasse.

Commentaire qui lui attira un regard assassin de Phoebe. Qu'elle dirigea alors sur Sophy et…

— C'est Cress, ma demi-sœur et une fée en restauration de vêtements, gronda-t-elle.

Elle se voulait intimidante, pour faire comprendre à Phoebe que, si elle s'en prenait à Cress, elle la tuerait.

— Elle est diplômée de l'école d'art Central Saint Martins et elle a passé presque dix ans à travailler dans un musée à restaurer des costumes ecclésiastiques de première importance.

— Eh bien, cela me paraît une compétence bien trop spécifique pour nos besoins. Les visites de papes sont plutôt rares à la boutique, railla Phoebe.

À travers ses yeux plissés, Sophy la foudroya d'un regard qui eut tôt fait de la calmer.

— *Comme je le disais*, Cress a une très grande expérience, elle connaît absolument tout de la mode vintage, elle confectionne les vêtements les plus splendides, et elle peut raccommoder et retoucher des trucs qui ne sont bons qu'à mettre au feu. Vous devriez voir la métamorphose qu'elle a fait subir à la robe de mariée de ma tante, qui avait des brûlures de cigarettes sur le corsage et un accroc à la jupe, afin que ma cousine…

— Oui, oui, on a compris l'idée, la coupa Phoebe.

Sophy s'interrompit. Non à cause de la directrice, mais parce que Cress semblait sur le point de fondre en larmes et de prendre ses jambes à son cou. Ou l'inverse.

— Son CV semble très impressionnant, approuva aimablement Charles.

Sophy lui lança un regard reconnaissant. Puis elle ramena son attention sur Cress qui regardait les portants de robes avec appréhension.

Quand elle était vraiment angoissée, elle avait tendance à se fermer comme une huître. Et maintenant, Sophy regrettait de l'avoir entraînée loin de sa zone de confort, loin de ses chasubles de cardinal poussiéreuses, et de l'avoir présentée à Phoebe.

— Ça va ? lui chuchota-t-elle.

Sans répondre, Cress se mit à fouiller dans le sac cabas qu'elle avait fabriqué elle-même et sur lequel elle avait brodé au fil rose les mots « Le point de croix est mon super pouvoir ».

Cherchait-elle son téléphone afin de pouvoir invoquer une urgence et partir ? Ou des mouchoirs parce qu'elle était sur le point de pleurer ? Ni l'un ni l'autre. Elle sortit une paire de gants blancs, ceux qu'elle utilisait quand elle maniait des vêtements religieux et qui donnaient toujours l'impression à Sophy qu'elle s'apprêtait à faire un numéro de mime.

Elle les enfila, sous les regards médusés de Phoebe et de Charles, puis s'approcha du portant bleu.

— C'est… C'est…

Elle s'empara délicatement de la jupe d'une robe blanche pimpante ornée de roses bleues épanouies.

— C'est une Horrockses !

— Ce n'est pas une horreur, siffla Sophy. Qu'est-ce qui te prend ?

— J'ai dit « Horrockses », pas horreur, rectifia Cress avec une pointe d'exaspération. Oh, mon Dieu ! Je n'en avais jamais vu une en vrai. Je suis allée à l'exposition Horrockses au musée

Harris de Preston, et il y a une gamme fabriquée pour ASOS, mais ça… ça, c'est autre chose.

— C'est bien une Horrockses, confirma Phoebe. Elles sont très difficiles à trouver.

Cress hocha vaguement la tête.

— Ça ne me surprend pas, dit-elle en passant une main pleine de révérence sur les robes.

Elle s'immobilisa sur l'une d'entre elles.

— Et, bien sûr, celle-là, c'est une Biba. Reconnaissable entre mille.

— N'est-elle pas fabuleuse ? Dans un état presque parfait.

Phoebe sourit et se leva. Même avec ses regards furieux, ses remarques acerbes et le fait qu'elle soit généralement très désagréable, elle était jolie. Mais, quand elle souriait, elle était d'une beauté indéniable.

— Comme c'est fascinant, déclara Cress, en survolant des yeux les nombreux portants du magasin.

Sophy fut surprise que Cress n'ait pas la tête qui tourne à force d'analyser chaque robe de la pièce pour l'identifier grâce à sa connaissance encyclopédique des vêtements vintage.

— Je sais que vous n'avez que la parole de Sophy, mais j'adore vraiment la mode rétro.

— De toute évidence, acquiesça Phoebe, avec un sourire chaleureux.

Elle avait perdu toute sa froideur.

— J'aurais dû apporter quelques exemples de mon travail. Je suis juste venue parce que je savais que Sophy ne laisserait pas tomber si je refusais.

Elle s'interrompit avec un sourire contrit.

— Mais maintenant, je suis bien contente d'être venue, juste pour me retrouver dans la même pièce qu'une Horrockses.

— Attendez-vous à une surprise. Je ne vous ai même pas encore montré l'atelier, dit Phoebe avec enthousiasme, en se précipitant vers l'escalier et en décrochant le cordon de velours. Nous avons une Courrèges à l'étage.

— Mais non !

Souriant de toutes ses dents, Cress courut presque jusqu'aux marches.

— Et deux Jacques Griffe 1950, ajouta Phoebe en la précédant dans l'escalier.

Sophy resta seule avec Charles. Parfaitement détendu, il finit tranquillement son thé, alors que, de son côté, comme toujours quand elle était dans cette boutique avec ces gens, elle se sentait agitée, pas à sa place.

— Ça s'est mieux passé que ce que je pensais, marmonna-t-elle.

Elle essayait de combler le silence qu'elle trouvait un peu gênant.

Charles lui lança un autre de ses sourires affables tout en la dévisageant. Elle se sentit soudain douloureusement consciente du fait qu'elle n'avait pas encore trouvé une tenue de travail adaptée à la boutique. Il était impossible qu'elle passe la journée dans le même genre de robes ajustées que portaient Phoebe, Chloé et Anita. Pas plus qu'elle ne pouvait passer toute la journée perchée sur des stilettos. Certes, Phoebe pouvait monter et descendre l'escalier juchée sur des talons de dix centimètres sans broncher. Mais, cinq minutes auparavant, Sophy la soupçonnait encore de ne pas même être humaine.

D'un point de vue vestimentaire, elle avait dû se débrouiller seule. Elle s'était limitée à du noir mais, un jour, elle avait testé un pantalon avec une chemise, ce qui lui avait valu des regards horrifiés de Phoebe et Chloé, comme si elle avait soudain eu deux têtes. Elle avait besoin de vêtements dans lesquels elle pouvait bouger. Elle s'était donc rabattue sur ce qu'Egan appelait ses « robes sacs ». Aujourd'hui, elle portait une robe trapèze noire ample avec ses baskets Veja de contrefaçon. Même si son apparence importait guère puisque, de toute façon, elle n'avait pas le droit de se montrer dans la boutique.

Charles, lui, ne semblait pas perturbé par sa tenue contemporaine. Il se leva du canapé de velours rose et fit un geste en direction de l'escalier.

— On les suit ?

— Je ne suis pas censée monter, admit-elle en rougissant.

Manifestement, en plus de son travail, son petit ami, son logement, elle avait aussi perdu son assurance, ces deux derniers mois.

— Pas avant de m'être d'abord fumigée et d'avoir enfilé une combinaison de protection.

La prenant par le coude, Charles entraîna fermement Sophy vers l'escalier.

— Elle aboie plus fort qu'elle ne mord, déclara-t-il. Mais allons nous assurer qu'elle n'a pas mordu ou aboyé sur votre demi-sœur. Après vous.

Même s'il était manifeste que Charles ne s'intéressait pas à elle, ni aux femmes en général, elle se sentit très consciente du volume de sa jupe en le précédant dans l'escalier. Tout en gravissant les marches à la hâte, elle agrippait le tissu contre elle afin de ne rien lui dévoiler, s'inquiétant que Phoebe soit redevenue elle-même et se montre odieuse avec la pauvre Cress.

Elle était bien loin de la vérité. Ils trouvèrent les deux femmes en train de s'extasier sur une broderie perlée, cousue main sur une robe rose fondant…

— Un modèle Hardy Amies. Je sais que l'on dit que jamais la Grande-Bretagne n'a produit un couturier digne de ce nom. Mais je persiste à leur rappeler Hardy Amies.

— Et Charles Creed ? Lachasse ? Digby Morton ? Même Norman Hartnell.

— Exactement. Même si Christian Dior était d'une tout autre trempe.

— Il l'était. Il l'était vraiment, répondit Cress avec un soupir d'extase.

Phoebe prit une profonde inspiration.

— Un jour, Charles a déniché une robe New Look 1947, en velours noir, elle était exquise. Destinée à un musée, même s'il m'a laissée la toucher d'abord.

— Oh, mon Dieu ! Si je touchais un jour une robe New Look, je ne me laverais plus jamais les mains ! Même si en vérité, avant d'oser la toucher, je porterais mes gants. Je suppose donc que ce ne serait pas un problème.

— Qu'est-ce que j'ai fait ? siffla Sophy entre ses dents.

Elle s'était inquiétée de la façon dont Phoebe allait traiter Cress. Mais c'était bien pire que tout ce qu'elle avait envisagé : les deux, en train de se pâmer devant des robes, comme deux énormes nerds. Une passion commune. Une langue qu'elle ne connaissait pas. Elles pourraient même devenir meilleures amies.

— Laissez-moi vous montrer l'atelier de couture. Ça ne vous dérange pas de travailler sur place ?

Phoebe la précéda dans le petit local niché dans la mansarde.

— Je suis toujours en haut, vous ne passerez donc pas vos journées seule. Si vous avez besoin de quoi que ce soit, fils, accessoires en tous genres, vous n'aurez qu'à me demander.

Sophy regarda Coco Chanel qui était enfoncée dans son coussin de satin bleu favori. L'animal lui lança un regard assassin. Elle était bien insolente pour une minuscule chienne avec une tête de gremlin et qui pétait toute la journée. Elle était aussi bien plus difficile à amadouer que Phoebe et n'acceptait même pas les friandises qu'elle lui donnait, ce qui était l'une des raisons pour lesquelles Sophy préférait les chats. On s'attendait à un peu d'impertinence de leur part.

— Pourquoi faites-vous cette tête ? lui demanda Charles, sans la regarder.

Il était en train d'examiner une robe de soie crème qu'il avait prise sur un portant sans même s'être lavé les mains après sa tasse de thé.

— Ça ne s'est pas passé comme je l'espérais, reconnut-elle. Je veux dire, ça se passe bien, mais…

— Vous espériez que Cress serait un soutien pour vous et, au lieu de ça, elle est accueillie à bras ouverts ?

— Vous êtes très intuitif, remarqua Sophy en croisant les bras. Je n'aime pas ça.

Charles esquissa un sourire.

— Je suis le numéro quatre de sept enfants et je n'ai que des sœurs. J'ai beaucoup appris. Surtout en me taisant.

— Ainsi, la psychologie féminine n'a aucun mystère pour vous ?

Voyant que Phoebe était occupée à s'égosiller sur les prouesses de Cress en matière de points invisibles, elle s'autorisa à s'asseoir sur l'un des canapés de brocart or et crème.

— Je pourrais vivre jusqu'à mille ans, avoir cent sœurs, et les mystères de la psychologie féminine continueraient à m'échapper, répondit Charles.

Il se tenait sous l'un des spots du plafond qui mettait en valeur l'ossature exquise de son visage. Il était élégant, estima Sophy. Egan n'était pas du tout élégant. Surtout pas après son curry du vendredi soir, quand il sortait son ventre ballonné de son jean, rotait et s'attendait à ce qu'elle trouve cela amusant.

— En même temps, si tout le monde était un livre ouvert, ce ne serait pas drôle.

— Je suis un livre ouvert, répliqua-t-elle, d'un air un peu sombre. Zéro mystère, chez moi.

— N'importe quoi ! Vous vous apprêtez à partir en Australie pour travailler dans un élevage de moutons comme une aventurière du passé. Sur les traces de pionnières comme Gertrude Bell et Freya Stark.

À cet instant précis, *La Petite Boutique vintage*, par ce calme matin de mars, lui semblait à des années-lumière d'un élevage de moutons en Australie. En outre…

— Je n'ai pas le projet de m'occuper personnellement des moutons.

À cette pensée, elle fit une grimace.

— Et le ranch est très près de la côte. Vraiment tout près. Ce n'est pas comme si je partais pour l'outback avec les serpents et toutes ces bestioles qui peuvent vous être fatales si vous marchez dessus. Et puis, je ne vais passer que quelques semaines dans l'élevage de moutons. Ensuite, je pars à Sydney pour le mariage d'une amie.

Elle regarda l'un des portants de robes de mariée regrettant, non pour la première fois, de ne pas être avec Radha et ses autres demoiselles d'honneur quand elle essaierait des robes, plutôt que de se contenter du reel des meilleurs moments sur la conversation du groupe.

— Je ne pense pas qu'il y ait des serpents sur les belles plages de sable, et vous ?

Ce fut au tour de Charles de faire une grimace.

— J'aime vivre dans un pays où, quand je me réveille le matin, je sais que j'ai zéro risque de trouver un lézard sur mon front.

— Des lézards ! Beurk ! j'ai horreur des lézards !

Sophy allait devoir demander à Bob et à Jean plus d'informations sur de possibles rencontres fortuites avec ces petits reptiles. Mais elle entendit la porte d'entrée s'ouvrir et dut se précipiter au rez-de-chaussée, car la boutique était vide : Béatrice avait une réunion avec les concepteurs du site Internet, Chloé était en congé aujourd'hui et Anita ne devait arriver que tard dans l'après-midi. Et, bien sûr, Phoebe était toujours occupée à s'extasier devant la parfaite maîtrise de Cress des techniques de broderie.

La cliente fut rapidement expédiée. Elle avait besoin d'un costume de pirate pour son fils pour l'école le lendemain. Sophy l'envoya au magasin de déguisements de Camden High Street. Entre-temps, Charles, qui était également redescendu, triait le contenu d'un carton qu'elle n'avait pas encore remarqué.

— Tout cela a été très divertissant, et j'ai été ravi d'avoir une petite conversation avec vous. Mais, à vrai dire, je suis passé parce que j'ai des articles de stock mort pour vous.

Glacée par l'appréhension, elle sentit disparaître la douce chaleur que lui avaient procurée les paroles de Charles (car, ces derniers temps, elle avait besoin de toute l'approbation possible).

— De stock mort ? répéta-t-elle, ses pires craintes confirmées. Je savais que des gens étaient morts dans ces vêtements, j'en étais sûre !

Charles leva la tête de son carton d'accessoires ayant appartenu à des défunts. Une lueur espiègle dans les yeux, son sourire maintenant sardonique, il répondit :

— J'ai un arrangement avec la plupart des croque-morts du quartier.

Sophy s'écroula sur l'un des canapés roses.

— Je vous en prie, dites-moi que vous blaguez.

— Pour briser toutes vos illusions sur la sombre réalité du commerce d'articles vintage ?

— C'est l'une des rares occasions où je serais vraiment heureuse que l'on me ramène à la réalité, bredouilla-t-elle en lui lançant un regard implorant.

Charles était accroupi à ses pieds. Même dans cette position, il restait élégant. Et il avait l'air amusé. Très amusé.

— Les stocks morts, ce sont les stocks d'invendus, tout simplement. Des articles qui n'ont jamais été écoulés, expliqua-t-il. Vous avez dû en voir dans votre précédent poste. D'après Johnno, vous travailliez chez *Belle Girl*.

Manifestement, elle avait fait l'objet d'une conversation approfondie entre Johnno et Charles. Qui n'avait pas seulement porté sur le dernier chapitre de sa carrière illustre, mais aussi sur ses projets d'avenir, sans parler des lézards, des serpents, des araignées.

— Nous n'avions pas de stocks morts. Nous vendions tout. Même les retours qui, franchement, auraient été bons à jeter au feu. La politique du magasin était que, si vous le soldiez suffisamment, quelqu'un finirait toujours par l'acheter, se souvint Sophy.

Elle baissa les yeux vers l'intérieur du mystérieux carton. Il contenait au moins cinquante petites boîtes entre lesquelles Charles fouillait de ses longs doigts qui semblaient appartenir à un pianiste ou à un chirurgien cardiaque réalisant les opérations les plus délicates pour sauver des vies.

— Alors, qu'avez-vous dans ce carton ?

— Soixante-dix broches en Bakélite des années 1950.

Charles en sortit une boîte et, soulevant le couvercle, révéla un petit chat noir aux yeux verts, le dos arqué.

— Sympa, non ?

— Tout à fait charmant, acquiesça Sophy.

Il posa le bijou dans sa paume et, pour quelque étrange raison, le frôlement de ses doigts sur sa peau fit naître en elle une envie de frissonner. Mais d'une façon positive. Très positive. Elle essaya de l'ignorer, de repousser cette pensée avec la première question qui lui passa par la tête.

— Et c'est aussi vous qui dénichez toutes ces élégantes robes, à l'étage ?

— C'est juste une activité secondaire, répondit-il en ouvrant un autre écrin.

À l'intérieur se trouvait une nouvelle broche, en forme de petit Westie blanc.

— Mon travail officiel, ce sont les bijoux anciens. Si vous cherchiez une tiare, je suis votre homme.

— C'est amusant que vous en parliez ! Je me disais justement l'autre jour que je n'avais pas assez de tiares.

Ce fut l'une des trois occasions de sa vie où elle eut la repartie parfaite, exactement au bon moment.

Charles la gratifia d'un autre de ces sourires qui lui donnaient l'impression qu'elle n'était pas simplement drôle, mais intelligente, belle, et même sexy. C'était un sourire chaleureux, approbateur. Et puis, il regardait son visage comme s'il le trouvait très à son goût.

Elle devait se ressaisir. Mettre un terme à ce gros coup de cœur pour un homme qui de toute évidence n'aimait pas les femmes et qui, de toute façon, était bien trop bien pour elle. Elle regrettait seulement qu'il soit si beau, si tactile, si bien habillé. Et souhaitait qu'il cesse de la regarder ainsi, car cela faisait naître en elle un trouble que jamais elle n'avait ressenti avec Egan. Pas même dans les débuts grisants de leur relation, quand ils n'arrêtaient pas de se toucher.

Elle se rendit compte qu'elle fixait Charles droit dans les yeux et qu'il faisait de même. Son sourire avait disparu, mais la même lueur chaleureuse brûlait dans ses pupilles.

Se passait-il quelque chose entre eux ? Elle avait bien l'impression que oui…

Le charme fut brisé par la voix de Phoebe qui devait avoir descendu l'escalier à pas de loup, car elle ne l'avait pas entendue approcher.

— Sophy, en quel honneur tripotez-vous la marchandise ? J'espère que vous vous êtes lavé les mains.

Elle se détourna de Charles et cligna des yeux, indécise. Quand elle les rouvrit, elle se trouva nez à nez avec Cress. Le visage fendu d'un sourire radieux, sa demi-sœur annonça joyeusement :

— C'est décidé ! Vendredi, c'est la fin du mois, le jour où je reçois mon salaire, je commencerai donc ici lundi.

Sophy se leva du canapé pour pouvoir la serrer dans ses bras.

— C'est génial ! Je savais que tu serais parfaite pour le poste.

— C'est génial ! répéta Cress en lui rendant son accolade.

Quand elle était heureuse, elle débordait d'affection. Mais alors qu'elle se libérait de son étreinte, elle se rembrunit et, les lèvres tremblantes, lui lança un regard angoissé.

— Donc, heu… est-ce que tu peux appeler le musée pour moi lundi, et dire que j'ai dû quitter le pays soudainement et que tu ne sais pas quand je rentrerai ?

Chapitre 6

Il était bien préférable d'être dans les petits papiers de Phoebe que de la sentir vous fusiller du regard chaque fois qu'elle tournait la tête dans votre direction.

La directrice était ravie de la présence de Cress. Pourtant, Sophy l'entendit murmurer à Béatrice :

— C'est tellement bizarre qu'elles soient amies. Tu te rends compte, Sophy ne sait même pas qui est Mary Quant.

Ce qui était faux. Mais, même si elle ne l'avait pas su, Phoebe aurait comblé sa lacune. Il était manifeste qu'elle avait décidé que la nouvelle recrue avait passé une espèce de période d'essai arbitraire. Ou bien elle avait compris que, que cela lui plaise ou non, Sophy allait continuer à se présenter à son poste tous les jours. Et qu'elle ferait donc bien d'en tirer le meilleur parti.

Le lendemain, après s'être lavé les mains – pas même la plus sévère des infirmières n'était aussi exigeante sur le sujet de l'hygiène des mains que Phoebe –, Sophy fut autorisée à se présenter dans la boutique.

— Je vais vous former, lui promit la directrice de manière inquiétante.

Sophy s'apprêtait à se hérisser. Elle en savait beaucoup plus sur l'accueil du client que Phoebe. Mais il s'avéra que cette dernière voulait lui transmettre les mystères de la vente de vêtements vintage.

Quand arriva l'heure du déjeuner, elle chancelait sous le poids de toutes les informations dont Phoebe lui avait bourré le crâne. Les ourlets arrondis de 1920, les coupes en biais de 1930. Les vêtements utilitaires des années 1940, la silhouette New Look et les robes fourreaux des années 1950. Les minirobes et le pop art des années 1960-1970.

Phoebe avait toutes sortes de faits fascinants à raconter. Que le rationnement des vêtements ne s'était pas arrêté tout de suite après la Seconde Guerre mondiale, mais avait continué jusqu'en 1949. Que les femmes britanniques avaient été furieuses, et à juste titre, que les Françaises fassent bruisser leurs énormes jupes New Look alors qu'elles étaient encore obligées de remplacer les goussets de leurs culottes par du jersey.

— Quand la reine s'est mariée en 1947, elle a acheté le tissu pour sa robe avec des coupons de rationnement. Beaucoup de gens ont essayé de lui faire don des leurs, mais Buckingham les leur a renvoyés.

— J'aurais certainement gardé mes coupons d'habillement pour moi, déclara Sophy.

Phoebe approuva d'un hochement de tête.

— Moi aussi !

Ce fut un beau moment de solidarité. Cela ne dura pas, mais au moins elles ne retombèrent pas immédiatement dans le climat d'hostilité qui régnait habituellement entre elles.

— Donc, les prix ? Comment ça marche ? demanda alors Sophy.

Une question tout à fait légitime, face à laquelle Phoebe n'avait vraiment pas besoin de fermer les yeux d'un air excédé ni de se pincer l'arête du nez comme si elle sentait une migraine monter.

— Je ne peux pas… il n'y a pas… Vous n'êtes pas autorisée à fixer le moindre prix, lâcha-t-elle d'un ton sévère. C'est très compliqué. Cela dépend entièrement de la robe. Son époque, son état, qui en était le créateur ? Provient-elle d'un stock dormant ? En quoi est-elle faite ?

— Ça a l'air complexe, en effet, marmonna Sophy.

C'était bien volontiers qu'elle laissait à Phoebe le soin de fixer les prix plutôt que de se voir punie pour avoir vendu une robe d'une valeur de 200 livres pour 10 livres. Même en bas, certains prix l'avaient fait tiquer. Il était difficile de trouver la moindre robe à moins de 50 livres, et la plupart coûtaient au moins 100 livres.

— Les vêtements vintage décents se font de plus en plus rares, expliqua alors Phoebe devant le portant jaune. Je suis triste en pensant à toutes ces pauvres robes dont on ne prend pas soin, qui se retrouvent à la poubelle sans l'avoir mérité. Ou pire, elles ont langui au fond d'une garde-robe pendant des décennies et, à la mort de leur propriétaire, un grossier personnage, qui ignorait tout de leur provenance, s'en est débarrassé.

— Oui, c'est terrible.

Colin, la moitié de Cress, avait une foutue obsession pour la musique. Il en devenait vraiment ennuyeux. Il refusait d'écouter autre chose que ses vinyles favoris et, si vous le laissiez faire, passait des heures à vous inonder d'anecdotes, de chiffres et d'opinions. Du fléau que représentait Spotify à George Harrison, qui était le meilleur Beatles, au fait qu'il n'y avait pas eu de vraies nouveautés ni d'évolutions révolutionnaires en musique depuis 1979. Sophy redoutait réellement de se retrouver coincée avec lui, lors des rares occasions où il leur faisait grâce de sa présence. Mais ses discours assommants sur d'obscurs groupes de musique poussiéreux n'étaient rien en comparaison des dissertations à rallonge de Phoebe. Sophy aimait la mode. Elle aimait le pouvoir de métamorphose d'un nouveau vêtement. Mais l'obsession de Phoebe pour ses vieilles robes, c'était une tout autre histoire.

— De toute façon, il y a une étiquette sur chaque article, reprit-elle en s'emparant d'un modèle en laine vert bouteille dont Sophy était quasiment sûre qu'il datait du début des années 1960.

Elle lui montra l'étiquette à l'intérieur.

— Pas d'épingle, Sophy. Nous n'épinglons jamais. Regardez, elle est attachée par un ruban et vous indique la taille, le prix, l'époque et le nom du créateur, si nous le connaissons.

— Et les tailles…

— Nous utilisons des tailles modernes. Ignorez la mention sur l'étiquette du fabricant, car la mode vintage taille beaucoup plus petit. Un 38 de l'époque équivaudrait à un 34 aujourd'hui.

— C'est dur, dit Sophy en replaçant la robe sur le portant sous la supervision de la directrice.

Qui répliqua :

— Les gens étaient beaucoup plus petits à l'époque. Ils n'avaient pas accès à une aussi bonne nutrition que nous ni aux paquets de chips format familial.

— Parce que je me suis souvent demandé… j'ai souvent lu que Marilyn Monroe faisait en fait du 44.

— *Fake news !* s'écria Phoebe. Elle était menue. J'ai vu certaines de ses robes dans une exposition à Los Angeles et je suis presque sûre que je n'aurais pu en enfiler aucune !

— Mais vous aussi, vous êtes menue.

Dans le fond, elle n'avait pas vraiment envie de s'engager dans une discussion sur les tailles. Mais c'était trop tard. Phoebe semblait déjà se rengorger de sa remarque.

— C'est un compromis. Si je veux entrer dans de jolies robes vintage, je ne m'autorise aucun glucide et je ne mange jamais de chocolat.

— Aucune robe ne mérite de se priver de chocolat, insista Sophy.

Mais elle ne souhaitait pas que la distance s'installe de nouveau entre elles, alors qu'elles s'entendaient si bien.

— Avez-vous déjà pensé à organiser les robes par tailles ? reprit-elle alors.

Dans son ancien travail, à chaque nouvel arrivage de stock, elle recevait des diagrammes détaillés de l'équipe commerciale.

— Nous l'avons fait, à l'ouverture de la boutique. Mais ce n'était pas très plaisant d'un point de vue esthétique. C'était très fouillis, se rappela Phoebe avec une grimace. Ensuite, j'ai décidé de les classer par époques. Ce n'était pas mieux. Voilà pourquoi j'ai finalement opté pour un classement par couleurs. C'est magnifique, sur Instagram.

— C'est très beau dans la vraie vie aussi. Mais comment vous souvenez-vous que vous avez une robe en dentelle dorée taille 40 qui serait idéale pour un mariage, si tout est rangé par couleurs ?

— Parce que j'ai chaque pièce du stock en mémoire, expliqua Phoebe.

Naturellement.

— Idem pour Chloé et Anita. Béatrice enregistre tout sur le site Internet de toute façon. Vous pouvez lancer une recherche par taille, couleur ou époque. Mais je pense que c'est de la triche.

Bien entendu.

— Ne vous inquiétez pas, vous n'allez pas tarder à comprendre. Maintenant, vous sentez-vous prête à attaquer l'épineux sujet des accessoires ?

— Nous devrions peut-être arrêter là et laisser les accessoires pour un autre jour, répondit Sophy d'un ton plaintif.

Elle avait emmagasiné tellement de nouvelles connaissances qu'elle était sûre d'avoir oublié les paroles de ses chansons des Spice Girls préférées et toutes les dates d'anniversaires de ses amis.

— Vous avez sans doute raison, approuva Phoebe.

Manifestement, l'humeur du vendredi lui réussissait.

— Mais, en fait, il y a une chose que je voulais vous dire.

Sophy sentit chaque muscle de son corps se tendre.

— Vraiment ? Et quoi ?

— Vous allez devoir commencer à vous habiller vintage, en tout cas pendant les heures de travail. Même si, une fois que vous aurez goûté au vintage, vous ne voudrez jamais revenir à des vêtements civils, déclara-t-elle d'un air suffisant. Je pourrais vous choisir quelques robes noires, comme celles que nous portons toutes.

— Mais je ne vais pas rester très longtemps. En plus, tout comme la Grande-Bretagne pré-Brexit, j'ai besoin de ma liberté de mouvement, objecta Sophy, satisfaite de voir qu'elle n'avait pas totalement perdu son cran. Ces robes sont si moulantes…

— Et pourquoi ne voudriez-vous pas mouler vos formes ? demanda Phoebe, en balayant sa silhouette d'un regard perçant. Ne le prenez pas mal, mais cette robe ne vous va pas du tout. Elle ressemble à un sac.

— Comment voulez-vous que je le prenne ? C'est une robe trapèze. Elles sont très à la mode, vous savez.

D'un geste dédaigneux, Phoebe agita une main parfaitement manucurée.

— Pfft ! Les modes passent, mais l'élégance est intemporelle.

Elle dut se rendre compte qu'elle avait retrouvé son attitude de garce, car elle lui adressa un sourire enjôleur.

— Essayez-en juste quelques-unes. Pour moi.

Sophy n'avait nulle envie de lui faire plaisir. Mais elles venaient de partager un moment si cordial. Quel mal y aurait-il à passer quelques robes ? Phoebe était déjà en train de décrocher une robe noire en broderie anglaise des années 1950 du portant. Le bustier à encolure bateau et manches courtes était étriqué, mais la jupe bouffante et virevoltante.

— Je pense qu'elle vous irait très bien. Oh, et on a aussi une ravissante robe blanche imprimée de voiliers. Ça pourrait être sympa.

Elle la déshabillait des yeux d'une manière pire encore que l'aurait fait un homme.

— Mais ! Je rêve ou vous êtes en train de *sentir* la robe ? s'exclama-t-elle, atterrée.

Sophy s'interrompit immédiatement. C'était plutôt un reniflement prudent.

— Non !

— Vous devriez déjà savoir maintenant que nous envoyons tous nos arrivages au pressing. Et si vous me demandez si quiconque est mort dans l'une ou l'autre de ces robes, je vous gifle, la menaça Phoebe, en lui fourrant la robe blanche entre les bras.

— Et si vous faites ça, je vous assigne aux prud'hommes, rétorqua Sophy.

Avec un soupir méprisant, Phoebe posa une main sur sa taille et la poussa en direction de l'une des cabines, au fond.

Une fois cachée derrière le rideau en chintz, Sophy renifla de nouveau la robe noire. Elle sentait bon. Le propre. Elle n'avait pas l'odeur d'un vêtement susceptible de lui donner la gale. Cress avait un jour acheté un manteau des années 1960 qui sentait si fort la transpiration que rien n'avait pu le débarrasser de sa puanteur. Ni Febreze ni une brise fraîche (elle l'avait suspendu au fil à linge pendant une semaine). Ni même plusieurs lavages à la machine sur cycle délicat. Au final, elle avait dû le jeter.

Sophy retira sa robe trapèze noire très tendance et, sans grand enthousiasme, se tortilla pour enfiler la robe noire années 1950. Le corsage était très étroit. Si étroit qu'elle n'arrivait même pas à l'enfiler sur ses seins. Et pourtant, sa poitrine, loin d'être plantureuse, ne lui avait jamais posé un problème.

— Comment vous en sortez-vous, là-dedans ? bougonna Phoebe.

Soudain, horrifiée, Sophy la vit tirer le rideau, la dévoilant à moitié vêtue de la robe noire.

— Dehors ! hurla Sophy. Vous faites ça avec vos clientes ?

L'ignorant, Phoebe fit remarquer :

— La fermeture Éclair, sur le côté.

— Quoi ?

— Dois-je tout faire moi-même ?

Au lieu de reculer, elle s'approcha d'elle et, d'une main, l'agrippa, de l'autre, agrippa sa robe.

— La fermeture Éclair, sur le côté, répéta-t-elle.

Soudain, le bustier fut assez large pour que Phoebe puisse l'ajuster avant de remonter la fermeture Éclair.

— Oh ! Miracle.

Sophy se tourna vers le miroir et, malgré son visage rose et ses cheveux qui s'échappaient de sa queue de cheval, elle dut admettre que la robe lui allait parfaitement. Comme si elle avait été faite pour elle.

— Je savais que vous aviez une taille, là-dessous, annonça Phoebe avec une vive satisfaction. Mais, pour votre gouverne, vous portez la mauvaise taille de soutien-gorge. Les bonnets de celui-là sont trop grands. Ils ne vous soutiennent pas vraiment, et vous allez voir que…

— Taisez-vous ! siffla Sophy entre ses dents parce qu'elle portait un 90C depuis qu'elle avait seize ans.

— Je cherche juste à vous aider.

— Pas étonnant que nous ayons si peu de clientes !

À peine avait-elle prononcé ces paroles que la sonnette au-dessus de la porte d'entrée tinta.

— Où êtes-vous toutes ? C'est le dernier vendredi du mois, les enfants ! Johnno est là pour vous inviter au pub !

Chapitre 7

Phoebe sortit de la cabine d'essayage sans un regard en arrière. Béatrice surgit en trombe du bureau du fond, Chloé et Coco Chanel dévalèrent l'escalier afin d'accueillir Johnno comme s'il rentrait tout juste d'une expédition en Antarctique.

— Nous étions sur le point de te porter officiellement disparu ! lui déclara Phoebe.

Elle se pencha vers lui, et il lui passa un bras autour des épaules.

— Oh, vous savez, j'ai dû aller voir un homme au sujet d'un chien, fut sa réponse tout à fait prévisible.

— Mais tu as disparu pendant des semaines !

— J'ai dû voir plusieurs hommes au sujet de plusieurs chiens, improvisa Johnno.

Les rares cheveux qui lui restaient sur le crâne n'étaient plus roses, mais d'un orange vif qui contrastait avec son teint rubicond.

— Tu sais que Coco Chanel préfère rester l'unique chien de la maison, gloussa Béatrice.

Johnno relâcha Phoebe afin de pouvoir attraper le bulldog revêche et planter des baisers enthousiastes sur sa tête maussade. Elle se débattait et se tortillait. Il finit par la libérer. Elle sauta sur l'un des canapés roses et foudroya l'assemblée d'un regard réprobateur.

— Alors, vous avez vendu beaucoup de robes ? Freddy m'a dit que Reenie avait démissionné. Quelle poisse !

— Nous avons une remplaçante qui commence lundi, répondit Phoebe en se dirigeant vers le bureau. Cressida. Je pense qu'elle va être exceptionnelle ! Je ne sais pas comment, mais c'est ta fille qui l'a dénichée.

Elle ponctua sa phrase d'un haussement d'épaules. Comme si elle n'avait toujours pas réussi à comprendre comment Sophy avait pu être celle qui avait trouvé la solution à leur problème. Et que, si elle était parente avec Cress, peut-être avait-elle eu tort de si mal la juger.

— Sophy ? s'enquit Johnno.

L'intéressée, qui observait la scène de derrière le rideau de la cabine d'essayage parce qu'elle n'avait pas réussi à retirer sa robe noire, sentit son cœur se serrer. Johnno, son père biologique, avait-il oublié qui elle était ?

— Tu veux dire *ma* Sophy ? J'espère que tu as été correcte avec ma fille, Phoebe.

Phoebe et Sophy émirent toutes deux un « hum » dubitatif. Johnno l'aperçut alors.

— Ah, Sophy, tu es là !

— Oui, tu te souviens que tu m'as proposé un job ? Je veux dire, je travaille ici depuis deux semaines, donc…

— Oui, oui, bien sûr, s'empressa-t-il de répondre, ce qui ne la réconforta en rien. Pour économiser afin de pouvoir partir t'installer sur ma terre ancestrale. Seigneur, cette robe est magnifique sur toi, chérie !

Sophy s'était aventurée hors de la cabine d'essayage. Mais devant les regards de Chloé, Béatrice et même de Coco Chanel, qui s'étaient tournées vers elle, elle n'avait qu'une envie, battre en retraite.

— Cette robe te va vraiment à ravir ! s'écria Chloé.

Elle paraissait très surprise.

— Tellement chic avec tes baskets, ajouta Béatrice.

Et, avant que Sophy ait pu protester qu'elle avait déjà des tas de robes noires et que ce qu'elle gagnait était destiné à son billet d'avion, la généreuse remise pour le personnel fut appliquée et Béatrice décréta qu'elle n'aurait qu'à déduire l'argent de son salaire.

Les multiples tâches précédant la fermeture, faire la caisse, passer l'aspirateur, furent expédiées en un temps record. Johnno s'était assis sur le canapé, Coco Chanel perchée sur ses genoux comme une figure de proue.

Une fois tout le monde dans la rue afin que Phoebe puisse programmer l'alarme, il déclara :

— À vous regarder vous agiter en tous sens comme des poulets sans tête, vous m'avez donné soif. Où allons-nous ? Au *White Swan* ?

— Phoebe est bannie à vie du *White Swan*, rappela Chloé, d'un ton innocent.

Elle semblait plus enjouée, maintenant qu'elle avait terminé sa journée.

— Je ne suis pas « bannie ». J'ai dit que je n'y remettrais pas les pieds parce qu'ils vous servent un verre d'eau pétillante, mais ils veulent vous facturer le prix d'une bouteille de Schweppes, rétorqua Phoebe en verrouillant la porte. Alors je les ai menacés de les signaler à l'Union nationale des consommateurs.

— Et ils t'ont bannie à vie, conclut Chloé avec un sourire.

— Eh bien, de toute manière, même s'ils me payaient, je n'y retournerais pas.

— Le *Hat and Fan* alors, s'empressa de suggérer Johnno.

Il les précéda, lui-même devancé par Coco Chanel qui arborait un collier et une laisse roses, à strass, très élégants, son derrière et son bout de queue se balançant furieusement.

Le *Hat and Fan* se trouvait dans une rue latérale qui menait à Regent's Canal. C'était l'un de ces pubs victoriens si typiques de Londres. Un vrai bar ancien avec des fenêtres en verre au plomb gravées de motifs entrelacés, un comptoir en acajou sculpté de feuilles de vigne et une multitude de banquettes en velours. En cette fin d'après-midi de vendredi, il était rempli de travailleurs contents de pouvoir laisser de côté leurs outils pour le week-end. Même si, à Primrose Hill, personne n'avait vraiment « d'outils ». Mais, après avoir éteint leurs ordinateurs et programmé la réponse automatique « absent jusqu'à lundi matin » sur leur boîte mail, ils commençaient le week-end avec un verre et un bol de mélange salé.

Une fois les commandes de chacun passées (« Et du Schweppes en bouteille, pas d'eau gazeuse du robinet. Schweppes Light, avec une tranche de citron vert, pas de citron jaune... »), Sophy s'avança dans le bar avec Johnno.

Il semblait toujours aussi étonné par sa présence. Elle ne comprenait pas bien pourquoi le fait de la voir sur la liste des salariés était une telle surprise pour lui. Ne l'avait-il pas suppliée de venir travailler pour lui ? N'avait-il pas fait rédiger son contrat par Freddy ? Discuté d'elle avec Charles ?

Elle était tout aussi stupéfaite de voir la relation sympathique, enjouée, que Johnno entretenait avec le reste du personnel, y compris avec Phoebe. Surtout avec Phoebe. Toutes plaisantaient avec lui, riaient de ses blagues. Et elle aurait sûrement dû plaisanter et rire des blagues de Johnno. Elle était sa chair et son sang. Mais elle avait l'impression d'être en trop.

Ce n'était pas parce qu'elle travaillait dans sa boutique qu'elle devait oublier que Johnno et elle avaient toujours vécu des vies séparées. De toute façon, d'ici deux mois, elle serait partie. Ce qui lui rappelait qu'il fallait vraiment qu'elle le secoue pour qu'il lui fournisse les documents qu'il était censé chercher pour sa demande de double nationalité.

— Ah, Henry, mon hôte, dit-il chaleureusement, visiblement plus content de voir le barman que de la retrouver. Puis-je te présenter Sophy, ma ravissante fille ?

— Ravi de vous rencontrer, répondit Henry.

Avec ses larges favoris, son gilet et sa montre à gousset, il avait une apparence tout aussi victorienne que le décor de son pub. Il lui serra la main au-dessus du bar.

— Vous ressemblez manifestement plus à votre mère qu'à cette vilaine tronche.

— En effet, approuva Johnno. Mais tu aimes quand même ton père, non ?

— Tu as tes bons moments, concéda Sophy.

C'était si souvent le cas avec Johnno. Il pouvait lui faire de la peine, la décevoir. Puis, soudain, lui réchauffer le cœur en lui montrant son côté gentil, attentionné.

La foule était si dense qu'ils mirent un certain temps à regagner leur table. Pas seulement parce qu'ils étaient tous les deux chargés d'un lourd plateau croulant sous les verres, les cocktails et les bols de cacahouètes. Mais parce que Johnno était salué de tous côtés et que, chaque fois, il présentait Sophy comme sa « charmante fille » et : « Vous connaissez ma fille, Sophy ? Elle a rejoint l'affaire familiale. » Et même : « C'est Sophy, oui, ma fille, celle dont je vous ai parlé. Je vous avais bien dit qu'elle était aussi intelligente que belle. »

Une fois qu'ils furent assis, un gin-tonic bienvenu devant elle, elle demanda :

— Tu as parlé de moi aux gens ?

— Eh bien, oui, pourquoi ? demanda Johnno, son visage buriné se plissant de perplexité.

— Eh bien, parce que…

— Ah, Freddy ! Mon homme indispensable ! héla soudain son père en voyant l'intéressé franchir la porte.

En les apercevant, il agita la main et se dirigea vers eux.

— J'ai laissé ma carte au bar. Va te chercher un verre, lui lança Johnno. Phoebe, Freddy est arrivé.

Phoebe, qui était assise de l'autre côté de la table, face à Sophy, avec son gin-tonic, au Schweppes, pas à l'eau pétillante, avec une rondelle de citron vert, pas de citron jaune, fronça imperceptiblement les sourcils.

— Oui, j'ai remarqué, merci beaucoup.

Sophy avait beau s'interroger sur la raison qui avait poussé Johnno à chanter ses louanges alors qu'ils se voyaient si rarement, elle décida de ne pas poser de questions. Ce n'était pas important. Pas quand elle devinait un parfum de scandale à l'horizon.

— C'est quoi le problème entre Phoebe et Freddy ? chuchota-t-elle à Chloé qui, assise de l'autre côté, donnait discrètement des chips à Coco Chanel. Il y a quelque chose à savoir ?

— Ils ne peuvent pas se pifrer, expliqua Chloé à voix basse.

— Vraiment ? Pourquoi ?

Avec un haussement d'épaules, Chloé répondit :

— Je ne sais pas. Je ne travaille à la boutique que depuis un peu plus d'un an, et ils se détestaient déjà.

S'il était réconfortant de savoir qu'elle n'était pas la seule cible du courroux de Phoebe, elle regrettait vivement que Chloé n'ait pas de potins croustillants.

Quand Freddy les rejoignit avec une bouteille de bière blonde importée sophistiquée, plutôt que de s'asseoir sur la banquette libre à côté de Phoebe, il attrapa un tabouret bas et prit place entre Johnno et Sophy. Ses genoux touchaient presque ses oreilles.

— Vous voulez échanger ? lui demanda Sophy. Je pense que ce tabouret est conçu pour une taille d'enfant.

— Non, tout va bien, refusa Freddy avec un sourire.

À vrai dire, c'était plutôt une mimique un peu espiègle. Quand il retira sa veste, elle vit qu'il avait les bras couverts de tatouages. Pas le classique motif tribal qu'affectionnaient Egan et tous ses amis. Mais des dessins colorés représentant un bateau de pirates, des oiseaux du paradis et une créature maritime exotique.

— Alors, comment ça s'est passé à la boutique ? Tout le monde vous a bien traitée ?

Il lança un regard éloquent en direction de Phoebe, au bout de la table.

Sophy n'était pas du genre à balancer. À part quand elle rentrait chez elle tous les soirs et régalait sa mère et Mike d'exemples de l'extrême méchanceté de sa nouvelle patronne.

— Oh, tout le monde a été très sympa ! mentit-elle.

Chloé leur pointa alors du doigt deux membres d'un groupe qui avait été plutôt célèbre, quelques années auparavant. Le moment de la deuxième tournée arriva. Quand elle entama son troisième gin-tonic, tous décidèrent de commander des assiettes de frites pour absorber l'alcool. Se sentant agréablement grisée, Sophy envoya un message à Caroline pour lui demander de mettre son dîner au réfrigérateur.

C'est alors que Charles fit son entrée.

Il portait un autre de ses costumes impeccablement coupés. Couleur gris charbon, mais agrémenté d'une chemise fleurie Liberty rose. Quand elle vit qu'il lui souriait, elle eut des papillons dans le ventre. En vérité, il souriait à toute la tablée, car il les salua d'un joyeux :

— J'aurais dû me douter que j'allais vous trouver ici, bande de dépravés ! Qui est prêt pour un autre verre ?

Quand il se planta devant le bar, Sophy essaya de ne pas fixer son corps mince et longiligne. Elle l'aurait plutôt imaginé dans un club exclusif du West End. Mais, comme Johnno, il serra la main de Henry et s'attarda pour bavarder avec lui comme s'il était aussi un client régulier.

Il revint vers leur table, et elle évita son regard. Mais, à part Phoebe qui, tête baissée, avait les yeux rivés sur son téléphone, et Coco Chanel, elle n'avait personne à qui parler. Tous les autres avaient décampé en direction de la table de billard dans l'arrière-salle.

— Sophy ! s'exclama-t-il en posant sur la table une bouteille de la même bière que Freddy.

Il ne semblait pourtant pas être le genre d'homme qui buvait de la bière. Surtout à la bouteille. Il se pencha pour l'embrasser sur une joue, puis sur l'autre.

Il sentait délicieusement bon. Une eau de Cologne boisée et un peu exotique. Quand il prit place à côté d'elle, leurs genoux se cognèrent.

— Bonsoir, dit-elle, avec une timidité inexplicable.

Rien de tel que trois gins tonic en quatre-vingt-dix minutes pour se sentir bêtement troublée par un homme qui vous plaisait.

— Vous êtes ravissante, la complimenta Charles.

Son imbécile de cœur fit un bond dans sa poitrine.

— C'est une robe de la boutique ? Vintage ? Oh, là, là ! Elle aurait pu être faite pour vous.

Son imbécile de cœur se serra. Il voulait dire que la robe, qu'elle portait toujours, car elle n'avait pas eu le temps de se changer, était ravissante. Pas celle qui la portait. À moins que ?

— Alors, journée difficile ?

— Phoebe m'a initiée à la mode vintage. Je suis certaine à quatre-vingt-dix pour cent de savoir désormais ce qu'est une coupe en biais.

En entendant son nom, Phoebe leva les yeux, esquissa un vague sourire et se remit à fixer son écran de téléphone. Ils auraient pu tout aussi bien être seuls. Enfin, seuls dans un pub très animé.

— Je sais que la coupe en biais est censée être flatteuse, mais je pense qu'elle ne pardonne pas, commenta Charles.

Parce que, bien entendu, il savait tout sur les coupes en biais, les ourlets arrondis et les plis d'aisance.

— À moins d'être mince comme un fil, elle fait ressortir chaque bourrelet, renchérit Sophy avec un haussement d'épaules. Surtout que chaque robe coupée en biais du stock semble être en crêpe ou en satin ou autre tissu moulant.

Elle jeta un regard craintif à Phoebe. Pourvu qu'elle n'ait pas surpris sa critique de la coupe en biais. Mais elle rangeait son téléphone dans son sac à main rétro. Elle ramassa la laisse de Coco Chanel et déclara :

— Bien, il est temps de ramener cette jeune fille à la maison. Elle a besoin de son sommeil réparateur.

Sophy regarda Phoebe se lever et se hâter vers la sortie. Il faudrait plusieurs décennies de sommeil pour lisser la petite tête fripée, irascible, de Coco Chanel.

— À demain ! lança-t-elle, d'un ton amical qui ne lui ressemblait pas.

Puis elle s'évanouit dans la nuit.

Son départ donna le signal d'une sorte d'exode. Deux minutes à peine plus tard, Freddy, qui jouait au billard, se rua vers la porte avec un signe de la main hâtif. Puis Chloé et Béatrice revinrent à la table pour annoncer qu'elles allaient voir un groupe dans un bar de Soho et lui demandèrent si elle souhaitait les accompagner.

Sophy était flattée par leur proposition. Mais, depuis qu'elle avait trente ans, elle avait développé une étrange habitude. Elle ne pouvait plus aller dans un bar après 22 heures et rentrer chez elle au petit matin, puis se lever tôt et en pleine forme le jour suivant. Ou, du moins, pas sans une quantité industrielle de caféine et un atroce mal de tête. Et, malgré son âge, elle habitait chez sa mère. Certes, elle n'avait plus d'heure de couvre-feu comme quand elle était adolescente. Pourtant, Caroline était incapable de s'endormir en la sachant dehors et elle lui avait demandé de rentrer pour 23 heures. « Plus tôt serait bien aussi. Encore mieux, en fait. »

— Sans façon, déclina-t-elle d'un ton léger, remarquant que ni Chloé ni Béatrice n'avait l'air trop déçue. En fait, je devrais sans doute rentrer.

— Oh, ne partez pas, protesta Charles. Je viens tout juste d'arriver, et vous me condamneriez à aller chercher Johnno et à discuter de trucs à mourir d'ennui, comme le foot ou la soudure.

Esquissant une petite moue, il battait des cils, qu'il avait d'ailleurs d'une longueur irritante. Elle se mit à rire.

— Je ne crois pas que Johnno s'intéresse beaucoup à la soudure.

— Mais vous allez rester ? Je vais même commander une autre assiette de frites.

Chloé et Béatrice disparurent.

— OK, un dernier verre, alors. Mais c'est ma tournée, dit-elle d'un ton ferme.

Mais, quand elle revint du bar, leur table avait été annexée par un groupe de jeunes gens bruyants, en costume. Elle dut donc s'asseoir sur le petit bout de banquette libre, à côté de Charles. Si près que leurs cuisses étaient pressées l'une contre l'autre et que, chaque fois qu'ils buvaient une gorgée, leurs coudes se touchaient.

C'était très intime. Charles lui parlait d'une bague de fiançailles qu'il cherchait pour un futur fiancé. Mais, chaque fois qu'il se querellait avec sa fiancée à venir, la somme qu'il voulait dépenser montait ou descendait, suivant qui était responsable de la dispute.

— Vous avez une boutique ? demanda Sophy.

Elle pouvait parfaitement l'imaginer dans une petite boutique encombrée, pleine de bijoux brillants, aussi haut de gamme que surannée. Comme *Burlington Arcade*, à côté de Piccadilly, qui ne devait pas avoir beaucoup changé depuis l'époque Régence. Ou peut-être un petit showroom dans l'une des anciennes écuries, les *mews*, du côté de Notting Hill ou de Ladbroke Grove. Ou même…

— Un petit bureau au-dessus d'un bookmaker, à Hatton Garden.

Elle oublia sa vision d'une boutique élégante avec des bow-windows et une multitude de bagues, de tiares et de bracelets, disposés sur des coussins de satin.

— Hatton Garden ? répéta-t-elle.

Elle n'en avait que vaguement entendu parler.

— Le quartier des bijoutiers de Londres. En gros, une longue rue qui s'étend de Farringdon jusqu'à High Holborn. Ce n'est pas Bond Street, mais si vous cherchez un solitaire taille princesse avec un sertissage à griffes, c'est le meilleur endroit.

— Qu'est-ce qu'un solitaire de taille princesse ?

Elle avait l'impression d'être totalement ignorante. Deux mois auparavant, elle avait une vie stable, sans risques, sans la moindre surprise. Elle savait où trouver chaque vêtement, soit en boutique soit en réserve. Et, si elle l'ignorait, elle pouvait immédiatement demander à ses collègues du service commercial, qui lui envoyaient un diagramme dans la seconde.

De plus, elle savait tout ce qu'il y avait à savoir sur Egan, tant le positif que le négatif. Et s'il semblait que souvent le négatif l'emportait, quoi de plus naturel dans une relation aussi ancienne ? Ils n'étaient peut-être plus l'un pour l'autre l'amour rêvé de leur jeunesse, mais ils s'entendaient plutôt bien. Aussi était-elle tombée des nues quand elle avait découvert qu'il la considérait plutôt comme une locataire qui partageait son lit que comme la femme avec qui il voulait vieillir.

Depuis, elle avait l'impression de flotter sans but. Le futur n'était pas passionnant, plein de possibilités. Il lui paraissait incertain, inconnu. Même la maison où elle avait passé ses années d'adolescence, après le mariage de Caroline et de Mike, ne lui donnait plus l'impression d'être un refuge où panser ses blessures et planifier la suite. D'autant que sa chambre était désormais équipée d'un banc solaire, d'un spa pour les pieds, et renfermait la réserve de produits de beauté de Caroline.

Peut-être était-ce ce qui expliquait sa décision de faire un grand plongeon dans l'inconnu. De déménager en Australie, à l'autre bout du monde.

Il serait normal de douter dans un nouvel endroit, un pays étranger, un continent différent. Angoissant, mais de façon positive. Chaque jour lui donnerait l'impression de vivre une aventure riche en découvertes et en expériences. Et habiter un nouveau pays serait assurément déstabilisant. Mais elle préférait ça à se sentir déstabilisée là où elle avait grandi ; elle le vivait comme un échec.

— Ma description d'un diamant princesse doit être d'un ennui mortel, car je vois que vous n'avez pas écouté un seul mot de ce que j'ai dit.

La voix de Charles la tira de ses tristes pensées, et elle cessa de s'apitoyer sur son sort.

— Oh, pardon ! Je suis vraiment désolée.

— Vous n'avez pas à vous excuser. Je suis plutôt barbant, quand je me lance sur le sujet de la forme princesse versus la forme émeraude.

Il n'avait pas l'air contrarié. Il semblait même plutôt inquiet.

— Vous allez bien ? Vous paraissiez absorbée par des pensées qui ne semblaient pas particulièrement joyeuses.

— Je vais bien, répondit-elle machinalement, car c'était invariablement sa réponse. Simplement… avec le nouveau travail, mon nouveau logement, cette année ne s'est pas déroulée comme je le pensais. Je ne suis pas sûre d'être faite pour le changement. En même temps, je vais déménager en Australie. Difficile de faire plus drastique, en termes de changement.

— Mais on ne peut pas faire une omelette sans casser quelques œufs, commenta Charles. Du moins, c'est ce que je me dis.

— J'aime bien les omelettes. Elles ne font pas peur. Elles sont même plutôt réconfortantes.

— Ça dépend de la garniture, toutefois. Vous êtes sûre que vous…

— C'est le gin, le coupa-t-elle, prête à blâmer n'importe quoi pour son humeur plutôt que sa situation actuelle. Je n'aurais pas dû en boire ce soir. On dit que le gin rend sentimental, non ? Les larmes du gin, la perdition des mères, tout ça, non ?

— Je pourrais aller vous chercher autre chose. Même si vous devriez peut-être éviter les mélanges, si tard le soir.

Il était vraiment le plus adorable des hommes. Si gentil, si perspicace. Peut-être un petit peu trop perspicace.

— En effet, ça pourrait mal tourner.

Elle prit son verre de gin-tonic et trinqua avec Charles.

— Santé !

— Maintenant, je dois vous souhaiter la même chose, sinon nous aurons vraiment des problèmes.

Sophy vida le reste de son verre et décida qu'il était temps de prendre congé. Johnno avait disparu, sans nul doute pour encore aller voir un type au sujet d'un autre chien, et si elle continuait à boire du gin et que Charles continuait à se montrer si attentionné, si compréhensif, elle allait finir par se mettre à pleurer sur son épaule.

— Bon, je m'en vais et je vais commander un Uber. Sinon, je vais ruiner votre costume en le couvrant de traces de larmes et de mascara.

— Pas de souci, j'ai un très bon teinturier.

Mais Sophy secoua la tête. Elle ne voulait pas qu'il la prenne pour l'une de ces femmes tristes, qui partaient du principe que chaque mec gay qu'elles rencontraient était leur nouveau BFF. C'était un tel cliché.

C'était ça, aussi, le problème, quand on buvait trop. Au lieu de prendre le métro pour rentrer, de façon économique, on avait tout à coup l'impression que c'était la meilleure idée du monde de commander un taxi qui vous déposerait devant votre porte, à l'heure où les tarifs de nuit étaient au plus haut. Entre ça et Phoebe qui l'obligeait à acheter des robes de seconde main hors de prix, il allait lui falloir une bonne année pour économiser pour son billet.

— Oh non ! Vous avez de nouveau l'air toute triste.

De son pouce, il effleura le coin de sa bouche qui faisait une moue maussade. C'était une caresse douce, amicale (pourtant, elle ne se souvenait pas de la dernière fois où l'un de ses amis avait ressenti le besoin de lui toucher le visage). Mais qui parut provoquer une myriade de délicieux picotements non seulement sur sa joue, mais dans tout son corps, jusqu'à ses orteils. Elle dut se faire violence pour ne pas frissonner.

— Je ne suis pas triste, rétorqua-t-elle, même si elle n'était certes pas vraiment heureuse. Je pense que je dois naturellement avoir une tête triste, comme d'autres ont une tête de garce.

L'une de ces personnes étant Phoebe.

Elle commença à rassembler son sac et son manteau.

— Même si vous n'êtes pas déprimée, je vais vous inviter à déjeuner la semaine prochaine, lui déclara Charles.

Elle se sentit parcourue de frissons. Charles avait décidé qu'ils allaient être amis. De toute façon, elle ne voyait pas très bien ce qu'ils pourraient être de plus.

— Ce serait sympa, mais nous partagerons la note, alors.

Son téléphone annonçait que son chauffeur était à trois minutes de distance. Elle se leva, et Charles l'imita.

— Non, j'insiste. Je vous invite. Vous n'avez pas un jour de congé dans la semaine ?

Il lui tint la lourde porte. Une bouffée d'air froid et humide s'engouffra, lui permettant de frissonner réellement.

— Les mercredis.

Elle avait commencé à détester ses journées de congé. Avant, elle aimait faire la grasse matinée, sortir pour un cours de yoga avec une amie ou aller nager à la salle de sport, au coin de la rue. Mais maintenant que la plupart de ses amies vivaient de l'autre côté de Londres, elle avait annulé son abonnement à la gym, et Mike qualifiait leur piscine locale de « soupe à verrues ». Cette semaine, pour son jour de congé, Caroline lui avait demandé de nettoyer les placards de la cuisine. Déjeuner avec Charles serait donc sans doute plus amusant. En fait, ce serait approximativement mille fois plus fun parce qu'elle passerait une heure ou deux avec lui. Une pensée désagréable la traversa.

— Pas un endroit trop guindé. Ce n'est pas vraiment mon genre.

— Oh, je pense que vous pourriez être n'importe quel genre de personne, suivant ce que vous choisiriez, répondit Charles d'un ton évasif.

Il l'enveloppait d'un regard intense et, malgré son visage illuminé par les lumières du pub, il avait une expression impénétrable.

— Et si vous passiez d'abord à la boutique ? Je vous ferai essayer une tiare. Puis nous irons déjeuner. Qu'en pensez-vous ?

— Sérieusement ? Une vraie tiare ?

Elle n'avait jamais été l'une de ces filles qui aiment jouer aux princesses. Mais, apparemment, elle était l'une de ces femmes qui nourrissaient le désir secret de porter une tiare.

Dix minutes auparavant, elle s'était sentie au bord d'un gouffre de désespoir. Maintenant, elle riait en regardant Iban, son chauffeur Uber, arriver lentement au volant de sa Toyota rouge. Machinalement, elle lui fit un signe de la main.

— À mercredi alors, dit Charles.

Elle hocha la tête.

— À mercredi. Je vais réfléchir à une coiffure qui soit adaptée à une tiare.

— Vous avez de si jolis cheveux. La couleur…, murmura-t-il, pensif.

Il attrapa l'extrémité de sa queue de cheval pour les regarder. Oh, là, là, elle avait vraiment besoin d'aller chez le coiffeur.

— Même une teinture ne pourrait reproduire cette couleur. Elle est extraordinaire.

— Rouquine.

Pourtant, si quiconque s'avisait de la traiter de rouquine, elle répliquait qu'elle était juste rousse.

— C'est loin d'être une couleur aussi banale, répondit-il.

Tant qu'il retenait sa queue de cheval en otage, elle ne pouvait pas ouvrir la portière du véhicule. Mais il la libéra et coinça une mèche rebelle derrière son oreille. Elle sentit de nouveau les picotements partout.

— Heureusement que vous êtes gay, Charles, sinon je tomberais folle amoureuse de vous, laissa-t-elle échapper. Raide dingue.

— Gay ?

— Oui, gay. Ou préférez-vous vous identifier comme LGBTQ ou juste queer ? Même si mon cousin Shay se définit comme non…

— Mais je ne suis pas gay, rétorqua-t-il avec un froncement de sourcils.

Sophy fut prise de court. Elle était désormais à peu près sûre de savoir ce qu'il devait penser d'elle, et cela ne lui disait rien qui vaille.

— Oh, mon Dieu ! Je suis désolée.

— Je vous en prie, n'en parlons plus.

Voulait-il dire « ce n'est pas grave » ? Ou de ne plus jamais lui adresser la parole ? Jamais !

— Je dois vraiment y aller, bredouilla-t-elle un peu désespérément.

Elle se sentait… elle ne savait pas trop comment elle se sentait. Affreusement gênée ? Idiote ? Honteuse ? Certainement plus du tout ivre.

— Écoutez, si nous annulions le déjeuner de mercredi ?

— Surtout pas. J'ai hâte d'être à mercredi, affirma-t-il.

Mais son froncement de sourcils n'avait pas disparu.

Le visage en feu, Sophy monta dans la voiture avec la grâce d'un éléphant. Charles n'avait pas bougé. L'expression songeuse, perplexe, il regarda Iban démarrer. Le chauffeur lui demanda si elle avait passé une bonne soirée.

Elle posa les deux mains sur ses joues enflammées.

— Tout simplement abominable ! Mais merci de demander.

Chapitre 8

Le lundi suivant, Cress prit ses fonctions à *La Petite Boutique vintage*. Les soupçons de Sophy furent immédiatement confirmés : sa demi-sœur ne serait pas le soutien qu'elle avait escompté.

Elles s'étaient retrouvées à la station de Chalk Farm pour marcher ensemble jusqu'à la boutique. Il y avait longtemps que Cress n'avait pas eu le regard aussi brillant, la démarche aussi énergique.

— Après toutes ces années à repriser des trucs ecclésiastiques, je vais enfin travailler sur des belles robes qui ont chacune une histoire.

Elle posa une main sur son cœur, les yeux humides d'émotion.

— Ce sera un honneur et un privilège de leur rendre leur splendeur d'antan. Et d'être payée pour le faire !

— D'accord, on se calme…, marmonna Sophy.

Elle n'avait jamais vu personne aborder sa journée de boulot avec un tel enthousiasme.

À peine entrée dans la boutique, Cress retira son manteau, l'accrocha à la patère de l'arrière-boutique et sortit l'une des blouses de travail cousues main qu'elle portait toujours sur un pantalon noir ordinaire et un pull. Celle-ci était…

— C'est un imprimé fantaisie des années 1940 ? s'enquit Phoebe, les yeux écarquillés devant la multitude de caniches qui gambadaient sur un fond marine.

— En effet, approuva Cress en soulevant un coin de sa blouse. J'espère que Coco Chanel ne sera pas contrariée par la proximité de tant de caniches.

— Je vais devoir vous donner des friandises pour elle, à mettre dans vos poches. J'adore les poches !

Elle avait un sourire radieux. Et pourtant, il n'était même pas 10 heures du matin. Bien trop tôt pour qu'elle soit de si bonne humeur.

— Moi aussi, j'adore ! jubila Cress en enfonçant ses mains dans les poches profondes qu'elle cousait sur toutes ses blouses afin de pouvoir y cacher ses dés à coudre, ses boîtes d'épingles, ses mètres de couturière. Vous saviez qu'autrefois on essayait d'interdire aux femmes d'avoir des poches dans leurs robes parce qu'on voulait les empêcher de pouvoir y garder des documents subversifs ?

— Des documents subversifs ? répéta Sophy.

— Des pamphlets de plaintes contre le roi et le gouvernement demandant aux travailleurs de se soulever, expliqua Cress. Les poches sont littéralement une cause féministe.

Sophy n'avait jamais envisagé les poches sous cet angle auparavant. Phoebe non plus apparemment, car il y eut un moment de silence qu'elle brisa avec la pensée qui l'avait tourmentée toute la fin de semaine.

— Vous voulez savoir un truc marrant ? Je croyais que Charles était gay…

Phoebe leva les yeux au ciel.

— Charles, gay ? Ne soyez pas ridicule, se moqua-t-elle. Sa dernière petite amie était rédactrice en chef de la rubrique « accessoires » chez *Vogue*. Et la précédente, Odile, était française. Tellement chic, élégante. Même s'il a découvert qu'elle était aussi très mariée.

— Il est donc vraiment hétéro ? insista Sophy, accablée.

Elle avait commis une gaffe monumentale. Il devait la prendre pour une horrible homophobe. Ou bien pour une femme si peu sophistiquée, si étroite d'esprit, qu'elle partait du principe que tous les hommes qui travaillaient dans la mode et portaient des costumes lilas devaient être gay.

— Cette conversation m'ennuie, reprit Phoebe d'un air agacé. Bref, cette surpiqûre est exquise, Cress.

Elle prit Cress par le bras et l'entraîna.

— Je suis si contente de vous avoir. Nous attendons une mariée, aujourd'hui. Et je peux déjà vous dire qu'elle va être très exigeante et voudra beaucoup de retouches sur la robe qu'elle finira par choisir. Si vous l'entendez me casser les pieds, il faudra venir à ma rescousse, Cressy.

Sophy échangea un regard incrédule avec Béatrice. Il était difficile d'imaginer Phoebe ayant besoin d'échapper à une cliente. C'étaient plutôt ses clientes qui avaient besoin d'être secourues. Et oui, c'était officiel : Cress ne lui serait absolument d'aucune utilité.

Cress et Phoebe parties pour l'atelier, Béatrice occupée à mettre le site Internet à jour avec des photos du nouveau stock, Anita en retard en raison d'un rendez-vous chez le dentiste, Sophy se retrouva seule. Et put revivre à loisir le supplice de ces deux minutes de vendredi soir quand elle avait dit à Charles qu'elle le pensait gay et insinué qu'elle était peut-être en train de tomber amoureuse de lui. Oh, là, là ! Elle ne savait pas vraiment ce qui était pire. Elle devait cesser d'y penser. Et essayer de trouver une excuse en béton pour esquiver le déjeuner de mercredi. Jamais elle ne pourrait l'affronter de nouveau.

Elle n'avait aucune vocation. N'en avait jamais eu. Elle était arrivée chez *Belle Girl* par hasard, après que Johnno l'avait extirpée de son job de barista. Ils avaient besoin de personnel supplémentaire pour Noël, et elle était restée. Maintenant, elle essayait de réfléchir au travail qui, à l'avenir, la rendrait complètement heureuse. Quelle était sa passion dans la vie ? Pour quoi était-elle vraiment douée ?

Ce n'étaient pas des questions difficiles. Pourtant, elle n'avait aucune réponse. C'était une autre des raisons qui la poussaient à partir en Australie. Elle voulait une chance de se réinventer. Peut-être deviendrait-elle vraiment douée pour le surf, ou se découvrirait-elle une passion pour l'élevage de moutons ? On avait vu plus bizarre !

La porte s'ouvrit sur une jeune femme à la mâchoire crispée, accompagnée d'une femme plus âgée, l'air soucieux. C'était l'exigeante mariée de Phoebe et sa mère. Elle les envoya à l'étage. Puis, après tant d'années dans la vente, maîtrisant à la perfection l'art de brasser de l'air, elle déploya tout son talent à paraître affairée. Feignit de réorganiser les robes, car elle n'avait pas intérêt à perturber le classement par couleurs. Épousseta rapidement les vitrines de bijoux. Quand, finalement, un petit groupe de clientes entra, elle les aida à choisir des toilettes à essayer pour d'élégantes noces d'or.

— Parce qu'ils sont mariés depuis cinquante ans, nos grands-parents ont opté pour un thème années 1950. Où sont vos robes années 1950 ?

— En fait, nous rangeons nos robes par couleurs, expliqua-t-elle. Et si vous me disiez si vous cherchez le style robe kitsch à jupe ample ou quelque chose de plus moulant, de plus sexy ?

Elle leur demanda leurs tailles et leurs couleurs préférées. Puis fit les allers-retours entre les portants et les cabines, ignorant le chuchotement désapprobateur d'Anita qui avait fini par arriver. Selon elle, elles n'étaient pas là pour obéir aux clientes au doigt et à l'œil. Mais plus Sophy était occupée, plus le temps filait. Une heure plus tard, elle avait réalisé trois ventes. Pour la première fois depuis qu'elle avait commencé à travailler à *La Petite Boutique vintage*, voire bien longtemps avant, elle éprouva la douce satisfaction d'un travail bien fait.

S'il y avait un domaine dans lequel elle était douée, c'était le service clients. Ce n'était pas juste la vente, même si c'était effectivement une bonne chose de faire du chiffre. C'était de voir une femme quitter la boutique après avoir acheté une robe qui la rendait heureuse. Les trois clientes étaient superbes dans les tenues qu'elles avaient choisies. Et quoi de plus gratifiant que d'aimer le reflet que vous renvoyait le miroir ?

Peut-être n'était-ce pas la passion que Phoebe et Cress avaient pour les vêtements vintage. Mais si Sophy cherchait la modeste touche personnelle qu'elle pouvait apporter à *La Petite Boutique vintage*, ce serait de garantir à la clientèle une expérience positive. En effet, cela ne semblait pas du tout être la préoccupation des autres employées. Il était aussi important de se rappeler que, quand elle arriverait en Australie, elle ne rencontrerait aucune difficulté à trouver un travail grâce à ses excellentes compétences de vente en prêt-à-porter. Sans parler de la magnifique lettre de recommandation que Freddy, elle n'en doutait pas, lui ferait, si le service des RH de *Belle Girl* n'avait toujours pas accès à ses ordinateurs.

En Australie, elle pourrait travailler pour vivre. Au lieu de vivre pour travailler en espérant pouvoir payer son loyer pour un minuscule appartement, comme elle le faisait à Londres. Après avoir charmé ses clientes et leur avoir laissé une excellente impression de leur passage dans sa boutique, elle descendrait directement à Bondi Beach pour marcher dans le sable. Elle aurait la peau hâlée, les cheveux ondulés par la brise marine. Et, si elle nageait tous les jours, il lui serait facile de perdre une taille. Radha disait qu'elle vivait en short, débardeur et tongs. Peut-être en ferait-elle autant.

Elle regagnerait ensuite la petite maison surplombant la mer qu'elle partagerait avec des Australiens cool, pour allumer le barbecue…

Ses rêveries de Bondi Beach furent interrompues par la femme à l'air soucieux qui accompagnait la mariée difficile. Elle dévalait l'escalier en trombe.

— Tout va bien là-haut ? demanda-t-elle de sa voix la plus pétulante.

Sa voix la plus pétulante lui avait manqué.

— Pas vraiment. Je ne fais qu'aggraver les choses. Apparemment, je ne suis pas autorisée à avoir la moindre opinion sur une robe que je paie pourtant entièrement, répondit la femme d'un ton maussade.

C'était une blonde sculpturale, avec le genre d'ossature que Sophy rêverait d'avoir. Mais elle semblait au bord des larmes.

— Je pensais que nous passerions une bonne journée ensemble. Nous avons une réservation dans un salon de thé, après l'essayage. Mais maintenant, elle dit qu'elle ne va plus rentrer dans rien si elle continue à s'empiffrer de gâteaux.

C'était un problème. Le problème de Phoebe, heureusement. Mais Sophy aurait pu lui apprendre une ou deux choses sur la communication avec les clientes.

— J'allais faire chauffer de l'eau. Puis-je vous offrir une tasse de thé ?

L'eau du canal scintillait sous le soleil. Le crachin et la grisaille des semaines précédentes avaient laissé place à un ciel bleu. Assise dans le patio, à l'arrière, Hege – elle était originaire de Norvège – lui racontait que son adorable fille était devenue de plus en plus impossible depuis ses fiançailles. Sophy l'écoutait en ponctuant de temps à autre ses phrases de petits bruits apaisants.

— Je suis sûre que ce n'est pas intentionnel. Mais, c'est quelque chose de se marier, non ? Pas juste de prendre des décisions sur les plans de table, mais de décider de passer le reste de sa vie avec une seule personne.

Sophy poussa un soupir. Avait-elle pris la décision de passer le reste de sa vie avec Egan consciemment ? Ou s'étaient-ils juste mis ensemble par habitude ? Au moins, en déménageant en Australie, elle prenait la vie à bras-le-corps, au lieu de se laisser porter.

— C’est un défi pour n’importe qui, acquiesça-t-elle.

— Quand je me suis mariée avec le père d’Ingrid, nous avons fait un mariage civil rapide avec nos meilleurs amis pour témoins et nous sommes allés au pub, se rappela Hege avec un sourire nostalgique. Hier, nous avons eu un débat animé sur le fait de recouvrir ou non les chaises de la salle de réception de tulle avec un gros nœud sur le dossier.

— Je suppose que les temps ont changé, murmura Sophy. Mais c’est bien que votre fille et vous organisiez le mariage ensemble. J’ai une amie qui se marie, mais elle a déménagé à Sydney. Alors sa mère ne peut l’aider dans ses préparatifs que via FaceTime.

Sophy fut épargnée d’avoir à réfléchir à d’autres platitudes à répondre par la sonnerie du téléphone de Hege.

— Je suis de nouveau convoquée à l’étage, annonça-t-elle avec un soupir. Vous ne voulez pas m’accompagner ? Je trouve votre présence très apaisante.

Étant donné le regard dont la fusilla Phoebe quand elle la vit sur les talons de la Norvégienne dans l’escalier en colimaçon, la directrice ne partageait visiblement pas son avis.

« Je ne suis ici que sous la contrainte », avait-elle envie de dire.

Mais elle n’en eut pas l’occasion car, en l’espace d’une minute, Ingrid et Hege s’étaient lancées dans une querelle sur les mérites d’une robe de satin gris huître par rapport à une robe rose.

— Pourquoi ? Pourquoi veux-tu que je sois hideuse le jour le plus important de toute ma vie ? se lamenta Ingrid.

— Bien sûr que non, je ne veux pas que tu sois hideuse. Tu es absolument ridicule, Inge. J’ai bien envie de te laisser payer pour tout toi-même. Ça te rappellera peut-être que tu n’es pas l’une de ces filles Kardashian.

— Je vais payer moi-même, comme ça tu auras le menu que je vais offrir à nos invités sur la conscience : poisson pané et frites au four !

— Eh bien, au moins, cela te forcera à prendre quelques décisions ! rétorqua Hege en s'écroulant sur l'un des canapés. J'ai perdu la volonté de vivre. C'est officiel !

Phoebe n'était pas d'un grand secours. L'agitation des deux clientes semblait avoir fissuré son masque d'impassibilité, d'ordinaire toujours impeccable. Sa frange paraissait moins lisse qu'à l'accoutumée, comme si elle avait tiré sur ses cheveux, et elle fronçait les sourcils d'un air douloureux.

— Les mariées sont les pires, siffla-t-elle à Sophy. Et Ingrid est la pire de toutes.

Si Sophy était une pro du service clients, elle ne tenait pas vraiment à se voir fustiger par une future mariée au visage rougi par la colère plutôt que par l'émotion. Néanmoins, un arbitre était toujours bienvenu.

Un peu hésitante, elle s'approcha de l'imprévisible Ingrid qui avait l'air aussi grincheuse que Coco Chanel. Couchée sur son coussin bleu préféré, cette dernière laissait échapper des ronflements sonores, indifférente à la Troisième Guerre mondiale qui se déchaînait autour d'elle.

— Bonjour, Ingrid, je suis Sophy, une collègue de Phoebe. J'aurais aimé savoir comment vous envisagez le jour de votre mariage.

La future mariée la foudroya d'un regard que l'on ne pourrait que qualifier de démoniaque. Sophy se sentit frémir.

— Pas avec du poisson pané et des frites au four !

— Évidemment. Vous avez un tableau Pinterest que nous pourrions regarder ensemble, peut-être ? murmura Sophy d'une voix douce, pour ne pas effaroucher la jeune femme, qui semblait sur le point de partir en courant au moindre bruit.

— Je veux juste être belle, gémit Ingrid d'un ton plaintif.

Quand elle n'était pas rouge pivoine, les yeux gonflés d'avoir pleuré, c'était manifestement une beauté. Elle avait des traits fins, une belle chevelure brune et ondulée, un teint de la couleur du caramel blond, lorsqu'il atteint la parfaite température dans la casserole.

— Vous avez de la chance car, avec votre teint, vous pouvez tout vous permettre, fit remarquer Sophy. Ce n'est pas comme moi. Prenez le jaune, par exemple. Si je mets quoi que ce soit de cette couleur, je fais peur aux enfants.

— Promettez-moi que vous ne porterez jamais de jaune, marmonna Phoebe dans son dos. Elle sera hideuse dans cette robe rose, faites-lui essayer la grise.

— Rares sont les mariées qui peuvent porter du satin gris huître. Mais je sais que vous serez sublime dans cette couleur, affirma Sophy avec une conviction qu'elle était loin de ressentir. Cela ne me flatterait pas du tout.

— Sublime ? répéta Ingrid, dubitative.

Elle baissa les yeux vers la robe qu'elle agrippait, puis se regarda dans les glaces qui tapissaient de bien trop nombreux murs de l'atelier.

— Je suppose que, quitte à être ici, je pourrais tout aussi bien essayer quelque chose.

Phoebe l'entraîna dans la cabine. Pendant ce temps, Sophy servit à Hege une coupe de champagne, comme le voulait visiblement la coutume pour les clientes de l'atelier. Elle en aurait bien bu une gorgée thérapeutique elle-même.

Ce ne fut pas nécessaire. Dix minutes plus tard, Ingrid émergea de la cabine, le visage fendu d'un large sourire, vêtue de la robe couleur huître qui était coupée en biais. Avec son corps menu, filiforme, elle lui allait à ravir.

— Maman, je sens que c'est la bonne ! s'exclama-t-elle.

Elle prit la main de Phoebe pour monter sur l'estrade et s'admirer sous tous les angles.

— Oh, Inge, comme tu es belle ! s'extasia Hege, les yeux de nouveau humides.

Sophy s'empressa de prendre la boîte en émail or et crème qui contenait des mouchoirs.

— Mais c'est la seule robe que j'ai essayée, objecta Ingrid en tournant dans tous les sens.

— Quand c'est la bonne, c'est la bonne, murmura Phoebe.

— Vous devriez peut-être essayer la rose, pour être sûre ? suggéra Sophy.

Elle savait cependant que jamais la robe rose ne pourrait rivaliser avec cette robe à la coupe en biais en satin gris huître qui faisait d'Ingrid une vision aussi exquise qu'élégante.

Et puis, devant le visage furieux de Phoebe, elle regretta de ne pas s'être tue.

Ingrid essaya néanmoins la robe rose. La jupe consistait en plusieurs couches de tulle. Concrètement, c'était une meringue, une meringue de très bon goût, certes, mais dans laquelle Ingrid se noyait. Une meringue mortelle.

— Non, dit-elle d'un ton ferme après s'être regardée une seule fois. La grise, sans hésitation. D'accord, maman ?

— Absolument, déclara Hege tout aussi fermement.

Elle buvait sa deuxième coupe de champagne et semblait désormais parfaitement sereine.

— Et maintenant, ne t'énerve pas, reprit-elle. Mais la robe de satin gris huître est un peu trop grande.

— Ce n'est pas un problème. Nous avons la plus merveilleuse des retoucheuses. Nous l'avons débauchée de chez *Matches Brides*, ajouta Phoebe, à voix basse parce que c'était un mensonge.

Mais Cress était réellement une merveilleuse retoucheuse. Quand Ingrid renfila la robe qu'elle avait choisie, elle sortit vivement du petit bureau d'où, Sophy le savait, elle n'avait pas perdu une miette de la dispute, et commença à prendre les mesures et à couvrir le tissu d'épingles.

Elle aurait sans doute dû redescendre, à présent qu'on n'avait plus besoin d'elle. Mais elle trouvait agréable d'être en haut, dans l'atelier. En outre, Phoebe était occupée à faire des suggestions sur les accessoires, elle était libre de se promener et de toucher les robes, même si elle ne s'était pas lavé les mains après avoir bu sa tasse de thé.

Les robes de l'étage n'étaient pas simplement d'aspect plus luxueux, plus exceptionnel, que celles du rez-de-chaussée. Elles l'étaient aussi au toucher. Elle frotta de son pouce une lourde soie ivoire qui était aussi douce que sublime. Puis son attention fut attirée par un magnifique ensemble, manteau et robe, gris tourterelle qui devait être en crêpe de Chine et indubitablement des années 1930, tout comme le modèle choisi par sa fille. Elle le décrocha du portant.

— Hege ? Vous avez réfléchi à votre tenue ? Parce que je pense que cet ensemble serait splendide sur vous. Vous voulez l'essayer ?

— Oh, mon Dieu ! Ce serait parfait, fit Ingrid dans un souffle. Je trouve que c'est un peu dans le même style que ma robe, et le gris te va *tellement* bien, maman.

Une heure plus tard, la mère et la fille partirent prendre leur thé. Elles avaient laissé un large acompte pour les deux robes, le satin gris huître et la crêpe de Chine grise, qui n'avaient besoin que de peu de retouches.

Espérant que son sourire satisfait n'avait pas l'air trop suffisant, Sophy les salua sur le seuil.

— Mangez un éclair pour moi !

Oui, elle était vraiment douée avec les gens. C'était genre son super pouvoir. Elle referma la porte avec satisfaction avant de se retourner. Et ne put retenir un glapissement.

Phoebe était juste derrière elle. Menaçante. Sa frange avait retrouvé sa raideur précise, et son visage exprimait sa fureur habituelle.

— Quoi ? demanda Sophy craintivement.

Non, elle n'allait pas se laisser intimider par Phoebe. Elle insista, cette fois, d'une voix qui ne tremblait pas.

— Que se passe-t-il ?

— Comment osez-vous ?

Phoebe avait du mal à parler. Si elle avait été un chat, son dos aurait été arqué, sa queue se serait balancée nerveusement. Sophy lisait dans ses yeux qu'elle allait passer un très mauvais quart d'heure.

— J'avais la situation en main, reprit la directrice.

— Pas du tout. En fait, vous m'avez suppliée de l'orienter sur le satin gris huître.

— Ce n'est pas ce dont je me souviens, répliqua Phoebe, glaciale. Vous n'êtes même pas autorisée à pénétrer dans l'atelier, alors encore moins à faire du zèle, à décrocher des robes de leurs portemanteaux…

— Je ne faisais pas de zèle, je les assistais.

Phoebe émit un bruit de dragon en colère. Sophy n'aurait pas été surprise de voir de la fumée sortir de ses narines.

— Vous preniez le contrôle, plus exactement.

C'était typique. À peine avait-elle cru se découvrir une passion sympa dans la vie, juste au moment où elle commençait à retrouver un peu son rythme, quelqu'un arrivait pour tout gâcher.

Elle en avait tellement marre !

— C'est quoi votre problème, au juste ? lança-t-elle avec une hargne qui fit reculer Phoebe. Je fais de vrais efforts pour ne pas marcher sur vos plates-bandes. Vous êtes la directrice. Vous en savez plus sur la boutique que je n'en saurai jamais. Vous êtes juste exceptionnelle dans ce domaine. Alors quel est votre problème, bon sang ?

Phoebe se redressa de toute sa hauteur. Même sur ses talons vertigineux, elle était à peine plus grande que Sophy. L'effet était toutefois impressionnant. Intimidant, même.

— Restez en bas, c'est tout ! lâcha-t-elle. Vous n'avez pas à monter sans ma permission expresse. Et n'oubliez pas de vous laver les mains avant d'approcher les robes.

— J'en ai plus qu'assez que vous me traitiez comme une gamine ! rétorqua Sophy avec fureur.

Elle aussi redressa les épaules. Pourquoi tout le monde la prenait-il pour une chiffe molle ? Egan. Sa mère, qui continuait à la faire dormir sur le canapé, bien qu'elle ait promis de se débarrasser du banc solaire parce qu'elle ne l'utilisait jamais.

Sa chef de rayon à *Belle Girl*, qui la forçait toujours à faire des heures supplémentaires.

Les administrateurs judiciaires qui ne semblaient pas du tout préoccupés par le fait qu'elle attendait toujours son dernier mois de salaire et le paiement de toutes les heures qu'elle avait faites en plus.

Et puis, il y avait Johnno, qui lui avait déniché ce job et qui, autrement dit, était responsable de l'enfer qu'elle vivait actuellement. Toute sa vie, elle ne l'avait vu débarquer que quand l'envie lui prenait. Il ne s'était jamais inquiété de ses besoins affectifs. Et, sérieusement, combien de temps fallait-il à un adulte responsable pour trouver son foutu acte de naissance et son passeport ?

Et pour finir, Phoebe, qui avait perdu son air courroucé, mais lui jetait désormais un regard hautain.

— Si vous ne vous plaisez pas ici, personne ne vous retient, assena-t-elle.

Son intonation était à la fois provocante et sarcastique.

Sophy était peut-être une chiffe molle, mais jamais elle ne se dégonflait devant un défi.

— OK, très bien, je vais sans doute partir, alors ! osa-t-elle. Les entreprises qui aimeraient m'engager sont nombreuses.

Phoebe arqua ses ravissants sourcils.

— Vraiment ?

— Vraiment, confirma-t-elle.

Avec un sourire triomphant, la directrice lança :

— Eh bien, dans ce cas, ne vous gênez pas pour prendre la porte !

PARTIE 2

Chapitre 9

Sophy avait rarement été heureuse d'avoir une journée de congé. D'autant que, le lendemain, l'atmosphère à la boutique avait été glaciale.

Elle avait été plus que tentée de ne pas revenir à *La Petite Boutique vintage*. Mais, après avoir mis son profil à jour sur LinkedIn et regardé s'il n'y avait pas d'offres d'emploi chez *Selfridges* – il n'y avait pas de mal à viser haut, mais malheureusement ils ne recrutaient pas –, elle avait décidé qu'elle n'allait pas renoncer à un poste payé. Même si ce n'était pas l'envie qui lui manquait. Elle avait donc mis sa fierté dans sa poche.

Heureusement, Phoebe ne lui avait pas rappelé qu'elle avait plus ou moins démissionné la veille. Au lieu de cela, elle l'avait traquée comme un méchant dans un film de James Bond. Et, si Sophy était son bouc émissaire, Chloé avait eu droit elle aussi à l'un de ses accès de fureur quand elle l'avait surprise à donner un morceau de pomme à Coco Chanel.

Elle avait pris sa chienne dans ses bras, comme si au lieu d'être le plus laid des gobelins du monde, c'était un adorable bébé, et avait sifflé :

— Elle a un système digestif extrêmement délicat. Seigneur ! Imaginez qu'elle ait un accident sur le tapis. J'en suis malade rien qu'à l'idée.

Quand Sophy avait arraché Cress à ses raccommodages des broderies perlées pour l'emmener déjeuner, cette dernière avait protesté :

— Mais Phoebe est tellement adorable, accueillante ! Nous rions tellement ensemble. Elle a fait cette plaisanterie vraiment drôle sur Elsa Schiaparelli.

— Elsa qui ? Je la connais ? avait-elle demandé.

Cress lui avait alors pris la main et lui avait gentiment tapoté le bras.

— Ne t'inquiète pas. Il fallait être là.

Sophy avait beau savoir que quelques échanges de blagues sur des couturiers obscurs ne pouvaient mettre en péril son amitié avec Cress, leur relation de sœurs, cela lui faisait quand même mal.

Le lendemain, quand elle sortit du métro à King's Cross pour remonter Grays Inn Road, elle y pensait toujours. Elle bifurqua à gauche dans Clerkenwell et fut prise de panique. Elle aurait fait n'importe quoi pour échapper au rendez-vous avec Charles. Elle s'était forcée à demander son numéro à Freddy pour pouvoir l'appeler et décliner avec regret l'invitation à déjeuner. Hélas, il avait trouvé son numéro le premier, sans doute via le même Freddy, et lui avait envoyé un SMS.

Hâte de vous revoir.

Suivi par l'adresse et l'itinéraire détaillé.

Elle aurait pu encore annuler mais, tôt ou tard, elle allait devoir l'affronter. Alors autant qu'elle vive le plus vite possible ce qui allait sans doute être l'heure la plus atroce de sa vie. Elle essaya de se convaincre que ce n'était pas si grave. Elle lui présenterait des excuses, puis Charles – qui, après tout, n'était rien de plus qu'un collègue de travail – et elle partageraient ensemble un déjeuner un peu gênant, voilà tout.

Elle savait maintenant ce qui l'avait poussée à croire qu'il était gay. Ce n'était pas seulement son style vestimentaire audacieux, ni sa connaissance encyclopédique de la mode. Mais, pas une fois, il n'avait regardé ses seins. Ni ses jambes. Or, elle avait à présent l'explication : il était habitué à fréquenter des femmes d'une tout autre trempe qu'elle. Le genre de femme qui travaillait pour *Vogue* ou encore si française, si élégante, qu'elle se sentait bien gauche en comparaison. Pas étonnant qu'il soit toujours bien plus intéressé par les vêtements qu'elle portait que par son corps. Sans doute parce qu'il voulait s'assurer que sa vue n'offenserait pas son regard.

Ce qui avait rendu son choix de tenue pour leur déjeuner (qui n'était pas un rendez-vous) assez problématique. Elle avait laissé le sol du spa à domicile de Caroline jonché d'habits. Elle possédait tellement de robes qui ressemblaient à des sacs, toutes de couleurs ternes, surtout noires. Elle avait même été tentée de profiter de la réduction réservée aux employées pour s'acheter une nouvelle robe hier, à la boutique. Certes, elle était noire, mais agrémentée de coquelicots qui, selon Cress, ne juraient pas avec ses cheveux. Elle avait alors jugé que c'était stupide. Même avec la réduction, la robe coûtait toujours plus de 100 livres. Ce qui équivalait à une heure de vol vers l'Australie.

Finalement, elle avait attendu que Caroline soit partie travailler pour fouiller dans sa penderie, où elle avait déniché une robe bleue à carreaux, à manches longues. Même si elle ressemblait un peu à un sac (les chiens ne font pas des chats…), elle avait la taille légèrement marquée et une jupe ondulante. Elle l'avait assortie de baskets et avait rapidement remonté ses cheveux en un chignon décoiffé.

Tout était bien plus simple dans son ancien travail quand, tous les jours, elle portait une chemise et un pantalon noirs et attachait ses cheveux en queue de cheval pour dégager son visage. Un peu de crème hydratante teintée, du mascara, du gloss, et le tour était joué. Elle ne serait jamais l'une de ces femmes tirées à quatre épingles. Mais, aujourd'hui, elle avait apporté beaucoup de soin à son maquillage. Et avait remplacé son gloss à peine visible par du rouge à lèvres.

Elle tourna dans Hatton Garden. Elle n'était pas sûre de ce qu'elle attendait du quartier des bijoux de Londres, mais l'avait imaginé plus huppé, plus tape-à-l'œil. C'était une simple rue banale, bordée de magasins d'aspect ennuyeux. Et étrangement très calme. Pas de foules de gens d'apparence opulente, paradant de haut en bas dans l'espoir de débourser des liasses de billets pour une grosse pierre. Hatton Garden n'était ni bobo comme Primrose Hill, ni bourge comme Bond Street. Une rue plutôt morne, malgré sa majorité de bijouteries. Certaines affichaient même des pancartes peu raffinées annonçant qu'elles achetaient or et diamants en tous genres.

Les nombreux articles en vitrine étaient, pour la plupart, des bijoux sobres. Elle remarqua une bague dont l'étiquette indiquait qu'il s'agissait d'une taille baguette. Les pierres avaient tant de formes différentes !

Elle se dirigea vers Holborn, convaincue que la rue serait plus élégante. Elle n'imaginait pas Charles travaillant dans un endroit qui ne l'était pas. Mais quand Google Maps lui indiqua qu'elle avait atteint sa destination, elle se retrouva devant un bookmaker. Qui n'était ni glamour ni sophistiqué.

L'estomac noué, elle sortit son téléphone. Charles lui avait dit de l'appeler quand elle serait arrivée. Elle prit une profonde inspiration. Elle devait arrêter de se comporter comme une ado à son premier rendez-vous. Car ce n'était *pas* un rendez-vous !

Et s'il avait complètement oublié qu'ils devaient déjeuner ensemble ? Et s'il avait été appelé pour une affaire de bijoux urgente ? Et s'il était sur le point de lui passer un savon parce qu'elle avait dit que…

Il répondit dès la troisième sonnerie.

— Bonjour, Sophy ! Vous êtes dans la rue ?

Il avait l'air très content d'entendre sa voix.

Sans lui laisser l'occasion de prononcer une parole, il raccrocha. Elle eut à peine le temps de vérifier son maquillage dans un miroir de poche, d'effacer une tache de mascara et de boutonner sa veste en jean avant de décider de la déboutonner de nouveau, que déjà une petite porte à la gauche de l'entrée du bookmaker s'ouvrait sur Charles. Il était superbe. Son costume bleu pervenche faisait ressortir ses yeux, et sa chemise était si blanche et empesée qu'elle devait être flambant neuve.

— Bonjour, bonjour ! héla-t-il comme s'il était lui aussi nerveux.

— Bonjour, répondit Sophy en agitant ses doigts en guise de salut.

— Je vais être obligé de vous presser un peu, je le crains.

Il lui fit signe de le rejoindre à l'intérieur.

— Oh, désolée.

Elle passa devant lui, et il referma la porte derrière elle. Ils étaient dans une minuscule entrée. Même si « entrée » était peut-être un mot trop prestigieux. Un minuscule sas entre la porte de la rue et la porte intérieure en acier.

— Je vous fais confiance pour ne pas regarder, déclara-t-il en tapant un code. À moins que vous ayez une mémoire photographique et que vous soyez en fait une voleuse de diamants de renommée internationale, sous un déguisement de choc.

Sa gentillesse était à double tranchant. Elle la mettait à l'aise tout en accentuant sa timidité. Sophy parvint à hausser les épaules.

— Vous m'avez démasquée. J'ai passé tout ce temps à préparer le casse du siècle.

Elle avait la voix rauque, comme si elle avait oublié comment s'en servir.

— Je le savais, dit Charles en la poussant à travers la porte intérieure jusqu'à un couloir à plusieurs portes. Pas d'ascenseur, j'en ai bien peur. Et je suis au dernier étage.

Il tapa un nouveau code de sécurité, puis ouvrit une porte qui débouchait sur un escalier.

— Combien d'étages ?

— Quatre, je suis navré.

— Je pense que je vais arrêter de parler, pour garder mon énergie.

Les jambes tremblantes, elle se retrouva devant la porte du quatrième étage. Charles l'ouvrit, cette fois avec une clé ancienne. Une plaque en or discrète ornait le battant et indiquait : « Charles Rivenhall, joyaux anciens ».

— C'est ici que la magie opère, annonça-t-il.

Il n'était même pas essoufflé. Le cœur de Sophy, en revanche, cognait dans sa poitrine. Elle n'était vraiment pas en forme. Elle allait devoir cesser de prendre l'ascenseur plutôt que l'escalier à la station de Chalk Farm.

— Entrez, je vous en prie.

Le bureau de Charles lui correspondait parfaitement. Plus un espace accueillant et élégant qu'un bureau. Les murs d'un gris soutenu étaient presque noirs. Tout comme le plancher recouvert quasi entièrement par un tapis persan, visiblement ancien, à motifs complexes bleu et rose pâle. L'un des murs était tapissé de livres, leurs dos ajoutant des touches de couleur supplémentaires dans la pièce.

Un canapé Chesterfield couleur caramel était complété par deux fauteuils à oreilles, l'un capitonné, tapissé d'un bleu paon éclatant, et l'autre recouvert d'un tissu que Sophy, incrédule, crut reconnaître. Il était identique au revêtement des sièges du métro de la Victoria Line.

Sur le bureau avec une chaise en cuir, un MacBook, vision assez incongrue et déplacée dans cette pièce qui semblait appartenir à une autre époque.

— C'est ravissant, Charles, le complimenta-t-elle en tournant lentement sur elle-même pour ne rien rater.

Elle trouvait constamment un nouveau détail à remarquer : une collection de trois figurines Art déco d'un noir d'ébène sur une étagère. Un vase chinois contenant un bouquet de pensées d'un rose vif sur un guéridon de cuivre. Une pile d'éditions anciennes de *Vogue* sur le bureau.

— On n'a pas du tout l'impression d'être dans un bureau. J'ai l'impression d'être entrée dans votre salon.

Sans sourire, Charles pencha la tête, l'air satisfait, comme si l'opinion de Sophy sur son lieu de travail comptait beaucoup pour lui.

— Eh bien, ça me plaît et je veux que les gens s'y sentent bien. L'achat d'un bijou est quelque chose de très intime. Il faut être dans une ambiance unique pour choisir une bague de fiançailles, ou des boutons de manchettes, ou encore un collier pour un anniversaire de mariage.

Quand, à trois semaines d'intervalle, Sophy et Cress avaient fêté leurs seize ans, Mike, Caroline, Diane, la mère de Cress, et son nouveau compagnon, Aaron, les avaient emmenées chez *Tiffany* sur Bond Street. Le fameux *Tiffany*, celui du film. Cress avait été si bouleversée qu'elle avait fondu en larmes en franchissant le seuil. Même si leurs deux porte-clés avaient été les articles les moins chers du magasin – et pourtant, ils valaient déjà un certain prix –, Sophy s'était sentie vraiment unique, dans cette boutique sublime, aux murs peints du bleu Tiffany si caractéristique. Même le personnel, qui avait compris l'importance de l'événement, les avait traitées comme des membres de la famille royale.

— Je vois exactement ce que vous voulez dire.

Elle se réjouit de constater que Charles et elle étaient sur la même longueur d'onde. Et ce, en dépit de ce qui s'était passé, de sa gaffe monumentale.

S'il n'y avait pas eu cet instant embarrassant, elle se demandait si Charles et elle auraient même pu devenir amis. Il continuait à l'envelopper d'un regard chaleureux, comme si elle lui plaisait. Ce qui commençait, à vrai dire, à devenir un peu gênant.

— Et si vous vous asseyiez ? suggéra-t-il, comme si lui aussi avait senti comme un léger malaise. Vous êtes prête à jouer à vous déguiser ?

— Oui, mais… Écoutez, pour ce que j'ai dit vendredi soir, je suis profondément désolée. C'est juste que vous êtes toujours si élégant. Et puis, vous connaissez si bien la mode, bafouilla-t-elle. Mais je détesterais que vous me pensiez intolérante envers les gays, les non-binaires. Ce n'est absolument pas ce que je voulais dire. Chacun est libre de s'identifier comme il le veut.

— Vous avez tiré des conclusions hâtives, lui rappela-t-il gentiment, même si ce n'était pas nécessaire. Allez ! Tout va bien. Je vous taquine. Ne prenez pas un air si effondré. Franchement, ça m'arrive tout le temps.

Elle laissa échapper un petit soupir de soulagement. Ouf ! Charles ne la prenait pas pour une horrible homophobe.

— C'est aussi que… quand je vous parle, vous écoutez. Vous écoutez *vraiment*, comme si vous étiez sincèrement passionné par ce que j'ai à dire. Quoi d'étonnant que j'aie pu croire que vous ne vous intéressiez pas aux femmes ?

Charles secoua la tête, l'air désespéré, le regard pétillant de malice.

— Vous mettez donc la barre si bas pour un homme hétéro que, pour vous, un homme qui sait écouter et faire la différence entre Balenciaga et Balmain ne peut être que gay ?

— Carrément au sol, acquiesça-t-elle avec tristesse.

Elle pensait, comme toujours, à Egan qui faisait un moulinet de main quand elle parlait plus de deux minutes. Et qui n'avait jamais remarqué ce qu'elle portait, à moins que ce soit pour se plaindre qu'elle était trop dénudée ou au contraire trop habillée.

— J'espère que vous ne vous êtes pas inquiétée pour ça, en tout cas, reprit-il. Tout va bien. Maintenant, êtes-vous prête ? Je vais vous couvrir de pierres semi-précieuses !

— Oh oui, s'il vous plaît !

Se voir couvrir de pierres semi-précieuses semblait être le plus merveilleux des passe-temps.

Elle se percha sur le bord du canapé Chesterfield, et Charles disparut par une porte dans les boiseries derrière son bureau. Elle l'entendait s'affairer, entendait le bruit de tiroirs qui s'ouvraient et se fermaient. À un certain moment, elle tendit l'oreille. Il semblait marmonner.

Enfin, il sortit, chargé d'écrins aux formes bizarres, vint s'asseoir à côté d'elle, sur le canapé. Il les posa entre eux, puis commença à les ouvrir. Les petits contenaient des bagues. Les plats, de taille moyenne, des bracelets, ceux de grande taille, des colliers.

Jamais elle n'avait vu de telles couleurs. Du bout d'un doigt, elle effleura une grosse pierre rose de forme oblongue sur une délicate chaîne d'argent.

— C'est un diamant rose ? demanda-t-elle, pleine de révérence.

— Hélas, non. Un peu trop luxueux à mon goût, expliqua Charles en le soulevant délicatement de son coussinet de satin. C'est une tourmaline. Elle existe en différentes couleurs, mais le rose et le vert sont les plus populaires. Vous voulez l'essayer ?

Spontanément, elle répondit :

— Oui. Merci.

Elle s'attendait à ce qu'il lui tende le collier. Mais il se pencha pour en parer son cou. Quand il attacha le fermoir sans même regarder, il effleura sa peau de ses doigts. Elle était prête à parier qu'il serait tout aussi doué avec une agrafe de soutien-gorge. Mais d'où sortait-elle de telles pensées ? Elle sentit ses joues s'enflammer. Peut-être était-ce parce que, sans la quitter une seconde des yeux, il était en train d'ajuster la position du collier, un index enfoncé dans le creux de sa clavicule. Elle se rendit compte que, s'ils avaient réglé le problème de son orientation sexuelle, ils n'avaient pas encore discuté de la seconde partie de sa déclaration accablante de vendredi soir.

Que, s'il n'était pas gay, elle serait très probablement tombée amoureuse de lui.

Et il était en train de tout faire pour que cela arrive.

— Parfait, annonça-t-il en prenant un petit miroir sur le guéridon à côté de lui. Il vous va à la perfection, Sophy.

Bien sûr, ce n'était pas elle, qui était parfaite. C'était le collier. Mais, quand elle prit le miroir de ses mains, elle poussa un soupir d'extase. Ce bijou était d'une telle beauté qu'il lui donnait envie de s'asseoir plus droite, d'arborer un port de tête de reine. Et elle ne voulait à aucun prix se rengorger ni minauder comme Keira Knightley dans *Love Actually*, elle se trouvait néanmoins très jolie.

— C'est parfait, répéta Charles.

— Vraiment magnifique, renchérit-elle, incapable de s'empêcher de toucher la pierre. Quand vous dites semi-précieux, ça veut dire que ce n'est pas très cher ?

— Pas très cher ?

Il pinça les lèvres, mais ne parvint pas à dissimuler son sourire malicieux.

— Là, par exemple, vous avez environ 10 000 livres de pierres semi-précieuses autour du cou.

— Oh, là, là ! Retirez-le-moi.

Elle commença à se débattre avec le fermoir, mais Charles, doucement, lui prit les mains, enserrant ses poignets de ses doigts plus délicieusement qu'aucun bracelet ne l'aurait jamais fait. Puis, l'espace d'une seconde, il les entrelaça aux siens, avant de la relâcher.

— Oh, ma chère, nous ne faisons que commencer, susurra-t-il d'une voix rauque.

Il entreprit alors de la couvrir de bijoux. Faisant glisser les bagues les plus extravagantes sur ses doigts. Son pouce pressé sur son pouls affolé, il lui enfila bracelet après bracelet, comme s'ils étaient en bonbons et non faits de ces pierres précieuses dont il récitait les noms comme une poésie.

Aigue-marine. Aventurine. Amétrine. Améthyste. Cornaline. Citrine. Grenat. Héliodore. Jade. Jaspe. Lapis-lazuli. Malachite. Pierre de lune. Onyx. Obsidienne. Opaline. Perle. Péridot. Quartz. Séraphinite. Serpentine. Pierre de soleil. Tanzanite. Œil-de-tigre. Tourmaline. Turquoise. Verdite. Zircon.

Jamais de ses trente années de vie, Sophy n'avait vécu une expérience aussi sensuelle. Elle avait passé huit de ces années avec un homme qui jamais n'avait su la faire trembler ainsi, avec qui son cœur n'avait jamais battu la chamade. Jamais elle n'avait eu le souffle coupé, les membres alanguis, au simple son de sa voix. Même si, à vrai dire, Egan aurait plus probablement récité les noms des clubs de Premier League ou ses plats à emporter favoris du menu de son restaurant chinois préféré, *Golden Valley*.

Quant à la couvrir de pierres semi-précieuses, ce n'était jamais arrivé. Juste une bague en argent « qui ne veut strictement rien dire, alors ne commence pas à te faire des idées, Sophy » pour ses vingt-cinq ans, provenant d'une chaîne de bijouteries sur une rue commerçante.

Il n'était donc pas surprenant qu'elle soit en train de se pâmer devant Charles qui ouvrait le dernier écrin. Le plus gros de tous.

— Et pour finir, la *pièce de résistance**, déclara-t-il en retirant une tiare étincelante de son écrin. Perles, opales, alexandrites.

Sophy ignorait ce qu'était l'alexandrite. Mais quand il posa la tiare sur son crâne avec autant de respect que s'il était en train de couronner une nouvelle monarque, elle scintillait à la lumière. Retenant son souffle, elle le laissa ajuster la petite couronne étonnamment lourde, puis repousser quelques mèches de cheveux qui s'étaient échappées de son chignon.

— Exquise, jugea-t-il avec satisfaction. Oh, Sophy, vous avez la forme de tête idéale pour une tiare !

En matière de compliment, c'était l'un des plus étranges qu'elle ait jamais reçus. Mais ce qui la ravissait, c'était le regard dont il l'enveloppait. Même si elle croulait sous les bijoux, elle se sentait si légère qu'elle aurait aisément pu s'envoler du canapé.

Elle détacha son regard fasciné de son visage et prit le miroir pour se s'admirer. La tiare lui allait bien. Elle était parée pour un bal à Downton Abbey. Mais les colliers, les broches, les bracelets… Elle se mordit la lèvre et laissa échapper un éclat de rire. Puis un autre, jusqu'à ce qu'elle se cale contre le dossier du canapé, prise d'un véritable fou rire.

— Charles… Je ressemble à… un sapin de Noël, bégaya-t-elle. Ils pourraient me planter sur Trafalgar Square en décembre, et le tour serait joué.

Charles eut l'air vexé. Il fronça les sourcils de façon si exagérée qu'elle était sûre qu'il plaisantait.

— C'est trop ?

Elle leva sa main, non sans difficulté sous le poids des bagues et des bracelets.

— Juste un peu.

Il se mit à rire à son tour. Tellement fort qu'il dut essuyer ses yeux pleins de larmes.

— Phoebe serait la première à vous faire remarquer que Coco Chanel disait qu'avant de sortir vous devriez vous regarder dans un miroir et retirer un accessoire.

Elle lui donna un coup de coude taquin.

— Coco Chanel a dit ça ? Mais Coco Chanel est un chien.

Ce qui déclencha de nouveau l'hilarité de Charles. Il s'esclaffa si fort qu'il dut se pencher d'un côté et s'appuyer contre elle, son front contre son épaule, le seul endroit de la partie supérieure de son corps qui n'était pas intégralement recouvert de pierres précieuses.

— Je vous en prie… dites-moi que vous blaguez… vous savez qui est la Coco Chanel d'origine, j'espère ? demanda-t-il d'une voix plaintive, une fois qu'il eut retrouvé l'usage de la parole.

Elle fut tentée de laisser le doute planer. Mais se contenta de lever les yeux au ciel et de lui donner un nouveau coup de coude dans les côtes.

— Je n'ai pas pu résister. J'ai quelques connaissances sur les grands couturiers, quand même.

— Je n'en doute pas, approuva Charles d'un ton apaisant.

Toujours pressé contre elle, épaule contre épaule, cuisse contre cuisse. Puis il se redressa.

— Même si je suis persuadé que le chien Coco partage la vue de son homonyme. Que le mot d'ordre pour une femme doit rester la sobriété.

Il l'enveloppa d'un regard spéculatif qui lui coupa de nouveau le souffle.

— Vous, ma chère, devriez retirer quelques effets.

Il voulait dire les bijoux, bien sûr. Mais elle savait qu'elle n'était pas près d'oublier la sensualité avec laquelle il avait prononcé ces mots. Elle avait vraiment besoin de se ressaisir. Et décida de ramener la conversation sur Coco Chanel, la version canine.

— Phoebe. Je trouve très difficile de… d'établir un, vous savez, lien avec elle. Vous avez des conseils ?

— Phoebe est une femme charmante…

— Je ne dis pas le contraire.

— Elle préfère les robes et les chiens malodorants aux humains, mais il faut juste… C'est une situation difficile.

Sophy était la spécialiste des situations difficiles.

— Vous en avez parlé à Johnno ? s'enquit-il.

Elle se rembrunit.

— On se voit pas si souvent et on se parle pas tant que ça non plus.

— Il vous aime beaucoup, commenta Charles.

Objectivement, Sophy le savait et espérait que c'était vrai. D'un autre côté, elle n'avait jamais eu de preuves concrètes de cette affection.

— Enfin, en tout cas, je ne m'en ferais pas trop pour Phoebe, à votre place, reprit-il.

— Ah bon ?

— Pas alors que vous partez bientôt en Australie. Et vos connaissances sur les grands couturiers ne seront pas indispensables, si vous travaillez dans une ferme de moutons.

Il frissonna. Comme si, malgré sa proximité avec la côte, le concept même d'une ferme de moutons lui faisait horreur.

— Oui, l'Australie, acquiesça-t-elle. J'ai tellement hâte.

Et si la compagnie de Charles était fascinante, les photos que sa grand-mère Jean lui avait envoyées par e-mail cette nuit de Lamby, un agneau qu'ils avaient dû nourrir au biberon l'année dernière, l'étaient tout autant.

Nous avons toujours quelques agneaux à nourrir au biberon. Je suis certaine que tu le ferais volontiers, non ?

Sophy avait prévu de ne pas s'approcher des moutons. Mais donner le biberon à un adorable agneau était une tout autre histoire.

— Ce ne sera pas facile, mais vraiment chouette. Tellement d'expériences différentes, alors qu'ici tous les jours se ressemblent.

— Je ne doute pas que communier avec les moutons sera très excitant, très épanouissant, déclara Charles, pince-sans-rire.

Il ne semblait pas du tout convaincu. Et semblait oublier que son aventure australienne ne se limiterait pas qu'aux moutons.

— Je commence par l'élevage de mes grands-parents, mais ensuite je vais à Sydney, voir mon amie Radha. Je vais probablement m'y installer. Elle habite juste à côté de Bondi Beach. Elle y passe la moitié du temps. Mais je veux aussi aller chez une tante, à Melbourne. Ça a la réputation d'être une ville très cool, très riche culturellement et artistiquement.

Elle avait parlé d'un ton un peu pensif. Pour sa part, elle n'était ni cool ni artiste.

— Il y a tellement d'endroits que je souhaite visiter. Et j'ai toujours voulu habiter au bord de la mer.

— Mais d'abord, la ferme de moutons, souligna Charles.

— Oui, mais c'est parce que mes grands-parents vont fêter leurs noces d'or.

Avec quelques difficultés, car ses mains croulaient toujours sous les bagues et les bracelets, elle sortit son téléphone.

— J'ai téléchargé un compte à rebours.

Elle n'avait personne avec qui partager son enthousiasme, son impatience, concernant sa nouvelle vie à l'autre bout du monde. Caroline semblait penser qu'il s'agissait d'une phase, un peu comme quand, à quatorze ans, elle était devenue végétarienne pendant deux jours. Cress refusait d'en parler, allait même jusqu'à se boucher les oreilles si elle abordait le sujet. Quant à Egan, quand elle l'avait informé de son projet, il avait ricané : « C'est ça… Dans tes rêves ! »

D'un autre côté, s'il ne lui avait pas demandé d'emménager avec lui des années auparavant, elle vivrait peut-être déjà en Australie. À cette époque, elle avait naïvement pensé que c'était parce qu'il ne supportait pas de vivre sans elle. Que, sans être une déclaration d'amour, c'était néanmoins un signe de son engagement par rapport à leur relation. Elle n'avait jamais imaginé que son but était de gagner plus d'argent en lui faisant payer un loyer.

Mais même quand tout allait bien avec lui, et surtout quand ça allait mal, elle se demandait souvent ce qui se serait passé si, à l'époque, elle était partie pour l'Australie avec Radha. À quel point sa vie serait différente. À quel point *elle* serait différente.

C'était son grand moment « et si ». Et elle en avait assez de ces « et si ». Mais quand elle essayait de l'expliquer à ses proches, à Cress ou à sa mère, elles s'empressaient de lui énumérer toutes les raisons pour lesquelles elle ne devrait pas aller là-bas.

Charles, en revanche, était un tiers impartial. Il se fichait bien qu'elle parte prochainement au bout du monde. Et étant donné sa réflexion consternante de l'autre soir, il était bon de lui rappeler qu'elle partait en Australie, une perspective qui la remplissait d'enthousiasme. Et que, par conséquent, elle n'était pas amoureuse de lui. C'était juste un petit crush, rien de plus.

— Vous voulez voir le compte à rebours ? lui demanda-t-elle, d'un ton un peu désespéré.

Il secoua la tête, le visage impassible.

— Je pense que nous ferions mieux de vous débarrasser de tous ces colifichets.

Ce qu'il fit de manière rapide et professionnelle. L'étrange et charmant sentiment d'intimité qu'ils avaient partagé plus tôt avait disparu. Tout en rangeant ses bijoux, Charles lui expliqua même la différence entre les formes princesse, émeraude et baguette. Mais, hypnotisée par ses traits, elle l'écoutait à peine. Elle aimait la forme de sa bouche quand il parlait, aimait voir la passion pour son travail qu'exprimait son visage.

Heureusement qu'il s'agissait d'un crush sans grande importance, pas du tout réciproque, et de rien de plus. Parce qu'il était impossible qu'un homme comme Charles s'intéresse un jour à une femme comme elle. Pas quand ses dernières conquêtes étaient une journaliste de *Vogue* et une Française d'une élégance folle.

— N'ayez pas l'air si triste, dit-il quand ils sortirent de son petit cagibi après avoir mis toutes les jolies pièces sous clé. Je suis sûr qu'un jour vous trouverez quelqu'un pour vous offrir une tiare. Ou, mieux encore, vous pourrez vous en offrir une vous-même.

— Ouais, sans doute. Avec mon salaire à la ferme de moutons, ironisa-t-elle.

Il frissonna de nouveau.

— Arrêtez.

Soudain rayonnant, il reprit :

— Je vous ai promis un déjeuner, il me semble. Vous avez faim ?

Sophy pouvait toujours manger. Même quand elle avait été au fond du gouffre quelques semaines auparavant, elle n'avait jamais perdu son appétit. C'était la seule constante dans sa vie.

Elle s'attendait à ce que Charles l'emmène dans un endroit chic. Probablement japonais. Mais minimaliste, elle en était sûre. Pourtant, quand ils se retrouvèrent sur le trottoir après avoir descendu la centaine de marches de son escalier, il l'entraîna vers un café d'aspect miteux, au coin de la rue.

Pas japonais donc. Et assurément pas minimaliste.

— Je sais que l'endroit paraît un peu rustre, mais ils font les meilleurs bagels de Londres. Encore meilleurs qu'à Brick Lane, assura-t-il en lui ouvrant la porte.

Une bouffée d'odeur de cuisine accueillante lui emplit les narines. Quand elle était en coloc à Hackney, elle s'était souvent arrêtée à Brick Lane en rentrant le samedi soir pour acheter des bagels pour le brunch du dimanche.

— C'est une affirmation pleine d'audace, plaisanta-t-elle.

— Mais une affirmation que je suis plus qu'heureux de maintenir.

Sophy était contente de voir qu'ils avaient retrouvé leur humeur légère. Il s'attaqua à un bagel au bœuf, tandis qu'elle avalait gaiement le sien, énorme, au saumon fumé et fromage frais.

Leur conversation était enjouée. Mais quand il fit allusion au fait qu'il allait passer à la boutique vendredi, elle ne put s'empêcher de soupirer.

— Tu n'aimes vraiment pas y travailler ? demanda-t-il doucement.

Ils avaient décidé de se tutoyer.

Elle poussa un nouveau soupir.

— Ce n'est pas ça. Et, comme tu l'as dit, ce n'est pas pour longtemps. En plus, Johnno me rend service, je ne veux pas être ingrate. Mais je ne leur suis franchement pas indispensable.

— Je suis sûr que si. Tu n'imagines pas tout le travail qu'il va y avoir quand débutera le diabolique trio gagnant de la saison des mariages, des bals et des garden-parties.

— Je ne suis pas à ma place dans cet endroit, admit-elle.

Elle l'avouait à Charles, mais aussi à elle-même.

— Je suis très sociable. J'aime m'occuper des gens, tant qu'ils sont polis. Mais cette boutique… Je ne comprends rien.

— Qu'est-ce que tu ne comprends pas ? demanda-t-il, une moitié de bagel à mi-chemin vers sa bouche.

Sophy posa le sien.

— Je ne comprends pas pourquoi une femme voudrait dépenser de telles sommes d'argent pour une vieille robe, alors qu'elle pourrait s'acheter une ravissante robe toute neuve. Eh oui, je persiste à croire que quelqu'un a pu mourir dans au moins l'une d'entre elles. Voilà ! Je l'ai dit.

Charles lâcha un cri comme si elle venait de lui écraser le pied.

— Blasphème !

— C'est juste une supposition.

Avec un haussement d'épaules, elle reprit son bagel.

— Certaines robes sont tachées. Et je sais qu'elles sont toutes censées être envoyées au nettoyage, mais…

— Non ! J'en ai assez entendu.

Il alla jusqu'à plaquer sa main sur la bouche de Sophy pour la faire taire.

— Tu ne trouves pas que certaines d'entre elles sont émouvantes ?

Elle ne pouvait nier que certaines étaient magnifiques. Mais elles lui donnaient aussi l'impression d'être retournée à l'école. Chacune d'entre elles était accompagnée d'un cours truffé d'une terminologie qu'elle ne maîtrisait pas vraiment, surtout quand Phoebe radotait sur l'inutilité de la mousseline de soie de velours ou des motifs foliacés. Et des manches évêque, de la dentelle synthétique.

— C'est juste que ça fait beaucoup d'infos à digérer. Et quel intérêt, puisque je pars en Australie dans quelques mois ? déclara-t-elle d'un ton ferme.

À la seule pensée d'aller travailler le lendemain, elle avait l'estomac lourd. Ce qui n'avait rien à voir avec la quantité de glucides qu'elle était en train d'absorber.

— À vrai dire, j'ai déjà dit à Phoebe que j'allais partir.

Charles haussa les sourcils.

— Oh. Tu as trouvé un autre travail ?

Elle secoua la tête et ne put s'empêcher de soupirer à nouveau.

— Non, mais je vais chercher.

— Parce que j'ai entendu aux infos hier soir que les chiffres du chômage n'ont jamais été aussi hauts depuis cinq ans, affirma-t-il, ce qui n'était vraiment pas d'un grand secours. Tu as dit à Johnno que tu quittais la boutique ?

Cette fois, son soupir était accablé.

— Non, reconnut-elle.

Elle n'avait pas pensé à Johnno. D'un autre côté, cela ne faisait pas partie de ses priorités numéro un. Même s'il lui avait procuré ce travail et, apparemment, avait passé beaucoup de temps à chanter ses louanges auprès de ses amis et de ses connaissances. À cela venait s'ajouter le fait qu'elle avait besoin de le harceler pour qu'il lui fournisse une copie de son acte de naissance et de son passeport, ce qui serait bien plus facile si elle le voyait assez régulièrement pour le lui rappeler. C'était de côtoyer Phoebe, qui lui posait un véritable problème.

— Je ne veux pas dire du mal dans le dos des gens, ou me plaindre, mais Phoebe et moi ne nous entendons vraiment pas. Pour une raison étrange, il semblerait qu'elle me considère comme une menace, ce qui est ridicule, parce que nous avons toutes les deux des compétences très différentes. Par exemple, je suis plutôt douée pour m'occuper des clientes…

— Et Phoebe est très douée avec les robes vintage, tant qu'aucune de ces mêmes clientes ne veut les approcher, termina Charles pour elle. Ou, surtout pas, les décrocher de leurs portants et les essayer.

Elle haussa de nouveau les épaules.

— Bizarrement, l'après-midi qu'elle a consacré à m'initier à la mode vintage semble être la seule fois où nous avons réussi à nous entendre. Même si j'ai presque tout oublié.

C'était vrai, hormis le passage sur les pauvres femmes qui, pendant la guerre, étaient obligées de remplacer le fond de leurs culottes avec des compresses de gaze. Mais Sophy était incapable de se rappeler la différence entre un pli creux et un pli d'aisance, ou de distinguer un modèle Hardy Amies d'un Norman Hartnell.

— Je trouve juste ça un peu dommage de chercher un autre job, alors que tu en as déjà un, commenta gentiment Charles.

— Je sais, mais je ne veux pas travailler dans un endroit où ma boss me déteste parce que…

— Elle ne te déteste pas. C'est juste que Phoebe est… très maladroite.

Pour quelqu'un qui portait un costume lilas en public, Charles était le roi de l'euphémisme.

— Et tu peux travailler avec ta demi-sœur, donc ça c'est un point positif en plus.

— Je suppose que oui, acquiesça-t-elle, de mauvaise grâce.

Elle savait qu'en dépit de son intention de changer de travail, sa fureur envers Phoebe allait passer et qu'elle allait faire profil bas.

— Et puis, c'est pratique. Juste quelques arrêts de métro et je n'ai pas à travailler le dimanche.

— Phoebe finira par se détendre, reprit-il, sans se départir de sa gentillesse.

Elle était loin d'être aussi optimiste.

— Heureusement pour toi, je viens de t'inscrire à une formation immersive sur la mode vintage.

Elle plissa les yeux, surprise.

— Vraiment ? Quand ça ? Quand j'étais aux toilettes ? C'est très aimable à toi, Charles, mais tu aurais dû me demander d'abord. Je n'ai pas l'argent pour…

— Pas un mot de plus ! l'interrompit-il, avec une main levée. Figure-toi que tu as décroché une bourse pour l'Institut Charles Rivenhall de Mode Vintage. C'est un établissement très chic.

— J'en ai bien l'impression !

Sophy était incapable de se retenir de sourire.

Tout comme elle était incapable de contrôler son crush pour Charles, qui menaçait de se transformer en amour à sens unique.

— Tu n'étais vraiment pas obligé de faire ça.

— Ça me fait plaisir, assura-t-il, d'une voix suave. Et maintenant, que fais-tu mercredi prochain ? Tu sais quoi, à vrai dire, ça m'est égal. Annule tes projets, tu as cours.

Chapitre 10

Les jours qui suivirent, il n'y eut pas d'autre crise majeure avec Phoebe. Comme si elles étaient toutes deux tombées d'accord, tacitement, pour rester dans leur camp respectif.

Charles ne s'était pas trompé sur le début de la saison des mariages. Elles avaient eu trois clientes différentes, mais toutes aussi riches, qui cherchaient des robes époustouflantes, car : « J'ai été invitée à l'une des garden-parties de Buckingham Palace. Pour mes œuvres de bienfaisance… » Aussi étaient-elles soudain très occupées. Heureusement, on n'était qu'au mois de mars. Il était donc beaucoup trop tôt pour que la ruée des adolescentes en quête de robes de bal de fin d'année leur tombe dessus aussi.

— Jamais je n'ai été aussi occupée au musée, s'étonna Cress le vendredi soir, alors que l'équipe levait le camp en direction du pub.

Johnno n'était pas là. Mais, apparemment, chaque semaine, il prévoyait de l'argent pour ses salariées, derrière le bar. Charles non plus ne les avait pas rejointes. Pourtant, chaque fois que la porte s'ouvrait, Sophy se redressait, comme Coco Chanel (le chien) le faisait quand elle entendait quelqu'un ouvrir un sachet de chips.

Après ce qui lui parut une éternité, le mercredi suivant arriva enfin. Charles lui avait donné rendez-vous par SMS à la station South Kensington, à 14 heures.

La station était envahie d'enfants de tous âges et de toutes nationalités, qui partaient visiter le Musée d'Histoire naturelle ou le musée des Sciences. Chacun d'entre eux équipé d'un sac à dos encombrant qu'ils cognaient aux autres usagers. Quand, enfin, elle sortit du métro, elle avait l'impression d'être une quille sur une piste de bowling.

Charles l'attendait déjà, adossé contre un poster publicitaire pour du lait d'avoine. Il portait son costume en tweed lilas et une chemise noire, ce qui, même dans le centre de Londres, attirait les regards curieux. Quand il l'aperçut, il la salua de la main.

Tout aussi fidèle à son style, elle avait choisi une autre de ses robes sacs. Ou, plus exactement, une robe de Caroline, car elle avait la taille légèrement plus marquée que les siennes. Noire à pois verts. Mais elle avait troqué ses baskets pour des collants et des bottines noirs, car il y avait eu des averses toute la journée.

— Tu es très jolie, la complimenta Charles en l'embrassant sur ses joues brûlantes.

— Et toi, on voit que tu n'as pas eu à batailler avec une foule de gamins, répondit Sophy en jetant un coup d'œil admiratif au pli impeccable de son pantalon. Dans l'escalator, j'en avais un qui n'arrêtait pas de me donner des coups avec sa lunchbox.

— Pauvre Sophy ! compatit-il en la prenant par le coude pour l'entraîner hors de la station. C'est bien plus rapide de sortir ici et de traverser la rue, au lieu de prendre ce passage qui n'en finit pas.

— On va visiter un musée, alors ? demanda-t-elle sans trop d'enthousiasme.

En effet, hormis cela, il n'y avait pas grand-chose à faire à South Kensington. Elle se rappelait les très ennuyeuses sorties scolaires au Musée d'histoire naturelle où ils regardaient, bouche bée, les os de dinosaures, ou au Musée des sciences, pour contempler d'un œil morne un modèle opérationnel du système solaire.

— Pas n'importe quel musée, la corrigea Charles. Le V&A.

Autrement dit, le Victoria & Albert Museum. Même à la perspective d'y passer l'après-midi en compagnie de Charles, elle n'était pas motivée. Ce fut donc sans grande conviction qu'elle traversa avec lui la très animée Exhibition Road en direction de l'imposant bâtiment victorien qui, avec ses tourelles et ses détails tarabiscotés, fleuris, ressemblait à un gâteau de mariage ouvragé.

Lorsqu'il avait évoqué l'idée d'une formation accélérée sur la mode vintage, elle s'était imaginée dans son joli bureau, douillettement installée avec lui dans son canapé Chesterfield, à feuilleter des livres remplis de belles images de femmes sublimes dans des robes magnifiques. Bercée par sa voix, elle l'écouterait parler tout en observant discrètement la forme de sa bouche. Parce qu'il faisait partie de ces gens qui, même en lisant l'annuaire, pouvaient donner l'impression qu'il s'agissait de poésie.

Elle ne s'était pas doutée qu'ils iraient visiter des musées. Elle les trouvait ennuyeux à mourir. Pleins de vieux machins poussiéreux ou de dioramas de trucs scientifiques que personne n'avait vraiment envie d'aller voir à moins d'y être obligé ou d'être à l'école.

— Je suis membre, l'informa Charles en entrant dans le hall caverneux, tout en marbre et bondé de touristes. Et aucune des expositions en cours n'est pertinente pour notre sujet…

— Ah bon ? s'étonna Sophy, un peu rassérénée.

Elle venait de voir une affiche annonçant une exposition sur l'art médiéval au Moyen-Orient qui ne l'emballait pas du tout. Et qui, pour elle, n'avait aucun rapport avec la mode vintage.

— Pas aujourd'hui.

D'une main sur son épaule, il la guida doucement dans la bonne direction. Ils traversèrent le hall et passèrent rapidement devant la boutique du musée. Elle se sentit soudain ragaillardie : tout le monde aimait les boutiques. Ils enfilèrent alors une longue galerie dédiée à l'art de l'Asie du Sud-Est. Enfin, Charles s'arrêta. Ils étaient arrivés à destination.

— Tu m'as amenée ici pour regarder des vêtements, puis m'interroger sur la différence entre Lanvin et Lagerfeld ? demanda-t-elle, consternée. Je pourrais tout aussi bien être à la boutique.

— Excellente prononciation, approuva Charles avec un grand sourire.

Quel monstre d'insensibilité !

— Tu vas t'amuser, je te le promets.

Au début, elle ne s'amusa pas du tout. Même si certaines pièces étaient intéressantes à regarder : des kimonos, des sandales en papyrus datant de 30 avant J.-C. et une énorme robe appelée « mantua » de 1750 environ, avec une jupe si large, comme une crinoline sous stéroïdes, que Sophy décida que sa pauvre propriétaire ne devait pas pouvoir franchir les portes, à part en marchant de côté.

— Et imagine, pour s'asseoir !

Ils arrivèrent alors dans une salle de robes de mariée. Elle étouffa un soupir. Elle en avait suffisamment à la boutique, merci bien ! Elle balaya les mannequins éclairés d'un regard sans grand intérêt, jusqu'à ce qu'elle remarque un ensemble que jamais Phoebe n'aurait autorisé à l'atelier : une gabardine blanche et une minirobe en PVC argent, créées par John Bates.

— Un couturier majeur des années 1960, déclara Charles. Sans doute ignoré alors qu'il faisait des minijupes bien avant Quant et Courrèges.

Sophy lut le panneau explicatif. La robe avait été dessinée pour Marit Allen, journaliste de mode pour *Vogue*, quand elle avait épousé un producteur de cinéma, Sandy Lieberson, au cours de l'été 1966.

Immédiatement, elle fut transportée dans les très stylées « Swinging Sixties ». Elle pouvait imaginer les invités sur leur trente et un : les hommes, dans le même style que les Beatles sur la couverture de l'album *Sgt. Pepper's Lonely Hearts Club Band*, les femmes en minijupes et robes longues aux motifs psychédéliques et couleurs discordantes.

— Je parie que sa mère était furieuse que cette personne porte une robe si courte que tout le monde pouvait voir sa culotte, dit-elle à Charles qui lui lança un regard amusé.

Ils continuèrent leur visite.

Sans surprise, la collection comprenait des robes volumineuses de couleurs variées, de blanc à crème, incluant une robe Norman Hartnell 1930, en soie satinée brodée, avec une immense traîne. Une robe devant laquelle Phoebe aurait sans doute daigné sourire.

Sophy commençait à s'ennuyer ferme. Pourvu que cela ne dure pas trop. Elle avait hâte d'aller explorer la boutique du musée… Quoi que…

Elle s'arrêta devant une magnifique robe transparente rouge rubis, sur une combinaison de la même couleur vibrante. Élégamment drapée et ruchée, elle avait des manches trois-quarts à revers.

— Ah ! Ils se sont trompés. Cette robe n'a rien à faire dans les robes de mariée. Je la porterais sans hésiter, si la couleur ne jurait pas avec mes cheveux.

— Je ne suis pas d'accord. Le rouge va très bien à beaucoup de rousses.

Il ne regardait pas la robe, mais ses cheveux attachés, comme presque toujours, en queue de cheval.

— Hélas, je n'en fais pas partie, répliqua-t-elle.

Elle se pencha vers la note explicative.

— Et à vrai dire, c'est bien une robe de mariage. De 1938.

La robe en mousseline de soie rouge avait été portée par une femme du nom de Monica Maurice. Une pionnière dans bien des domaines, pas juste dans son audacieux choix vestimentaire d'une robe de mariage rouge. C'était une industrielle, connue dans les bassins houillers du Yorkshire comme la « *Lady of the Lamp* ». Elle avait la passion des voitures de course et des avions. En 1938, elle était devenue la première femme membre de l'Association des ingénieurs en génie électrique des mines. Manifestement, Monica était une femme qui avait de nombreuses cordes à son arc.

Sophy regarda intensément une photo en noir et blanc de la jeune femme, le jour de son mariage. Menue comme un oiseau, elle arborait un sourire radieux.

— J'adore Monica, déclara Sophy avec un soupir de nostalgie. J'ai l'impression de la connaître. Je peux l'imaginer dans cette robe rouge, se fichant éperdument des commentaires sur le fait qu'elle ne se mariait pas en blanc.

— Comme l'a écrit Virginia Woolf, nous sommes ce que nous portons, cita Charles.

— J'espère bien que non !

Sophy baissa les yeux sur sa robe sac à peine cintrée. Que disait-elle sur elle ? Rien d'exceptionnel. Que, contrairement à Monica qui n'y accordait pas la moindre importance, elle appréciait le confort, la facilité, le conformisme.

Ils s'éloignèrent des robes de mariée pour s'avancer plus avant dans l'exposition permanente.

— Ce qu'il y a de bien avec les vêtements, c'est que chaque matin en s'habillant, on peut décider qui on veut être, reprit Charles. Les vêtements ont le pouvoir de changer votre humeur. Ils représentent un moyen d'expression, de créativité, d'annoncer sa personnalité sans avoir à prononcer une parole.

— C'est pour ça que tu portes tes costumes.

Avec une grimace, elle ajouta :

— Je veux dire, j'adore tes costumes. Mais, contrairement à ceux de la plupart des hommes, ils ne sont jamais gris.

— Si tu observes la nature, dans toutes les espèces, c'est le mâle qui a toujours exhibé un costume de rêve en Technicolor pour attirer la femelle. Regarde les paons, les mandrills, les chenilles *wattle cup* d'Australie.

— Tu viens d'inventer cette chenille, c'est ça ?

— Pas du tout !

Il sortit son téléphone pour lui montrer la photo d'une chenille qui semblait avoir été recouverte d'un glaçage en pâte d'amande de toutes les couleurs.

— Ce n'a été qu'à la fin du XVIIIe siècle, au temps de la Grande Renonciation masculine, que les hommes ont arrêté de porter les vêtements flamboyants qui témoignaient de leur richesse, pour adopter un style vestimentaire qui reflétait la nouvelle pensée, rationnelle, pragmatique. Je pense que je ne suis pas né à la bonne époque, conclut-il d'un ton lugubre.

Pour sa part, elle était très contente qu'il soit né quand il l'était. Mais elle n'était pas franchement ravie de passer son jour de congé à arpenter un musée. Ils finirent par faire halte à la boutique. Puis elle lui offrit un café et une part de gâteau dans le café principal du V&A, un lieu à la décoration si extravagante qu'on avait l'impression d'être assis au cœur d'un œuf Fabergé. Entre deux bouchées de carrot cake, Charles lui avoua qu'il n'avait pas toujours eu le courage de porter des costumes en tweed lilas magnifiquement coupés.

— J'ai commencé ma carrière chez un tailleur très guindé, très empesé, qui avait pignon sur rue à Savile Row depuis la nuit des temps. Et certains membres du personnel étaient là depuis des siècles. L'endroit croulait sous la laine grise.

Pensif, il but une gorgée de café.

— Tous les matins, M. Frobisher, le directeur, vérifiait nos ongles pour s'assurer qu'ils étaient impeccables, et malheur à vous si vos cheveux dépassaient votre col de chemise d'un millimètre.

— Ça devait être horrible. Comme dans un roman de Dickens.

Non qu'elle ait jamais lu un roman de Dickens mais, dernièrement, elle avait vu une adaptation de *La Maison d'âpre-vent* à la télévision.

— C'était plutôt lugubre, certes. Mais ça m'a permis d'acquérir une bonne connaissance de la mode masculine. Puis je suis parti travailler dans un établissement plus contemporain, plus avant-gardiste, quelques portes plus loin. Mes anciens collègues m'ignoraient s'ils me croisaient à la boulangerie. Ça me fendait le cœur, ajouta-t-il en posant une main sur sa poitrine.

—Alors comment es-tu passé de tailleur pour hommes aux tiares ?

—Grâce aux boutons de manchettes, tu y crois, toi ?

Il posa sa fourchette pour la regarder. Elle l'écoutait, le menton au creux de sa paume.

—J'ai commencé à chercher des boutons de manchettes vintage dans des vide-greniers et des brocantes, puis à les vendre, en activité annexe. Et je me suis rendu compte que c'était bien plus drôle et bien plus lucratif que de demander si monsieur portait à droite ou à gauche.

—Portait à gauche ? répéta Sophy, l'air perplexe.

Charles haussa les sourcils et soutint son regard jusqu'à ce qu'elle comprenne. Sentant ses joues soudain brûlantes et devant le sourire narquois de son mentor, elle sut qu'elle était rouge pivoine.

Ils se séparèrent devant le musée. Sophy pour affronter la foule de l'heure de pointe dans le métro, et Charles pour marcher jusqu'à Knightsbridge et s'acheter quelques bricoles chez *Harvey Nichols* pour le dîner.

Elle qui pensait qu'elle faisait une folie quand elle s'achetait des choses chez *M&S*. En général, juste avant la fermeture, quand elle pouvait se rabattre sur les articles fortement démarqués, aux étiquettes jaunes. La vie de Charles, son monde, étaient si éloignés de sa propre vie.

—Alors, on recommence la semaine prochaine ? À approfondir ta culture mode ? demanda-t-il, interrompant le fil de ses pensées moroses. Un autre musée, je le crains. Mais je te promets qu'ensuite nous irons manger du gâteau.

La dernière chose dont elle avait envie, c'était de se trimballer dans un autre musée pour voir des vieux trucs. Mais, en compagnie de Charles, c'était néanmoins une façon assez plaisante de passer un après-midi.

— Je ne pense pas que tu fasses jamais de moi une fan de mode vintage, l'avertit-elle.

— On a vu des choses plus bizarres !

Il repoussa sa mèche éternellement rebelle derrière son oreille et, comme s'il ne pouvait s'en empêcher, passa ses doigts dans sa queue de cheval.

— Parfait. Alors rendez-vous la semaine prochaine.

Chapitre 11

En dépit de l'heure de pointe et des hordes d'enfants avec leurs sacs à dos et du fait qu'elle ne put pas s'asseoir avant la station de Golders Green, Sophy rentra à Hendon sur un petit nuage.

En glissant sa clé dans la serrure, elle sentait toujours les doigts de Charles passer dans sa queue de cheval. Elle avait essayé de ne pas trop interpréter son geste : sans doute juste un signe d'amitié d'un homme qui devait penser que ses cheveux avaient la couleur d'une pierre semi-précieuse dont elle serait bien incapable de prononcer le nom. Mais, tout le trajet entre South Kensington et Leicester Square, elle ne put s'empêcher de fantasmer sur le fait que Charles ne lui touchait pas juste les cheveux.

— Je suis là ! cria-t-elle, prudente.

Elle n'avait pas oublié le jour où elle était rentrée sans s'annoncer, et qu'elle avait trouvé Caroline et Mike en train de se faire un câlin sur le canapé. Ils en étaient encore tous les trois traumatisés.

— Qu'y a-t-il pour le dîner ? Et si nous prenions un plat à emporter ? J'aimerais vraiment un curry.

Caroline apparut sur le seuil du salon avec une expression tendue.

— Ah, te voilà ! Je t'ai envoyé un message il y a un moment.

— Désolée, j'essaie de ne pas regarder mon téléphone trop souvent depuis que j'ai lu un article en ligne disant que passer trop de temps sur l'écran peut donner…

— Oui, oui, peu importe.

Sophy, qui était en train d'accrocher sa veste au portemanteau, s'arrêta en plein élan. Sa mère avait la voix tout aussi tendue que son visage.

— Tout va bien ?

D'un geste de tête brusque, elle montra la porte du salon.

— Il y a quelqu'un pour toi.

— Pour moi ? Oh, mon Dieu ! Ce n'est pas l'un des administrateurs judiciaires, j'espère ?

Elle sentit un frisson glacé lui parcourir le dos. Quelquefois, très occasionnellement, dans son ancien travail, la caisse ne tombait pas juste à la fin de la journée. Elles étaient autorisées à une certaine marge d'erreur, mais et si en raison de la faillite les administrateurs voulaient récupérer jusqu'au dernier penny ?

— Mais non, ne sois pas bête. C'est *lui*, ajouta Caroline dans un souffle.

— Charles ?

— Qui est Charles ? C'est Egan, finit-elle dans un chuchotement.

— Qu'est-ce que… ?

Egan ne méritait pas ce chuchotement théâtral, comme si sa venue était tout une affaire. Même si Sophy ne l'avait pas vu depuis ce fameux jour, six semaines auparavant, où elle avait laissé ses clés de l'appartement sur la table de l'entrée pour laquelle elle avait payé. Puis, hormis quelques messages secs dans lesquels il lui demandait de venir chercher le reste de ses affaires, et les factures restantes, ils étaient passés de cinq années ensemble au silence complet.

Maintenant, la pensée de faire les dix pas qui la séparaient du salon ne provoquait plus chez elle qu'une tristesse irritée.

Elle passa à côté de sa mère avec qui elle échangea un coup d'œil exaspéré.

Egan était assis dans le siège inclinable en cuir de Mike. En la voyant entrer, il sourit. Sans lui rendre son sourire, elle croisa les bras et le toisa d'un regard désapprobateur. Très, très désapprobateur. Exactement comme Lollipop, le chat, toisait Mike de son perchoir sur le dossier du canapé. Pas même Coco Chanel ne pouvait avoir l'air aussi critique que Lollipop quand il décidait de l'être.

Non qu'il y ait quoi que ce soit de très offensant dans l'apparence d'Egan. Il était beau gosse, sans être exceptionnel. Brun, les yeux noirs, un teint mat qui mettait en valeur le blanc éclatant des facettes dentaires très coûteuses qu'il s'était fait poser pour son trentième anniversaire. Il portait l'une de ses chemises préférées, une Ralph Lauren bleue, son habituel pantalon décontracté du dimanche, l'une de ses paires de baskets fétiches, l'un de ses after-shaves favoris, et arborait une expression mielleuse.

— Hé, Sophy ! Surprise ! lança-t-il d'une voix joviale, comme s'il ne s'était pas rendu compte que, désormais, elle le détestait.

— Qu'est-ce que tu veux, Egan ?

Elle leva les yeux au ciel. Elle savait exactement ce qu'il voulait.

— Je ne paierai pas la facture du câble, vu qu'il ne sert quasiment que pour tes chaînes de sport, que je n'ai jamais regardées. Et je ne paierai pas les montants impayés des factures d'électricité non plus. Pas alors que j'ai acheté presque tout le mobilier de ton appartement en plus de payer un loyer.

Il se renfrogna.

— Oh, allez, ne sois pas comme ça. Je ne peux pas croire que tu m'en veuilles encore.

Sophy s'assit sur le canapé. Elle non plus n'arrivait pas à croire qu'elle en voulait toujours à Egan. C'était tellement étrange de le voir assis là. Elle avait vraiment l'impression d'être devant un inconnu. Ce qui était dément, car, hormis Cress, il était la personne qu'elle connaissait le mieux. Elle savait tout de lui. Et pourtant, chaque année, elle devait lui rappeler la date de son propre anniversaire.

Ce qui, d'habitude, la contrariait au point de crisper les poings. Mais, en voyant ses mains posées sur ses genoux, elle comprit qu'elle n'avait plus de colère envers lui. Elle ne ressentait plus rien pour lui. Et ce, depuis leur séparation.

Il ne lui avait pas manqué. Pas plus qu'elle n'avait éprouvé de nostalgie pour les bons moments qu'ils avaient partagés, car ils s'étaient faits bien rares, les derniers temps. Seules leurs querelles venaient briser la routine de leur relation. Du moins, Sophy lui avait constamment lancé des piques. Il laissait traîner ses sachets de thé usagés sur l'égouttoir, il comptait sur elle pour faire la conversation à sa propre mère le dimanche après-midi pendant qu'il était au pub, il reluquait les autres femmes quand ils sortaient tous les deux. Pas de grosses disputes. Mais une relation émaillée de chamailleries constantes.

Aussi put-elle lui dire, en toute honnêteté :

— Je ne suis pas en colère contre toi. C'est juste fini. Notre couple stagnait, c'est tout, OK ?

— Je ne dirais pas ça. Tu m'as manqué, Sophy, avoua-t-il en l'enveloppant d'un regard éloquent.

— Tu as l'air surpris quand tu dis ça. Tu es sûr que ce ne sont pas les 500 livres de loyer mensuel que je te versais, alors que tu n'avais même pas d'emprunt à rembourser, qui te manquent ?

Exaspérée, parce qu'elle lui en voulait quand même peut-être encore un peu, elle ajouta :

— Tu n'as même pas montré une once de compassion quand j'ai été licenciée, et que je n'ai pas été payée pour mon dernier mois de salaire ni pour toutes les heures supplémentaires que j'ai faites à Noël… Non ! Tu sais quoi ? Je ne vais pas commencer. Je ne veux plus me battre avec toi.

— On dirait pas, marmonna-t-il.

Cinq minutes ensemble, et ils recommençaient à se bouffer le nez.

Avec un sourire qui ressemblait à une grimace, elle reprit :

— Tu vois ? Je suis calme. Alors que deviens-tu ?

Il ne devenait rien. En dehors du fait qu'elle n'était plus là, sa vie suivait son cours habituel. Travail, gym, bière et blagues avec les potes. Le même cycle immuable.

Alors que le quotidien de Sophy, avant d'avoir peu à peu implosé, se résumait à travailler neuf heures par jour, plus longtemps pendant leurs soldes et la période pré-Noël, ranger les affaires d'Egan, aller boire un verre avec les filles le samedi soir, si elle n'était pas déjà crevée. Le même cycle immuable.

Après un long monologue sur son nouveau régime de macronutrition dans sa quête éternelle pour se muscler, il se rappela soudain qu'une conversation impliquait deux personnes.

— Et toi ? Quoi de neuf ? Ta mère me dit que tu parles toujours de partir en Australie. Qu'est-ce que j'aimerais prendre des congés pour de longues vacances !

Apparemment, lui aussi lui en voulait toujours un peu.

— Ce ne sont pas des vacances. Je déménage. Et je ne fais pas qu'en parler. C'est un vrai projet, que je compte bien réaliser. Je vais commencer par aller chez mes grands-parents, qui ont un élevage de moutons. Ils fêtent leur anniversaire de mariage en août.

En s'imaginant s'occuper des moutons, elle sentit le nœud familier à l'estomac, mélange d'excitation et d'appréhension. Elle se délecta de l'expression stupéfaite d'Egan. Eh non ! Elle n'était pas totalement prévisible.

— Et je t'ai dit que Radha se mariait en octobre et qu'elle m'avait demandé d'être une de ses demoiselles…

— Ouais, mais quand même. Carrément déménager ? En Australie ? C'est un peu extrême. Tu vas être nulle dans une ferme, Sophy, ajouta-t-il avec un sourire. Tu te souviens de la fois où nous sommes allés à ce festival en voiture et qu'en sentant l'odeur du fumier dans la campagne tu as commencé à vomir ?

— Je n'ai pas vomi (elle avait eu des haut-le-cœur). J'avais trop bu.

— Ouais, c'est vrai qu'on était assez torchés, la veille. C'était l'anniversaire de Paulie, c'est ça ?

Elle acquiesça d'un signe de tête.

— Je n'ai pas bu de tequila depuis.

— Ni dansé sur un bar ?

Il avait ce sourire désinvolte qu'elle n'avait pas vu depuis des lustres. C'était agréable de se souvenir que tout n'avait pas été nul, dans leur histoire.

— J'ai eu de la chance de ne rien me casser, renchérit-elle en souriant à son tour.

C'était tellement mieux de se montrer civilisé, aimable, au lieu d'essayer de marquer des points aux dépens de l'autre.

— Alors, je me disais…

Il prit une pose pensive qui ne lui allait pas du tout.

— C'était assez dégueulasse de ma part de te faire payer un loyer, et je peux me passer de ces 500 livres par mois, mais…

Il se pencha vers elle, posa sa main sur son genou. Elle essaya de ne pas se crisper. C'était à la fois si étrange, mais si familier. Du canapé, Lollipop émit un feulement de mise en garde, comme si Caroline l'avait posté là comme chaperon.

— Je ne peux pas me passer de toi. Tu n'aimerais pas revenir, par hasard ?

— Oh, Egan…

Elle lui tapota la main. Elle était touchée qu'il pose la question, de savoir que, quelque part, elle comptait pour lui. Et se remettre ensemble serait facile. Mais elle ne voulait plus de ces « et si ? ». Elle ne voulait pas passer à côté de la vraie vie en se traînant à travers chaque journée qui passait.

Rien dans sa vie n'était facile actuellement. Ni le travail à *La Petite Boutique vintage* ni la logistique de sa nouvelle existence aux antipodes. Ce qui lui rappelait qu'elle n'avait toujours pas les documents de Johnno. Les délicieux interludes avec Charles non plus n'étaient pas simples. Il se montrait gentil, amical, et elle avait pour lui des sentiments défendus. Même le fait d'être revenue habiter chez sa mère était compliqué, car elle dormait toujours sur le canapé.

Elle plissa les yeux, soupçonneuse.

— Tu as parlé avec ma mère ?

D'un air fuyant, il répondit :

— En fait, j'ai téléphoné pour savoir si tu allais être ici, et nous avons commencé à discuter. Elle a dit que nous avions peut-être tiré un trait sur huit ans de relation un peu trop vite. Que huit ans, ce n'était pas rien. Que ça ne pourrait pas nous faire de mal de nous expliquer.

— Bien, je vois.

Elle repoussa la main d'Egan pour pouvoir se lever.

— Je reviens dans une minute.

— J'aimerais bien un café, si tu passes à proximité d'une cafetière, lui lança-t-il.

Ce n'était pas le cas. Quand elle ouvrit la porte du salon, elle vit Caroline qui battait en retraite en direction de la cuisine, presque comme si elle avait écouté aux portes.

— Maman !

Elle se tourna ostensiblement de l'étagère des livres de cuisine, comme si elle était en train de les feuilleter.

— Quoi ? demanda-t-elle. Tout va bien au salon ?

La question qu'elle allait poser n'était pas facile non plus. Au bord des larmes, la voix tremblante, elle demanda :

— Tu veux que je déménage ? C'est pour ça qu'Egan est ici ? C'est pour ça que je suis toujours sur le canapé du salon, alors que tu as dit que tu n'utilisais pas le banc solaire et que tu l'avais mis en vente sur Internet il y a plusieurs semaines déjà ?

— Bien sûr que non, nous sommes ravis de t'avoir à la maison, répliqua Caroline.

Son cou et ses joues s'étaient empourprés, exactement comme Sophy quand elle se sentait nerveuse.

— Mike et toi êtes habitués à avoir votre espace à vous, je le sais. Mais je ne resterai pas ici longtemps. Je pars en Australie bientôt. D'ici peu, en tout cas.

— Tu n'es pas obligée de partir là-bas.

Elle lui prit la main pour l'attirer vers elle et l'envelopper de ses bras de cette façon si sécurisante.

— Nous avons tous des réactions bizarres à la fin d'une relation. Quand Johnno et moi avons rompu, je me suis fait couper une frange et j'ai mis deux ans à la faire repousser. J'ai juste pensé qu'il n'y avait pas de mal à ce que tu parles avec Egan, que tu voies si vous pouviez vous réconcilier.

— Je ne veux pas me réconcilier avec lui, marmonna Sophy. Ça te dérange ?

— Bien sûr que non, ce n'est pas grave.

— Et je vais vraiment en Australie. Je *veux* y aller. J'ai vraiment super hâte d'y être.

— En tout cas, ne viens pas te plaindre si tu te fais mordre par une tarentule.

Au point où elle en était, elle décida de jouer le tout pour le tout.

— Je te suis reconnaissante de m'héberger, mais j'ai mal au dos dans le canapé et, la nuit, il m'arrive de me réveiller avec Lollipop assis sur ma tête.

— OK, OK !

Caroline la repoussa pour attraper son téléphone sur le plan de travail, en face d'elle.

— Je vais mettre ce foutu banc solaire sur Facebook Marketplace immédiatement.

Chapitre 12

Quand Sophy partit travailler le vendredi matin, le banc solaire était toujours là. Mais Caroline lui avait assuré que quelqu'un viendrait le chercher à l'heure du déjeuner.

— Mon dos et moi te remercions, dit-elle, même si elle n'était pas convaincue que les jours du banc solaire étaient réellement comptés.

Mais elle était préoccupée par l'épaisse enveloppe crème qui était arrivée au courrier du matin.

Radha Bhati et Patrick Hall prient
Madame Sophy Stevens
De bien vouloir leur faire l'honneur d'assister à leur mariage.

Elle ne put s'empêcher de passer la matinée à penser à Radha. À quel point la vie de son amie aurait-elle été différente si elle avait décidé de rester en Angleterre au moment où elle-même avait emménagé avec Egan, plutôt que de partir à l'autre bout du monde ?

Radha n'avait pas à se tourmenter avec les « et si ». Plutôt que de stagner à Londres, elle avait choisi l'aventure.

Heureusement, cet après-midi-là, la boutique ne désemplit pas, ce qui l'empêcha de trop s'appesantir sur les « et si ? ».

D'autant que quand Phoebe descendit de l'atelier pour découvrir la boutique remplie de curieuses, elle se mit en colère.

Elle vint trouver Sophy dans la réserve de la cave, affairée à chercher une robe qui avait été mise en ligne, mais n'était ni sur les portants ni listée dans l'inventaire dans l'ordinateur.

— Qui sont ces femmes ? lança-t-elle. Elles ne travaillent donc pas ? J'aimerais qu'elles arrêtent de toucher à mes robes de leurs doigts poisseux.

— Vous devriez peut-être prévoir un guéridon devant la porte d'entrée avec des flacons de gel antibactérien, suggéra-t-elle, taquine.

Béatrice, qui l'aidait à chercher la robe manquante, enfonça son visage dans un manteau en faux léopard pour cacher son hilarité.

Phoebe foudroya Sophy d'un long regard implacable.

— Vous savez quoi ? Ce n'est pas une mauvaise idée, dit-elle lentement. Je parie que l'on peut se procurer un élégant gel antibactérien. Je me demande si Diptyque en vend.

Sur ces mots, elle tourna les talons et s'éloigna. Quand Sophy eut enfin localisé la robe qui avait été emballée avec les robes d'hiver et qu'elle l'eut vendue à la cliente reconnaissante, il était presque 17 heures. Qu'importait à quel point la boutique était animée, la dernière heure d'un vendredi après-midi était toujours interminable.

— C'est bientôt l'heure du pub ! se réjouit Anita.

Debout devant l'une des cabines, elle attendait une cliente qui semblait déterminée à essayer toutes les robes de la boutique.

— À moins que celle-là ait ma peau, marmonna-t-elle d'une voix étouffée.

Vers 17 h 30, la boutique commençait à se vider, quand la porte s'ouvrit avec une telle violence qu'elle rebondit sur ses gonds, faisant sursauter tout le monde. Johnno entra, presque entièrement dissimulé derrière la montagne de vêtements qu'il serrait contre lui.

— Mesdames ! À l'aide, s'il vous plaît !

Sophy se précipita pour le débarrasser d'un peu de son chargement. Les vêtements avaient été emballés dans des housses de plastique glissantes qui ne facilitaient pas leur maniement.

— Je vais les descendre, annonça-t-elle.

— Pose-les sur les canapés, ça ira, répondit Johnno.

Il se fichait visiblement de l'un des diktats préférés de Phoebe qui martelait que les canapés de la boutique n'étaient pas un dépotoir, mais étaient réservés aux fesses des clientes (et seulement si elles ont l'intention d'acheter).

— J'en ai un van plein dehors.

Comme si elle avait senti qu'il y avait de la magouille dans l'air, Phoebe surgit en haut de l'escalier en colimaçon pour prendre congé d'une hypothétique mariée qui, depuis trois heures, essayait d'éventuelles robes de mariée. Les lèvres affreusement pincées, elle lui déclara :

— Bien, je vous suggère de réfléchir à la soie crème. Vous me donnerez votre réponse demain.

— C'était une soie champignon, objecta la jeune femme.

Elle avait une expression très pugnace, comme si elle aimait discuter pour le plaisir.

— Crème, sans hésitation, répliqua Phoebe.

Elle avait la mâchoire tellement crispée qu'elle devait souffrir. Jusqu'à ce qu'elle jette un coup d'œil en contrebas et que son visage s'éclaire d'un grand sourire radieux auquel jamais Sophy ne s'habituerait.

— Des robes ! De nouvelles robes !

Elle parvint à dévaler l'escalier, les mains jointes d'extase.

— Johnno vient de sortir en chercher d'autres, expliqua Sophy. Apparemment, il en a un van rempli.

— J'ai le cœur qui s'emballe !

Oubliant qu'elle n'était pas une cliente, Phoebe se laissa choir sur un canapé et commença à fouiller dans le tas.

— Mon Dieu ! Des Biba qui ont encore leur étiquette.

— Des Biba originales ou des Biba Renaissance ? demanda Anita.

Elle raccompagnait la femme qui après avoir essayé toutes les robes de la boutique repartait avec un simple foulard de soie réduit au prix de 10 livres.

— Biba originales ! s'exclama Phoebe d'une voix rauque, comme si elle était sur le point de se trouver mal.

— Béatrice, des Biba originales ! hurla Anita, comme une corne de brume.

Celle-ci se rua hors de l'arrière-boutique.

— Biba années 1960 ou Biba années 1970 ? demanda-t-elle.

Sophy avait l'impression qu'elles parlaient une langue étrangère. Cress se pencha alors sur la rampe courbe de l'escalier et lança :

— Quelqu'un a dit Biba originale ?

Phoebe leva son visage rayonnant.

— Cress, il faut que tu descendes voir ce stock. Je crois que je vois de la soie noire brodée de perles et, si c'est ce que je pense, je vais tomber dans les pommes.

Elle la sortit de la pile. Et elle ne se trompait pas.

— Une robe du soir années 1960, en forme de cloche, en soie shantung noire, à sequins, énonça-t-elle avec ravissement. Je cherche cette robe depuis des années.

Sophy peinait à comprendre. C'était juste une robe en soie, sans manches, très froissée, avec un bustier scintillant. Qui se rapprochait assez du genre de ses robes sacs.

— C'est une Biba des années 1970. Mais un dessin Barbara Hulanicki et assez Ossie Clark, non ? demanda Cress.

Elle plaquait une robe longue en coton fleuri contre elle. Pourtant, elle ne portait jamais rien d'autre que des jeans et des tops banals en dehors du travail. Au travail, ses blouses cousues main étaient ce qu'elle osait de plus audacieux.

Encore une fois, quand elle trouva une autre robe noire transparente, Phoebe faillit tourner de l'œil. Elle s'affairait diligemment à diviser les vêtements en deux piles. La porte se rouvrit à la volée sur Johnno. Freddy le suivait, les bras chargés d'autres vêtements.

— C'est Noël ! s'exclama Béatrice en se ruant pour attraper des sacs.

— Ah, Sophy, tu es là ! s'étonna Johnno comme s'il avait encore une fois oublié qu'il l'avait engagée dans sa boutique. Et qui est cette ravissante vision ? Est-ce la célèbre Cress ?

— Pas célèbre, marmonna Cress sans le regarder.

Elle avait les yeux fixés sur un manteau tapisserie avec des manches trois-quarts.

— Et vous êtes le père de Sophy ?

— Lui-même, acquiesça-t-il.

Derrière le comptoir où elle essayait de faire la caisse, Sophy esquissa une grimace. Tous les deux étaient sa famille. Sa famille de sang et celle qu'elle avait choisie. Cela aurait dû se faire tout naturellement. Pourtant, cette rencontre était étrangement inconfortable.

Cress pencha la tête comme elle le faisait toujours quand elle était gênée. Johnno, qui n'avait pas une once de psychologie, lui adressa un clin d'œil comme pour lui indiquer que tout allait bien.

Freddy jeta ses robes sur le canapé, ce qui lui valut un coup d'œil furieux de Phoebe.

— Je te prierais de ne pas abîmer le stock ! lança-t-elle vertement.

À son tour, Freddy la foudroya du regard et maugréa quelque chose entre ses dents. L'ignorant, elle se replongea dans son tri du butin de Johnno. Selon lui, il l'avait obtenu par le biais d'un type qui connaissait quelqu'un qui s'occupait de débarrasser des maisons.

Mais, devant son regard fuyant, Sophy soupçonna que leur provenance n'était peut-être pas tout à fait réglo.

Cress, qui avait reçu de Phoebe la permission de trier les vêtements avec la même magnanimité que si elle se voyait accorder la clé de la ville par le maire de Londres en personne, se retrouva avec une pile de robes pour la boutique et une autre, plus importante, de robes et autres effets que la directrice ne voulait pas.

— Qu'est-ce que tu veux que j'en fasse ? protesta Johnno. Tu ne peux pas faire une corbeille d'articles au rabais et les vendre pour 5 livres chacun ?

— Une corbeille d'articles au rabais ? répéta Phoebe, outrée. Nous ne proposons pas d'articles au rabais. C'est un établissement de qualité, et je me fiche que cette veste en velours mauve soit une Biba. D'un point de vue esthétique, ça ne va pas, c'est tout.

Johnno se laissa tomber à genoux et joignit les mains.

— Mais, Phoebe…, implora-t-il.

Elle se contenta de renverser la tête en arrière comme un cheval refusant de sauter l'obstacle.

— Mais Phoebe rien du tout !

En grognant, Johnno et Freddy remportèrent de mauvaise grâce les articles laissés pour compte dans le van et promirent de les rejoindre au pub. Sophy se remit à faire la caisse, l'une des rares responsabilités que les autres détestaient, tout en s'émerveillant malgré elle de la manière dont Phoebe avait géré Johnno.

Quand Johnno lui faisait faux bond, hormis quelques SMS agacés, elle n'osait jamais le confronter. Leur relation était si précaire, si légère, qu'elle ne voulait rien risquer qui puisse la briser à jamais.

Plus tard, au *Hat and Fan*, elle se retrouva assise à côté de lui. Ses cheveux portaient encore quelques traces de la couleur orange qu'il avait arborée quelques semaines auparavant. Une fois encore, elle s'étonna d'avoir vu son père plus souvent au cours des dernières semaines que toutes les dernières années réunies.

— Et comment va ma ravissante fille ? demanda-t-il, comme s'il lisait dans son esprit.

Sophy prit alors conscience que, quand ils étaient ensemble, il la traitait avec une délicatesse qui n'avait rien à voir avec l'impertinence qu'il réservait à Phoebe.

— De quelle ravissante fille parles-tu ? demanda-t-elle, feignant de regarder à la ronde.

Il agita un doigt dans sa direction.

— Oh, oh, ne te dénigre pas. Tout va bien ? Tu as trouvé tes marques ?

— Je pense que oui.

Elle estimait en effet qu'elle avait désormais une certaine utilité à la boutique : elle faisait la caisse, traitait les clientes comme des invitées de marque et non comme des intruses qui mettaient leurs mains sales sur les vêtements.

— Charles me fait une formation accélérée sur la mode.

Le simple fait de prononcer son prénom lui sembla très audacieux. Mais Johnno ne paraissait pas se rendre compte que sa ravissante fille avait un béguin aussi stupide que ridicule pour son fournisseur en bijoux fantaisie.

— Tu es entre de bonnes mains avec Charlie, se contenta-t-il de dire.

— Il te laisse l'appeler « Charlie » ?

Un surnom qui ne semblait pas vraiment en harmonie avec ses costumes sur mesure aux couleurs fantastiques et ses traits si nobles, si élégants.

— Pas devant lui, répondit Johnno avec un sourire. Il a dit que si je le faisais, il ne franchirait plus jamais le seuil de ma boutique. Il faut donc que ça reste notre petit secret.

— Comment vous êtes-vous rencontrés, au fait ?

Elle était curieuse de savoir comment Johnno et Charles, aussi diamétralement opposés que l'huile et le feu, le jour et la nuit, les pois et les rayures, avaient fait connaissance, sans parler de l'excellente relation professionnelle qu'ils avaient nouée.

— Tu ne te souviens sans doute pas de mon ancienne boutique. J'avais ce magasin sur Holloway Road…

— Tu plaisantes ! *Le Bric-à-Brac de Johnno*, bien sûr que je m'en souviens !

Sophy se mit à rire.

— Quand tu m'as proposé ce travail, j'ai pensé que c'était là que tu voulais m'envoyer.

— Non !? s'exclama Johnno, les yeux ronds.

— Si ! J'ai même demandé à Freddy si nous allions monter jusqu'à Camden et prendre le 29 pour y arriver.

— Mais, Sophy, j'ai fermé *Le Bric-à-Brac de Johnno* il y a bien vingt ans maintenant.

Il ne souriait plus. L'air pensif, il but une gorgée de bière.

— Tu n'en parlais jamais. J'ai juste supposé que c'était parce que la première et dernière fois que j'y suis allée, j'ai poussé des hurlements devant ce renard empaillé tout miteux dans sa vitrine. J'en fais encore des cauchemars, ajouta-t-elle avec un frisson théâtral.

Même cette anecdote ne parvint pas à dérider Johnno.

— Pourtant, la nouvelle boutique tient une grande place dans ma vie depuis deux décennies…

Il secoua la tête, mais n'eut pas besoin de terminer sa phrase. Ni d'ajouter que, tout ce temps-là, Sophy, elle, n'avait pas tenu une grande place dans sa vie.

Mais elle ne souhaitait pas rouvrir de vieilles blessures. Et elle était certaine, à voir son expression déconfite, que Johnno n'y tenait pas non plus. On était vendredi soir, elle buvait un grand gin-tonic, et Charles pouvait arriver d'une minute à l'autre. Elle se sentait plutôt bien.

— Tu ne m'as toujours pas dit pourquoi tu es passé de la vente de renards empaillés miteux à une élégante boutique de robes vintage dans un beau quartier, lui rappela-t-elle avec un léger coup de coude.

Johnno esquissa un sourire hésitant, ce qui ne lui ressemblait pas du tout.

En revanche, sa longue histoire compliquée sur la naissance de *La Petite Boutique vintage* était du pur Johnno. Manifestement, une fois par mois, une femme riche, d'un certain âge, couverte de bijoux et qui, par tous les temps, portait un manteau de fourrure, passait au *Bric-à-Brac de Johnno* et repartait avec presque tout son portant de robes vintage.

— J'avais une vendeuse du samedi qui faisait le tour des friperies pour moi et achetait des vieilles robes. Enfin, quand tu pouvais encore trouver des robes décentes dans ce genre de magasins. Je les revendais après pour 5 livres.

Il haussa vivement les épaules et leva les yeux au ciel.

— Je n'avais pas la moindre idée de leur valeur. Quand on dit que l'argent n'a pas d'odeur !

» J'ai appris par hasard que cette brave dame, qui possédait une maison dans le quartier de Mayfair, faisait une marge bénéficiaire de deux cents pour cent sur mes robes. Alors je me suis dit : « Mec, il est temps de passer à l'action ! » Et tu connais la suite.

Johnno avait engagé des étudiants d'écoles de mode pour faire le tour des friperies, des vide-greniers, des kermesses paroissiales, parce qu'ils savaient repérer les articles intéressants. Il s'était débarrassé des cochonneries de son stock et, en l'espace de deux ans, avait résilié son bail dans le N7 pour venir s'installer dans les quartiers plus raffinés du NW1.

— C'était pile à la période où la britpop a commencé à réellement exploser. Tu ne pouvais pas faire un pas dans Primrose Hill sans tomber sur un membre d'Oasis ou de Blur. Et ils avaient tous des copines ou des femmes qui dépensaient 400 balles pour une robe bobo des années 1970 sans ciller.

Il avait continué comme ça pendant quelques années. Puis, alors que Johnno avait décidé qu'il arrêtait la vente de vêtements vintage, les stocks décents se faisant plus rares, pour envisager de retourner à la brocante, Phoebe était arrivée. Et l'avait convaincu qu'au lieu de redescendre il devait monter en gamme.

— Et comment as-tu rencontré Phoebe ?

Elle la soupçonnait d'être entrée dans la vie de Johnno dans un nuage de fumée sulfureuse.

Elle aurait ensuite un autre sujet à aborder avec son père : avait-il ne serait-ce qu'essayé de remettre la main sur son acte de naissance et son passeport ?

Les deux événements qui suivirent lui firent oublier ses questions.

Tout d'abord, il y eut Coco Chanel. À l'exception de Phoebe, la chienne évitait tout contact humain (ce qui la confortait dans l'idée que Phoebe était sans doute une sorcière). Soudain, l'animal s'installa sur les genoux de Freddy, se mit gauchement sur le dos et se laissa gratter le ventre. Ce qui était tout à fait extraordinaire.

— Pas tant que ça, insista Phoebe. Coco Chanel peut être très sociable, et c'est sans doute parce que Freddy a mangé des grattons de porc.

— Je n'ai pas mangé de grattons. C'est peut-être parce que je suis un type sympa. C'est bien ce qu'on dit sur les chiens, non ? Qu'ils sont bons juges des caractères.

— Ah bon ? articula Phoebe, glaciale.

Sans répondre, Freddy, un sourire narquois aux lèvres, leva sa bouteille pour la saluer. Phoebe se renfrogna encore un peu plus.

Et puis, alors que Sophy s'était faite à l'idée qu'il ne viendrait sans doute pas, Charles surgit soudain. Debout sur le seuil, il balayait le bar bondé des yeux. Quand il l'aperçut, son regard s'illumina. Il lui décocha un sourire, et son cœur fit un bond dans sa poitrine. Une réaction si différente de quand elle avait trouvé Egan dans le salon de sa mère.

Ce fut une autre soirée tardive, où ils furent les derniers à partir. Quand, devant le pub, il attendit son Uber avec elle, elle eut l'impression qu'ils étaient les deux dernières personnes au monde.

— Tu m'envoies un SMS pour me dire que tu es bien rentrée ? demanda-t-il, en soulevant le bout de la queue de cheval de Sophy, dans laquelle se reflétait la lumière du réverbère voisin.

Il y avait longtemps qu'un homme ne s'était pas préoccupé de la savoir bien rentrée. Quand elle sortait tard, Egan ne l'attendait jamais et se plaignait souvent qu'elle l'avait réveillé. Même si, pourtant, elle avait l'impression de faire son possible pour ne jamais le déranger.

— C'est toujours d'accord pour mercredi ? demanda-t-elle d'un ton plein d'espoir. London Bridge, tu as dit, c'est ça ? Je vais faire des recherches sur les musées du quartier, à moins que tu ne m'emmènes au donjon de Londres.

— Je ne t'emmène pas au donjon de Londres et, s'il te plaît, ne fais pas de recherches, ça gâcherait la surprise.

Il ponctua sa phrase d'un regard sévère – même comme ça il était absolument charmant. L'instant fut brisé par le coup de klaxon triomphant de Steve, le chauffeur Uber de Sophy, dans sa Honda Insight qui annonçait son arrivée.

Quand, une fois à destination, elle ouvrit la porte de la maison familiale, elle était toujours sur son petit nuage.

Consciente qu'elle avait bu plusieurs gins tonic, elle s'obligea à avaler deux verres d'eau dans l'espoir d'éviter une gueule de bois le lendemain. Puis elle monta l'escalier sur la pointe des pieds pour se laver les dents et se démaquiller dans la salle de bains, avant de redescendre dormir sur le canapé.

— C'est toi, ma chérie ? appela sa mère.

Mike et elle dormaient toujours la porte entrouverte pour empêcher Lollipop de gratter la peinture en voulant entrer dans leur chambre.

— Oui, désolée, je ne voulais pas te réveiller. Rendors-toi, chuchota-t-elle.

Elle ouvrit la porte de la pièce chambre d'amis/spa à domicile pour prendre son pyjama. Et, abasourdie, resta figée sur place. Avait-elle vraiment trop bu ce soir ? Elle avait des visions, ou quoi ? À moins que…

Le banc solaire avait disparu. Le sèche-cheveux, le pédiluve, le chariot IKEA à roulettes rempli de lotions, de crèmes, d'onguents. Le gigantesque arbre à chat que Lollipop ignorait royalement. Même les cartons contenant la précieuse collection de magazines de foot de Mike avaient été débarrassés.

À leur place se trouvait un lit double, avec des draps propres et des oreillers rembourrés à la perfection. Il y avait une table de chevet, un portant pour ses robes et une petite commode dont elle ouvrit le premier tiroir. Ses culottes avaient été soigneusement pliées et rangées.

Elle sentit sa gorge se nouer. Ses yeux la picotaient, comme si elle était sur le point de fondre en larmes. Ce n'était pas juste parce qu'elle avait enfin sa propre chambre, grâce à laquelle elle se sentirait un peu chez elle, même si elle logeait chez sa mère. Ce qui la touchait sincèrement, c'était d'imaginer Caroline et Mike, prenant le temps de faire tous ces efforts pour qu'elle se sente réellement « à la maison », ici.

Et la touche finale ? Même si elle avait depuis longtemps renoncé aux peluches et, sans grand regret, jeté l'ours de son enfance, niché sur l'oreiller, un koala tout doux, ses bras dodus tendus vers elle, l'attendait.

Chapitre 13

Le mercredi, pour sa leçon suivante, Charles emmena Sophy au Musée de la mode et du textile, à Bermondsey. C'était un bâtiment orange vif décoré de néons roses, à des années-lumière de la splendeur victorienne du V&A.

Ce petit espace ne renfermait pas de collection permanente. Mais son exposition actuelle, *Night and Day*, commémorait la mode des années 1930.

Contrairement au V&A, où tous les vêtements étaient à l'abri dans des vitrines, cachées derrière un flot continu de visiteurs, cette fois, il n'y avait aucun obstacle pour les admirer. Les habits, disposés par thèmes, étaient exposés derrière un cordon de velours ou sur une estrade. Et elle pouvait s'approcher suffisamment pour voir les points légèrement irréguliers sur une robe en crêpe marron.

Quand elle s'étonna que tant de ces vêtements semblent être du « fait-maison », confectionnés à la main, Charles expliqua :

— La crise de 1929 a forcé les femmes des années 1930 à devenir économes. C'est pourquoi le lamé était un tissu si populaire. Beaucoup moins cher que tous les sequins sur les robes courtes à franges des années 1920.

— Et tellement de couleurs différentes ! fit-elle remarquer en examinant une toilette du soir de teinte pêche avec des manches de mousseline et un dos nu extravagant. Les gens prenaient vraiment soin de leur tenue, à l'époque.

— Ils avaient raison, non ? Quand le monde semble toucher à sa fin, autant partir en beauté.

Sophy se considérait comme une personne plutôt pragmatique. Mais elle pouvait sans peine imaginer l'effervescence et l'excitation d'une femme des années 1930 qui se préparait pour une soirée en ville. Peut-être un cocktail dans un hôtel londonien huppé. Ou un dîner dansant dans un night-club un peu louche de Soho. La sensation du satin frais contre sa peau chaude en enfilant une robe longue rouge et crème, d'inspiration Art déco.

Charles serait splendide en chapeau haut de forme et queue-de-pie, se dit-elle en passant devant un mannequin vêtu ainsi. Il avait un petit quelque chose de Fred Astaire. Elle ne serait pas étonnée qu'il se mette à glisser sur place et à danser avec elle, joue contre joue, tout autour de l'exposition.

— Tu danses ? demanda-t-elle sans réfléchir.

Il parut surpris par sa question. Et pour cause.

— Très mal. Pourquoi me poses-tu cette question ?

Il arqua les sourcils de cette façon irrésistible dont il avait le secret. C'était une réaction qui lui ressemblait tellement.

— Non, attends, ne me dis rien. En fait, tu es une danseuse de salon à succès, deux fois championne nationale. Mais ton partenaire Pablo, Paul de son vrai nom, a glissé sur son tube de gomina, et tu as urgemment besoin de quelqu'un pour danser le tango avec toi.

L'imagination débordante de Charles était un autre trait de son caractère qu'elle trouvait si séduisant. Et elle pouvait jouer le jeu. Surtout que jamais il n'aurait pu se douter d'à quel point il était proche de la vérité.

— Si je ne trouve personne pour danser le tango au concours national, mon rêve de devenir championne du monde sera brisé.

— Comme la cheville de Pablo ?

— Exactement.

Sans cesser de discuter, ils déambulèrent dans l'exposition, qui finissait par une petite galerie pleine de portraits en noir et blanc de débutantes, pris par Cecil Beaton.

À l'occasion, Charles distillait quelques informations sur l'une des robes qu'ils étaient censés étudier (« Regarde, Sophy ! Ce sont deux robes en imprimé Liberty. J'adore l'imprimé Liberty… »). Mais, surtout, ils firent les idiots. Ce qui avait manqué à Sophy.

Dans son ancien travail, elle aurait pu atteindre le poste grisant d'assistante manager, mais elle aimait trop prendre son temps et rire. Elle était donc restée vendeuse senior. Elle pouvait faire l'idiote avec Cress bien sûr, mais elles avaient beau travailler ensemble, elle la voyait à peine. Cress disparaissait dans son petit bureau à l'étage le matin, et il fallait déployer d'énormes efforts de persuasion pour qu'elle accepte de descendre déjeuner. Egan, en dépit de ses nombreux défauts, avait tout de même quelques qualités. Mais le sens de l'humour n'en faisait pas partie. Et tant de ses autres amies étaient mariées, avec des enfants. Autrement dit, elles avaient quitté Londres car, quand on devenait parents, la capitale devenait trop chère, trop polluée, trop dangereuse. Celles qui étaient encore dans les parages habitaient Deptford. Donc, théoriquement, dans la même ville. Mais il était plus facile et plus rapide d'aller de Londres à Manchester que de Hendon, dans le nord, aux quartiers situés sur la rive sud.

Pas étonnant que l'Australie lui paraisse une bonne idée.

Mais là, tout de suite, elle était à Londres, avec Charles. Quand, après avoir fait un tour dans la boutique du musée, ils quittèrent les lieux, elle s'aperçut qu'ils étaient juste à côté de Borough Market, un paradis pour les gastronomes où l'on pouvait tout se procurer : des biscuits gourmands, du miel produit localement, de la viande exotique, des légumes bio.

— Je t'ai promis du gâteau et je t'ai promis de te l'offrir, déclara Sophy alors qu'ils prenaient la direction de la Tamise.

Ce n'était pas une partie de la ville qu'elle connaissait très bien. Mais elle était imprégnée d'histoire. Il y avait Tower Bridge, bien entendu, et le Guy's Hospital qui abritait toujours certains des bâtiments originaux de l'année de sa construction, dans les années 1720. Et la splendeur gothique de la cathédrale de Southwark qui se dressait sur les rives de la Tamise depuis près de mille ans.

Collé à la cathédrale se dressait le monolithe moderne, le Shard, ses panneaux de verre scintillant au soleil d'avril.

Londres était un tel mélange de neuf et d'ancien. C'était un fait que Sophy avait toujours tenu pour acquis. Quand elle vivait à Deptford, il y avait des volailleries, des bookmakers, et tous les détritus de la vie moderne dans une grand-rue où se dressaient toujours fièrement des bâtiments de la fin du XVIIe siècle. Même à Hendon, qui n'était pas la banlieue de Londres la plus branchée, elle était toujours enthousiasmée par la plaque bleue qui, sur un immeuble, commémorait Amy Johnson, la célèbre aviatrice. Célèbre en partie pour avoir été la première femme à avoir volé seule vers l'Australie. C'était un bon présage.

— Tu as l'air bien songeuse. À quoi penses-tu ?

Ils traversaient Borough High Street en direction du marché.

— Je pensais à Amy Johnson, répondit Sophy avec un sourire gêné. Rien à voir, je sais.

— Eh bien, si, puisque tu vas suivre ses traces illustres, lui rappela-t-il.

— J'espère que je n'aurai pas à piloter l'avion moi-même.

— Je peux t'avouer quelque chose ? demanda-t-il.

Il avait une voix si chagrine qu'elle se détourna de l'appétissant étalage de gâteaux allemands qui croulaient sous la crème anglaise, le miel et les amandes effilées.

— C'est quelque chose d'horrible ?

Son esprit s'était immédiatement mis à échafauder toutes les hypothèses possibles de ce qu'il était sur le point de lui avouer.

Et la première, qu'il avait remarqué qu'il lui plaisait et que, même s'il la trouvait charmante, il n'avait pas de sentiments pour elle.

Oh, là, là ! Elle n'avait vraiment pas été discrète.

— C'est juste que…

— Je suis sincèrement désolée, Charles…

Embarrassés, ils se turent et se firent mutuellement signe de poursuivre :

— Pardon, tu disais… ? reprit Sophy.

— Je ne voulais pas t'interrompre.

La prenant par le bras, Charles l'attira sur le côté, car ils étaient dans le passage pour accéder au stand des très populaires gâteaux allemands.

— Non, toi d'abord, insista Sophy.

Entendre la dure vérité de la bouche de Charles, qu'elle n'était pas assez sophistiquée, assez jolie, assez cosmopolite, pour lui, lui permettrait peut-être de mettre un terme à ce crush ridicule, à sens unique. Ce ne serait pas agréable, mais ce serait mieux pour elle.

— S'il te plaît…, plaida-t-elle.

— J'étais juste sur le point d'admettre que… bon, ne le prends pas mal, parce que je sais à quel point c'est important pour toi, mais je ne partage pas ton intérêt.

— Oh non ! Je suis mortifiée…

Elle posa ses mains sur ses joues brûlantes.

— Ce n'est pas ta faute. Je t'ai sans doute un peu menée en bateau…

— Tu t'es juste montré amical, et j'ai interprété…

Elle avait maintenant le visage si rouge que l'un des marchands aurait pu faire frire un œuf de canard fermier bio sur ses joues.

Il pencha la tête d'un air inquiet.

— C'est vrai que j'ai pris une tranche de gâteau quand nous sommes allés au V&A la semaine dernière, donc personne ne pourrait t'en vouloir de penser que j'aime les sucreries.

— Non, c'est ma… Quoi ?

— Mais, franchement, je préfère le salé. Donc, si tu veux vraiment m'inviter, je préférerais de loin du fromage, finit-il avec un sourire conciliant. Tu étais si enthousiaste au sujet du gâteau tout l'après-midi que je suis désolé de te décevoir.

— Oh non, non. Tout va bien !

Elle était tellement soulagée qu'elle en avait presque le vertige. Et gratifia Charles d'une bourrade amicale, totalement platonique, sur l'épaule.

— Du fromage. Oui, bien sûr que l'on peut te trouver du fromage, absolument. Puant, dégoulinant, odorant… aucun problème !

— D'accord, je suis content que nous ayons éclairci ce point, dit Charles en se frottant l'épaule. Et si nous allions d'abord chercher ton gâteau ?

Même si elle était censée faire des économies pour son billet d'avion, quand Charles et elle s'assirent sur un banc qui surplombait la Tamise pour regarder les remorqueurs et les bateaux de plaisance, elle avait dépensé au moins 100 livres. Elle n'avait pas seulement acheté un gâteau, mais une boîte remplie de babkas, d'éclairs, de cannelés, de shortbreads, un assortiment de viennoiseries, dont un chausson à la poire et aux amandes qu'elle emporterait au travail le lendemain. Puis elle avait acheté du pain au levain, plusieurs pots de beurre de noix gourmet, deux paquets de saucisses Ginger Pig et une sélection de fromages pour Charles.

L'attrapant fermement par le poignet, elle l'empêcha de lui mettre un cube de fromage dans la bouche.

— Est-ce que c'est puant, dégoulinant, odorant… ?

— Rien de tout ça, protesta-t-il en faisant une nouvelle tentative. C'est un cheddar fumé au bois de chêne. Tu vas adorer.

En effet, elle le trouva délicieux. Mais pas autant que la sensation des doigts de Charles effleurant ses lèvres lorsqu'il le lui mit dans la bouche. Quand ils revinrent sur leurs pas en direction de London Bridge, elle flottait toujours sur un petit nuage de sensualité. Sa question soudaine la ramena sur terre :

— La boutique n'ouvre pas le dimanche, si ? Tu crois que tu pourrais prendre ton jour de congé le lundi, plutôt que le mercredi ?

Elle avait un peu redouté la possibilité que cette sortie ne soit la dernière de leurs excursions pédagogiques ; que soit Charles considérerait qu'elle avait désormais une connaissance professionnelle en mode vintage, soit qu'elle était absolument irrécupérable. Mais, honnêtement, elle était prête à passer deux jours consécutifs à arpenter d'autres musées, si ça voulait dire qu'elle pouvait être en sa compagnie. Parce que, oui, elle avait un besoin désespéré de cette amitié qu'il lui témoignait.

Si ce n'était que…

— Je suis sûre que Chloé serait d'accord. Mais Phoebe s'énerve quand on essaie de changer son jour de congé.

Maintenant que la saison des mariages battait son plein, la directrice avait même suggéré l'idée de supprimer les jours de repos pour toutes les employées. Elle ne semblait pas comprendre que, pour le reste du personnel, *La Petite Boutique vintage* n'était pas le centre de l'univers.

— J'adore les robes vintage, comme n'importe qui…, commença-t-il.

— Tu les adores bien plus que n'importe qui, fit remarquer Sophy.

Il lui tapota doucement le menton, lui donnant un nouveau souvenir à chérir pendant tout son trajet de retour.

— C'est vrai, admit-il. Mais Phoebe va devoir être emmenée de force dans un centre de désintoxication vintage si elle ne fait pas attention.

Ils se joignirent à la foule de l'heure de pointe qui s'engouffrait dans la station de métro.

— Tu sais quoi ? reprit-il. Je vais régler ça avec Johnno. Contente-toi de prendre un sac de voyage.

— De voyage ? Où allons-nous ?

Il fit le trajet avec elle jusqu'à Euston, où il changea de ligne. Mais refusa obstinément de lui révéler ses plans.

— C'est une surprise ! Et ça n'en serait plus une si je te la dévoilais, ajouta-t-il avec un sourire taquin.

Chapitre 14

Le lendemain matin, toutes ses collègues furent ravies de voir Sophy arriver avec une boîte de viennoiseries.

Toutes, à l'exception de Phoebe. Comme elle ne cessait de le leur répéter, elle ne mangeait pas de glucides. Ce n'était pas juste qu'elle n'en mangeait pas avant des vacances à Marbella. Ou qu'elle n'en mangeait pas après 18 heures. Elle n'en mangeait pas, point.

— Cela explique pas mal de choses, chuchota Béatrice. Elle serait complètement différente, si elle commençait sa journée avec de bons toasts.

Sans se soucier du froid ni de la menace de pluie, elles étaient sorties sur la petite terrasse au bord du canal pour déguster leurs pâtisseries.

La bouche pleine d'une brioche aux baies rouges, Cress répondit :

— Je ne pourrais pas me passer de pain. Ni de riz. Ni de pâtes. Ni de pommes de terre. Les glucides, c'est la vie.

Quand elles rentrèrent, Phoebe s'empressa de les faire ressortir pour brosser leurs vêtements et ne pas mettre de miettes sur les robes. Véritable rabat-joie, elle se lamenta :

— Je n'ose même pas penser à la quantité de beurre dans ces croissants. Imaginez ces taches de graisse sur mes jolies robes ! Non, c'est trop affreux !

Elles ne furent autorisées à vaquer à leurs occupations qu'après s'être lavé les mains, sous sa surveillance. Béatrice gagna l'arrière-boutique, Chloé et Sophy la boutique. Quant à Phoebe et Cress, elles montèrent à l'atelier attendre le retour de Hege et d'Ingrid pour le deuxième essayage.

Mais, avant de monter, la directrice lança un regard perçant à Sophy.

— Il ne devrait y avoir aucun problème avec ces clientes. Ta présence n'est donc absolument pas nécessaire.

Sophy n'était pas mécontente de ne pas être à proximité de Phoebe. Elle n'en avait aucune envie. La boutique était toujours calme à l'ouverture. Aussi, en compagnie de Chloé, elle s'affairait mollement à redresser les robes, tout en discutant de l'exposition *Night and Day* que sa collègue avait visitée pendant son jour de congé.

— J'ai toujours des visions de cette robe en crêpe blanche avec les strass et le col boule, dit-elle d'une voix rêveuse. Sans vouloir me vanter, je pense que j'ai les clavicules parfaites pour un col boule. Et toi, quelle a été ta robe préférée ?

Sophy ne se rappelait que vaguement les robes. Ses souvenirs de l'exposition étaient oblitérés par la sensation des longs doigts de Charles lui effleurant le visage, lui frôlant la bouche. Le regard à la fois tendre et amusé dont il l'enveloppait.

— Sophy ! Quelle était ta robe préférée ? insista Chloé.

Elle sursauta.

— Hum… oh. J'ai aimé la robe du soir noire, finit-elle par bredouiller.

L'exposition contenait obligatoirement une robe du soir noire.

— Oui. Excellent choix. La robe en biais en cloqué noir ou celle en crêpe avec le décolleté orné et la coupe…

— Chloé, est-ce que c'est une miette par terre ?

Il n'y avait aucune miette par terre, mais Sophy était prête à tout pour empêcher sa collègue de lui faire un compte-rendu sur chaque robe noire du musée.

— Quoi ? Non ! Je ne crois pas, glapit-elle, déjà à genoux pour scruter le plancher peint en blanc à la recherche de la moindre miette indésirable.

La journée parut interminable à Sophy. La pluie qui se mit à tomber avant le déjeuner provoqua une baisse de fréquentation. Elle alla donc aider Béatrice à emballer des commandes en ligne. Il avait beau pleuvoir, elle prit son heure de pause-déjeuner. Sans réussir à convaincre Cress de l'accompagner, car elle n'avait pas fini les retouches sur la robe de mariée d'Ingrid.

— Il faut qu'elle soit parfaite, répondit-elle quand elle essaya de la faire descendre. Si c'était ma robe de mariée, je voudrais qu'elle le soit.

Sophy ne pouvait pas s'imaginer Colin se remuer assez pour demander Cress en mariage. Il ne faisait vraiment pas rêver ! Il sortait avec elle depuis l'adolescence et, pourtant, ça ne le dérangeait pas d'habiter encore chez ses parents. En même temps, Cress était tout aussi contente de vivre avec sa mère Diane et son beau-père Aaron.

— Quelquefois, Colin dort chez moi ou je dors chez lui, disait sa demi-sœur quand Sophy s'étonnait qu'elle ne passe jamais de moments en tête à tête avec Colin. Et puis, nous faisons des économies pour avoir un apport pour acheter un appartement. Il dit que c'est idiot de gaspiller de l'argent à louer et de remplir les poches d'un propriétaire. Et qu'il est judicieux de vivre chez ses parents jusqu'à ce qu'on puisse acheter son propre chez-soi.

Peut-être Cress mettait tant de passion dans sa carrière – elle était toujours aussi radieuse quand, le matin, elle venait travailler – qu'il ne lui en restait pas assez à consacrer à sa relation amoureuse, se disait Sophy. Elle venait de rentrer de déjeuner. S'affalant contre le comptoir des ventes, elle sortit son téléphone et regarda avec envie les nombreuses photos des couchers de soleil sur Bondi Beach que Radha lui envoyait. Elle en avait fait un diaporama de spectaculaires ciels rose et orange, zébrés de bleu, qui s'abîmaient dans la mer. Le dernier message de Radha disait :

Même si l'automne approche, il fait toujours assez chaud pour nager. Et pour mater les surfeurs !

Chloé aidait leur seule cliente à enfiler une robe en lamé argenté très étroite. Elle était arrivée, préparée, avec une gaine Spanx. Mais des grognements, des soupirs, des « Inspirez ! », « Mais j'inspire ! » s'échappaient de derrière le rideau festonné.

Quand la porte s'ouvrit sur un groupe de femmes, Sophy n'eut même pas l'énergie de paraître occupée. Elles étaient sans doute entrées pour se protéger de la pluie qui tombait désormais dru, en frappant bruyamment les vitrines.

— Sophy ?

Avec un effort surhumain, elle leva la tête de l'écran de son téléphone et s'empressa de se redresser.

— Hege! Quel plaisir de vous revoir ! s'exclama-t-elle avec enthousiasme en contournant le comptoir. Et Ingrid. Vos robes sont sublimes. Je pense que vous allez être très contentes.

Ingrid n'avait pas du tout l'air convaincue. Pas plus que les autres jeunes femmes l'accompagnant.

— Je persiste à penser que tu aurais dû aller chez *Browns Bride*, chuchota l'une d'entre elles, une version plus petite, peut-être plus jolie de Beyoncé, avec un accent britannique. Pourquoi veux-tu à ce point une robe de mariée d'occasion ?

Une jeune femme BCBG, dont la queue de cheval se balançait joyeusement à chacun de ses pas, lança :

— C'est vrai, ça !

Si Sophy pouvait se montrer dubitative sur l'origine de certaines des robes de la boutique, elle ne laisserait aucune de ces trois filles de bourges (elles parlaient avec une voix haut perchée, avaient toutes ce style impeccable, cet air fier et suffisant de celles qui ont fréquenté les meilleures écoles privées et n'ont jamais eu à vérifier l'étiquette du prix avant d'acheter quoi que ce soit) entrer dans *sa* boutique et dénigrer la marchandise.

— Chacune de nos robes est une pièce unique, ancienne, qui a une histoire à raconter, déclara-t-elle, les mains sur les hanches. En achetant un vêtement ici, vous devenez donc une partie de cette histoire. Et puis, les couturiers d'autrefois connaissaient vraiment le corps féminin.

C'était la vérité. Les astucieuses pinces sur le buste de la robe noire que Phoebe l'avait forcée à acheter faisaient des merveilles pour mettre en valeur sa poitrine. Même si la directrice persistait à lui répéter qu'elle portait toujours la mauvaise taille de soutien-gorge.

— Ce sont les demoiselles d'honneur d'Ingrid, l'informa Hege avec un sourire un peu nerveux, comme si elle n'attendait qu'une chose : voir Phoebe déboucher une bouteille de champagne. Nous leur avons suggéré d'acheter leurs robes ici aussi.

— Ou sinon, nous pourrions nous contenter de regarder sur Net-a-Porter, quand tu auras décidé de tes couleurs, Inge, déclara Joviale-Queue-de-Cheval.

Ingrid se renfrogna, ce qui n'était pas de bon augure pour son essayage.

— J'ai déjà choisi mes couleurs.

Elle prit une profonde inspiration. Sophy était sûre qu'elle comptait jusqu'à dix.

— Gris pour aller avec la robe de maman et vieux rose…

— C'est un rose avec des nuances grises, s'empressa de préciser Hege, comme pour expliquer que c'était une couleur vraiment exceptionnelle. Très flatteur.

— Nous avons trouvé la robe parfaite, de la parfaite couleur, ajouta Ingrid un peu désespérément. Mais…

— Je ne porte pas de décolleté, gémit une walkyrie blonde, bien charpentée, la troisième du groupe du mariage.

— Et moi, pas de robe sans manches.

— Et personne ne doit montrer jambes et décolleté. Nous en avons déjà discuté, Ingrid, affirma la Beyoncé anglaise d'une voix sévère.

Sophy commençait à perdre patience. Elle n'était clairement pas assez payée pour avoir à gérer Ingrid et ses demoiselles d'honneur.

— Et si vous montiez à l'atelier, où Phoebe, notre directrice, vous attend ? suggéra-t-elle. Je suis sûre qu'elle aura des tas d'idées pour vous.

Jubilant, elle regarda le petit groupe s'engager dans l'escalier en se frottant les mains. Et, immédiatement, se sentit coupable. Mais pas tant que ça.

Chloé, les joues roses, essoufflée, émergea de la cabine avec la cliente qui avait fini par réussir à boucler la fermeture Éclair de la robe fourreau argent et qui, pourtant, ne semblait pas spécialement satisfaite.

— Vous êtes magnifique ! la complimenta Sophy, même si la femme était encore plus rose et essoufflée que Chloé. Voulez-vous que je l'encaisse ?

— Vous allez bien être obligée, car je n'arrive pas à en sortir, répondit-elle, éplorée. Je vais passer le reste de ma vie dans cette robe, même si je ne peux même pas lever la jupe pour aller aux toilettes. Comment vais-je faire ?

— La fermeture Éclair est coincée, grogna Chloé, en s'affalant sur l'un des canapés. Nous allons peut-être devoir la couper sur elle.

Sophy esquissa une grimace.

— Oui, et Phoebe va me tuer. Sans doute à l'aide des ciseaux à cranter les plus aiguisés de Cress.

Elle plaqua ses paumes sur son visage. Manifestement, elle n'arrivait même plus à envisager une solution.

— Laisse-moi regarder, proposa Sophy.

Elle repoussa la cliente, qui ne pouvait avancer qu'à tous petits pas, dans la cabine. La femme prit appui contre le mur à l'aide de ses avant-bras.

— Je savais bien que je n'aurais pas dû manger ce curry, samedi soir, soupira-t-elle. Je suis une grassouillette dont on va devoir couper la robe.

— Allons, je ne veux rien entendre de ce genre, la rabroua gentiment Sophy en regardant la longue fermeture Éclair noire. Vous n'êtes pas responsable, c'est la robe. C'est une coupe qui ne pardonne pas, et qui sait de quand date la fermeture Éclair ? Elle est plus vieille que nous, c'est sûr.

— C'est gentil à vous, mais je n'ai pas commandé qu'un poulet tandoori avec du riz, j'ai pris aussi un agneau bhuna, un naan peshwari, un lassi à la mangue…

— Vous me donnez vraiment faim, là.

Elle prit la languette de la fermeture Éclair et essaya de la tirer.

— Ah ! ça bouge. Oh…

La fermeture descendit de moitié, les hanches de la cliente jaillirent du tissu, et elle se coinça de nouveau.

— Même avec une gaine Spanx, j'ai toujours un aussi gros derrière.

— Comment vous appelez-vous ? demanda Sophy.

Il s'agissait d'une situation intime. Une situation qui exigeait l'utilisation du prénom.

— Louise. Ravie de vous rencontrer.

— Bonjour, Louise. Je suis Sophy. Je vous serrerais bien la main, mais je préfère éviter tout mouvement brusque.

Elle lui tapota le dos, en ce qu'elle espérait être un geste réconfortant.

— Attendez-moi ici. Je reviens dans une seconde.

— Je ne vais nulle part. D'ailleurs, vous allez devoir envisager de me faire payer un loyer, railla la jeune femme.

Affalée sur le canapé, Chloé était toujours en train de ruminer son échec.

— Tu vas aller chercher les ciseaux ? demanda-t-elle d'une voix craintive.

— Les ciseaux et Phoebe sont le tout dernier recours, d'accord ?

— D'accord ! Je suis trop jeune pour mourir.

Sophy jeta un coup d'œil à la ronde en quête d'inspiration.

— Avons-nous quelque chose que nous pourrions mettre sur la fermeture Éclair pour la lubrifier ? Elle n'est pas coincée dans du tissu. Elle est juste très dure.

— Si nous tachons la robe avec un produit gras, Phoebe nous tuera quand même, siffla Chloé.

Comme si elle s'attendait à voir surgir la directrice, elle lança un regard terrifié en direction de l'escalier. Elle l'imaginait sans doute équipée d'un sonar qui l'alerterait immédiatement dès que quelqu'un était sur le point de profaner l'une de ses précieuses robes.

— Nous n'allons peut-être pas la tacher, protesta faiblement Sophy. Pas si nous faisons attention.

Elles réfléchirent toutes deux à la situation. Puis Chloé leva la tête, une lueur d'espoir dans les yeux.

— J'ai ce truc que je me mets sur les sourcils. C'est comme un gel transparent. On pourrait peut-être essayer ça ?

Quand, joignant le geste à la parole, elle lubrifia la fermeture Éclair récalcitrante à l'aide de son gel à sourcils, Sophy eut l'impression qu'elles retenaient toutes les trois leur souffle.

— Bien, Louise. Je vais vous demander de rentrer le ventre au maximum.

Avec un mouchoir en papier, elle coinça la languette entre le pouce et l'index, puis fit une rapide mais fervente prière aux dieux du prêt-à-porter.

Ils durent l'entendre. Car, lentement, Sophy put baisser la fermeture Éclair et, finalement, Louise fut libérée de son carcan en lamé argent.

— Enfin ! s'exclama-t-elle en esquissant des pas de danse victorieux dans sa gaine beige. J'ai tellement hâte de rentrer à la maison et de mettre des vêtements confortables.

Chloé qui repliait la robe déclara :

— Cette robe a vraiment besoin d'une fermeture neuve. Je vais en parler à Cress...

— Non, mais je prends la robe, l'interrompit Louise, comme si elle avait déjà oublié le stress de l'heure écoulée. Mis à part le fait que je m'y suis retrouvée coincée, elle était superbe sur moi.

— Elle était effectivement très belle, acquiesça Sophy.

Mais, en toute conscience, elle ne pouvait pas permettre à Louise de quitter la boutique avec une robe qui devrait probablement être découpée par la suite.

— C'est juste la motivation dont j'ai besoin pour arrêter l'agneau bhuna et le naan peshwari, poursuivait-elle.

Sophy et Chloé échangèrent un regard d'impuissance. Louise finit néanmoins par entendre raison et accepta la pose d'une nouvelle fermeture Éclair, sans frais supplémentaires, et de revenir une semaine plus tard.

— Je vous assure que, désormais, j'entre dans une phase sans curry, promit-elle en payant l'acompte pour sa robe.

Quand elles se retrouvèrent seules, Chloé poussa un soupir.

— C'est tellement culpabilisant de vendre des robes auxquelles on attribue des tailles bien inférieures à celles des robes du commerce.

Puis, avec un nouveau coup d'œil en direction de l'escalier d'où leur parvenait le bruit sourd de voix animées, elle ajouta :

— Phoebe refuse catégoriquement de laisser une cliente essayer une robe si elle considère qu'elle pourrait être trop petite.

— Je me demande si, en vérité, Phoebe autorise la moindre robe à quitter la boutique, ironisa Sophy.

Elles se sourirent. En sentant son téléphone vibrer, elle le sortit de sa poche. C'était un message de Phoebe. Visiblement, la directrice avait un sixième sens pour deviner qu'on disait du mal d'elle. Ou, pire, de l'une de ses robes.

MONTEZ IMMÉDIATEMENT !!!

Chapitre 15

L'estomac noué, Sophy monta l'escalier, répétant déjà le discours passionné qu'elle allait donner pour sa propre défense. Peut-être Phoebe avait-elle installé des caméras dans les cabines d'essayage, afin de pouvoir les surveiller quand elle était occupée ailleurs. Mais n'était-ce pas contre la loi ?

Elle gravit les dernières marches et, devant la scène qui s'offrait à ses yeux, plaqua une main sur sa bouche.

— Qu'est-ce que… ?

Hege, dans son ensemble robe et manteau gris, était d'une élégance qui faisait oublier ses rondeurs. Ingrid, debout sur l'estrade, était en train d'enfiler sa propre robe, Cress accroupie à ses pieds. Non pour se rendre utile, comme par exemple pour raccourcir l'ourlet avec des épingles, mais plutôt pour fuir le chaos qui régnait autour d'elle. Pour la première fois, Sophy se sentit soulagée d'avoir échappé aux séances shopping pour le mariage de Radha, avec ses autres demoiselles d'honneur.

La Beyoncé anglaise et la Walkyrie, en sous-vêtements, essayaient les robes qu'elles arrachaient aux portemanteaux matelassés de satin, sans le moindre respect. Elles semblaient indifférentes au fait qu'il s'agissait de pièces uniques, historiques, qui coûtaient plus que leur salaire mensuel. Celles qui, manifestement, avaient été écartées, gisaient en tas sur le canapé, froissées.

— Tout le monde essaie des robes de mariée ! insistait gaiement Beyoncé en tirant sur la jupe d'une fragile robe en fine charmeuse de soie ivoire. C'est plus fun comme ça, non ?

Pendant ce temps, la Walkyrie laissait tomber, comme si elle lui brûlait les mains, une robe en crêpe de Chine et dentelle des années 1930 qui avait survécu à la Seconde Guerre mondiale, mais semblait trop fragile pour survivre à une danse.

Seule Joviale-Queue-de-Cheval ne prenait pas part à la fête. Assise sur l'un des canapés dorés capitonnés de brocart crème, elle avalait un paquet de chips en affirmant avec conviction :

— Je préfère ne pas y toucher. Je parie que quelqu'un est mort dans une de ces robes.

Sophy comprenait maintenant ce que signifiait l'expression « être pris à son propre piège ». Pas étonnant que Coco Chanel se soit réfugiée sous l'un des canapés. Quant à Phoebe… Phoebe ?

Elle pleurait ? Si c'était le cas, c'étaient des larmes de pure rage.

— Vous devez faire quelque chose, grognait-elle à l'intention de Hege qui, en dépit de son élégance, donnait l'impression de vouloir mourir. Ces robes sont des pièces rares. Si elles les abîment, vous devrez les payer.

Sophy s'interrogea : pouvait-elle s'éclipser et redescendre à pas de loup ? Trop tard. Phoebe l'avait vue.

— Sophy ! aboya-t-elle. Puis-je vous parler ? Dans l'atelier !

— Hum, oui, certainement.

Comme un automate, elle s'avança dans le neuvième cercle de l'Enfer. Le cercle des traîtres. Refermant la porte derrière elle, la directrice annonça :

— Je pense que je suis en train de faire une crise cardiaque. Sérieusement, j'ai une crise de tachycardie.

Sophy s'écroula dans la chaise pivotante de Cress.

— S'il vous plaît, ne faites pas de crise cardiaque. Que se passe-t-il ici ? Je ne peux pas croire que vous les ayez laissées manipuler ces robes.

— Ce sont des monstres. Elles n'écoutent pas un mot de ce que je dis. Elles se moquent de moi. Vous n'imaginez même pas combien de litres de champagne elles ont bus !

Phoebe se pressa le cœur en un geste théâtral.

— Même la pendaison serait trop douce pour elles.

— Qu'allez-vous faire ? demanda Sophy.

Une fois de plus, elle n'était pas assez payée pour gérer ce genre de choses.

Phoebe l'enveloppa d'un regard attentif qui ne lui disait rien qui vaille et, lentement, répondit :

— Vous savez vous y prendre avec les gens.

— Eh bien, je suis…

— Oui. Vous êtes très douée avec la clientèle.

Elle hocha la tête, comme si elle avait pris une décision.

— J'ai besoin que vous alliez mettre un terme à ce délire.

— Mais comment suis-je censée faire ? Elles sont littéralement en plein concours de twerk, là. Rien au monde ne peut contrer le pouvoir du twerk.

— Nous devons créer une diversion.

Phoebe laissa échapper un petit gémissement et, une nouvelle fois, se pressa une main sur le cœur. À tel point que Sophy se demanda si elle ne faisait pas vraiment une crise cardiaque.

— Ou, au moins, les détourner des robes les plus chères, les plus précieuses.

— Elles ont dit qu'elles n'avaient pas encore acheté leurs robes. Ingrid a dit qu'elle avait choisi le gris pour ses demoiselles d'honneur…

— Mais Hege porte déjà du gris…

— Et du vieux rose…

Phoebe se ragaillardit un peu à ces paroles.

— Oh, j'adore le vieux rose…

Puis elle s'effondra de nouveau.

— Ce n'est pas une couleur de mariage, néanmoins. Nous n'avons pas une seule robe de cette couleur dans la boutique.

— Y a-t-il une autre couleur qui pourrait s'assortir au satin gris huître ? s'interrogea Sophy à voix haute.

Phoebe lui prit les mains, la faisant frissonner.

— Voilà ! Oui ! Vous êtes vraiment un génie, Sophy ! s'exclama Phoebe.

Elle se redressa, les épaules bien droites, et, retrouvant son expression guerrière, sourit de toutes ses dents.

— Bon, nous allons y retourner. Suivez mes instructions.

Sophy n'avait pas la moindre idée des instructions qu'elle était censée suivre. Mais, au moins, Phoebe était redevenue elle-même : terrifiante.

— OK, ça suffit maintenant ! lança-t-elle d'un ton sec. Posez cette robe immédiatement ! ajouta-t-elle à l'intention de la Walkyrie.

La jeune femme fit glisser la robe de soie crème au sol.

— Désolée, marmonna-t-elle en s'accroupissant pour la ramasser.

— Cette robe a été portée par une mariée qui, en 1946, a épousé un homme qui avait passé trois ans dans un camp comme prisonnier de guerre, et vous la maniez comme s'il s'agissait d'une guenille à 10 livres de chez *Primark*.

Elle toisa les trois femmes d'un regard glacial. Ses yeux se posèrent alors sur Joviale-Queue-de-Cheval qui avait les doigts couverts de miettes de chips.

— Et vous êtes sur le point de mettre des taches de graisse sur une robe qui a été coupée dans un coupon d'une dentelle tissée par des religieuses aveugles au XIXe siècle. S'il vous plaît, allez vous laver les mains !

— Mince ! Je suis désolée !

Depuis son estrade, au bord des larmes, Ingrid déclara alors :

— En plus, vous gâchez ce qui devrait vraiment être une belle expérience pour moi. C'est l'essayage de ma robe de mariée, et vous n'avez fait que la dénigrer et vous comporter comme si on était à mon enterrement de vie de jeune fille. Pourtant, je vous ai bien dit que je voulais que mon enterrement de vie de jeune fille soit vraiment classe. Pourquoi ? Pourquoi vous me détestez ?

— On ne te déteste absolument pas, répliqua Beyoncé, qui elle aussi semblait prête à pleurer. On voulait juste mettre l'ambiance.

— Franchement, que diraient vos mères ? demanda Hege en secouant la tête. Il y a un temps et un endroit pour s'amuser, et ce n'est pas le moment !

Phoebe lança à Sophy un regard à la fois implorant et menaçant. Lui promettant une mort certaine si elle ne déployait pas ses légendaires compétences relationnelles immédiatement.

— Il n'y a aucune raison pour ne pas vous amuser. Mais ça pourrait peut-être se faire un peu plus… heu, calmement ? commença-t-elle, hésitante.

— Je ne suis pas du tout contre le fait que vous essayiez des robes si vous faites attention, insista Phoebe, malgré un tressautement de paupière qui indiquait qu'elle mentait. Je pensais aux couleurs du mariage. Il va être très difficile de trouver des robes vieux rose ici. Mais si vous portiez toutes les trois des robes noires, cela créerait un magnifique contraste de couleurs.

Il y eut un moment de silence. Une pause bienvenue. Coco Chanel sortit même en rampant de sous le canapé. Phoebe la prit dans ses bras et la caressa derrière ses énormes oreilles en feuille de chou.

— Des robes noires ? répéta Ingrid, dubitative. Le noir ne porte-t-il pas malheur à un mariage ? Le noir, c'est la couleur des veuves.

Hege n'avait pas l'air beaucoup plus convaincue.

— Je pense que le noir ne porte malheur que si c'est la mariée qui est en noir, précisa Sophy.

Phoebe hocha la tête d'un air approbateur.

— C'est une couleur un peu banale, vous ne trouvez pas ? déclara Joviale-Queue-de-Cheval.

— C'est très raffiné, au contraire, rétorqua Sophy, un peu désespérée.

Elle commençait à être à court d'arguments positifs sur les robes de demoiselle d'honneur noires. Même si, à la place de la meringue jaune mimosa qu'elle avait dû porter au mariage de Caroline et Mike, elle aurait mille fois préféré du noir.

Malgré sa bouche pleine d'épingles, ce qui ne manquait jamais de paniquer Sophy, Cress intervint :

— Tellement chic. Quoi de plus chic qu'une petite robe noire ?

Inexplicablement, au beau milieu du chaos, elle avait réussi à faire entrer Ingrid dans sa robe et s'affairait maintenant aux retouches.

— En noir, toutes les femmes sont belles, renchérit Phoebe d'un ton ferme. J'ai quelques robes ravissantes que vous pourriez essayer et, vu qu'elles sont toutes de la même couleur, c'est une façon parfaite d'exprimer vos propres styles individuels.

Elle balaya la Walkyrie du regard de la tête aux pieds.

— Vous avez la silhouette idéale pour une robe droite à la grecque que j'ai en bas. Le drapé ! Une perfection.

— Que me conseilleriez-vous ? demanda Beyoncé en se regardant dans la glace et en rentrant le ventre. Ça fait des semaines que je ne suis pas allée à la salle de sport.

Mais Phoebe était déjà passée à Joviale-Queue-de-Cheval, qui était grande et longiligne.

— J'ai une robe fourreau qui serait divine avec vos formes. Vous, vous pouvez porter tout ce que vous voulez ! Allons chercher quelques modèles.

Sophy s'approcha de Phoebe et, subrepticement, demanda :

— Je les emmène en bas ?

Phoebe secoua la tête.

— Il est préférable de les cantonner à l'étage. Je vais aller chercher quelques robes. Vous, restez ici et ne les laissez toucher à rien.

Un instant, elle envisagea de ranger les robes qui avaient été essayées et jetées à terre. Mais, dans l'atelier, le code couleurs était très subtil. Quelle était la différence entre crème et perle ? Champignon et taupe ? Ivoire et blanc ?

Elle opta donc pour une conversation superficielle sur l'enterrement de vie de jeune fille, les centres de table, le voyage de noces, si les lampions en papier nuisaient à l'environnement... Jusqu'au retour de Phoebe, qui portait une brassée de robes noires.

À sa grande surprise, les trois demoiselles d'honneur se décidèrent pour la première robe qu'elles essayèrent.

Phoebe avait de nombreux défauts. De *très* nombreux défauts. Mais, on devait bien l'admettre, elle savait trouver l'accord parfait entre une robe et celle qui la portait. Elle était, en quelque sorte, la femme qui murmurait à l'oreille des robes.

Le choix de leurs tenues semblant les avoir calmées, les trois jeunes femmes s'assirent sagement sur le canapé et couvrirent Ingrid de compliments sur sa sublime robe de mariée qui allait tout simplement « avoir l'air canon sur Instagram ».

Quand le petit groupe prit congé, il était presque l'heure de la fermeture, et Sophy était épuisée, tant physiquement que mentalement.

— J'ai l'impression que je viens de courir un marathon. Pas même un marathon ordinaire, mais l'un de ces trucs extrêmes où les participants courent pendant une semaine.

Cress, qui était en train de ranger les robes de mariée laissées de côté car, bien entendu, elle connaissait la différence entre perle et crème, lui rappela :

— Alors qu'en réalité, quand on a fait cette course pour une asso, tu as fait, genre, la moitié des cinq kilomètres en marchant.

— Je ne cours pas, annonça Phoebe, ce qui n'était pas une surprise.

Elle venait de remonter du rez-de-chaussée où elle était allée vérifier que Chloé et Béatrice avaient bien fermé la boutique selon ses consignes strictes. Et elle arborait un sourire, ce qui était très déconcertant.

— Sophy…

Sophy sentit son estomac se nouer. *Quoi, maintenant?*

— Je ne sais pas ce que j'aurais fait sans vous. Vous avez vraiment un sens du relationnel remarquable, ajouta-t-elle, son sourire à présent très chaleureux.

— Je n'ai rien fait, objecta Sophy, qui ne pouvait que reconnaître son propre mérite. C'est vous qui avez les vraies compétences. D'abord, vous les terrorisez pour les dompter, puis vous leur trouvez à chacune la robe idéale du premier coup. Comment faites-vous ?

— Je ne sais pas. Ça arrive comme ça. Et, bien sûr, Cress, vous êtes toujours aussi merveilleuse. Donc pas de surprise, ici.

Sur ces mots, elle se dirigea vers l'alcôve qui précédait l'atelier de Cress et en ressortit avec une bouteille de champagne.

— Je pense que nous le méritons bien. Évitez juste de le dire à Freddy, d'accord ?

— Oh, vous croyez que nous pouvons…

— Oui, oui, motus et bouche cousue, répondit Sophy en lançant un regard éloquent à Cress. À part pour boire le champagne, bien sûr !

C'était aussi agréable qu'inattendu. Phoebe complimenta même Sophy pour la façon dont elle avait géré la crise de la fermeture Éclair coincée sur la robe fourreau argentée. Apparemment, Chloé avait tout avoué dès que la directrice avait remarqué l'étiquette rose sur la robe accrochée devant les cabines d'essayage.

— Bien sûr. J'aurais été furieuse si vous aviez mis du gel à sourcils sur la robe. Mais ce n'est pas le cas.

Sophy, qui commençait à la connaître, savait que sa bonne humeur avait ses limites. Aussi, sans répondre, elle continua à boire son champagne et à repenser aux événements de cet après-midi si animé. Soudain, fronçant les sourcils, elle demanda :

— Attendez ! Vous avez dit que l'une des robes malmenées avait été confectionnée en 1946 pour une femme qui avait épousé un ancien prisonnier de guerre…

— Et donc ?

Phoebe haussa les épaules et s'autorisa un petit sourire supérieur.

— Je veux dire que si les vêtements étaient rationnés jusqu'en 1949, comment pouvait-on se procurer assez de coupons pour une robe de soie crème avec une immense traîne ? Et puis, n'était-ce pas un modèle des années 1930, à rayures surpiquées dégradées ? Vous avez inventé cette histoire, c'est ça ?

Phoebe échangea un regard affligé avec Coco Chanel.

— Je ne sais pas ce qui vous fait dire ça. Chaque robe a une histoire.

— C'est juste que je n'avais pas compris que certaines de ces histoires étaient complètement inventées, grommela-t-elle.

Cress lui prit la main et la pressa.

— Tu es capable de reconnaître une robe de mariée des années 1930 grâce à ses rayures surpiquées dégradées ?

Avec un sourire de satisfaction, elle ajouta :

— Je suis si fière de toi, Sophy ! Dire qu'il y a quelques semaines à peine, tu ne savais même pas faire la différence entre une Mainbocher et une Molyneux.

— Désolée de te l'apprendre, mais je ne sais toujours pas. En revanche, je devine quand quelqu'un me fait marcher.

Elle donna un petit coup de pied dans celui de Phoebe, ce qu'elle n'aurait jamais osé faire si la directrice ne lui avait pas resservi du champagne.

— Et des religieuses dentellières aveugles ?

— On a vu des choses plus bizarres, répliqua Phoebe.

Elle souleva Coco Chanel, ce qui était en soi un petit exploit, car la chienne était plus compacte qu'un bloc de béton, et se frotta le nez contre son museau.

— Comme si j'inventais des histoires sur la provenance de nos robes. Je suis choquée que vous puissiez même le penser.

— Je vous ai grillée…

Non seulement elles avaient créé un lien, mais elles se taquinaient. Jusqu'à ce qu'un « bip » indiquant à Phoebe un message sur son téléphone ne vienne les interrompre. Elle jeta un coup d'œil à l'écran et fronça les sourcils.

— C'est Freddy, lâcha-t-elle sur un ton agressif.

— Oh non ! Comment sait-il, pour le champagne ? glapit Cress en lançant des regards apeurés à la ronde. Il y a des caméras de surveillance, ici ?

— Il m'informe qu'il a changé votre jour de congé avec celui de Chloé. Donc vous ne venez pas lundi, annonça-t-elle à Sophy d'un ton glacial. Apparemment, ce sont les ordres exprès de Johnno, pour que vous puissiez aller vadrouiller avec Charles.

— Pas « vadrouiller », se défendit-elle.

Avant de s'apercevoir qu'elle n'avait absolument pas besoin de se justifier sur l'emploi du temps de ses jours de congé.

— J'aurais demandé votre permission, mais Charles m'a dit que ce n'était pas nécessaire.

Phoebe se leva et épousseta sa robe. Elle semblait ne jamais se soucier des poils de chien sur ses vêtements ni sur ses précieux canapés ou son tapis.

— Je savais que cela arriverait, reprit-elle, toujours aussi glaciale. Un traitement de faveur qui porte atteinte à mon autorité.

— C'est un jour de congé, énonça Cress bravement. Quelle différence, que ce soit un lundi ou un mercredi ?

— C'est pour le principe.

Sophy avait remarqué que les gens se rabattaient toujours sur la phrase « C'est pour le principe » quand ils n'avaient pas l'ombre d'un argument à donner.

Mais elle ne le dirait pas à Phoebe. Elle n'était pas stupide. Et puis, elle n'aurait à la supporter que le temps de réunir l'argent pour son billet d'avion.

Il serait sans doute plus facile d'affronter les serpents, les lézards, entre deux tontes de moutons dans une ferme reculée et poussiéreuse, que de composer avec la redoutable Phoebe.

Chapitre 16

Quand elles fermèrent la boutique le samedi, en fin d'après-midi, Phoebe avait toujours les lèvres pincées, l'air furieux.

Charles avait envoyé un SMS à Sophy pour lui dire qu'il viendrait la chercher après le travail, qu'ils seraient partis quarante-huit heures et qu'elle aurait besoin de quelques tenues élégantes. Il était toujours aussi nébuleux sur les autres détails, ce qu'elle trouvait bien agaçant.

Elle avait passé les deux dernières journées à se bercer de fantasmes très élaborés. Les avait imaginés arriver dans un hôtel de luxe pour s'apercevoir qu'il y avait un problème de réservation : il ne restait qu'une seule chambre libre. Avec un seul lit ! Elle avait lu assez de romans d'amour pour savoir que ce genre de chose se produisait tout le temps.

Mais avant d'avoir pu les imaginer au lit ensemble, essayant désespérément de ne pas se toucher, elle se souvenait que si elle devait partager une chambre avec lui, son honneur demeurerait intact. Parce que, et il fallait qu'elle l'accepte, Charles n'avait aucune vue sur elle. Et ce serait toujours le cas. Il la voyait de différentes façons : elle était la fille d'un de ses bons amis, la nouvelle vendeuse d'une boutique où il refourguait certains de ses bijoux fantaisie. Mais, avant tout, il la considérait comme un projet. Une protégée. Une personne qu'il avait prise sous son aile. Il était Henry Higgins, et elle son Eliza Doolittle.

Elle se rappelait alors que Henry Higgins s'était rendu compte qu'il ne pouvait pas vivre sans Eliza Doolittle, et son stupide cœur faisait un bond dans sa poitrine. Et elle se remettait à s'angoisser sur une tenue qui pourrait être qualifiée d'élégante. Même, si elle l'osait, sexy. Aucune de ses robes sacs n'avait le moindre sequin.

Ce même après-midi, alors qu'elles profitaient d'une des rares journées ensoleillées de ce mois d'avril humide pour manger leurs sandwichs dans le patio, elle avait annoncé à Cress :

— J'ai pris une combinaison. La bleu marine qui donne l'impression d'être du jersey de soie, mais n'en est pas.

— Je ne connais pas bien Charles, mais s'il veut que tu apportes des tenues habillées, je ne pense pas qu'une combinaison en viscose bleu marine fasse l'affaire, lui avait fait gentiment remarquer sa demi-sœur.

— Qu'est-ce que je vais faire, alors ? Quand vais-je trouver ce que Charles estime être une tenue formelle, alors qu'il ne me reste que vingt minutes de pause-déjeuner et que je ne peux absolument rien m'offrir dans les boutiques hors de prix de Primrose Hill ?

Cress avait posé son doigt sur son menton, signe qu'elle réfléchissait à sa détresse.

— Je ne sais pas. Comment vas-tu trouver quelque chose à porter à la dernière minute alors qu'il ne te reste que vingt minutes de pause-déjeuner dans la boutique où tu travailles, et qui te donne accès à plus d'une centaine de robes et à une remise de trente-cinq pour cent ? Ça me laisse perplexe ! avait-elle ironisé.

— Tu n'es même pas drôle, avait ronchonné Sophy.

Elle ne riait toujours pas quand Cress l'avait traînée de force à l'intérieur et, après lui avoir fait laver les mains (Phoebe avait définitivement une mauvaise influence sur elle), lui avait fait essayer des robes.

Elles avaient fini par se décider pour une robe de brocart d'un vert sapin métallisé, ornée de motifs de feuilles d'un ton plus pâle, à manches courtes. Selon sa demi-sœur, sa coupe faisait à Sophy une « silhouette en sablier ». Même si, quand vous n'étiez habituée comme elle qu'aux robes sacs et aux combinaisons, n'importe quel vêtement un peu moulant vous donnait l'impression d'être emmaillotée.

— Tu peux porter les talons compensés argentés que tu comptais mettre avec cette combinaison, avait-elle dit avec satisfaction. Et tu seras obligée d'être jambes nues.

— Mais il fait trop froid pour être jambes nues en avril ! avait protesté Sophy. Et je ne me suis pas rasée depuis des mois.

C'était l'un des avantages d'être célibataire. Profitant que Phoebe était enfermée dans l'atelier, elle s'était absentée discrètement pour aller s'acheter des rasoirs à la pharmacie, puis s'était rasé les jambes dans le lavabo des minuscules toilettes, entre les cabines d'essayage et le bureau.

À 17 h 30 pile, munie de son sac de week-end, elle avait traversé la boutique sur les talons de Cress, avec un sentiment funeste.

— Maman et Aaron sont sortis. Colin va venir, nous allons commander des dim sum et regarder un film qui s'appelle *In the Mood for Love*. Il se passe à Hong Kong en 1962, et l'héroïne porte des robes absolument exquises ! lui avait-elle dit.

— Vous n'avez pas envie de sortir, vous aussi ?

Après tout, on était samedi soir. Mais, comme presque tous les samedis soir, Cress avait l'intention de le passer à la maison.

— À moins que vous ne profitiez d'avoir la maison à vous tout seuls pour faire les coquins ? avait-elle ajouté, taquine.

— Dit celle qui s'apprête justement à passer un week-end coquin, avait rétorqué Cress en la poussant par la porte avec une tape sur les fesses.

— Comment veux-tu que ce soit un week-end coquin alors que Charles ne… Waouh !

Elle venait d'apercevoir l'élégante décapotable vintage couleur argent. Charles, dans un costume noir guindé qu'égayait sa chemise Liberty rose, tenait la portière côté passager ouverte.

En la voyant apparaître, Charles déclara :

— Votre carrosse vous attend.

— Bon voyage ! lança Cress en agitant la main. Et soyez sages ! Pas comme moi.

Sophy leva les yeux au ciel.

— Mais tu es toujours sage, Cress.

— Peu importe. À plus !

Sophy se tourna vers Charles qui, d'une main, la poussa dans la voiture et, de l'autre, prit son sac.

— Ça ne te fait rien de décapoter ? Tu n'auras pas trop froid ?

Sans doute. Mais elle n'allait pas rater l'expérience de sortir de Londres un samedi soir avec un bel homme au volant, les cheveux au vent. Sans compter que, dans la combinaison noire qu'elle avait portée pour travailler et son cardigan noir, elle avait bien chaud.

— Ce sera très bien comme ça, répondit-elle en effleurant le revêtement bleu pétrole du tableau de bord. Jolie voiture.

— C'est une Mercedes Benz 1960, déclara-t-il en s'installant au volant et en fermant la portière. Malheureusement, elle n'est pas à moi. Je l'ai empruntée à un ami. Nous n'irons pas à cent à l'heure sur la voie rapide, mais elle roule quand même pas mal.

— Aller à plus de cent à l'heure sur la voie rapide est illégal, de toute façon, objecta Sophy en attachant sa ceinture. Donc, nous prenons l'autoroute ? D'autres indices ?

— Non, je le crains. C'est une surprise.

Elle réprima un soupir. Il était vraiment exaspérant. Il actionna le clignotant pour indiquer qu'il s'écartait du trottoir et reprit :

— Tu aimes les surprises ?

— Je les adore quand je les organise pour les autres, je les déteste quand je ne suis pas dans la confidence.

Sa réponse le fit rire.

Il était né pour ça : conduire un cabriolet vintage, ses cheveux dorés par le doux soleil du soir, ses pommettes un peu plus saillantes. Lorsqu'il dissimula ses yeux derrière des Ray-Ban vintage, elle eut l'impression qu'elle allait s'évanouir.

Quand elle était en voiture avec Mike, elle branchait généralement son téléphone pour contrôler la playlist. Elle avait écouté beaucoup de Taylor Swift ces derniers mois. Mais la Mercedes n'avait pas de port USB ni de prise jack. Ils durent donc se contenter du bouton de la vieille radio et de jazz. Du jazz suave, pas le genre assourdissant, heureusement.

Mais, surtout, ils parlèrent. Charles avait fini par vendre la tiare à une femme très riche, au Texas, qui n'avait pas paru découragée par le fait que les opales étaient censées porter malheur.

— Je lui ai dit que je ne pouvais pas lui proposer un remboursement si elle était partiellement dévorée par un vautour. Elle m'a répondu qu'ils n'avaient pas beaucoup de vautours dans la région du Texas qu'elle habitait et que, donc, elle ne devrait pas avoir de problèmes.

Sophy lui raconta alors les points forts de la semaine. Des déboires de Louise coincée dans la robe fourreau argent au carnage absolu qui avait suivi dans l'atelier. Et à quel point elle était contrariée que Johnno n'ait répondu à aucun de ses SMS lui demandant s'il avait retrouvé son acte de naissance ou son passeport. Elle lui envoyait désormais un message tous les deux jours et faisait de son mieux pour ne pas paniquer à l'idée qu'il ne restait qu'un peu plus de quatre mois avant les noces d'or de ses grands-parents.

Charles était un excellent orateur, mais il était également doté d'une grande capacité d'écoute. Tellement peu d'hommes savaient écouter. Egan avait une oreille sélective, au mieux. Jamais il ne prêtait attention quand elle lui demandait de mettre une lessive en route ou d'emporter ses assiettes sales dans la cuisine. Ou, évidemment, quand elle parlait de ses sentiments. En revanche, il aurait pu être dans une autre pièce, au beau milieu d'un orage, mais l'entendre ouvrir la porte du réfrigérateur et crier : « Une bière, merci ! »

Charles, lui, était tout ouïe. Il ponctuait sa conversation de commentaires approbateurs, de questions pertinentes et de beaucoup de rires.

Maintenant sortis de Londres, ils roulaient sur l'autoroute dont les panneaux indiquaient tous l'ouest.

— Bristol ? lui demanda-t-elle.

Il secoua la tête.

— Plus loin que Bristol, alors ? Le Somerset ?

— Sophy, ma belle, ne gâche pas la surprise, lui dit-il gentiment.

Le terme affectueux fit bondir son cœur dans sa poitrine.

— Qu'est-ce qu'il y a après le Somerset ? Le Devon ? La Cornouailles ?

— Je ne te dirai rien, insista-t-il.

Il faisait nuit. En quittant l'autoroute, il avait remis la capote et il suivait à présent les panneaux en direction de…

— Bath ! Nous allons à Bath, c'est ça ? s'exclama-t-elle avec enthousiasme.

— Je suppose que je peux maintenant te dévoiler que nous allons atteindre notre destination dans une quinzaine de minutes, déclara Charles.

Il avait l'air satisfait d'avoir réussi à faire durer le suspense aussi longtemps.

Quelques années auparavant, elle avait passé quelques jours à Bath avec Cress et leurs mères respectives. Elles avaient loué un Airbnb d'une élégance incroyable, situé dans l'un de ces magnifiques bâtiments construits en arc de cercle, et, pendant deux jours, elles avaient mangé des gâteaux et fait les boutiques. (Cress était restée des heures dans une boutique qui vendait toutes sortes de rubans, de dentelles, de babioles.)

— Oh, je sais ! Tu m'as sérieusement amenée jusqu'ici pour me traîner dans le Musée de la mode de Bath ? s'affligea-t-elle, comme la grosse ingrate qu'elle était. Super !

— Nous n'allons pas au Musée de la mode. Mais, si tu y tiens vraiment, je pense que nous pourrions trouver un créneau.

— Non, ça va aller, merci. Je devrais pouvoir survivre sans, dit-elle avec une moue.

Il se remit à rire.

— Pas de musée, alors.

Parce qu'il faisait nuit, il était difficile de distinguer la beauté du paysage un peu sauvage des environs de la ville. Sophy se souvenait qu'elle était cernée de collines. Mais quand la voiture s'engagea dans les rues de la cité romaine, elle s'émerveilla de la couleur dorée des vieux bâtiments construits en pierre, baignés par la lueur des réverbères. On avait beau être au XXIe siècle et malgré tous les signes de la civilisation moderne, il y avait toujours quelque chose de magique dans le fait d'arriver dans une ville aussi imprégnée d'histoire que Bath.

Charles se tut pour se concentrer sur la route qui grimpait une colline très abrupte. Puis il se gara.

— Nous y sommes.

De son siège, elle aperçut une rangée de maisons agglutinées les unes contre les autres. Mais dut attendre d'être descendue de voiture pour lever les yeux vers les maisons de pierre jaune, avec chacune une porte de couleur vive.

Après avoir déchargé les sacs, il poussa la barrière du numéro 33. La porte était vert menthe. Il sortit un trousseau de clés de l'un des deux paniers de la même couleur, suspendus de chaque côté.

— J'ai un ami qui travaille au Musée de la mode que tu as si cruellement dénigré. Mais il passe ses week-ends à Londres et prête généreusement sa maison à ses copains de passage.

— Tu as des amis très utiles, fit-elle remarquer sans pouvoir s'empêcher d'éprouver un pincement au cœur.

Beaucoup de ses amis avaient en effet été des amis du couple. Or, depuis sa rupture avec Egan, elle était devenue l'indésirable. Elle avait même été retirée sans cérémonie de certains groupes WhatsApp.

Heureusement qu'elle avait Cress et Charles, son nouvel ami, se dit-elle en franchissant le seuil de la petite maison sur ses talons. L'intérieur était charmant. L'entrée était lambrissée de bois du même vert menthe que la porte, le plancher peint en blanc. Il lui fit descendre un escalier qui menait à un séjour avec une cuisine américaine. Elle était meublée d'une table en pin massif brossé, d'un buffet ancien peint de couleur crème, rempli de porcelaine vintage. Aux murs, des étagères décorées de fanions étaient couvertes de pots d'ingrédients de couleurs vives et d'un set de casseroles Le Creuset lilas. L'ensemble, coloré, éclectique, avait beaucoup de charme.

— C'est ravissant, s'extasia-t-elle.

Si différent de l'appartement qu'elle avait partagé avec Egan, symphonie de gris et de beige, et qui, elle s'en rendait compte désormais, n'avait aucune personnalité.

Coupant court à ses fantasmes enflammés sur le fait qu'il n'y avait qu'un lit et que, peut-être, une tempête de neige les isolerait du reste du monde pendant des jours, Charles annonça d'un ton détaché :

— Il y a deux chambres d'amis au premier. Mais nous devrions peut-être commencer par manger quelque chose.

Il avait raison. Il était presque 21 heures, et son sandwich au thon du déjeuner était très loin. Elle sortit son téléphone pour ouvrir l'appli Deliveroo.

— Nous allons nous faire livrer. Je t'invite, déclara-t-elle d'un ton ferme, car il avait refusé de la laisser participer aux frais d'essence. Qu'est-ce qui te ferait plaisir ?

Ils optèrent pour des pizzas, débattirent des diverses garnitures et se décidèrent pour poulet et pesto pour elle, truffe et fromage de chèvre pour lui. Quand elles furent livrées, ils dînèrent en regardant une émission de *true crime* sur Netflix.

Toutes ses pensées occupées par Charles, elle suivit distraitement le documentaire. Chaque fois qu'elle croyait avoir cerné sa personnalité, il parvenait à la surprendre. Il avait tellement de facettes différentes. Et elle voulait toutes les découvrir.

Mais cela n'arriverait pas, et surtout pas ce soir. Il était à peine 22 h 30, et elle bâillait déjà à s'en décrocher la mâchoire.

Elle suivit Charles dans l'escalier raide et étroit qui menait au grenier aménagé. Bien entendu, il avait insisté pour porter son sac. Il ouvrit la porte sur une jolie mansarde, tapissée d'un extravagant papier fleuri qui évoquait une prairie au printemps.

— J'ai pensé que tu aurais plus de place ici. Tu as ta propre salle de bains.

— Mais comme tu as conduit, tu mérites la chambre la plus confortable ! protesta-t-elle.

— Je mérite surtout une chambre dans laquelle je peux me tenir debout, fit-il remarquer en montrant le plafond en pente. Si j'étais toi, je dormirais. Nous commençons notre journée tôt demain matin.

Elle dut fournir un réel effort pour ne pas se rembrunir. Ses grasses matinées dominicales étaient sacro-saintes. Quand elle vivait avec Egan, il allait toujours à la salle de sport le dimanche matin. Elle faisait donc surface juste à temps pour arriver à son habituel restau pour le brunch avant la fin du service de 14 heures. Et, ces dernières semaines, elle avait formé Caroline à ne pas la déranger avant au moins 11 heures.

Elle se demandait comment elle allait tenir dans un élevage de moutons où tout le monde se levait avant le chant du coq. D'ailleurs, y avait-il des coqs dans les fermes de moutons ? Elle poserait la question à ses grands-parents, la prochaine fois qu'ils se parleraient.

Prenant son air le plus enthousiaste, elle demanda :

— Quand tu dis « tôt », ça veut dire quelle heure ?

— Sept heures.

En franchissant le seuil étroit, elle le frôla fortuitement et fut parcourue d'un frisson.

Puis elle se retourna pour lui dire « bonsoir ». Il l'avait suivie dans la pièce, avec son sac. Soudain, ils n'étaient plus qu'à un souffle l'un de l'autre.

Le regard assombri, il la dévisageait. Puis, un sourire se dessinant sur ses lèvres, il passa une main dans ses cheveux.

— Tu les attaches, d'habitude, murmura-t-il. Je les aime bien, lâchés. Ça te va bien.

Elle ne savait que dire. Elle savait juste que, si elle se penchait un peu en avant et se hissait sur la pointe des pieds, elle serait dans la position idéale pour l'embrasser.

Si seulement il lui faisait un signe, n'importe quoi. Une indication qu'elle n'était pas juste son élève, qu'elle lui plaisait. Mais il se contenta de cligner des yeux et de faire chatoyer ses cheveux à la lumière.

Quand il recula d'un pas déterminé, elle se sentit profondément soulagée. Au moins, elle ne s'était pas ridiculisée. Le connaissant, il l'aurait repoussée avec délicatesse, mais cela aurait gâché le voyage avant même qu'il ait commencé.

Il toussota.

— Bien ! Donc, 7 heures demain matin ?

Le rappel de ce réveil à l'aube agit comme une douche froide sur ses pensées enfiévrées.

— Lever à 7 heures ou départ à 7 heures ?

— Départ à 7 heures, répondit-il du même ton implacable.

Il pinça les lèvres, comme s'il se retenait pour ne pas éclater de rire. Franchement, qu'y avait-il de drôle à se réveiller bien avant 7 heures un dimanche matin ?

— Ça a intérêt à en valoir la peine, grommela-t-elle, toute idée de séduction disparue. Et tu as intérêt à ne pas me faire lever pour la messe.

Il avait fermé la porte. Mais elle l'entendit redescendre en riant.

PARTIE 3

Chapitre 17

Quand l'alarme de son téléphone résonna à l'heure indue de 6 h 30, Sophy eut l'impression qu'elle venait tout juste de poser la tête sur l'oreiller de plumes d'oie. Pour la première fois depuis qu'elle l'avait installée, elle regretta d'avoir choisi *Waltzing Matilda* comme alarme. C'était bien trop guilleret pour cette matinée en particulier.

Elle se leva et, le regard embrumé, perdit quelques précieuses secondes à chercher la douche. Elle avait dormi presque huit heures, mais n'en avait pas du tout l'impression.

Charles n'avait pas précisé où ils allaient. Elle supposait toutefois que son élégante robe de cocktail n'était pas le code vestimentaire idéal pour un dimanche matin. Elle enfila donc un jean et un pull, et était en train de lacer ses baskets quand un coup discret retentit à la porte.

— Tu es debout ? Dans une tenue décente ? appela Charles.

Elle lui ouvrit.

— À peine débout, à peine décente, marmonna-t-elle.

Et elle poussa un soupir. Bien entendu, il était impeccable. Il portait son costume noir de la veille mais, cette fois, avec une chemise parfaitement repassée, au bleu assorti à la couleur de ses yeux.

— Ça t'arrive des fois de porter un jean ? Des baskets ? Un tee-shirt décontracté ?

— J'ai un certain standard d'excellence vestimentaire à maintenir, répondit-il d'un ton hautain.

Il était bien trop tôt pour une phrase aussi compliquée.

Se confondant en excuses, il la poussa dehors à la hâte. Ils n'avaient même pas le temps de boire un café. Il faisait froid, l'air était humide, et le soleil ne brillait pas encore.

Mais il fallait prendre une minute pour apprécier la beauté des premiers rayons du levant qui doraient la ville. Il montait de derrière les collines, émergeant derrière des nuages d'un blanc cotonneux d'une telle perfection qu'ils auraient pu être peints sur le ciel. Devant une telle vision, Sophy ne regrettait pas de s'être levée si tôt.

— Ça va être une très belle journée, déclara Charles, comme une promesse.

Elle l'espérait. Même si elle avait besoin d'un café, très vite. Alors que le moteur ronronnait et qu'elle se débattait avec sa ceinture de sécurité, elle avait du mal à garder les yeux ouverts.

Ils sortirent de Bath, roulèrent le long de petites routes de campagne bordées de haies qui traversaient les champs qui défilaient derrière sa vitre. Elle se pelotonna dans son pull, mais fit son possible pour ne pas s'assoupir. Elle ne voulait surtout pas que Charles l'entende ronfler ou, pire, la voie baver.

Heureusement, le trajet ne fut pas long. Au bout d'une demi-heure, ils arrivèrent à destination.

— Une foire aux bestiaux ? s'étonna-t-elle, prise d'une soudaine envie de pleurer.

— Il n'y en a pas le dimanche, précisa-t-il.

— Charles, je comprends que tu aimes les surprises, mais si tu ne me dis pas exactement où nous allons, je vais me jeter par la portière.

Elle avait déjà les doigts sur la poignée.

— À un marché aux puces, s'empressa-t-il de répondre, pour la sauver d'une mort prématurée ou, tout au moins, d'un ou deux membres cassés. Un énorme vide-greniers qui n'a lieu qu'une fois par mois. Tu vas adorer.

Elle était loin d'en être sûre. Et quand ils s'arrêtèrent devant une guérite où un homme vêtu d'une grosse doudoune, avec un gilet jaune par-dessus, leur annonça que le marché n'était pas ouvert aux acheteurs avant une demi-heure, elle faillit pousser un cri de frustration.

— Oh, je connais Gerry.

L'homme leur fit signe de passer. Y avait-il une seule personne en Angleterre que Charles ne connaissait pas ?

Ils se garèrent dans un parking presque vide, et Sophy se prépara à être assaillie par l'odeur du fumier. Mais, heureusement, aucune odeur nauséabonde ne lui donna la nausée.

— Même si ça sent bizarre, quand même, non ? fit-elle remarquer à Charles. C'est quoi ?

— Je pense que c'est ce que les gens appellent « l'air frais », répondit-il en prenant deux grandes respirations. Quand on habite à Londres, on a tendance à oublier que l'on passe notre temps à respirer la pollution, les pots d'échappement et Dieu sait quoi d'autre.

Un long moment, ils restèrent à respirer ce fameux air frais dont ils avaient tant entendu parler, jusqu'à ce que des besoins plus urgents les rattrapent.

Les yeux soudain brillants, Sophy aperçut une camionnette qui arborait un signe indiquant qu'elle vendait l'élixir magique dont elle était avide.

— Café ! Je vais aller nous chercher du café.

Très peu de stands étaient déjà ouverts. Sophy, amusée, regardait Charles, assis sur une chaise en plastique dans un parking de marché aux bestiaux, en train d'avaler un sandwich au bacon et de boire du café instantané dans un gobelet en polystyrène. Il parvenait néanmoins à rester aussi élégant, aussi raffiné, que s'il était en train de siroter un cognac dans le plus exclusif des clubs de Mayfair.

Il lui expliqua que, si presque tout son stock venait de vendeurs professionnels, il avait trouvé quelques véritables trésors dans des vide-greniers.

— Bien sûr, il faut souvent marchander. D'un autre côté, ça fait partie du jeu.

Il se leva et essuya son costume couvert de miettes.

— J'espère que tu ne vas pas t'ennuyer. Tu ne m'en veux pas trop de t'avoir traînée ici à l'aube ?

Maintenant qu'elle avait eu sa dose de caféine et de glucides, elle était requinquée.

— Tu plaisantes ? J'ai l'impression d'être dans une émission de *Bargain Hunt*.

— Je ne connais pas *Bargain Hunt*, répondit Charles, feignant un air perplexe qui n'était même pas convaincant.

— Je ne te crois pas !

Ils s'avancèrent dans le large champ où la vente de bétail avait été remplacée par un immense marché aux puces.

Et il y avait beaucoup de fatras en tous genres. Dans un stand d'articles pour la maison, Sophy reconnut le duvet Next de son enfance. Il était fascinant de voir ce qui était à vendre et ce que les gens étaient prêts à acheter.

Charles se dirigea droit sur les stands de bijoux dans lesquels il pilla toutes les vitrines de leurs broches et de leurs bagues. Il fouilla même dans les paniers d'articles à 1 livre. Malgré son achat de quelques montres et d'une poignée de colliers de perles, il ne semblait pas enchanté par ses trouvailles.

Mais elle savait qu'il n'était pas du genre expansif. Même s'il était tombé sur les joyaux de la Couronne, il aurait eu l'enthousiasme discret. Elle l'observa discuter avec une femme d'un certain âge, impérieuse, qui portait sa masse de cheveux blancs remontés en un énorme chignon à l'équilibre précaire. Elle le gratifia d'une longue harangue concernant une paire de boucles d'oreilles qui aurait appartenu à une célèbre suffragette.

— En or, quatorze carats, et, bien sûr, les pierres sont aux couleurs des suffragettes : mauve pour la loyauté, blanc pour la pureté et vert pour l'espoir. Elles ont appartenu à Mary Richardson, qui est célèbre pour avoir endommagé *La Vénus à son miroir*.

Elle croisa les bras avec un sourire satisfait.

— Je ne peux donc pas les laisser à moins de 1 000 livres.

Mille livres ! Sophy avait envie de hurler que c'était du vol. Ils étaient à un vide-greniers.

— Vous avez le certificat pour prouver qu'elles appartenaient à Mary Richardson ? demanda Charles de son ton le plus poli.

— C'était une amie de ma grand-mère. Une femme charmante.

— Dommage qu'elle soit devenue une membre si active de l'Union des fascistes britanniques après avoir quitté le mouvement des suffragettes.

Il sortit une loupe de bijoutier de la poche intérieure de sa veste.

— Vous permettez ?

La femme esquissa une moue contrariée. Tandis qu'il inspectait les boucles d'oreilles de plus près, elle marmonnait dans sa barbe.

— Je crains qu'elles ne soient trop clinquantes à mon goût, dit-il enfin, en se redressant. Et je suis sûr que vous savez aussi bien que moi que la plupart des bijoux censés avoir appartenu aux suffragettes ont été créés pour leur rendre hommage et qu'elles ne les ont donc jamais portés.

À voir l'expression revêche de la femme, elle le savait très bien. Simplement, elle avait espéré que Charles l'ignorait. Quand ils s'éloignèrent, sentant son regard furieux dans leur dos, Sophy lui glissa :

— Je parie que tu es un bon joueur de poker. Même moi, je voyais qu'elle essayait de te rouler. Mais tu n'as pas cillé.

Le marché grouillait désormais de monde. Charles la prit par le bras pour leur éviter d'être séparés dans la foule.

— Si j'avais mis 1 livre de côté chaque fois que quelqu'un avait tenté de me fourguer un bijou de suffragette censé avoir été porté par l'une d'entre elles, j'aurais un compte en banque aux îles Caïmans aujourd'hui, commenta Charles, d'un ton un peu morne. Mais je vois un stand qui a l'air intéressant. On y va ?

Une heure plus tard, ils avaient parcouru deux allées du marché, et Charles n'avait trouvé que quelques bijoux dignes d'intérêt. Sophy, en revanche, croulait sous ses emplettes. Elle avait acheté une figurine hideuse d'Anne Boleyn, pour sa grand-mère qui en faisait collection. Elle avait les cinq autres femmes de Henri VIII, mais il lui manquait la deuxième.

— Pour 5 livres ! s'émerveilla-t-elle. Même si j'ai lu quelque part qu'elle avait un doigt en plus, donc ce n'est pas très fidèle d'un point de vue anatomique.

Elle avait aussi trouvé trois chutes de tissu vintage pour Cress, qui avait transformé le débarras de sa mère en atelier de couture. Ce qu'elle ne gardait pas, elle le vendait sur Etsy. Pour Caroline, elle avait déniché un sac à main Mulberry, pour un prix absolument ridicule. Puis, dans un autre stand de vêtements criards des années 1980-1990, que le vendeur décrivait comme d'authentiques pièces vintage (même si Phoebe soutenait que tout ce qui était postérieur à 1975 était juste de la seconde main), elle avait déniché trois robes années 1950.

Quand Charles l'avait rejointe, elle venait de négocier 50 livres les trois au lieu de 30 livres par robe.

— Toi aussi, tu ferais une bonne joueuse de poker, lui dit-il alors qu'ils entassaient leur butin dans le coffre de la voiture. Même moi, je pensais que tu plaisantais en faisant cette offre. Mais tu n'as pas cédé. Tu as des nerfs d'acier.

— Attends que je les vende à Phoebe pour trois fois le prix que je les ai payées, plaisanta-t-elle.

Même s'il était peu probable qu'elle accepte quoi que ce soit de sa part pour la boutique. Et puis, si cela devait tourner au bras de fer entre elles deux, Phoebe en sortirait toujours victorieuse.

—Je pense que tu devrais les garder.

Charles lui ouvrit la portière du passager. Même si elle était capable de l'ouvrir seule. Mais il était comme ça. Quand ils étaient en ville, il marchait toujours du côté de la rue sur le trottoir pour la protéger d'une voiture qui pourrait soudain faire une embardée. Il lui tenait les portes. La prenait par le coude pour la guider à travers les foules animées.

Non parce qu'il la prenait pour une faible femme qui ne pouvait pas se défendre seule. Mais parce qu'il était d'une politesse infaillible, qu'il possédait des manières et une courtoisie innée qui, hélas, étaient aussi démodées que ses pochettes et ses boutons de manchettes.

Lorsqu'il s'installa sur le siège du conducteur, elle reprit :

—Je ne pourrais pas les porter moi-même. Peut-être la bleue à pois blancs. Mais les deux autres ? Quand pourrais-je porter une robe en velours noir ?

—Quand tu voudras, répondit Charles.

Mais, pour lui, c'était différent. Il avait une distinction naturelle, une aisance, qui lui permettaient de porter ces magnifiques vêtements couleur paon. Pour sa part, même si, objectivement, elle savait qu'elle était pas mal (à part ses cheveux qu'elle n'aimerait jamais, car les hommes la traitaient de rouquine), elle ne se sentait vraiment à l'aise que dans une robe sac ou une combinaison. Peut-être était-ce à cause de ses cheveux qui attiraient tant l'attention ?

—Nous verrons. En plus, Lollipop laisse des poils blancs partout. Alors, le velours noir, ce n'est pas très pratique.

—Qui est Lollipop ?

—Le chat Maine Coon de ma mère qui, bien qu'elle persiste à le nier, est son enfant préféré.

Pendant le trajet de retour vers Bath, elle raconta à Charles les histoires de Lollipop qui courait dans le quartier et terrorisait la population féline locale.

Il n'était que 11 heures. Pourtant, elle avait l'impression qu'il était beaucoup plus tard. Une fois qu'ils furent rentrés, elle alluma la bouilloire tandis qu'il disposait ses trouvailles sur la table. Il revenait sans tiare, mais son meilleur achat était un collier de deuil victorien en perles de jais que le marchand prenait pour du verre.

Après un café accompagné de brownies qu'ils avaient rapportés du marché aux puces, il fut temps de découvrir la destination suivante de l'itinéraire mystérieux de Charles. Elle était en train de ranger leurs mugs dans le lave-vaisselle, quand il demanda :

— Tu as besoin de déjeuner ou tu peux tenir jusqu'au dîner, si nous dînons tôt ? Je comptais réserver dans un petit restaurant que je connais, à mi-chemin entre ici et Bristol.

— Je peux tenir, mais ça dépend de ce que tu as prévu pour l'après-midi. Genre, est-ce qu'on va faire du paintball ?

Charles feignit une expression outragée.

— Est-ce que j'ai l'air de quelqu'un qui irait faire du paintball ?

Elle prit appui contre le plan de travail et, haussant les épaules, railla :

— Tout le monde a ses hobbies secrets.

— Non, ce n'est pas au programme. En revanche, tu vas devoir te changer pour ta tenue élégante.

Sa curiosité attisée, elle sentit l'impatience la gagner. Connaissant Charles, il pouvait lui réserver la plus étonnante des surprises. Ou bien il pouvait avoir projeté une rencontre avec l'une de ses nombreuses connaissances.

Quand elle descendit gauchement l'escalier dans sa robe en brocart vert, chaussée de ses sandales à semelles compensées argent, sous le regard approbateur de Charles, elle sentit un trouble indéfinissable l'envahir. Elle s'était maquillé les yeux, avait mis du rouge à lèvres et, pour une fois, avait lâché ses cheveux. Elle savait pourtant qu'il ne décapoterait pas la voiture.

— Tu es ravissante, la complimenta-t-il.

Maladroitement, elle tournoya sur place dans l'entrée. Elle savait qu'il était juste poli. Que c'était sa façon d'être amical. Mais il était très difficile d'être amie avec un homme pour qui vous aviez un crush secret. D'autant qu'elle savait aussi qu'elle était loin d'être à la hauteur !

— Si tu le dis ! répondit-elle, se sentant rougir.

Franchement, elle n'aurait pas dû se fatiguer à mettre du blush. En plus, elle avait oublié de prévoir une veste élégante. Tant pis, celle en jean ferait l'affaire.

Hochant la tête, il la poussa vers la porte d'entrée.

— Sérieux ! Il faut que tu apprennes à accepter un compliment.

— Je ne suis pas faite pour ça, expliqua-t-elle.

Comme pour confirmer ses paroles, elle trébucha sur ses talons compensés. Et se serait étalée de tout son long si Charles n'avait pas été là pour la rattraper.

Chapitre 18

Bien entendu, Charles ne pouvait pas dire à Sophy où ils allaient. Elle décida donc de s'installer confortablement dans le siège du passager de la Mercedes et de profiter de la balade.

Le printemps anglais était un ravissement. Et notamment dans cette région. Sophy, qui était née et avait grandi à Londres, pouvait trouver de la beauté dans les visions les plus prosaïques : la cocarde du métro de Londres, le soleil scintillant sur l'eau un peu boueuse de la Tamise. Il y avait même de la poésie dans l'architecture brutaliste de Centre Point, qui se profilait à l'extrémité nord d'Oxford Street.

Mais les champs verts parsemés de fleurs sauvages, les agneaux gambadant sur leurs pattes chancelantes, les petites routes de campagne sinueuses sous la voûte des arbres couverts de feuilles neuves, les villages aux maisons de pierre miel et toits de chaume qui s'enchaînaient. Une beauté bucolique qu'elle pouvait tout particulièrement apprécier derrière une vitre de voiture. Ce qui lui évitait de devoir être en harmonie avec la nature. Ce se serait sans nul doute mal terminé, dans la puanteur de fumier et de boue. Elle n'aimait pas la boue. Encore une fois, elle se demanda comment elle allait s'adapter dans la ferme de ses grands-parents. Cela ne durerait que quelques semaines. En outre, elle allait sûrement nourrir quelques agneaux au biberon, ce qui, au moins, était un avantage.

Les routes de campagne devinrent de plus en plus étroites et tortueuses. Ils finirent par tourner dans une longue allée bordée de, d'après Charles, tilleuls, qui lui parut interminable. Elle débouchait sur une esplanade circulaire, devant une grande maison. Ou, plus exactement, une maison de maître, à la *Downton Abbey*. La tenue élégante pour laquelle elle avait opté ne lui paraissait plus si élégante, soudain.

Elle regarda la fontaine ouvragée et, en enfilade, les jardins à la française qui semblaient avoir été importés directement du plateau de tournage d'un drame historique du dimanche soir. En observant attentivement, elle verrait même peut-être Colin Firth jeune émerger d'un lac, sa chemise blanche mouillée, plaquée contre son torse.

— Pardon ? grommela-t-elle en entendant Charles lui parler. Désolée. J'étais à des années-lumière. Oh, là, là ! Ce sont tes amis qui habitent ici ? Ce sont des nobles ou quoi ? Vais-je devoir faire la révérence ?

Il posa sa main fraîche sur la sienne nerveusement crispée.

— Nous sommes ici pour une vente de succession. Pas pour prendre le thé avec l'aristocratie locale.

— Heureusement, répondit-elle.

Les pneus de la voiture crissèrent sur le gravier du parking derrière la maison. Sa crise de fantasmes enflammés sur Colin Firth jeune passée, elle voyait maintenant les grandes pancartes annonçant une vente de succession. Même si elle n'était pas très sûre de savoir de quoi il s'agissait.

Une fois descendus de voiture, ils suivirent d'autres pancartes qui les menèrent à une vaste porte-fenêtre donnant dans une galerie lambrissée. Sophy comprit alors ce qu'était une vente de succession : l'équivalent d'un très élégant vide-greniers, avec des catalogues et des objets étiquetés.

L'entraînant à sa suite, Charles longea d'un pas rapide une enfilade de portraits d'hommes aux visages sévères et de femmes aux expressions plus austères encore.

— Ce n'est pas ce que nous sommes venus chercher. Ils ont vendu tous les beaux tableaux il y a des années pour payer les droits de succession, de toute manière.

L'exposition semblait continuer à l'infini. Une profusion de plats et de couverts en argent. Un service de table doré qui couvrait toute la longueur d'une table interminable. Une paire de fusils d'aspect si ancien qu'elle supposa qu'ils devaient porter des noms comme mousquets ou tromblons. Des tapisseries aux couleurs fanées par les ans. Ils finirent par arriver au secteur qui avait été alloué aux vêtements.

Un portant entier était rempli de manteaux de fourrure et de quelques robes longues, informes, jaunies par le temps. Rien de tout cela ne l'intéressait.

— Pas pour nous ! déclara-t-elle, aussi ferme que possible.

Elle n'avait nulle envie de les rapporter à Londres en voiture. Même avec ses doigts de fée, Cress ne pourrait pas faire de miracle.

Rayonnant, Charles répondit :

— L'élève a dépassé le maître. En effet, ce n'est pas du tout pour nous.

Il s'immobilisa soudain, le regard fixé sur une autre longue table, couverte de grandes boîtes plates.

En le voyant sortir deux paires de gants blancs de sa poche (comme ceux qu'utilisait Cress quand elle travaillait sur un tissu très ancien, très fragile, très coûteux), Sophy comprit qu'il n'était pas venu pour s'amuser. Avec délicatesse, il commença à retirer les couches de papier qui s'effritèrent pour découvrir une robe longue en velours et mousseline prune, avec un bustier et des manchons de dentelle. Son gémissement de plaisir lui rappela celui qu'elle poussait quand elle mordait dans un *Twirl* après une détox de chocolat de deux jours. Un peu grisée, elle sentit une soudaine flèche de désir la traverser.

— Une robe Worth, fin 1890, souffla-t-il. Un peu abîmée par endroits mais, à première vue, elle est en bon état.

Même elle était capable de prendre toute la mesure de la beauté de la robe. Mais…

— Pour la boutique ?

Charles lui lança un coup d'œil mi-indulgent, mi-exaspéré.

— Pour un musée, ma chère.

Il survola l'assistance du regard et adressa un salut de la tête à quelqu'un.

— Pas étonnant que je vienne de repérer le conservateur du département des costumes du Victoria & Albert Museum et deux acheteurs de chez *Christie's*. Maintenant, voyons ce que nous pouvons trouver d'autre.

Elle aurait bien aimé s'attarder mais, après avoir déclaré que leur temps était compté, Charles ignora tout ce qu'il data comme postérieur à 1920. Ce qui leur laissait un large choix de robes devant lesquelles il s'arrêtait, avant de passer à la suivante. Sophy reconnaissait à présent les noms qu'il récitait de la même manière qu'il avait récité sa litanie de pierres précieuses. Comme des sonnets, comme de la poésie.

Lucien Lelong. Pierre Balmain. Balenciaga. Digby Morton. Marcelle Chaumont. Jeanne Lafaurie. Jacques Heim. Jacques Griffe. Lachasse. Michael Donnellan. Victor Stiebel. Ronald Paterson. Michael Sherard.

Il annonça alors qu'il allait enchérir sur deux des robes, pour la boutique. Sans surtout dépasser le budget très strict qui lui était alloué.

— Sinon, Freddy va m'étriper.

— Plus probablement Phoebe, railla Sophy.

Sur le même ton ironique, Charles répliqua :

— Si Phoebe jetait vraiment son dévolu sur une robe, elle se ficherait bien de nous faire faire faillite. Et puis, tu n'as toujours pas compris ?

— Compris quoi ?

— Que c'est Freddy qui tire toutes les ficelles.

Il avait tort. N'importe qui avec une bonne paire d'yeux et un minimum de jugement pouvait voir que Phoebe était au sommet de la hiérarchie de la boutique. Ensuite venait Coco Chanel. Et tous les autres, y compris Freddy et Johnno, gravitaient en dessous.

— Seigneur ! Je crois que nous sommes morts et que nous sommes au paradis ! s'exclama-t-il en l'agrippant soudain par le bras.

Sophy suivit son regard. Une robe du violet royal habillait l'unique mannequin. Sans doute parce que la laisser dans sa boîte ou à l'endroit où elle se cachait depuis plusieurs décennies n'aurait pas rendu justice à son drapage savamment structuré, d'une beauté à couper le souffle.

— Charles… S'agit-il d'une Madame Grès ?

Elle avait remarqué deux robes similaires au V&A et savait que ce drapé au plissé minutieux ne pouvait être que le travail de la couturière française.

— Sophy, je pourrais t'embrasser.

Elle réprima un soupir. Si seulement il pouvait éviter ce genre de phrase. Quoi de mieux pour lui donner des idées qu'elle ne pouvait s'autoriser.

— C'est bien une Madame Grès, du milieu des années 1940.

Il jeta un coup d'œil au catalogue.

— Du jersey de soie. Le V&A possède de nombreuses robes de Madame Grès. Mais je ne pense pas qu'ils aient quoi que ce soit d'antérieur à 1950, et l'une d'entre elles est une copie.

Sophy s'approcha. Elle semblait faite d'une seule chute de tissu. Était-ce possible ? Les minuscules plis, froncés sur le buste, retombaient sur la jupe en une élégante cascade. Émerveillée, elle était incapable d'en détacher le regard. Sans doute parce qu'elle savait que rares étaient ceux qui avaient la chance de voir de si près ce type de pièce, ce travail d'orfèvre. Elles étaient en général précieusement conservées derrière une vitrine de musée.

Charles semblait tout aussi fasciné.

— Il est impossible de porter une telle robe sans se sentir belle, fit-elle remarquer. Je suppose qu'elle est inabordable.

Il cligna des yeux et parut sortir de sa transe.

— J'en ai bien peur. Allez, continuons.

Les robes laissèrent place à cinq valises ouvertes, toutes débordant de vêtements qui n'avaient pas été amoureusement rangés pour les générations futures. Chacun était étiqueté à un premier prix d'enchères de 15 livres.

— Là, nous avons de quoi faire !

Il se mit à fouiller dans la première valise avec une efficacité redoutable.

— La plupart remontent aux années 1940. Regarde ! Des pyjamas de plage M&S. Et ces robes de coton. Nous n'avons jamais assez de robes d'été. Quant à ces combinaisons, elles ne sont pas en soie, mais en viscose de bonne qualité.

— Ravissant !

Elle ne cessait de jeter des coups d'œil nostalgiques à la robe en jersey de soie mauve Madame Grès de ses rêves.

En riant, Charles lui donna un petit coup de coude.

— Elles te répugnent, je le vois bien.

— Pas du tout, mentit-elle.

En effet, elle était parfaitement dégoûtée. Il était impossible qu'elle porte un jour les dessous d'une autre femme (une femme morte depuis longtemps. Les combinaisons faisaient partie des sous-vêtements).

— Si ce n'est qu'elles ont une odeur. Je la sens d'ici.

— Ta demi-sœur saura y remédier, répondit-il, impassible.

Ils passèrent aux accessoires, ce qui fut bien moins litigieux : ils tombèrent d'accord pour enchérir sur des pochettes de soirée. L'attention de Charles fut alors attirée par les bijoux étalés dans des écrins et surveillés par un gardien au physique intimidant.

La vente aux enchères démarra alors, à la fois palpitante et terrifiante. Exactement comme à la télévision. Un homme distingué, en blazer, debout sur une estrade et muni d'un marteau, décrivait les lots que, si possible, un larbin en uniforme soulevait pour les offrir aux regards de l'assistance. Les enchérisseurs étaient installés sur des chaises à dossier dur, disposées en rangées. Sophy, assise sur ses mains, essayait de garder une expression impénétrable. Elle ne tenait pas à acheter par accident un sinistre tableau de cheval pour des centaines de milliers de livres.

Charles, en revanche, maîtrisait parfaitement la discipline de la vente aux enchères. Il enchérit et gagna plusieurs bijoux en levant un doigt autoritaire, puis rafla quelques pochettes de soirée et trois des lots de vêtements malodorants. Même sachant qu'il allait devoir les fourrer dans le coffre.

La véritable excitation ne fut pas provoquée par la robe Madame Grès – qui, avec d'autres robes et un paysage, avait été retirée de la vente pour, selon Charles, probablement être vendue par l'une des grandes maisons de vente comme *Sotheby's* ou *Christie's* – mais par un petit vase chinois insignifiant en céladon.

Dans le catalogue, il était présenté dans la liste des articles estimés entre 800 et 1 200 livres. Même si Sophy n'aurait pas payé plus de 10 livres pour l'acquérir, il fit l'objet d'enchères féroces entre un homme sur son téléphone portable et une femme impassible, assise au fond de la salle. L'atmosphère dans la pièce était si tendue, si électrique, que Sophy, ne se préoccupant même plus d'enchérir par accident, tournait la tête d'un enchérisseur à l'autre. Même Charles observait le match sans vergogne.

—Adjugé à la dame du fond pour 3 millions de livres, finit par annoncer le commissaire-priseur avec un soulagement visible.

Son coup de marteau fut si violent que ce fut un miracle qu'il ne se brise pas en mille morceaux. Une salve d'applaudissements secoua la salle.

Tandis qu'ils attendaient pour payer et récupérer leurs articles, Sophy se mit à bavarder avec une femme d'une soixantaine d'années, vêtue d'un pull et gilet assortis, des perles autour du cou, ses cheveux grisonnants retenus par un serre-tête.

— Tout ce bazar pour ce vase si laid ! s'exclama-t-elle. Je ne l'aurais pas payé plus de 5 livres.

— C'est ce que j'ai dit à mon mari. Heureusement, il ne m'a pas écoutée, et je l'ai quand même fait mettre dans la liste pour la vente aux enchères, déclara-t-elle d'une voix si snob qu'elle semblait avoir plusieurs pommes de terre chaudes dans la bouche.

Mortifiée, Sophy s'excusa :

— Oh, je suis désolée. Je ne savais pas que vous habitiez ici.

La femme poussa un soupir résigné. Selon des détails fournis dans le catalogue, elle était marquise, ou lady.

— Ma chère, personne n'habite ce genre de maison, répondit-elle. On en est juste le gardien, on en prend soin pour les générations futures. Pour être honnête avec vous, je préférerais de loin habiter un appartement en ville, chauffé, avec de la moquette, afin que nous ne soyons pas obligés de vendre l'argenterie de famille pour financer un toit neuf et des nouvelles fenêtres.

— Je suppose que c'est une manière de voir les choses. Je parie que vous n'êtes même pas autorisés à installer une antenne satellite.

Encore une fois, elle avait parlé sans réfléchir. Et sentait Charles secoué par un fou rire à côté d'elle.

Il riait encore quand ils prirent le chemin du retour. À la demande expresse de Sophy, les vêtements de seconde main malodorants avaient été mis dans le coffre.

— Quelle étrange conversation… J'aurais beaucoup aimé entendre la propriétaire des lieux avouer que le vase leur avait servi de cale-porte jusque-là.

— J'adore ce genre de situation, déclara Charles. En tout cas, nous avons bien choisi notre après-midi. J'ai rarement assisté à une telle vente, même dans les grandes maisons londoniennes. Maintenant, ça te fait une bonne histoire à raconter à un dîner.

Comme par hasard, l'estomac de Sophy émit un gargouillis.

— Je ne suis vraiment pas sortable, fit-elle remarquer.

— Au contraire, tu peux visiblement faire ami-ami avec n'importe qui, même les vicomtesses.

— Je croyais qu'elle était marquise !

Elle regarda la pendule du tableau de bord de la Mercedes. Il n'était pas loin de 17 heures. Changeant de sujet, elle demanda :

— À quelle heure as-tu réservé le restaurant ?

Charles avait réservé pour 18 heures, et ils n'étaient plus qu'à une courte distance. Ils décidèrent que, si leur table n'était pas prête, ils pourraient prendre un verre au bar et grignoter quelques cacahouètes.

Le restaurant était tout à fait en phase avec ce week-end passé à découvrir de magnifiques endroits et des paysages splendides. C'était un ancien moulin à eau reconverti, surmonté d'un toit de chaume. Le soleil faisait scintiller les ondulations à la surface de l'étang et, malgré ce démarrage aux aurores, c'était la conclusion idéale à une journée parfaite.

Ils furent placés presque immédiatement. Bien qu'il ait déclaré ne boire qu'un verre parce qu'il conduisait, Charles commanda une bouteille de sancerre. Depuis un incident avec une bouteille de pinot noir dans un restaurant thaïlandais douteux, Sophy ne pouvait plus boire de rouge. Mais elle ne lui donna pas de détails.

Ils avaient beau ne pas s'être quittés depuis la veille, à part pour dormir, ils n'avaient pas épuisé les sujets de conversation. Et même si, malgré leurs nombreuses sorties, Sophy se sentait toujours nerveuse en sa présence, il était si facile d'être en compagnie de Charles, de lui parler.

Elle ne pouvait pas lui dévoiler ses sentiments. Quel aurait été l'intérêt ? Mais, entre la planche apéro végétarienne qu'ils avaient prise pour commencer et l'arrivée de leur plat principal, elle décida de se lancer. S'armant de courage, elle lui avoua d'une voix un peu triste :

— Ça va me manquer… ces moments que nous passons ensemble, quand je vais partir en Australie.

Le visage tourné de côté, Charles arborait une expression indéchiffrable.

— Quelle est ta date de départ, déjà ? demanda-t-il d'un ton tout aussi neutre.

— D'après mon compte à rebours, les noces d'or de mes grands-parents sont dans exactement quatre mois et demi aujourd'hui.

Tout en prononçant ces paroles, elle sentit son estomac se nouer des émotions habituelles : l'excitation, l'impatience, la terreur.

— Et tu veux savoir ? Je n'ai pas vraiment économisé autant d'argent que j'en avais l'intention.

— Tu ne pars pas avant une éternité, de toute façon. Dans dix-huit semaines. Plus du tiers d'une année. Et tu dois encore demander ton visa ? Ça prend combien de temps ?

Il semblait la trouver bien décontractée sur les questions de l'émigration, de ses économies, de la planification de son voyage à long terme.

— Je n'ai pas besoin de visa. Je peux prétendre à la double nationalité. Mais j'attends que Johnno me fournisse certains documents. J'espère qu'ils pourront traiter mon dossier assez rapidement, une fois qu'il aura réussi à retrouver son acte de naissance. Je lui envoie des rappels par SMS tous les deux jours, mais je pense que je devrais commencer à le faire tous les jours.

La perspective de lui mettre la pression ne l'emballait pas. Comme d'habitude, il se volatiliserait sans doute. Elle aurait également économisé beaucoup plus si elle n'avait pas pris autant d'Uber et si elle ne s'était pas laissé convaincre d'acheter des robes avec la réduction accordée au personnel.

— Alors, tu as l'intention de rester en Australie pour toujours ? demanda-t-il.

Profitant de l'arrivée du serveur avec leur rôti dominical, elle ne répondit pas tout de suite. Dans un tourbillon d'activités, il déposa sur la table les plats d'accompagnement : pommes de terre rôties, gratin de chou-fleur, chou rouge braisé. Une fois leur festin devant eux, Charles s'empara de sa fourchette et de son couteau puis s'attaqua à son plat.

— J'étais en train de demander… le déménagement en Australie, c'est définitif ?

— Pour toujours… définitif, répéta Sophy. Des bien grands mots, non ?

Elle ne savait pas pourquoi elle tergiversait. N'était-elle pas enthousiasmée à la perspective de ce changement de vie radical ? De se sortir de la routine ? D'explorer de nouveaux endroits, de faire des découvertes, de tisser des liens avec la famille qu'elle n'avait jamais rencontrée ? Pour, finalement, s'installer à Sydney où elle connaissait déjà Radha et saisir toutes les occasions qui se présenteraient.

— Tu veux toujours partir pour l'Australie ? insista Charles.

Elle aurait bien aimé qu'il laisse tomber le sujet. Ils passaient un si bon moment. Elle aurait préféré, de loin, savourer l'instant avec lui que parler de ses projets définitifs, qui ne l'incluaient absolument pas. Elle n'avait plus que quatre mois et demi à passer avec Charles. Ce bel homme si drôle qui l'avait prise sous son aile, qui était devenu son ami. Heureusement, il ne savait pas que ses sentiments pour lui n'étaient pas que platoniques.

— Bien sûr que oui. Mais ça demande beaucoup de logistique, et je ne veux pas penser aux formulaires de citoyenneté que je vais devoir remplir ni au nombre de milliers de livres sterling que je suis censée avoir économisé. Parlons de choses plus réjouissantes, dit-elle avec une pointe d'exaspération dans la voix. Raconte-moi une histoire drôle sur un client. Ton client le plus exigeant. Je parie que tu en as eu quelques-uns.

Quand il comprit qu'elle souhaitait mettre un terme à la conversation sur l'Australie, il se lança dans une anecdote amusante sur un homme d'affaires qui voulait une bague pour sa maîtresse. Il avait eu beau lui répéter maintes fois qu'il ne vendait pas de pierres précieuses, le type avait insisté pour mordre toutes les bagues qu'il lui avait présentées pour vérifier l'authenticité de la pierre.

— Je n'ai eu ni le cœur ni l'énergie de lui expliquer que la raison pour laquelle les gens mordent les bijoux est de vérifier s'il s'agit d'or véritable. Comme c'est un métal mou, la tradition veut que l'on puisse y laisser des traces de dents. Mais je préfère de loin me fier au poinçon. C'est bien plus hygiénique, ajouta-t-il avec un haussement de sourcils.

Il avait des tas d'autres histoires sur son métier. Sophy renchérit avec des descriptions des comportements les plus incroyables des clientes dans les cabines d'essayage. Même si elle n'avait jamais rien constaté de tel à *La Petite Boutique vintage*, se félicita-t-elle.

La conversation était légère. Pourtant, elle avait l'impression que l'atmosphère entre eux était plus tendue depuis qu'ils avaient abordé le sujet de l'Australie. Et leur bavardage qui, d'habitude, coulait de source, semblait maintenant demander beaucoup plus d'efforts.

Et beaucoup de vin. Charles, respectueux de sa parole et de la loi, n'avait bu qu'un verre de sancerre. Mais elle avait fini la bouteille et commençait à transpirer. Après avoir bataillé pour savoir qui paierait la note, ils tombèrent d'accord, à contrecœur, pour la partager. Puis se levèrent de table. En traversant le restaurant, elle s'aperçut qu'elle était légèrement ivre. Un peu chancelante, elle faillit renverser un serveur lourdement chargé, parce qu'elle ne regardait pas où elle allait.

Elle espérait que l'air froid de la nuit allait la dégriser. Mais quand elle fut assise dans la Mercedes, elle voyait toujours un peu flou, ses membres lui paraissaient engourdis.

— J'ai passé un si bon moment, Charles, bredouilla-t-elle. Pas juste ce soir, mais tout ce week-end. Ça ne te dirait pas de venir en Australie avec moi ?

Concentré sur les routes de campagne sombres et tortueuses, il commença par garder le silence. Puis, une fois sur un tronçon rectiligne, il répondit d'une voix étouffée :

— C'est une proposition alléchante, mais toute ma vie, mes affaires, sont ici.

— Tu pourrais venir me voir, suggéra-t-elle.

Elle se rabroua intérieurement. Elle ne connaissait Charles que depuis quelques semaines, et pourtant elle se comportait comme si elle espérait qu'il viendrait la retrouver à l'autre bout du monde.

— Ou bien nous pourrions nous parler via FaceTime.

— Nous aviserons le moment venu, répondit-il, évasif.

Ils gardèrent le silence jusqu'à Bath. Quand il se gara devant leur petite maison, il était encore tôt, pas même 20 heures. Normalement, elle se serait réjouie de passer une soirée en sa compagnie. Mais il flottait comme un malaise entre eux. Ils entrèrent, chargés de leurs achats. Elle posa ses paquets sur les marches de l'escalier. Elle n'avait pas la moindre idée de quoi suggérer pour alléger l'atmosphère.

Visiblement aussi perplexe qu'elle, il lui demanda d'un ton dubitatif :

— Tu veux peut-être regarder la télé ?

— Pourquoi pas ? répondit-elle sans grand enthousiasme. Mais, pour commencer, j'ai vraiment besoin de boire de l'eau.

Elle se précipita au rez-de-chaussée et, une fois dans la cuisine, avala des litres d'eau. D'abord, pour enrayer une possible migraine. Ensuite, parce qu'elle ne savait pas quelle attitude adopter avec Charles à ce moment précis.

Elle en était à son deuxième verre quand elle entendit son pas dans l'escalier. Il surgit, portant le sac des trois robes qu'elle avait achetées au vide-greniers.

— Tu veux les essayer ? demanda-t-il en le balançant au bout de ses longs doigts. Je pense que tu as eu de la chance avec le modèle de velours noir. Ce n'est pas vraiment une robe de haute couture, mais pas loin.

Bien sûr, comme si elle avait eu besoin qu'il le lui rappelle, Charles n'était intéressé que par son apparence quand elle portait une robe vintage ou qu'elle était parée de pierres semi-précieuses. Un intérêt strictement professionnel, comme il la formait sur la mode vintage pour lui éviter de finir étranglée par Phoebe avec un foulard Pucci de 1960.

— Si tu veux, acquiesça-t-elle.

Elle lui prit le sac et se dirigea vers la petite salle d'eau.

Le visage rouge, les cheveux électriques, elle troqua une robe vintage pour une autre. Avant d'enfiler celle en velours noir, elle la renifla consciencieusement. Elle ne sentait ni la mort ni la naphtaline.

Ce n'était pas le genre de robe à bustier étroit et jupe corolle. Moulante, le velours drapé, elle épousait chacune de ses formes, sans pour autant ressembler à une Madame Grès. Elle la tira sur ses hanches puis, ne trouvant pas de fermeture Éclair sur le côté, se contorsionna pour essayer de l'atteindre dans le dos. En vain. Elle n'était pas assez souple, ses bras pas assez longs.

Elle se tourna à nouveau pour voir son dos dans le miroir. Le noir de jais de la robe et de la bretelle de son soutien-gorge accentuait la blancheur de sa peau.

Un coup discret à la porte, et la voix de Charles demanda :

— Tout va bien ?

— Je n'arrive pas à remonter la fermeture Éclair, dit-elle, agitant de nouveau les bras.

— Je peux t'aider ?

Charles était un homme du monde. Il était à l'aise en présence des femmes. La vue de Sophy moulée dans une robe noire n'allait pas le troubler. Pas quand son type de femme était une créature élégante, sophistiquée, qui n'achetait jamais ses dessous chez ce bon vieux *Marks & Spencer*.

Elle ouvrit la porte, lui montrant le dos.

— Si tu pouvais remonter la fermeture… Mais je pense que la robe va être trop petite.

Quand elle sentit son souffle lui caresser la nuque, un frisson la traversa. Puis, d'une main, il attrapa le tissu au bas de ses reins et, de l'autre, remonta la fermeture.

— Voilà, dit-il d'une voix un peu tremblante. C'est… elle te va bien.

— J'en doute fort, grommela-t-elle.

Elle s'avança pour évaluer le dommage dans le long miroir fixé au mur.

— Pouah… Ou, attends, pas si pouah, en fait ?

Le corsage froncé, le décolleté en forme de cœur, la jupe moulante, la coupe exquise de la robe lui donnaient le genre de silhouette dont elle avait toujours rêvé. Fascinée, elle observait son reflet dans la glace. Puis Charles s'avança dans la salle d'eau et soutint son regard dans le miroir.

Que disait Egan, déjà, quand il voyait une vidéo de Dua Lipa ou, pire, une jolie fille dans un bar, sans même se soucier qu'elle puisse l'entendre ? « Elle est trop canon ! »

À cet instant précis, elle avait l'impression d'être absolument canon. Une sirène. Jamais elle n'avait ressemblé à la femme qui lui faisait face. Et c'était la toute première fois que quelqu'un la regardait comme Charles le faisait.

— C'est le pouvoir du vêtement vintage, murmura-t-il, d'une voix suave. On pourrait dire que chaque pièce est une œuvre d'art mais, en réalité, c'est le cadre qui met l'œuvre en valeur.

— Comme la robe Madame Grès, répondit Sophy sans comprendre pourquoi, soudain, elle chuchotait.

— On voit qu'elle connaît les formes de la femme, qu'elle les respecte, qu'elle s'en inspire, contrairement à certains créateurs d'aujourd'hui qui conçoivent des vêtements qui obligent les femmes à s'affamer.

Leurs yeux toujours soudés dans le miroir, elle vit ses mains se poser délicatement sur les côtés de sa taille et perçut la chaleur de ses paumes à travers le velours de soie.

— Madame Grès et qui que soit le génie qui a créé cette robe savaient comment mettre les femmes en valeur, ce qui signifie aussi qu'ils savaient leur apporter le bonheur.

Ses longs doigts glissèrent jusqu'à ses hanches, la caressant sous le tissu, et elle se sentit chanceler, grisée, même si cela n'avait plus rien à voir avec le sancerre.

Mais la magie fut brisée quand, ses jambes ne la soutenant plus, elle s'abandonna à son besoin de se caler contre lui. Il était si fort, si solide contre son dos ! Oh, mais sérieusement ! Elle laissa échapper un rire étranglé. Elle était ridicule. Et puis Charles était beaucoup trop bien pour elle. D'ailleurs, il retira ses mains d'un geste brusque, comme s'il s'ébouillantait.

— Je suis vraiment désolé, marmonna-t-il en se détournant du miroir, comme s'il ne supportait plus de la regarder.

Sinon, il aurait pu voir l'adoration qu'exprimait son visage et la reconnaître pour ce qu'elle était. Il battit en retraite vers la sécurité du seuil de la salle d'eau.

— Tu dois me prendre pour... une espèce d'horrible pervers.

Charles n'étant plus derrière elle, elle se sentit sans attaches, à la dérive. Et complètement idiote.

— Oh non, loin de moi cette idée ! s'empressa-t-elle de le rassurer. Je sais que je ne t'intéresse pas de cette façon.

Les yeux plissés, les lèvres pincées, il lui lança un regard étrange qu'elle ne put déchiffrer.

— De quelle façon ne serais-je pas intéressé ?

— Pardon ?

Elle secoua la tête, perplexe.

— Bon, je dois retirer cette robe.

Bien entendu, il dut revenir dans la pièce pour l'aider. Elle fit de son mieux pour ne pas frissonner, sans grand succès, quand ses doigts par mégarde frôlèrent sa peau nue.

— Je pense que tu peux te débrouiller seule maintenant, assena-t-il.

Il la repoussa légèrement, l'accablant encore.

Chapitre 19

Sophy ne voulait pas quitter la sécurité relative de la petite salle d'eau. Si cette soirée avait été assez étrange jusqu'ici, elle était maintenant carrément embarrassante. Au point qu'elle regrettait de ne pas pouvoir ouvrir la fenêtre et s'enfuir dans la nuit.

Mais ce n'était pas vraiment une option. Elle renfila donc la robe de brocart pailletée qui, à vrai dire, la démangeait et, ses talons compensés argent à la main, émergea de sa cachette.

L'espace d'un instant, elle espéra vaguement que Charles serait monté. Et tant pis si c'était parce qu'il ne pouvait supporter la vue de celle qui profitait de leur amitié pour le convoiter.

Mais elle vit ses longues jambes apparaître dans l'escalier. Une bouteille à la main, il demanda :

— Cognac. Ça te tente, un dernier verre ?

Si elle n'avait pas déjà bu, elle ne se serait pas retrouvée dans ce pétrin.

— Je ne dirais pas non, répondit-elle pourtant.

Bien qu'elle ait caressé l'idée de se réfugier dans le sanctuaire de sa chambre mansardée et d'y rester jusqu'au matin, où elle feindrait d'avoir tout oublié de cette soirée, elle se retrouva assise à côté de Charles sur le canapé.

Il avait retiré sa veste de costume, et elle sentait la chaleur émaner de son corps. Son corps mince, étonnamment musclé.

Il avait fait une grimace lorsqu'elle avait demandé de la glace pour son cognac. Mais elle collait à présent son verre contre ses joues brûlantes. Soudain, se positionnant de façon à la regarder bien en face, il déclara :

— Bon, je ne comprends toujours pas, Sophy. Qu'est-ce qui te fait penser que je ne serais pas intéressé ? Tu ne crois plus que je suis gay, j'espère ?

— Non. Nous en avons déjà discuté. Je ne pense pas que tu sois gay. Mais nous savons tous les deux que… que… je ne suis pas ton type, finit-elle tristement.

Si la discussion sur son orientation sexuelle avait déjà été très gênante, elle comprenait maintenant que cela n'était rien comparé à celle qu'ils s'apprêtaient à avoir et au cours de laquelle il allait lui expliquer gentiment les raisons pour lesquelles il ne la trouvait pas attirante.

Et justement, il poursuivit :

— Pourquoi penses-tu que tu n'es pas mon type ?

Elle lui jeta un regard blessé, réprobateur.

— Ne m'oblige pas à le dire. Écoute, je sais que tu aimes draguer…

— Mais je ne drague pas la première venue…

— Et je sais que, pour toi, ça ne veut rien dire…

— Parce que je suis un dragueur impénitent ?

— Parce que…

Elle allait devoir le dire, puis mourir d'humiliation.

— Parce que je ne suis ni une journaliste de *Vogue* ni française. Je ne suis pas sophistiquée. Je n'ai rien d'exceptionnel. Je vis actuellement chez ma mère et j'ai un physique plutôt banal… alors.

— Non, Sophy ! lui lança-t-il avec suffisamment de conviction pour couper court à ses apitoiements.

Quand elle osa lever les yeux vers lui, il fronçait les sourcils, les lèvres pincées, comme s'il était très en colère.

— Je ne veux plus entendre la moindre parole dévalorisante. Je ne reconnais même pas la personne que tu décris.

Même s'il est évident qu'elle a discuté de ma vie amoureuse avec quelqu'un. Phoebe, peut-être ?

Sa voix, qui s'était adoucie, avait repris son intonation taquine. Et sa bouche n'était plus aussi pincée.

— Phoebe a été plutôt discrète, à vrai dire, marmonna Sophy.

Elle était tellement perplexe. Ne venait-il pas de la draguer, dans la salle d'eau ? Est-ce que cela signifiait quelque chose ? Et les compliments, le fait qu'il lui caresse les hanches ? D'un autre côté, n'avait-elle pas été suffisamment humiliée pour une soirée ? Un peu plus ou un peu moins, après tout.

— Tu m'as montré les ficelles du commerce de vêtements vintage. Ce qui a été vraiment gentil de ta part. Mais je sais que tu me considères plus comme un projet. Comme, hum… ton Eliza Doolittle personnelle, finit-elle.

— Tu es bien au courant que l'intérêt de Henry Higgins pour Eliza allait au-delà de sa phonétique, non ?

Charles avait retrouvé sa voix rauque, sensuelle. Elle sentit de nouveau ses joues s'enflammer. Et une bouffée d'espoir.

— Donc, en théorie, ce que tu veux dire… es-tu… tu es intéressé par moi ?

Elle était incapable de formuler une vraie phrase. La prenant en pitié, il reprit :

— Donc, en théorie, oui, je suis très intéressé par toi.

Elle sentit son cœur meurtri se gonfler d'une joie soudaine.

— Mais, dès que tu auras économisé ces milliers de livres, tu vas partir en Australie, poursuivit-il. Tu comprends donc que je ne veux pas commencer une relation pour avoir le cœur brisé quand tu disparaîtras au bout du monde.

Déçue, elle sentit le désespoir la gagner de nouveau. D'un autre côté, elle était terriblement flattée. D'une voix empreinte de regret, elle répliqua :

— Je ne suis pas vraiment le genre de femme capable de briser le cœur d'un homme.

Certes, elle ne tenait pas à faire souffrir quiconque. Mais il serait agréable de savoir que pour une fois, juste une fois, quelqu'un se languissait d'elle.

Il secoua la tête et entrelaça ses doigts aux siens. Et, comme par réflexe, elle leva de nouveau la tête et soutint son regard. Son visage exprimait un mélange de douceur et de tendresse.

— Je sais que je ne devrais pas autant flirter avec toi, mais je ne peux pas m'en empêcher. Tu es drôle, sympa, curieuse de tout, prête à t'ouvrir à de nouvelles personnes. Avec lesquelles tu te montres d'une grande indulgence, même quand elles se mettent à radoter sur les pierres semi-précieuses et l'oxydation. Et tu es très belle, Sophy, tu dois le savoir.

Elle prit l'air sceptique. Elle avait peut-être un visage agréable, mais sûrement pas celui d'un modèle de peintre. Les bons jours, elle se trouvait plutôt jolie. Les jours moins bons, elle espérait être au moins acceptable. Mais, comparée à la beauté naturelle, éthérée, de Cress, au physique saisissant de Phoebe, elle n'avait aucune conscience de sa prétendue beauté. Aucune. N'avait-elle pas passé sa vie à s'entendre traiter de « rouquine » ?

Comme s'il lisait en elle, il posa son cognac sur la table basse devant eux pour plonger ses doigts dans ses cheveux qu'il fit briller à la lumière.

— Je crois qu'il n'existe même pas de mots pour décrire leur couleur, murmura-t-il. Tes cheveux sont aussi extraordinaires, aussi vibrants, aussi beaux que toi.

— Oh, arrête ! chuchota-t-elle. Si tu continues à parler comme ça, c'est mon cœur qui va se briser quand je vais partir.

Comme envoûté, il continuait à caresser sa mèche de cheveux.

— En parlant de briser, Johnno me broierait les jambes si je faisais quoi que ce soit qui puisse faire souffrir sa petite princesse.

Il n'aurait pas pu trouver mieux pour casser l'ambiance. Elle recula, se libéra de sa caresse et se cala de nouveau dans le canapé. En riant, elle répliqua :

— Comme si j'étais la petite princesse de Johnno. Il a toujours été le père le plus indifférent, et jamais, à supposer que je souffre, ce qui est fort peu probable, il n'aurait recours à la violence physique.

— Vraiment ?

Comme toujours, avec ses sourcils arqués, il était irrésistible.

— Oui, vraiment.

Elle se rappela alors que Johnno avait menacé de rendre visite à Egan après leur rupture. Qu'il avait même menacé d'appeler les administrateurs judiciaires pour récupérer ce qu'ils lui devaient. Il y avait aussi eu la fois où elle avait travaillé dans cet horrible pub dont le gérant la harcelait sexuellement. Quand elle lui avait dit d'arrêter, il l'avait virée. Johnno était allé le voir et lui avait flanqué la peur de sa vie.

— Eh bien, peut-être pas les jambes, concéda-t-elle. Juste un ou deux doigts.

Charles les agita.

— J'aime avoir des doigts parfaitement opérationnels.

Il cessa alors de sourire et l'enveloppa du même regard que quand elle avait essayé la robe en velours noir. Intense, avide, un peu désespéré, même.

— Mais je pense que j'aimerais encore plus t'embrasser.

Ce qui était sur le point d'arriver était maintenant inévitable. Elle aurait été bien en peine de dire lequel d'entre eux initia le baiser. Ils se penchèrent l'un vers l'autre, comme deux aimants, incapables de résister aux lois de la physique.

Ils se caressèrent le visage. Elle se rendit compte que, depuis le jour où elle avait rencontré Charles, elle avait voulu dessiner de ses doigts les magnifiques angles de ses pommettes. Elle sentit de nouveau ses mains dans ses cheveux. Mais, cette fois, il les passa derrière sa tête et l'attira plus près. Elle était déjà prête, les yeux clos, et sentit ses lèvres effleurer les siennes.

Elles se mirent à butiner sa bouche, ses baisers aussi légers que des ailes de papillon.

Elle se sentit glisser de tout son long sur le canapé. Charles était à présent allongé sur elle, son corps ferme et musclé épousant le sien, souple et doux. Leurs baisers qui avaient le goût du cognac se firent plus torrides, plus passionnés. Mais, même si cela dura un temps infini, ils se limitèrent à s'embrasser. Se gardant bien de frôler de leurs mains les zones érogènes de leurs corps respectifs (pourtant, Sophy avait l'impression que tout son corps était devenu une gigantesque zone érogène), ils restèrent habillés et, tout comme deux héros d'un vieux film hollywoodien, gardèrent chacun un pied sur le sol.

Quand, au loin, ils entendirent un clocher sonner minuit, Charles la prit par la main pour monter l'escalier, l'accompagna jusqu'à la porte de sa chambre et, avec un dernier baiser, lui souhaita « bonne nuit », en vrai gentleman.

Chapitre 20

Le lendemain matin, Sophy descendit dans la pièce qui embaumait le café avec l'impression d'être une débutante à son premier bal. Charles, qui l'attendait en bas de l'escalier, l'air enchanté de la voir, semblait n'avoir aucun regret de ce qui s'était passé la veille. Elle n'avait donc aucune raison de se sentir intimidée.

Il lui baisa la main. Sans chercher à l'embrasser de nouveau sur les lèvres. Et c'était mieux ainsi. Elle avait passé une nuit blanche à repenser à leurs baisers enfiévrés. Mais, aux premières lueurs de l'aube, avait pris conscience que cela ne se reproduirait plus.

On ne pouvait pas embrasser un homme comme ça quand on était sur le point de partir à l'autre bout du monde.

Après avoir puisé des forces pour la conversation difficile qu'ils ne pouvaient éviter en buvant un café, Charles commença :

— Hier soir, c'était merveilleux. Au-delà de tout ce que j'aurais osé espérer. De mes rêves les plus fous. Et ce n'est pas que je ne veux plus, parce que c'est tout le contraire…

— Mais je pars en Australie dans quelques mois, et si nous continuions à nous embrasser… ce ne serait juste ni pour toi ni pour moi, c'est ça ? finit-elle pour lui.

Il lui lança un regard reconnaissant.

— Mais ça craint !

C'était une expression qui ressemblait tellement peu à Charles. Mais elle était parfaitement d'accord.

— Ça craint grave !

Incapable de prononcer un mot de plus, elle s'absorba dans le souvenir de leurs baisers, de la sensation de ses lèvres qui lui picoraient le visage. Et dut attendre que le grille-pain éjecte les toasts pour pouvoir lui demander ce qu'il voulait sur ses tartines.

Quand, après avoir chargé leurs sacs dans le coffre de la Mercedes, ils sortirent de Bath, elle eut l'impression qu'elle quittait un monde qui n'existait que dans ses rêves pour regagner la morne réalité. Jamais un lundi n'avait autant ressemblé à un lundi.

Puis il lui frôla la jambe en changeant de vitesse et lui décocha le plus adorable des sourires. Rassérénée, elle décida que tout allait s'arranger.

Ils firent une halte à l'entrée de Reading pour un rendez-vous avec un brocanteur que Charles connaissait. Il les retrouva devant sa réserve, un garage dans une casse automobile, plein de vêtements et d'accessoires. Mais tout son stock empestait l'essence. Après s'être excusés, ils prirent congé.

Lorsque Charles se gara devant le coquet pavillon de Hendon, il était 15 heures passées.

— C'est chez moi, annonça-t-elle inutilement.

Pourtant, ne voulant rompre le charme, elle ne fit aucun geste pour enlever sa ceinture de sécurité et descendre de voiture.

— C'est chez toi, répéta Charles.

Et, comme s'il ne pouvait pas s'en empêcher, il plongea sa main dans ses cheveux une dernière fois.

— Il faudrait que j'y aille… j'ai tellement à faire.

Cependant, toujours sans bouger, elle regardait Charles qui semblait hypnotisé par la sensation de ses cheveux entre ses doigts.

— Il faut que tu y ailles, mais… Écoute, je voulais juste être sûr…, commença-t-il, hésitant. Ni toi ni moi ne voulons d'une histoire qui finira dans les larmes, à moins que… tu vas vraiment déménager en Australie ?

— Oui. Je vais vraiment partir.

Elle espérait avoir parlé avec fermeté. Mais, pour la première fois, elle doutait. Pouvait-elle rester ? Était-ce une possibilité ? Elle n'avait pas encore dépensé l'argent durement gagné, n'avait pas signé de documents juridiquement contraignants.

D'un autre côté, elle voulait vraiment passer du temps avec ses grands-parents, Bob et Jean. Ils partageaient environ vingt-cinq pour cent de son ADN et, pourtant, elle ne les avait jamais rencontrés. Elle avait des tantes, des oncles, des cousins. Toute sa vie, elle avait eu l'impression d'avoir une toute petite famille. Or, de l'autre côté du monde, elle avait une grande famille, qui l'attendait. Et il y avait les endroits qu'elle voulait visiter. Les aventures qu'elle voulait vivre.

Et, surtout, elle aspirait à un nouveau départ. Depuis qu'elle avait quitté le lycée, elle avait l'impression de dériver. Dans sa relation avec Egan. Dans chaque poste qu'elle avait eu. Une vie acceptable, mais étriquée. Mais peut-être qu'on ne peut pas avoir une belle existence, une vie meilleure, sans prendre de décisions radicales. Quand, à l'automne de sa vie, elle se retournerait sur son passé, elle ne voulait pas regretter ce qu'elle n'aurait pas fait. Les chances qu'elle n'aurait pas saisies. D'avoir toujours opté pour la facilité.

Le bilan serait tellement terne. En noir et blanc. Sans lumière, sans nuances. Sans Technicolor éclatant.

Et quelle était la phrase de Johnno ? « On ne peut pas faire d'omelette sans casser d'œufs. »

Elle repoussa donc ses doutes. Certes, il serait facile de ne pas aller en Australie, de ne pas perturber sa petite vie tranquille, sécurisante. Surtout avec cette perspective, cette promesse, de vivre une histoire avec Charles. Mais elle ne voulait pas être une de ces femmes qui n'existait qu'à travers ses relations amoureuses, qui leur soumettait son destin.

Même si leurs baisers avaient été exceptionnels, dignes de bouleverser une âme.

— Je pars en Australie, répéta-t-elle, lentement cette fois, de façon que les mots se gravent dans son esprit tout comme dans celui de Charles.

Elle ne voulait pas lui donner de faux espoirs. Ce serait cruel. Mais…

— Nos baisers ? ajouta-t-elle. Je comprends que le moment est mal choisi pour foncer tête baissée dans une relation, mais nous pourrions quand même nous embrasser, qu'en penses-tu ? Si nous sommes tous les deux d'accord que c'est sans engagement.

— C'est à envisager.

Sa main posée sur son crâne, il avait cessé de lui caresser les cheveux. Quand, enfin, elle déboucla sa ceinture, elle se contorsionna sur son siège pour s'approcher de lui.

— Ce serait dommage, alors que nous nous plaisons mutuellement et que nous n'embrassons personne d'autre…

Elle s'interrompit et, sourcils froncés, demanda :

— Tu en embrasses une autre ?

— Pas du tout ! rétorqua-t-il, son pouce pressé sur sa lèvre inférieure, comme s'il se l'appropriait.

Il avait l'air mortifié.

— Eh bien, si nous n'embrassons personne d'autre et que nous sommes tous les deux lucides sur l'avenir, il n'y a aucune raison pour que nous ne nous embrassions pas, chuchota-t-elle contre sa bouche.

Il était maintenant si près qu'elle voyait que le bleu de ses yeux s'était assombri pour prendre la teinte de la mer en hiver.

— Nous pourrions en délibérer, chuchota-t-il à son tour.

Mais ils n'eurent pas le temps d'en délibérer, car il s'était emparé de sa bouche. Elle se glissa vers son siège, le pommeau du levier de vitesses enfoncé dans sa cuisse, l'agrippa par les épaules et l'embrassa avec une fougue dont jamais elle ne se serait crue capable.

En dépit de l'exiguïté de l'habitacle, tant que dura leur baiser, le temps sembla s'arrêter. Ils ne reprirent pied dans la réalité que quand il essaya de l'attirer encore plus près et que, de son coude, il actionna le klaxon qui aurait pu réveiller un mort.

Ils sursautèrent et, à regret, se séparèrent. Après avoir lissé ses cheveux qui lui semblaient tout emmêlés, elle descendit de voiture. Charles fit de même, ouvrit le coffre, puis, avec un dernier baiser respectable cette fois – il se contenta d'effleurer sa joue de ses lèvres –, il lui dit au revoir.

— À bientôt. À très bientôt.

— J'ai hâte.

Quand il remonta en voiture, elle surprit un mouvement derrière la vitre de la cuisine. Aussi, alors que Charles démarrait, ne fut-elle pas surprise de voir Caroline lui ouvrir la porte, sans même lui laisser le temps de sortir sa clé de son sac.

Elle aurait dû s'en douter. Sa mère avait toujours guetté aux fenêtres.

Lui bloquant le passage, elle regardait la voiture de Charles s'éloigner.

— Pourquoi n'es-tu pas au travail ? lui demanda-t-elle en essayant d'entrer.

Sa mère était réceptionniste dans un cabinet dentaire au coin de la rue.

— Nous avons dû fermer tôt. Il y avait un risque de fuite de gaz dans une maison voisine, répondit-elle vaguement.

Sophy était déjà au pied de l'escalier quand elle se précipita derrière elle.

— Pas si vite ! Qui était-ce ? Le fameux Charles ? Je croyais que vous étiez juste amis ? Mon Dieu ! J'espère que tu n'embrasses pas tous tes amis comme ça. Alors, c'est sérieux ? C'est pour ça que tu n'as pas voulu te remettre avec Egan ? Ça veut dire que tu ne pars plus en Australie, finalement ?

— C'est pas possible ! Mais tu t'entends un peu ?

Elle s'assit lourdement sur une marche. Sinon, Caroline allait la suivre dans sa chambre et continuer de la harceler.

— Oui, c'est Charles. Et c'est juste un ami… mais un ami que j'embrasse, reconnut-elle à contrecœur.

Puisque sa mère était déjà au courant…

— Et c'est quoi un ami que tu embrasses ?

— Des amis qui s'embrassent, mais ce n'est pas sérieux. Ce sont juste des baisers.

— Vraiment ? Juste des baisers, alors ?

Elle avait l'air si sceptique que Sophy avait l'impression d'avoir de nouveau quinze ans et de se faire tirer les oreilles parce qu'elle avait dépassé la permission de minuit.

Sauf qu'elle n'avait plus quinze ans. Elle était une adulte. Un être autonome qui pouvait embrasser qui lui chantait sans demander l'approbation de sa mère.

— Juste des baisers, répéta-t-elle avec désinvolture en soutenant son regard. Et ça ne peut pas être plus parce que, oui, je pars toujours en Australie. L'Australie est bien au programme ! C'est sûr et certain ! Et j'aimerais que tout le monde arrête de me poser la question.

Chapitre 21

Afin de montrer qu'elle était absolument décidée à partir en Australie, Sophy résolut de prendre le taureau par les cornes et de vérifier les prix actuels des vols. Et pas sur son téléphone dans le métro en rentrant chez elle, mais sur le gros ordinateur familial. Elle caressait même l'idée d'un tableur. Même si elle aurait pu se passer de la présence de Mike qui soutenait qu'à cause des cookies l'algorithme ne lui trouverait plus jamais un vol bon marché.

Il rôdait autour d'elle et, chaque fois qu'elle effleurait la barre d'espace, poussait un soupir affolé.

— Tu as besoin de vider le cache. Je ne frapperais pas si fort sur les touches, à ta place, c'est un instrument délicat, Sophy.

— Dégage, boomer ! Je suis une enfant du numérique, siffla-t-elle entre ses dents.

Mais il refusa de la laisser tranquille avant qu'elle ait accepté de le laisser vider le cache une fois qu'elle aurait fait une liste complète des vols les plus économiques pour Adélaïde.

Caroline aussi rôdait autour d'elle. Pas par inquiétude de voir ses gros doigts maladroits abîmer le clavier, mais parce qu'elle n'arrivait pas à croire que son bébé projetait réellement de quitter le nid.

— Ce n'est pas si cher que ça, fit remarquer Sophy, surprise. Je veux dire, c'est cher, plus de 1 000 livres pour un siège économique. Mais si je ne prends qu'un aller, c'est 500 livres.

Pas plus. Quand j'aurai ajouté les taxes et le supplément bagages, ça fera environ…

— Un aller simple ! Tu ne peux pas prendre un aller simple ! glapit sa mère. Et si jamais tu détestes le pays ? Et si tu as besoin de rentrer subitement à la maison ? Que…

— Maman, je t'en prie, ne recommence pas avec tes milliers de questions.

Elle se retourna. Caroline se tordait les mains.

— Si j'ai besoin de rentrer en urgence, je prendrai un autre aller simple économique. Tout ira bien. Je ne serai qu'à une journée de voyage.

— Ce n'est pas aussi simple que ça, et tu le sais.

Elles soupirèrent en chœur.

— Je ne peux pas rester ici, coincée dans ce train-train, alors que tout le monde avance dans la vie. Se marie, a des bébés, s'installe en dehors de Londres.

Elle avait un peu l'impression de radoter.

— Et je veux vraiment passer du temps avec Bob et Jean et ce côté de la famille. Pas juste deux petits mois.

— Oui, mais…

— Maman !

Elle fit pivoter la chaise de bureau, ce qui, encore une fois, arracha un gémissement à Mike, et prit la main de sa mère.

— Je t'aime. Tu es ma personne préférée, de loin, et personne ne prendra jamais ta place. Je ne vais pas en Australie pour m'éloigner de toi. J'y vais parce que j'ai besoin de me retrouver. Est-ce que tu peux accepter ça, s'il te plaît ?

Caroline lui tapota l'épaule.

— Je peux essayer, oui…

Sophy venait à peine de pousser un soupir de soulagement qu'elle recommença :

— Mais regarde ce qui s'est passé avec ton amie Radha ! Elle ne devait partir que pour une année sabbatique, et c'était il y a cinq ans. Et si tu rencontres quelqu'un là-bas et que tu te maries et que tu as des enfants et que je ne les connais même pas, à part sur FaceTime, et tu sais qu'on n'arrive jamais à bien positionner l'écran alors qu'on ne voit que la moitié de la tête de l'interlocuteur…

— Je t'ai dit que nous devons vérifier le contraste des couleurs…, l'interrompit Mike.

— Dans ce cas, pourquoi ne l'as-tu toujours pas fait ? rétorqua-t-elle.

Sophy voulait aussi vérifier encore une fois combien de temps il lui faudrait pour obtenir sa nationalité, une fois qu'elle aurait les documents de Johnno. Mais elle décida de laisser tomber pour ce soir. Elle se leva précautionneusement de la chaise et sortit de la pièce sur la pointe des pieds, laissant Caroline et Mike à leur âpre dispute au sujet de l'ordinateur. Une dispute dont elle ne pouvait s'empêcher de penser qu'elle était responsable.

Néanmoins, 500 livres et quelques pour un billet, cela ne représentait pas tant d'argent que ça. En dépit de son style de vie extravagant, elle aurait déjà pu économiser cette somme. Tout ce dont elle avait besoin désormais, c'était de réunir assez de fonds sur son compte bancaire pour pouvoir tenir quelque temps sur place. Et quand elle aurait tout dépensé, il ne devrait pas être difficile de trouver du travail, même si elle devait être de nouveau barista ou serveuse, jusqu'à ce qu'elle retombe sur ses pieds.

Si seulement son problème de nationalité était réglé, hypothétiquement, théoriquement, elle pourrait être en Australie dans un mois. Mais heureusement qu'elle avait fixé sa date butoir à mi-août, car elle devait encore gérer de nombreux points relatifs à son départ. Allait-elle avoir besoin de vaccins ? Devait-elle vendre certaines de ses affaires ? Et si, même avec tous les documents requis, on lui refusait sa nationalité parce que les autorités australiennes la prenaient pour une arnaqueuse ?

Il lui fallut respirer à fond plusieurs fois et avaler un paquet entier de *Maltesers* avant de pouvoir se calmer. Avril ne commençait qu'à peine, et elle avait presque quatre mois afin de s'organiser pour sa nouvelle vie.

Une fois qu'elle eut décidé que c'était un délai tout à fait gérable, qu'elle n'avait aucune raison de s'affoler, elle se sentit sûre de pouvoir régler tous les détails. Surtout que certains d'entre eux se résumaient à souvent embrasser Charles.

À la suite de ce lundi après-midi où il était parti en voiture après l'avoir embrassée à perdre haleine, une semaine s'écoula sans trace de lui. Mais il lui avait envoyé un SMS pour lui dire qu'il la verrait bientôt et avait fini son message par un cœur au lieu de l'émoji bisou.

C'était la première fois que la vue d'un cœur lui faisait venir les larmes aux yeux. Même si elle ne connaissait pas Charles depuis longtemps, il ferait partie de tout ce qui lui manquerait de Londres.

Après un début d'avril pluvieux, le printemps arriva enfin. Londres aussi était bien déterminée à lui montrer ce qu'elle allait manquer. Les journées étaient plus longues. Le ciel plus bleu. Le soleil plus brillant.

À la boutique, elles faisaient toutes leur pause-thé sur la terrasse pour faire le plein de vitamine D et observer les bateaux qui passaient sur le canal, les branches couvertes de nouvelles feuilles ployant vers eux.

Sophy réussit même à amadouer Cress et à lui faire prendre une vraie pause-déjeuner pour flâner dans Primrose Hill et profiter de l'extérieur. Même si elles étaient toutes les deux plutôt chats, elles ne purent s'empêcher d'admirer les multiples chiens de Primrose Hill, presque plus nombreux que leurs équivalents humains. Leur préféré était une femelle Staffy robuste qui répondait au doux nom de Blossom. Dès que quelqu'un la regardait, elle galopait vers lui, se roulait sur le dos et demandait qu'on lui gratte le ventre.

— Bien plus sympathique que Coco Chanel, faisait invariablement remarquer Sophy.

Et Cress approuvait.

— La seule raison pour laquelle Phoebe fait brûler ces bougies parfumées si chères dans l'atelier est pour couvrir la puanteur des prouts de Coco Chanel, avait-elle avoué récemment.

En effet, la lune de miel était finie. Si elle était toujours en très bons termes avec Phoebe, elle ne démarrait plus une phrase sur deux par : « Phoebe dit » ou « Phoebe pense... »

Il arrivait que Phoebe leur permette d'emmener Coco Chanel en personne pour l'une de leurs promenades de l'heure du déjeuner. Honnêtement, elles s'en seraient bien passées, mais il était difficile de refuser quoi que ce soit à la directrice.

Sans grande surprise, Coco Chanel était très indépendante et n'appréciait pas que d'autres chiens lui reniflent le derrière. Elle préférait rester seule, aboyant parfois après un enfant qui passait en chancelant sur un vélo à roulettes.

La plupart du temps, elles trouvaient un banc sur lequel elles pouvaient manger leurs sandwichs – Sophy était désormais dans une phase d'économies : fini les baguettes à 10 livres du traiteur bobo de Primrose Hill – et offraient leurs visages couverts de crème solaire aux rayons du soleil. Elles ne parlaient même pas tant que ça. Quand on travaille au contact de la clientèle ou que, comme Cress, on était d'un naturel réservé, une heure sans avoir à dire quoi que ce soit pouvait être très agréable. Cress était la personne avec qui Sophy savait le mieux garder le silence.

Sa demi-sœur aussi lui manquerait à mourir.

En revanche, *La Petite Boutique vintage* ne lui manquerait pas. Pas le moins du monde. Malgré la tutelle experte de Charles, le rythme du prêt-à-porter moderne lui manquait toujours : entre l'arrivage quotidien des nouvelles collections et le flot continu de clients, les heures filaient.

À Primrose Hill, tout était bien plus lent. Et puis, il y avait Phoebe. Et les mariées, les mères des mariées, les demoiselles d'honneur, toutes pires les unes que les autres. Mais, en ce mois d'avril, les affaires reprenaient vraiment et, pour sa plus grande joie, la boutique était pleine d'adolescentes et d'étudiantes en quête de la plus belle robe de bal – bal de lycée, bal de fin d'études…

Le nez collé à leur téléphone, elles traînaient sur les canapés, attendant que l'une des cabines d'essayage se libère. Ou, à la plus grande contrariété de Phoebe, s'entassaient parfois dans une cabine toutes ensemble ou se tortillaient pour enfiler des robes sur leurs minishorts et leurs débardeurs dans la boutique même.

Elles étaient bruyantes, excitées, et certaines ne se lavaient absolument pas les mains avant de manipuler les articles. Mais Sophy aimait leur énergie, leur enthousiasme. Maintenant qu'elle connaissait le stock aussi bien que le contenu de sa propre garde-robe, elle était contente de pouvoir suggérer d'autres robes à essayer quand le premier ou le second choix ne convenaient pas.

C'était peut-être l'avantage de la mode vintage par rapport au prêt-à-porter moderne. Après avoir acheté une robe de bal à *La Petite Boutique vintage*, il était rarissime de se retrouver devant quelqu'un portant exactement la même tenue. Ou bien, c'était de la pure malchance. En outre, acheter cette robe pour une occasion spéciale se devait d'être une expérience amusante. Sophy les laissait faire des selfies dans la boutique pour les poster sur Instagram. Elle leur demandait juste d'en profiter pour taguer la boutique dans leur post. Elle laissa même quatre filles exécuter une danse synchronisée dans leurs nouvelles robes de bal pour leur compte TikTok.

Aussi mettait-elle un point d'honneur (même si elle ne touchait pas de commission, un sujet qu'elle songeait à aborder avec Freddy) à faire en sorte que chacun de ses clients quitte la boutique avec la robe de ses rêves : que ce soit une fille ou le garçon d'une beauté renversante de l'une des écoles du quartier, déterminé à arriver au bal du lycée en robe pour imiter Harry Styles en couverture de *Vogue*.

Même si cela devait prendre une heure de plus, elle aimait voir leurs clients sortir un peu plus grands, les épaules un peu plus droites, et bien plus heureux qu'à leur arrivée.

Le vendredi après-midi, impatiente de rejoindre le pub, Sophy souriait toujours vaillamment à Perséphone, une adolescente de dix-sept ans aux yeux clairs qui hésitait entre deux robes. Une robe de bal couleur marine des années 1950 avec une jupe bouffante consistant en plusieurs couches de tulle et une autre presque identique, mais d'un noir plus sophistiqué.

— Vraiment, je ne sais pas, se lamenta-t-elle en soupirant pour la dixième fois.

Affalées sur le canapé, ses trois copines grognèrent :

— Allez, Seph ! Sérieux, on va pas y passer la nuit, là !

— Au fond de vous, vous vous préférez en bleu marine ou en noir ? demanda alors Sophy.

Perséphone haussa les épaules.

— C'est difficile à dire.

Sophy réprima un sourire. Elle avait rarement rencontré une fille aussi molle et indécise. Elle changea de tactique.

— OK, vous vous sentez plus Petite Sirène ou, hum, Mercredi Addams ?

Un nouveau haussement d'épaules.

— Ça dépend. Je devrais peut-être les essayer encore une fois ? suggéra-t-elle.

Derrière elle, Béatrice, qui attendait pour faire la caisse, les mains autour de son cou, feignit de s'étrangler.

Sophy regarda Perséphone qui se dandinait sur place. Puis elle regarda son sac de classe qui était un Vuitton de la nouvelle collection, parfaitement assorti à ses baskets Gucci, qui valaient la modique somme de 460 livres. Et elle aurait eu besoin de Charles pour vérifier, mais elle était presque sûre que la montre à son poignet délicat était en vrais diamants. Prise d'une inspiration soudaine, elle suggéra :

— Et pourquoi choisiriez-vous entre l'une ou l'autre ? Manifestement, vous aimez les deux. Alors prenez les deux.

Perséphone cligna lentement des yeux. Pour un peu, en dépit des grognements de ses amies lui disant de s'activer et du vacarme délibéré de Chloé qui remettait ostensiblement des robes sur leurs portants, Sophy aurait pu entendre les rouages du cerveau de la jeune fille tourner.

— Pourquoi pas les deux ? murmura-t-elle.

Sophy brandit les deux robes et les secoua de façon alléchante.

— OK, oui. Je vais prendre les deux. Ouais ! Vous prenez les cartes American Express ?

— Absolument.

Elle fit un geste en direction de Béatrice qui, désormais, arborait un sourire encourageant.

— Ma charmante collègue va vous les emballer. Vous serez magnifique !

Un sifflement général s'éleva des canapés. Sophy se tourna vers les amies si patientes de Perséphone.

— Vous serez toutes magnifiques. N'oubliez pas de nous taguer quand vous posterez les photos de votre bal sur Insta.

Elle sursauta en sentant un bras autour de ses épaules.

— Bon sang, petite ! s'exclama une voix à l'accent australien caractéristique. Tu pourrais vendre de la glace à un Esquimau. Tu es la digne fille de ton père.

— Tu n'es plus censé dire Esquimau aujourd'hui, mais Inuit, lui rappela-t-elle.

Malgré elle, elle se réjouissait que Johnno ait été témoin de ses compétences de super vendeuse. Et, l'espace d'un instant, posa même sa tête sur son épaule. Jusqu'à ce qu'elle se souvienne que Johnno et elle n'étaient pas du genre démonstratif.

— Je pense quand même que je tiens la moitié de mes compétences en vente de maman. C'est une vraie terreur sur Facebook Marketplace.

Songeur, son père la regarda.

— Tu sais, j'ai un gros stock dont Phoebe ne veut pas ici parce qu'elle dit qu'il ne se vendra pas. Mais je suppose que tu pourrais changer la donne si…

— Plutôt mourir, Johnno ! s'offusqua Phoebe. Ce lot de panne de velours des années 1970 qui empeste le patchouli… Où avais-tu la tête ?

Coco Chanel sous un bras, elle descendait l'escalier avec le dernier cortège nuptial de la journée. Il leva les mains en signe de reddition.

— À cet instant précis, ma tête est au pub. Vous venez toutes au pub, je suppose ?

À part Perséphone, ses amies et le cortège nuptial, tout le monde venait au pub. Y compris Cress, ce qui n'arrivait pas souvent. En général, le vendredi soir, elle voyait Colin. Mais, cette semaine, il s'était extrait de sa routine immuable pour assister à un pop quiz à Streatham.

— Toutes les questions portent sur les faces B, lui avait expliqué Cress.

— C'est quoi une face B ? avait demandé Sophy, même si elle savait que, si Colin en était fan, ça ne pouvait être que profondément ennuyeux.

— Tous les 45 tours ont une face A, qui est le single qui sera au hit-parade. Et ils ont une face B, une chanson qui ne sera pas au hit-parade et ne sortira pas non plus sur l'album en 33 tours.

Cress avait dû se rendre compte qu'elle n'avait pas très bien vendu la soirée quiz. Ni son Colin. C'était un fan de musique obsessionnel, qui n'écoutait que des vinyles, pour la plupart enregistrés au cours du dernier millénaire. Sophy était sûre que l'une des raisons pour lesquelles ils ne vivaient pas ensemble était que Colin ne supportait pas l'idée de déménager son énorme collection de disques. Ou ne le pouvait pas, d'un point de vue financier.

— Bref, poursuivit Cress, il y a beaucoup de bonnes faces B. Tu savais, par exemple, que *We Will Rock You* de Queen était à l'origine une face B ?

— Non, je ne le savais pas.

Sophy n'avait jamais été aussi contente d'entrer dans un pub. Si, tout à l'heure, elle avait eu envie d'un verre, après cette conversation passionnante sur les faces B, elle avait maintenant un besoin désespéré de gin-tonic. Beaucoup de gin, peu de tonic.

Un peu sur la défensive, Cress reprit alors :

— C'est bien que Colin ait une passion, comme j'ai la mienne pour les vêtements vintage et la couture. Ça ne fait de mal à personne, et c'est bon d'avoir des centres d'intérêt en dehors de notre relation.

— Bien sûr, s'empressa d'approuver Sophy en laissant tomber son sac sur un coin de banquette vide pour la réserver. Et tu as de la chance. Nous n'avons pas tous des passions.

— Tu en as, toi, fit remarquer sa demi-sœur.

Elle avait quitté la boutique sans retirer sa blouse. Aujourd'hui, elle portait un nouvel imprimé fantaisie des années 1940, des cascades de pommes et d'oranges sur fond noir. Connaissant Cress, elle l'avait sans doute cousue en moins de trente minutes, et aurait pu vous indiquer l'année exacte de la fabrication du tissu et qui le vendait à l'origine.

— C'est vrai. Par exemple, je suis très passionnée par la perspective de boire un gin-tonic dans les cinq prochaines minutes, répondit-elle en voyant Johnno s'avancer vers elles chargé d'un plateau rempli de verres. Je suis aussi très passionnée par la perspective d'un bol de frites, d'ici une petite heure.

— Vous voilà, mesdames ! s'exclama Johnno.

Sophy s'attendait à le voir les abandonner pour le billard, comme il le faisait habituellement. Mais, ce soir, il s'assit, prit sa pinte de bière et but une gorgée d'un air approbateur.

— Rien de tel qu'une bonne bière après une dure semaine de boulot acharné, non ?

Curieuse, elle lui demanda :

— Qu'est-ce que tu fais, quand tu n'es pas à la boutique ?

Johnno but une nouvelle longue gorgée.

— Bonne question, Sophy. Je filoute. Je magouille. Je vais voir des hommes…

— … à propos d'un chien, finit-elle pour lui.

Elle reprit à l'intention de Cress :

— Johnno a toujours un homme à voir au sujet d'un chien. Quand j'étais petite, j'étais complétement dégoûtée chaque fois qu'il ne revenait pas avec un chiot.

— J'ai toujours voulu un chiot. Mais, maintenant que je passe toute la journée à proximité de Coco Chanel, je peux comprendre pourquoi je préfère les chats.

Elles jetèrent un coup d'œil en direction de la table voisine. La chienne en question, qui occupait une chaise à elle toute seule, regardait Béatrice vider un sachet de chips fromage-oignon en bavant.

Johnno les avait écoutées avec un sourire en coin. Il posa sa pinte et regarda Cress.

— Sophy et toi êtes si proches, et tu es ma salariée. Je pense que nous devrions faire connaissance.

— D'accord, répondit Cress avec un sourire nerveux. Qu'aimeriez-vous savoir ?

Même si leurs vies étaient si mêlées, leurs familles si mélangées, Johnno restait toujours en marge. « Le fantôme de Noël », comme avait coutume de l'appeler Caroline quand, encore une fois, il leur faisait faux bond pour le déjeuner du 25 décembre, alors qu'il jurait toujours qu'il serait là à 13 heures précises.

— Eh bien, nous pourrions parler de quand tu allais à l'école et de comment tu as fini dans toutes ces histoires de couture. Mais ça ressemblerait à un entretien d'embauche. Si tu me disais quelles sont tes trois barres chocolatées préférées ? Mais si tu aimes le chocolat noir, nous ne pourrons pas être amis. C'est une abomination !

— Je déteste le chocolat noir, déclara Cress avec ferveur. Quand les gens disent que, pour maigrir, il faut ne manger qu'un carré de chocolat pour satisfaire ses envies ?! Comment est-ce que ça peut combler une envie de *Twix* ? Ce n'est pas le cas. Non qu'un *Twix* ferait partie de mon trio de tête.

Cress mettait presque autant de passion à parler de chocolat que de vêtements vintage et de mercerie. Et Sophy se réjouissait d'entendre Johnno et elle discuter de leurs barres chocolatées préférées. Cress faisait tellement partie de sa vie. Elle était touchée de voir que Johnno en avait conscience et qu'il voulait mieux la connaître. Mais quand ils auraient fini de s'extasier sur les palets en chocolat géants *Cadbury* qui, apparemment, étaient bien meilleurs que ceux de taille normale, elle allait coincer son père au sujet des papiers qu'il ne lui avait toujours pas procurés.

C'est alors que la porte s'ouvrit et que le soleil entra : Charles, en costume crème, un sourire radieux aux lèvres. Debout à contre-jour dans la chaude lumière de fin de journée, il survola les lieux du regard jusqu'à ce que, en l'apercevant, son sourire se fasse encore plus radieux. Elle se sentit parcourue par un délicieux frisson.

À côté d'elle, Cress et Johnno continuaient à discuter chocolat. Ils remarquèrent à peine quand elle leur murmura qu'elle allait aux toilettes. Au moment où elle se faufila entre leurs deux tables, seule Phoebe tourna la tête. Peut-être parce que Freddy était entré sur les talons de Charles.

— Oh non ! Il ne manquait plus que lui ! marmonna-t-elle en levant les yeux au ciel. J'aimerais bien un autre verre, si tu vas au bar, Sophy.

Désormais, elles se tutoyaient.

— Pas tout de suite. Dans un moment, répondit-elle d'un ton vague.

Puis, se hâtant dans la foule en direction du comptoir, elle prit le couloir dans lequel se trouvaient les toilettes. Ce n'était pas le cadre le plus salubre, mais Charles l'y attendait, dos au mur, sans se soucier de probablement salir son costume immaculé.

— Et la voilà ! dit-il de sa voix sensuelle.

— Et me voilà !

Elle était impatiente de l'embrasser. Ses souvenirs de leur dernier baiser étaient déjà loin. Mais…

— Pas ici.

— Non, pas ici, acquiesça-t-il en regardant autour de lui. Ça empeste le désinfectant et le désespoir.

— J'ai une envie désespérée de t'embrasser. Dehors ?

Elle avait l'impression d'être redevenue une ado qui cherchait un endroit où faire des bêtises. Ils s'éclipsèrent par une porte latérale qui donnait sur un *mews*.

— C'est intéressant ! Ça doit être là que les chariots des brasseries déchargeaient les tonneaux et les envoyaient dans la cave par cette trappe, commenta Charles en montrant une grille de métal sur les pavés. Et probablement où ils gardaient les chevaux.

— Charles, je me fiche de l'historique de cette allée, objecta-t-elle en posant une paume sur son torse pour le pousser dans un renfoncement entre le pub et la rangée des anciennes écuries converties en maisons d'habitation.

Bien entendu, il haussa les sourcils.

— Vraiment ? Qu'est-ce qui t'intéresse alors ?

Elle se blottit étroitement contre lui.

— Que tu m'embrasses. Que je t'embrasse. Qu'on s'embrasse.

— Dans ce cas…, commença-t-il, les mains déjà sur sa taille.

Elle pensait avoir mémorisé les baisers de Charles. Des souvenirs bien pâles en comparaison de la réalité, de la caresse, la sensation, le goût de sa bouche sur la sienne. Elle voulait se noyer en lui. Mais dut se contenter de se pencher le plus près possible afin de sentir chaque millimètre de sa peau pressée contre la sienne.

C'était la première fois qu'ils s'embrassaient debout. C'était nouveau mais, en vérité, un peu gênant. Elle ne s'était jamais préoccupée de leur différence de taille. Qu'il soit plus grand qu'elle lui plaisait. Néanmoins, même s'il baissait la tête vers elle, elle était obligée de se hisser sur la pointe des pieds et de tendre douloureusement le cou.

Finalement, après un dernier baiser éperdu, il s'arracha à ses lèvres avec réticence.

— J'adore t'embrasser, mais c'est un supplice, lui murmura-t-il à l'oreille avec une sensualité qui fit naître en elle un frisson délicieux.

— Je sais, chuchota-t-elle. Mais nous sommes tombés d'accord pour nous limiter à des baisers. J'ai tellement envie de plus. J'imagine que toi aussi. Mais…

Il la fit taire d'un petit baiser.

— Non, non.

Elle sentit le sourire qui se dessinait sur ses lèvres, quand il reprit :

— Je veux dire, oui. Je souffre dans une partie inférieure de mon anatomie. Mais là, c'est mon cou qui trinque et je ne pense pas que mon ostéopathe va pouvoir y faire grand-chose.

— Oh… ? Oh !

À la pensée qu'elle puisse faire naître un tel désir en Charles… elle fut soudain prise d'un besoin impérieux de se laisser tomber sur les pavés et de le supplier de lui faire l'amour. Pourtant, jamais elle n'aurait imaginé pouvoir avoir des réactions aussi animales.

— Donc tu ne veux plus m'embrasser ?

Il jeta un coup d'œil à droite, puis à gauche.

— Je suis sûr que nous pouvons trouver une solution à ce problème ergonomique. Nous sommes tous les deux des gens pragmatiques.

— Peut-être pourrais-je grimper sur un truc. Comme ça, je n'aurai pas à m'étirer et toi à te pencher.

Elle aperçut des pots de fleurs devant l'une des maisons, un peu plus bas. Mais cela les obligerait à sortir de leur cachette. En plus, elle avait mis ses belles baskets pour lui. Même si elle adorait l'embrasser, elle ne voulait pas risquer de les salir avec de la terre.

Peut-être était-ce un message divin. Peut-être devraient-ils monter dans un taxi et rentrer chez Charles où ils feraient plus que s'embrasser. Alors soit !

— Nous pourrions toujours…

— Essayons ça, lui dit-il en lui lançant un coup d'œil spéculateur qui manqua de la faire défaillir. Si je peux juste…

— Oh, mon Dieu ! glapit-elle en sentant qu'il la soulevait.

Il devait aller à la salle de sport. À son tour, il la plaqua dos au mur et s'avança au creux de ses hanches.

— Tu seras sans doute plus à l'aise si tu me ceintures la taille de tes jambes, suggéra-t-il avec obligeance.

Le souffle court, comme si elle venait de remonter Primrose Hill en courant sans pause, elle acquiesça :

— Sans doute. Je ne suis pas trop lourde ?

Glissant un bras sous ses cuisses, ce qui ne fit qu'exacerber son désir, il lui releva le menton de sa main libre.

— Pas du tout. En fait, tu es exquise. Tu es prête ?

Il l'embrassa de nouveau. Et encore et encore. Même si, cette fois, elle voulait plus que l'embrasser. Beaucoup plus. Si seulement elle pouvait faufiler sa main entre leurs deux corps désespérément tendus et…

— Oh, mon Dieu ! Sophy, qu'est-ce que tu fais ?

Jamais la voix de sa conscience n'avait été si forte, n'avait autant ressemblé à celle de Cress.

Lentement, la réalité la rattrapa. Charles avait cessé de l'embrasser. Cress se tenait à moins de deux mètres d'eux et, malgré l'obscurité du crépuscule, Sophy voyait clairement l'expression choquée de son visage.

Sans la moindre grâce, elle se détacha de Charles et posa ses deux jambes flageolantes sur le sol.

— Salut, Cress, bredouilla-t-elle d'une voix faible.

Charles leva les yeux au ciel, lui fit une grimace, puis se tourna vers Cress pour affronter son jugement.

— Nous sommes tous deux des adultes consentants, fit-il remarquer.

— Et nous ne faisons rien de mal. On s'embrasse juste, renchérit Sophy.

— Je n'ai pas besoin de détails, rétorqua Cress, avec un geste agacé de la main. Tout le monde se demande où tu es passée. Ça fait plus d'une heure que tu es « partie aux toilettes ».

— Pas une heure…

— Plus d'une heure, insista-t-elle.

Charles lui pressa la main, puis la relâcha.

— Rentre. Je te suis dans une minute, dit-il.

Échevelé, jamais il n'avait eu l'air aussi hagard.

— J'attends, Sophy !

Et jamais Cress n'avait eu l'air aussi sévère. Sophy n'aurait pas été surprise de l'entendre taper du pied impatiemment ou regarder ostensiblement sa montre. Sa demi-sœur se contenta de la prendre par le coude et de l'entraîner à l'intérieur.

— Ce ne sont que des baisers, répéta-t-elle.

— N'essaie même pas de me parler, Sophy. D'abord, j'ai besoin d'un grand verre.

Chapitre 22

Cinq minutes plus tard, Cress buvait un grand verre de vin. Pourtant, en général, sa consommation d'alcool se limitait à un cocktail en canette le dimanche soir. C'était tout. Sophy attendait son interrogatoire.

Puis Charles revint à l'intérieur du pub. Il était parvenu à retrouver son apparence impeccable, à l'exception de ses cheveux encore tout ébouriffés par les doigts de Sophy. Elle se rappelait vaguement les lui avoir même tirés légèrement, à un moment.

— Tu n'as pas écouté un seul mot de ce que je t'ai dit, j'imagine ?

Non sans peine, elle détourna les yeux de Charles qui, au bar, discutait avec Freddy. Lui aussi feignait de ne pas la regarder, sans grand succès.

— Pardon. Quoi ?

Cress poussa un soupir.

— Je disais que, visiblement, tu as trouvé ta passion dans la vie.

— Tu sais bien que ce n'est pas vrai, répondit-elle en se mettant à rire.

Cress ne devait pas être trop en colère, car elle se mit à rire aussi.

— J'ai vraiment aimé l'embrasser, néanmoins.

— Mais tu pars en Australie, lui rappela Cress.

Non qu'elle ait besoin qu'on le lui rappelle.

— Je le sais, répondit-elle, espérant que son ton détaché lui ferait comprendre qu'elle voulait changer de sujet.

Parce que, pour ce soir, elle voulait juste vivre l'instant présent. Et, elle l'espérait, échanger encore quelques baisers avec Charles pendant qu'ils attendaient son Uber.

— C'est juste que si tu démarres une nouvelle relation…

— Ce n'est pas une nouvelle relation, corrigea Sophy. Loin de là. C'est juste une petite histoire. Une petite histoire qui se limite à des baisers, car je pars en Australie.

— Le problème, ce n'est pas seulement que tu embrasses Charles, qui, au passage, est carrément un cran au-dessus.

Elle s'interrompit, et elles se mirent de nouveau à rire.

— Franchement, je me demande même s'il est de la même espèce qu'Egan ? poursuivit Cress. Ils sont comme la matière et l'antimatière.

— Pourtant, à une époque, je trouvais Egan vraiment beau. D'une beauté classique.

Elle essayait de défendre à la fois son ex-copain et ses propres goûts.

— Peut-être quand tu étais plus jeune. Mais aujourd'hui ?

Cress semblait oublier qu'à quinze ans Colin était un dingue de musique qui portait régulièrement un tee-shirt des Beatles. Et qu'aujourd'hui, il était toujours un dingue de musique et que le même tee-shirt Beatles faisait partie de sa rotation hebdomadaire de vêtements.

— De toute façon, le truc, ce n'est pas simplement que tu embrasses des super beaux gosses incroyablement élégants. Tu as l'air vraiment heureuse au travail.

— C'est juste temporaire.

Elle jeta un coup d'œil à la ronde. Cette fois, ce n'était pas pour regarder Charles, mais pour vérifier qui pouvait l'entendre. Puis, baissant la voix, elle ajouta :

— C'est ce qui me permet de supporter Phoebe à court terme. Et oui, c'est bien plus épanouissant et intéressant que je le pensais au début.

— En plus, tu ne participes plus aux chiffres du chômage.

Sophy leva son verre de gin-tonic, comme pour porter un toast à cette bonne nouvelle.

— Mais c'est juste un tremplin. Pour acheter mon billet d'avion pour Adélaïde et avoir un peu d'économies.

Avec un froncement de sourcils, elle ajouta :

— Je dois vraiment revérifier les prix des billets. Voir s'il y a des offres spéciales. Mais, pour ça, j'ai besoin d'utiliser l'ordinateur de Mike et tu connais l'histoire.

Cress acquiesça d'un signe de tête.

— Papa reste debout à côté de toi et pousse des soupirs paniqués chaque fois que tu touches le clavier. Et tu as droit à une leçon de morale chaque fois que tu acceptes tous les cookies sans lire les petits caractères d'abord.

— Tellement frustrant.

— Plus que frustrant.

— En fait, j'ai parfois des envies de meurtre, avoua Sophy. Bref, c'est pour ça que je n'ai pas encore réglé tous les détails. Et Johnno n'a toujours pas trouvé ses papiers... Il est par là ? Il faut que j'aie une petite explication avec lui.

— Il est parti pendant que tu étais occupée à rouler des pelles à Charles, ironisa Cress.

Puis, l'air soudain plein d'espoir, elle reprit :

— Donc, si Johnno ne retrouve pas ses papiers, tu ne pourras pas partir ?

— Oh, je pars en Australie. C'est décidé. Même si je dois aller chez lui en personne et fouiller chaque tiroir, chaque placard... Oh non, s'il te plaît !

Les yeux de sa demi-sœur s'étaient embués, comme si elle était sur le point de pleurer.

— Cress, c'est dans une éternité. Quatre mois.

— C'est seize semaines. Seize semaines, c'est rien du tout.

Elle avala une large rasade de vin. Pour quelqu'un qui buvait à peine...

— Je ne pense toujours pas que tu vas mettre ton projet à exécution. Comment pourrais-tu partir et me laisser seule ici ?

— Mais tu n'es pas seule. Tu as Colin, lui rappela-t-elle gentiment.

Elle savait bien pourtant que, vu leur relation, Cress aurait tout aussi bien pu être célibataire.

— Et puis, tu as une vocation. Un travail que tu aimes et qui te permet d'avoir des intérêts et des amies en dehors de ton couple. Comme ton groupe de couture *Stitch'n'Bitch*. Tu te débrouilleras très bien sans moi.

— Je ne veux pas juste « me débrouiller ».

Elle lui prit la main à travers la table et la serra comme si elle ne devait jamais la relâcher.

— Je veux que tu sois dans ma vie. Pas à des milliers de kilomètres sur un continent et un fuseau horaire différents.

— Écoute, il faut que je le fasse. Je pourrais très bien être de retour dans deux ans…

Cress secoua la tête.

— Mais si tu ne reviens pas ? Radha ne devait partir que six mois, puis elle a rencontré un surfeur musclé et maintenant elle ne reviendra plus.

— Tu pourrais venir aussi. Pour le mariage de Radha et voir ce qui se passera après, suggéra Sophy d'un ton qu'elle espérait tentant. Ils ont une industrie de la mode florissante en Australie, tu sais. Tu trouverais tout de suite un job.

— Je ne pourrais jamais quitter ma mère. Et même si je ne travaille pas à la boutique depuis très longtemps, j'adore mon boulot. Je ne suis pas comme toi. Je n'ai pas besoin de vivre des aventures. Ce que je fais de plus audacieux, c'est couper du tissu sans l'avoir mesuré deux fois.

— Et Colin, ajouta Sophy en levant les yeux au ciel.

— Quoi, Colin ?

— Tu ne veux pas quitter Colin.

Cress la foudroya du regard.

— Ça va sans dire.

Avec un sourire narquois, Sophy porta son verre à ses lèvres.

— Je vois ! Ça doit donc être pour ça que tu ne l'as pas dit, alors, railla-t-elle.

Cress lui donna un coup de pied sous la table. Et elle l'avait bien mérité, c'est vrai.

Chapitre 23

Sophy rentra beaucoup plus vite et bien moins ivre qu'elle en avait eu l'intention.

Pour Cress qui était habituée à un léger mojito hebdomadaire en canette, deux verres de vin, c'était trop. À 22 heures, elle était complétement paralysée. Incapable de la moindre parole cohérente, de marcher même vaguement droit. Il n'était pas question de la mettre dans un taxi. Sophy, qui n'avait pas voulu la lâcher dans cet état, l'avait raccompagnée. Charles avait attendu avec elles, mais ils n'avaient pu que s'embrasser sur la joue en se promettant de se revoir bientôt. Ignorant Cress qui avait bafouillé :

— Vous pouvez vous embrasser si vous voulez. Je ne regarderai pas.

Il fut plus difficile de l'ignorer une fois qu'elles furent seules à l'arrière d'un Uber. En larmes, sa demi-sœur la suppliait de ne pas déménager à l'autre bout du monde. Et, même si Sophy savait qu'elle était soûle et qu'elle serait mortifiée demain matin, elle sentait son cœur se briser.

Ce qui le lui brisa encore plus, ce fut le prix de la course jusqu'à Finchley pour ensuite continuer jusqu'à Hendon pile à l'heure où les tarifs du vendredi soir flambaient. Peut-être était-ce le plan de Cress : s'arranger pour qu'elle fasse faillite et ne puisse jamais rassembler les fonds dont elle avait besoin pour son voyage.

En revanche, elle fut chez sa mère à l'heure très respectable de 22 h 45. Caroline et, surtout, Mike étaient au lit. Elle put donc monter dans le bureau avec un mug de camomille et allumer l'ordinateur. (Si Mike apprenait qu'elle avait apporté une boisson chaude à proximité de son précieux ordinateur, elle le paierait très cher.)

En plus, il croyait qu'elle ne connaissait pas le mot de passe d'accès. Mais il se trompait. C'était la date de naissance de Caroline, ce qui était très touchant, mais aussi très prévisible.

Elle envoya un rapide WhatsApp pour s'assurer que la connexion était bonne et, quand elle reçut la réponse affirmative, elle cliqua sur l'icone.

Puis, par un miracle de technologie moderne qu'elle ne tiendrait jamais pour acquis, le visage rayonnant de son grand-père Bob envahit son écran. Il était assis dans la véranda de sa ferme. Qui ne ressemblait en rien aux fermes rustiques qu'elle avait vues lors de ses rares excursions à la campagne. Des bâtisses délabrées vieilles de plusieurs siècles. C'était une maison de style ranch, sur un niveau, dotée d'une véranda, avec une piscine et un jardin devenu une prairie. Ils recevaient même la visite de kangourous qui s'y aventuraient. L'un d'entre eux était un don juan local qui, chaque année, venait leur présenter sa nouvelle famille.

— Bonjour, petite !

Sophy était toujours étonnée de voir à quel point il ressemblait à Johnno. Sans les cheveux couleur paon. Bob avait toujours été chauve, « un crâne d'œuf », comme il aimait à se décrire lui-même, son visage buriné et ridé. Mais ses yeux étaient du même bleu intense que ceux de son fils, marqués des mêmes pattes-d'oie, et il avait le même sourire irrésistible, un peu en coin.

— Plutôt bonsoir, corrigea-t-elle en répondant à son joyeux salut de main. Il est 23 heures ici.

— Sept heures et demie du matin, ici. Je suis debout depuis deux heures.

Elle fit son possible pour ne pas avoir l'air horrifiée.

— C'est vraiment tôt !

— C'est le meilleur moment de la journée, dit-il. Et le samedi, c'est le jour des départs et des arrivées, donc il y a toujours beaucoup à faire.

En plus des moutons, ses grands-parents avaient plusieurs maisons d'hôtes sur la propriété.

— Nous étions en retard pour finir la tonte, cette année. Rappelle-toi, nous tondons à l'automne. Mais nous avons récolté presque sept cents pelotes d'une laine mérinos de première qualité. Nous ne pouvons pas nous plaindre.

Un peu perplexe, Sophy hocha la tête. Elle était surtout soulagée de savoir qu'elle n'aurait pas à apprendre à tondre un mouton dès son arrivée.

— Ça ne t'empêche pas de te plaindre, pourtant, lança une voix féminine.

L'écran fut soudain envahi par un tee-shirt blanc. Puis, Jean, sa grand-mère, apparut.

— Bonjour, ma chérie.

Elle posa deux mugs de thé sur une table basse devant leurs chaises et s'assit avec une grimace. Elle avait visiblement du mal à trouver une position confortable.

— Oh, mamie, ta hanche te fait encore souffrir ? demanda Sophy, inquiète. Tu as des nouvelles d'une date pour ton opération de remplacement ?

Depuis son premier appel, cinq ans auparavant, le jour des soixante-dix ans de Bob, ils se parlaient régulièrement. Et connaissaient tous les détails de leurs vies respectives. Ce qui était d'autant plus étrange qu'ils ne s'étaient jamais rencontrés en vrai.

Ils n'avaient pas été surpris par sa rupture avec Egan. L'avaient anticipée bien avant qu'elle ait sa propre révélation. La première fois qu'elle avait appelé du bureau de Mike au lieu de sa chambre, dans l'appartement de Deptford, Jean avait déclaré : « La seule fois où nous avons entendu sa voix, c'était quand il t'a demandé où était quelque chose qu'il cherchait. Tu ne veux pas d'un homme qui perd la moitié de ses affaires. Tu n'es pas là pour ramasser derrière lui, Sophy. »

Sophy connaissait donc tout de la saga des problèmes de hanche de Jean. Problèmes exacerbés par une chute quelques mois auparavant, alors qu'elle changeait une ampoule dans l'une des maisons d'hôtes. « Bob me l'avait pourtant déconseillé, mais j'ai pensé qu'en grimpant sur un escabeau ce serait une affaire de deux secondes et, l'instant d'après, je me suis retrouvée allongée sur le plancher pendant une heure avant qu'il arrive et me trouve. »

Si Johnno avait hérité du physique de son père, il tenait vraiment sa volubilité de sa mère.

— Nous avons eu des nouvelles de l'hôpital, cette semaine. Ils ont eu une annulation. Ils veulent donc m'avancer sur la liste, déclara Jean qui ne semblait pas s'en réjouir.

— Mais c'est positif, non ?

— Ce serait mi-juillet, et c'est généralement la période où nous faisons beaucoup de travaux d'entretien. Comme nous avons de grosses difficultés pour recruter du personnel intérimaire en ce moment, je ne suis pas sûre que ce soit le timing idéal pour l'opération. Ils vont me remplacer les deux hanches, je dois donc prévoir du temps pour la convalescence.

— Au moins, c'est avant votre anniversaire de mariage, fit remarquer Sophy.

Elle avait appris que quand Jean se lançait dans un monologue, il était préférable de l'interrompre. Sinon, elle ne pourrait jamais en placer une.

— Tu ne voudrais pas être à l'hôpital pour le grand jour, j'imagine ? poursuivit-elle. Tu crois qu'un mois suffira pour récupérer à temps pour la fête ?

Bob et Jean ignoraient tout de son projet de venir fêter leurs noces d'or avec eux. Ils avaient discuté de sa venue pour le mariage de Radha, en octobre, avant de leur rendre visite au ranch. De peut-être rester pour Noël, et d'à quel point elle serait contente de troquer un hiver anglais froid et humide pour la chaleur d'un été australien.

— Tout ira bien, répondit sa grand-mère d'un ton léger.

— Je pourrais peut-être venir plus tôt. Rien ne me retient ici. Pas vraiment.

— As-tu eu des nouvelles de ta demande de passeport ? s'enquit Bob.

Malgré elle, elle leva les yeux au ciel.

— J'attends toujours que Johnno me fournisse les documents. J'espère qu'après ça, ce sera rapide.

Mais si elle changeait ses plans et partait un mois plus tôt, elle risquait de ne pas encore avoir obtenu sa nationalité australienne. Les méthodes du service d'immigration australien étaient étranges, mystérieuses. Et assez cruelles, en fait. Une fois que vous aviez postulé, vous n'aviez pas le droit de les relancer. Et si vous le faisiez, ils vous renvoyaient au bas de la liste. C'était encore pire que d'essayer d'obtenir de la municipalité un permis de stationnement pour visiteurs, ce qui n'était pas peu dire.

— Écoute-moi bien, mon chou, déclara Jean, les mains sur ses hanches défaillantes. Nous avons tellement hâte de te voir arriver. Et quand tu seras ici, je te serrerai contre mon cœur à t'en étouffer. Mais nous ne nous attendons pas à te voir faire la bonniche, une fois sur place.

— Mais un peu d'aide vous serait utile, surtout après l'opération, insista Sophy. Je peux faire le ménage, cuisiner, même si ma spécialité ce sont surtout les repas préparés au micro-ondes. Et je peux m'occuper de l'administration, des tas de trucs. Je ne serais sans doute pas douée pour la tonte de moutons ou ramasser le fumier, ha, ha !

— Tu dis ça, mais je pense que tu serais une vraie pro pour ramasser la merde à la pelle. Quant à la tonte des moutons, ce n'est pas bien compliqué, plaisanta Bob.

Elle espérait du moins qu'il plaisantait.

— Nous avons eu un garçon une fois qui a perdu un doigt, poursuivait-il. Mais tu es une fille sensée.

Elle sentit son sourire se crisper légèrement.

— C'était une blague, hein ?

Ses grands-parents éclatèrent de rire. Sans pour autant lui préciser si l'un de leurs anciens tondeurs avait réellement perdu un doigt.

Pas étonnant qu'après avoir tourné et retourné des pensées de visas et de billets d'avion, quand enfin elle parvint à s'endormir, elle rêva qu'elle tondait un mouton.

Il y avait du sang partout.

Chapitre 24

Le réveil fut bien plus agréable que ses cauchemars de sécateur couvert de sang. Pour commencer, elle trouva un message de Charles sur son téléphone.

Dîner ce soir ? Je pourrais te retrouver après le travail. C.

Oui ! accepta-t-elle sans hésiter. Elle se demanda alors s'il était convenable que Charles la rejoigne au travail, si les gens ignoraient qu'ils étaient amis, mais qu'ils s'embrassaient. Ce que Cress était la seule à savoir.

Charles était une rareté. L'homme qui répondait immédiatement, sans jouer à des petits jeux stupides, sans se soucier du fait que laisser un laps de temps de deux heures entre des messages était la norme. Et puis, il était aussi très attentionné.

Je te retrouve à Gloucester Crescent, côté Camden à 19 heures. Je me suis dit que nous pourrions traverser Regent's Park si tu arrives encore à marcher après avoir été debout toute la journée. Bises. C.

Parce qu'elle avait un rendez-vous après le travail, elle décida de troquer son habituelle robe sac pour l'une des robes années 1950 qu'elle avait achetées au vide-greniers, le week-end précédent. Elle choisit la bleu pastel imprimée de fleurs minuscules, à la taille marquée, aux manches trois-quarts et au col châle. Elle y assortit ses baskets chics, qui paraissaient un peu moins chics vu qu'elle les portait presque tous les jours.

En sortant de la station de Chalk Farm d'un pas guilleret, elle tomba nez à nez avec Cress qui l'attendait, les yeux dissimulés derrière d'énormes lunettes noires, presque identiques à celles d'Audrey Hepburn dans la scène d'ouverture de *Diamants sur canapé*. Même quand elle avait la gueule de bois, Cress ne pouvait être critiquée pour son choix d'accessoires.

— Bonjour, sœurette !

— S'il te plaît, parle moins fort, chuchota-t-elle. J'ai un mal de tête carabiné. Les mains qui tremblent. Je ne suis même pas sûre que ce soit raisonnable d'utiliser du matériel lourd, aujourd'hui.

— Une machine à coudre compte-t-elle comme matériel lourd ? s'étonna Sophy.

Devant le regard réprobateur que Cress lui jeta par-dessus les gigantesques lunettes, elle estima qu'il était préférable de se taire.

Comme elle se sentait totalement responsable de sa gueule de bois, elle l'invita à boire un grand café, accompagné d'un sandwich à l'œuf frit. Après avoir commencé par dire qu'elle ne pouvait rien avaler, Cress le dévora en trois bouchées et déclara qu'elle se sentait beaucoup mieux.

Arrivée à la boutique, elle s'engagea dans l'escalier en colimaçon et lança sur un ton menaçant :

— Nous parlerons à l'heure du déjeuner.

Sophy était pourtant sûre qu'elles avaient déjà fait le tour de la question, concernant Charles. Et l'Australie. Elle ne voyait pas d'autres sujets qui justifiaient cette voix agressive.

Elle ouvrit la porte et tourna la pancarte de celle-ci sur « Ouvert ». En ce samedi, elle n'eut pas à attendre longtemps pour voir surgir leur première cliente. Et la boutique fut bientôt si animée qu'elle n'eut pas le loisir de penser à autre chose qu'aux robes : elle devait trouver une taille 42 dans une couleur rouge pour aller avec une paire de babies Manolo Blahnik qu'une cliente avait apportée.

Elle n'eut pas une minute pour faire une pause-déjeuner. Et dut attendre 15 heures pour trouver le temps de s'asseoir dans le bureau avec un thé. Puis, parce que cela avait occupé ses pensées, elle ouvrit l'application YouTube sur son téléphone et chercha des vidéos de tonte de moutons.

Horrifiée, elle regarda un fermier irlandais positionner un mouton entre ses jambes, écarter ses pattes de devant et commencer à tondre sa toison comme s'il n'y avait rien de plus simple.

Elle n'en serait jamais capable. Elle qui ne manquait jamais de se couper en se rasant les jambes. Qui sait même quels dégâts elle pourrait causer avec l'une de ces effrayantes tondeuses à mouton ? Et si son rêve de la nuit dernière n'était pas juste un cauchemar, mais un rêve prémonitoire… ?

— Bon sang, petite !

Elle détourna son attention de l'Irlandais et de son mouton plutôt décontracté. Johnno était debout derrière elle.

— On ne te voit pas d'habitude le samedi, fit-elle remarquer.

En même temps, ce n'était jamais que sa septième semaine à la boutique, et elle ne faisait pas autorité sur la fréquence des visites de Johnno pendant le week-end.

— Je passais, Chloé m'a dit que tu étais en train de faire bouillir de l'eau, et je crève d'envie d'un thé, déclara-t-il, les yeux rivés sur l'écran du téléphone. Qu'est-ce que c'est que ça, bordel ?

Elle le posa sur le plan de travail à l'envers et remit la bouilloire en marche. Ça faisait déjà plus d'une minute qu'elle avait fini de bouillir.

— Eh bien, à vrai dire, tu tombes à pic, j'ai besoin de conseils.

Il se rengorgea, tirant les boutons de sa chemise tropicale hawaïenne. Elle espérait qu'il ne prévoyait pas de monter à l'atelier. Dans l'état de vulnérabilité dans lequel elle se trouvait, Cress serait incapable d'affronter ces couleurs criardes.

— Tu veux un conseil de ton père ? répéta-t-il, une étrange pointe de fierté dans la voix. Eh bien, ça pour une surprise !

— Je t'ai déjà demandé conseil, répliqua Sophy, un peu sur la défensive.

Et c'était la vérité. Même si, elle l'admettait, pas ces dernières années. De toute façon, ce n'était pas le sujet.

— Sur une échelle de un à dix, à savoir que un serait trop facile et dix impossible à réaliser, quelle est la difficulté de tondre un mouton ?

Johnno la regarda, bouche bée.

— Bordel ! jura-t-il, beaucoup plus fort, cette fois.

— Donc, c'est très difficile ?

— C'est rien du tout, franchement, répondit-il, pas très convaincant. Donc, tu vas tondre des moutons quand tu seras en Australie ? J'imagine que mes parents auront leur mot à dire.

— Il paraît qu'ils ont eu un gars qui a perdu un doigt…

— Ils ne te feraient pas tondre un mouton, mon chou. Pas à moins que tu y tiennes vraiment.

Il prit la chaise la plus proche, s'y assit à califourchon et posa son menton sur le dossier.

— De toute façon, la tonte a lieu en automne. Ils doivent donc avoir fini, maintenant. Pourquoi tu me demandes ça ? Tu ne partirais pas avant l'automne prochain, finalement ? Ça me paraît un projet un peu plus raisonnable.

Elle secoua la tête.

— Non, non, non. Je pars bientôt. D'ailleurs, je suis contente de te voir, ça m'évitera de t'appeler…

La bouilloire s'éteignit dans un clic, et elle se détourna de Johnno qui jouait au parent désapprobateur qu'il n'avait jamais été. Quand le thé fut prêt, elle dut lui demander comment il le prenait. Il avait beau être son père, elle ne savait même pas qu'il l'aimait avec beaucoup de lait et quatre sucres.

Il but une gorgée de son horrible mixture laiteuse et reprit :

— Tu disais que tu comptais me téléphoner ?

— Il est possible que je parte en Australie un mois plus tôt que prévu. Et nous sommes presque mi-avril.

Soudain paniquée, elle s'exclama :

— Attends, ça risque de prendre bien plus de deux mois et demi pour obtenir ma citoyenneté. Ça fait des semaines que je te demande tes papiers ! Tu les as trouvés ?

— Alors tu vas vraiment t'y installer, pas juste y aller en voyage ? lui demanda-t-il d'un ton faussement détaché.

Elle jeta son sachet de thé dans la poubelle et répondit :

— J'ai l'intention d'y passer au moins deux ans. Donc, je visite un peu, et on verra ensuite si je reste pour de bon ou pas.

— C'est juste que… je ne suis pas sûr de savoir où est mon passeport.

Il ponctua sa déclaration en avalant bruyamment une gorgée de thé.

Elle se retourna vivement.

— Quoi ? C'est-à-dire ? Et pourquoi tu ne me dis ça que maintenant ? poursuivit-elle, les mains sur les hanches.

Soupçonneuse, elle demanda, les yeux plissés.

— Tu l'as vraiment cherché ?

— Je vais peut-être devoir en faire faire un nouveau, expliqua-t-il d'un ton un peu trop vague au goût de Sophy.

En plus, il ne le lui disait que maintenant, quand sa date butoir était soudain urgente ?

— Je ne sais pas combien de temps ça va prendre. Tu sais, les Australiens sont d'une lenteur inimaginable en bureaucratie.

— Tu ne l'as peut-être pas totalement perdu. Tu as peut-être juste besoin de le chercher mieux…

— C'est l'une des raisons pour lesquelles je suis parti, Sophy. L'Australie a une mentalité bien trop étriquée pour un esprit libre comme le mien.

Il haussa les épaules avec désinvolture.

— Je vais mettre Freddy sur le coup. Je lui ai sans doute donné mon passeport à ranger en sécurité.

— Il aurait été bien plus utile que tu penses à interroger Freddy plus tôt. J'ai vraiment besoin d'avancer sur la demande de ma double nationalité. Et oui, les autorités australiennes renâclent un peu si tu essaies de les presser.

À son tour, elle but une gorgée de thé. Pourvu qu'elle puisse trouver des sachets de Yorkshire Tea en Australie.

Johnno haussa de nouveau les épaules.

— Ne te laisse pas duper par son sourire avenant et ses tatouages. Il ne faut pas chercher Freddy.

Son expression se fit plus grave, ce qui ne correspondait pas du tout à son personnage.

— Tu n'es pas pressée, cela dit. Tu pourrais partir plus tard dans l'année.

— Il y a eu du changement.

Elle posa son mug et le foudroya du regard.

— Quand as-tu parlé à tes parents pour la dernière fois ?

— À Noël ?

— C'est une question ou un fait ? lança-t-elle, acerbe. Tu ne leur as pas parlé depuis des mois, non ? Je ne te juge pas. J'essaie juste de savoir.

— Tu as pourtant bien l'air de me juger, nom d'un chien !

Elle lui décocha un nouveau regard implacable qui le calma sur-le-champ. Puis elle poussa un soupir. Elle ne voulait pas devoir lui annoncer de mauvaises nouvelles. Mais, n'ayant pas le choix, elle lui expliqua que Jean devait se faire opérer des deux hanches dès que possible. Et ce serait plus simple, si Sophy était sur place pour aider.

— Et Barbara ? Ou les filles de Barbara, comment s'appellent-elles ?

Johnno n'avait jamais rencontré ses nièces.

— Jessica attend un bébé pour septembre, et Jules enseigne au lycée. Elle ne peut pas tout lâcher comme ça. Et puis, tout le monde habite à Melbourne. Comment peux-tu ne pas être au courant ? C'est ta famille !

— Ne me parle pas sur ce ton, Sophy.

— Je ne te parle pas sur un ton ! Franchement, je ne te demande jamais rien. Et la seule chose importante que je t'ai demandée il y a des semaines, tu ne t'en es pas occupé ! Tu sais à quel point ça compte pour moi, et tu ne peux même pas me dire avec certitude si ton passeport est valable ou pas.

Elle ne s'était pas rendu compte que sa relation avec Johnno avait changé ces dernières semaines. Qu'elle était devenue plus familière, plus légère. Elle s'en apercevait maintenant qu'il avait de nouveau provoqué sa colère.

— Je vais demander à Freddy de trier mes papiers. Et puis, arrête de bouder, princesse. Je vais appeler mes parents. C'est quoi le décalage horaire, déjà ? demanda-t-il en fronçant les sourcils.

— Incroyable ! Pour quelqu'un qui, à ma connaissance, a au moins un commerce prospère, je me demande parfois comment tu arrives à t'habiller le matin, lâcha Sophy.

Même si, en regardant sa chemise hawaïenne et son jean rose, elle se demandait s'il ne s'habillait pas dans le noir.

— Tu me déçois tellement, assena-t-elle.

Ils se fusillèrent du regard. Heureusement, Béatrice passa la tête par la porte.

— Combien de temps faut-il pour préparer une tasse de thé ? s'enquit-elle vivement. Tu es allée traire la vache toi-même, ou quoi ? On est débordées à la boutique !

Peu après, Johnno prit congé. En le regardant partir les épaules voûtées, avec un air de chien battu, Sophy ne put s'empêcher de se demander si elle avait été trop dure avec lui. Si elle était le parent et lui l'enfant.

— Vous pensez que cette robe ira à une taille 38 ?

Une cliente brandissait une minirobe en Lurex argenté sous son nez, l'obligeant à reprendre le travail pour lequel Johnno la payait.

Même si elle avait affirmé avec colère qu'elle ne lui avait jamais rien demandé. Il lui avait donné un emploi pour lequel elle lui était vraiment reconnaissante, et elle venait de lui passer un savon.

À 18 h 30, le nouvel horaire de fermeture d'été, quand elles fermèrent la boutique, elle était toujours dévorée par le remords. Et sentait son énergie s'amenuiser rapidement. Elle se remaquilla au-dessus du lavabo de la minuscule salle d'eau, sans que même la perspective de quelques heures en compagnie de Charles parvienne à la ragaillardir.

Elle n'avait pas eu l'occasion d'avoir cette sinistre conversation avec Cress non plus. Elle s'attendait à un sermon quand, ensemble, elles prendraient la direction de Camden. Mais lorsque sa demi-sœur descendit l'escalier, elle avait l'air encore plus vulnérable que le matin.

— Je suis épuisée, fit-elle d'une voix rauque. Mon mal de tête de ce matin s'est transformé en atroce migraine.

— La pauvre Cress a été obligée de faire des points blancs sur du blanc, renchérit Phoebe avec compassion. Puis de coudre les plus minuscules paillettes. Ça ne m'étonne pas que tu aies la migraine.

Bien sûr, cela n'avait rien à voir avec les deux énormes verres de vin qu'elle avait avalés la veille au soir. Mais il n'aurait pas été très charitable de le faire remarquer. Quand elles commencèrent à remonter Princess Road, Sophy, gênée, déclara :

— Je dois retrouver un ami en haut de Gloucester Avenue.

Cress avait remis ses lunettes noires. Mais elle devinait son regard derrière les verres opaques.

— Un ami, hein ?

— Charles. Je dois retrouver Charles. Charles est mon ami.

— Et que vas-tu faire au juste avec ton ami Charles ?

— Nous allons traverser Regent's Park et ensuite nous irons dîner.

Soudain indignée, elle poursuivit :

— Ça te dérange ?

— Oh, là, là ! Tu peux redescendre un peu, s'il te plaît ? la rabroua Cress. Ai-je émis la moindre critique sur le fait que tu doives retrouver ton ami Charles pour dîner ?

— En théorie, non. Mais c'est la façon dont tu persistes à dire « ami ». Comme entre guillemets.

C'était le problème avec les sœurs, même les demi-sœurs. Elles avaient un don pour s'exaspérer mutuellement sans même essayer.

— Je ne vois vraiment pas de quoi tu parles, se défendit Cress, la lèvre inférieure tremblante.

Elle respirait l'innocence, à tel point que Sophy se sentit coupable de sa réaction.

— Désolée, marmonna-t-elle. Ça a été une longue journée. J'ai beaucoup de choses en tête.

— T'inquiète, l'excusa Cress, magnanime.

Elles aperçurent Charles qui attendait en haut de la rue. Il leur fit un signe de la main auquel Sophy répondit.

— Qu'allez-vous manger au dîner, Charles et toi ? Si j'en juge par ce que j'ai vu hier soir, la bouche l'un de l'autre, j'imagine…

Chapitre 25

Sophy avait mal aux pieds, elle était fatiguée. Elle avait décidé de supplier Charles de prendre le bus pour se rendre à l'endroit où se trouvait le restaurant. Mais il semblait si content de la voir. En dépit de l'air offusqué de Cress, il fonça sur elle pour l'embrasser. Et il lui suffit de sentir de nouveau les papillons dans son ventre, pour accepter de traverser Regent's Park à pied.

C'était une magnifique soirée de printemps. Il faisait bon, des nuages cotonneux filaient dans le ciel bleu. Le parc était animé. Les incontournables joggeurs faisaient leur tour de l'Outer Circle en soufflant, des groupes de jeunes étaient assis dans l'herbe, au milieu des débris de pique-nique. Il y avait des promeneurs de chiens, des enfants sur les balançoires de l'aire de jeux, et de nombreux couples qui, comme eux, totalement absorbés l'un par l'autre, marchaient à pas lents.

Quand ils quittèrent le parc pour traverser les multiples petites rues de Fitzrovia, ils passèrent devant des pubs bondés d'habitués, verres à la main, longèrent des terrasses de restaurants où les clients profitaient de chaque rayon de soleil pour dîner à la fraîche. Pourtant, Sophy avait toujours estimé que l'air londonien n'était pas assez pur pour manger dehors. Elle n'avait nulle envie de déguster ses spaghettis carbonara avec un supplément pollution.

Quand elle en fit part à Charles, il eut l'air un peu déçu en répondant :

— C'est dommage. Je peux peut-être voir s'il leur reste une table à l'intérieur.

Malgré sa désinvolture apparente, sa voix était un peu crispée.

— Je ne voulais pas tout gâcher, s'excusa Sophy, l'estomac soudain noué par l'appréhension.

Son temps avec Charles était compté. Pas seulement ce soir, mais tous les autres soirs qu'ils pourraient passer ensemble avant son départ. Et elle voulait que chacun d'entre eux, chaque heure, chaque minute, chaque seconde soit parfait.

— Tu n'as rien gâché, répondit-il d'un ton ferme. C'est absolument impossible.

Puis, au lieu de marcher à côté d'elle, leurs bras se frôlant, il lui prit la main.

— Je ne suis pas parfaite, Charles. Loin de là. Je gâche tout depuis toujours.

Sa dispute avec Johnno était encore fraîche dans son esprit : son ingratitude, cette tonalité stridente dans sa voix.

Charles secoua la tête.

— Je refuse de le croire.

En fin de compte, cette soirée ne fut pas du tout gâchée. Dès qu'ils arrivèrent à leur destination, un petit restaurant italien de tapas niché dans un *mews*, qui était lui-même caché au bout d'une ruelle pavée, tout s'arrangea. De l'autre côté se trouvait une grande librairie composée d'une série de petites boutiques pêle-mêle. L'enseigne annonçait *La Clé du Bonheur* et, bien que Sophy ne se considère pas comme vraiment romantique, elle poussa un soupir d'aise.

Elle ne voulait absolument plus s'asseoir à l'intérieur. Ce petit *mews* lui donnait l'impression d'avoir quitté l'agitation de Londres. Quand ils s'installèrent à leur table dans le patio éclairé de guirlandes lumineuses, elle n'entendait même plus le grondement de la circulation. Chaque table était décorée de bougies et équipée de douces couvertures en polaire pour le cas où ils auraient froid. Comme tout ce qu'organisait Charles, c'était exactement ce que Sophy souhaitait, sans même qu'elle le sache.

Si elle continuait à s'interroger sur ce qui aurait pu arriver si elle s'était envolée pour l'Australie avec Radha toutes ces années auparavant, elle savait que partir aujourd'hui en laissant Charles derrière elle allait provoquer bien d'autres « et si ». Qui, elle le soupçonnait, la hanteraient pour le restant de ses jours. Si elle ne partait pas en Australie, si leur histoire ne se résumait pas qu'à des soirées volées et des baisers torrides, elle devinait que Charles serait le meilleur des petits amis. Et pourquoi pas même plus, un jour ?

Elle ne pouvait rien lui dire de tout cela. D'autant qu'il jubilait bien assez devant son ravissement évident. Il avait choisi le plus charmant des restaurants. Leurs genoux se cognant sous la table, ils regardèrent la sélection de minuscules assiettes de délices que leur apportaient les serveurs : olives farcies, arancini aux courgettes et à la ricotta, crostini aux quatre fromages, boulettes de viande dans une délicieuse sauce tomate et fritto misto.

En général, ils pouvaient parler de tout et de rien, sans pauses, sans chercher désespérément un sujet de conversation. Mais, ce soir, ils étaient silencieux. Hormis pour exprimer leur appréciation de la nourriture, discuter de leurs choix de desserts et se demander s'il était trop tard pour un vrai café.

Les silences s'éternisèrent mais, au lieu de se faire gênants, ils étaient chargés d'une tension qui faisait naître en Sophy un mélange de nervosité et de langueur. Quand leurs desserts arrivèrent, leurs genoux ne se cognaient plus. Leurs jambes pressées, ils étaient penchés l'un vers l'autre, les coudes sur la table. Ce qui n'était pas un signe de bonnes manières. Mais comment, sinon, auraient-ils pu rester les yeux dans les yeux ? Comment Sophy aurait-elle pu essuyer une miette au coin de la bouche de

Charles ? Comment aurait-il pu lui donner de petites cuillerées de tiramisu ?

Quand ils demandèrent l'addition, il avait le regard aussi sombre que le ciel nocturne, et elle avait une jambe coincée entre les siennes. Non qu'elle veuille se libérer.

Ils eurent un léger désaccord sur qui allait payer. Elle l'emporta en donnant sa carte de crédit au serveur et en déclarant sur un ton sans réplique, qui faisait même plier Phoebe :

— C'est pour moi !

— Quelle fougue…, murmura Charles.

Cela ne paraissait pas le gêner outre mesure. Contrairement à Egan qui lui avait toujours dit : « Ne t'énerve pas. » Et puis, jamais Egan ne l'avait aidée à enfiler sa veste. Même si continuer à les comparer ne servait à rien, d'autant que Charles était unique en son genre.

Alors qu'ils quittaient le petit *mews*, il glissa son bras sous le sien.

— Je devrais sans doute rentrer à la maison, déclara Sophy, sans se fatiguer à dissimuler sa réticence à regagner Hendon.

Un quartier si terne, sans une once de romantisme.

— Sans doute, acquiesça Charles. Je t'inviterais bien chez moi pour un dernier verre, mais je pense que nous savons tous les deux que ce ne serait pas pour un dernier verre.

La question muette plana entre eux.

— Où habites-tu, d'ailleurs ? demanda-t-elle, sans s'engager.

La fraîcheur était tombée, la poussant à se blottir contre lui. Il enroula un long bras autour de ses épaules.

— Pas loin d'ici. Une petite mansarde à côté du British Museum.

— Bien entendu, dit-elle avec un rire taquin.

C'était tellement Charles.

— Je parie que ça ne ressemble pas du tout à une mansarde. Tu passerais ton temps à te cogner la tête au plafond en pente.

— C'est au dernier étage d'une vieille maison. Probablement les appartements des domestiques, autrefois. Mais j'ai fait des miracles dans cet endroit, si jamais tu veux…

— Je le veux.

Elle s'arrêta au milieu de Theobald Road.

— Plus que tout.

— Mais tu ne viendras pas, finit Charles pour elle, d'une voix pleine de regret. Parce qu'au moins l'un de nous deux doit se montrer raisonnable.

— Je déteste être raisonnable, affirma Sophy avec conviction.

Même si elle n'irait pas boire un dernier verre dans la mansarde de Charles, ne le devait pas, ne le pouvait pas, elle pouvait toujours l'attirer dans l'embrasure obscure d'une boutique pour un baiser. Ce qu'elle fit. Il ne montra aucune résistance.

Comme toujours, leurs baisers la firent défaillir. Elle se hissa sur la pointe des pieds, les bras noués autour de son cou, ses mains dans ses cheveux. Laissant échapper de petits gémissements, il l'embrassait avec une fougue mêlée de douceur qui la grisait.

— Hé, prenez une chambre d'hôtel, hein ! héla soudain une voix stridente, provoquant des éclats de rire.

Ils se séparèrent. Une bande de filles bruyantes passait devant eux.

— Il faut que nous arrêtions, chuchota Charles d'un ton rauque. Rappelle-moi de nouveau pourquoi nous devons arrêter ? Pourquoi nous sommes obligés de nous limiter à nous embrasser, même si t'embrasser est ma nouvelle activité préférée ? Mais je peux penser à des tas d'autres choses tellement plus exaltantes encore…

L'espace d'un instant, Sophy ne vit pas une seule bonne raison pour laquelle ils ne pouvaient que s'embrasser sans passer à l'étape suivante, comme des adolescents bien élevés qui auraient signé un pacte de pureté. Puis elle se souvint.

— Parce que nous étions d'accord, non ? Que je pars en Australie et que, si notre histoire devenait plus sérieuse, ça compliquerait tout.

Pourtant, leurs rendez-vous, leurs baisers lui donnaient déjà l'impression qu'ils vivaient une histoire sérieuse, compliquée.

— Combien de temps nous reste-t-il ?

— Suffisamment, répondit-elle, car elle ne pouvait supporter de songer à son changement de programme.

Si, en effet, elle partait un mois plus tôt, il ne leur restait que trois mois. Un quart d'année. Environ douze semaines, ce qui semblait bien court. Ça passerait en un clin d'œil. Elle qui avait été à la fois enthousiaste et nerveuse à la perspective de ses projets de départ, même si elle ne partait pas non plus pour toujours, se sentait désormais anxieuse. Comme si elle était programmée pour une intervention chirurgicale importante sans anesthésie.

— Dans quatre mois, environ, je crois ? demanda Charles avec insistance. Nous sommes mi-avril, et tu veux y être pour mi-août.

Plaçant deux doigts sous son menton, il lui souleva le visage pour l'étudier. Comme s'il voulait passer le reste de ces quatre mois supposés à s'imprégner de chacun de ses traits, de ses taches de rousseur, même de ce poil de sourcil rebelle qui ne serait jamais plat.

— Je n'ai pas encore décidé de la date exacte. Ce sera peut-être un peu plus tôt que la mi-août. Mais, d'un autre côté, je n'obtiendrai peut-être pas ma nationalité à temps, ajouta-t-elle un peu désespérément.

Elle savait qu'elle aurait dû lui parler de la nouvelle tournure qu'avaient prise les événements. Mais aborder le sujet des hanches de Jean alors qu'ils passaient une soirée si romantique casserait vraiment l'ambiance… Et puis, les plans changeaient parfois. Peut-être que les siens pouvaient encore évoluer.

— Même si j'obtiens ma nationalité bientôt, je n'irai peut-être que pour de longues vacances. Quelques mois. Et je reviendrai après Noël. Presque personne ne se rendrait compte de mon absence.

— Moi, si ! Mais j'ai la ferme conviction qu'il faut saisir à bras-le-corps toutes les chances qui se présentent. Tu devrais aller en Australie l'esprit ouvert, le cœur ouvert, finit-il, une pointe de mélancolie dans la voix, comme s'il savait que le cœur de Sophy ne battait que pour lui. Et maintenant, à quelle heure ta mère t'attend-elle à la maison ?

Elle émit un reniflement de dédain.

— J'ai trente ans. Je peux rentrer chez moi quand je veux. Ce n'est pas comme si j'avais la permission de minuit et qu'elle allait me priver de télé si je ne la respectais pas.

Elle s'interrompit.

— Bon, c'est vrai que, le soir, elle m'attend, ce qui est assez pénible.

D'un geste tendre, il repoussa une mèche de cheveux derrière l'une de ses oreilles, ses doigts sur sa peau faisant naître de délicieux frissons sur tout son corps.

— Eh bien, dans ce cas, je vais te raccompagner à la station de Goodge Street, et là, comme les ados que nous sommes redevenus en raison des circonstances, je vais te rouler des pelles avant que tu prennes ton métro.

Il l'enlaça d'un bras pour gagner le métro. Puis l'embrassa longuement pour lui dire au revoir. Ce qui lui rappela pourquoi elle avait détesté son adolescence et à quel point elle avait eu hâte de grandir pour être libre de ne faire que ce qu'elle voulait.

Ce qu'elle n'avait pas compris, c'était qu'il était encore plus difficile pour un adulte de ne faire que ce qu'il voulait en se fichant des conséquences.

Les conséquences ne tardèrent pas à arriver. Le lundi matin, en se réveillant, elle trouva un e-mail de Freddy qui lui disait que Johnno avait enfin trouvé son passeport et son acte de naissance, et qu'il les faisait authentifier et signer ce matin.

Cet imbécile me les a confiés il y a des lustres. Ils étaient dans mon coffre-fort depuis tout ce temps.
Je me rends compte maintenant que le temps est compté, alors si tu me donnes tes papiers, je déposerai la demande pour toi. Avec un peu de chance, ils la traiteront et la valideront rapidement. J'ai un copain qui est avocat en droit de l'immigration, qui va s'en occuper, donc on croise les doigts.
Tu pourras partir dès que possible, on va tout faire pour.
Mais, par prudence, je n'achèterais pas de billet d'avion tout de suite, quand même.

Bien à toi,
Freddy

PARTIE 4

Chapitre 26

Le simple fait de lire l'e-mail de Freddy pour la énième fois ravivait la colère de Sophy. Toutes ces tergiversations alors que le passeport et l'acte de naissance de Johnno étaient bien en sécurité dans le coffre-fort de son ami. Si seulement elle avait eu un père moins désorganisé, elle pourrait déjà avoir sa double nationalité.

Et maintenant, elle allait devoir mettre toute sa foi en Freddy, son ami avocat et, avec un peu de chance, un fonctionnaire bienveillant du service d'immigration australien qui, la prenant en pitié, donnerait le plus haut degré de priorité à sa demande.

Elle ne voulait pas se bercer de faux espoirs. Et puis, elle n'était plus aussi enthousiaste à la perspective de l'Australie qu'elle l'avait été. Sans doute parce que, depuis deux mois, elle n'était plus la même femme, celle qui pensait n'avoir rien à perdre. Maintenant, elle avait un poste qui lui plaisait environ quarante pour cent du temps et qui lui permettait de travailler avec Cress. Quand elle n'était pas furieuse contre Johnno, elle se réjouissait de le voir plus souvent, de sentir leur relation distante, superficielle, évoluer d'une manière que jamais elle n'aurait espéré. Ils étaient vraiment plus proches, désormais.

Et bien sûr, il y a deux mois, il n'y avait pas de Charles…

Et si elle n'obtenait pas sa double nationalité à temps, elle prendrait juste de longues vacances.

Quoi qu'il en soit, son départ pour l'Australie était imminent. Dans quelques semaines, son trajet pour aller travailler serait très différent. Pour commencer, il y aurait beaucoup plus de moutons. Ce matin-là, dans le métro, elle se rendit compte qu'elle avait besoin de commencer à planifier, à faire des listes. Elle avait envisagé de ne passer qu'une semaine ou deux chez ses grands-parents, à l'occasion de leur anniversaire de mariage. Puis de partir pour Sydney, éventuellement Melbourne. En fin de compte, elle allait sans doute y rester au moins deux mois, le temps que Jean récupère de son opération. Elle avait déjà passé des heures et des heures sur le site Internet de l'élevage de moutons. Et elle était maintenant en train de consulter le site de la ville la plus proche qui, selon Bob et Jean, n'était qu'à un quart d'heure de voiture.

Queensville était une petite ville. Très petite. Avec sa population de 1 648 habitants, c'était plutôt un village. Mais elle avait sa propre équipe de football australien. À l'entrée de la ville, une gigantesque statue de homard représentait sa mascotte qui portait le nom de Larry. Elle était située à trois cents kilomètres d'Adélaïde, ce qui lui paraissait une très longue distance : l'équivalent du trajet Londres-pays de Galles. Mais, en Australie, les distances devaient être comparables à celles des États-Unis. Contrairement à l'Angleterre où l'on peut aller partout en une journée de voiture, là-bas, tout était toujours très loin.

La région d'élevage était aussi connue pour ses vignobles. Ce qui tombait bien, car Sophy adorait le vin blanc. Et, comme ce n'était pas loin de la côte, elle jouissait également d'une industrie touristique florissante. Elle savait néanmoins qu'elle n'aurait pas beaucoup de temps pour parfaire son bronzage. Elle serait bien trop occupée avec les clients dans les maisons d'hôtes de la propriété de ses grands-parents.

Bien entendu, en Australie, tout était inversé. Si elle partait début juillet, là-bas, ce serait l'hiver. Selon Wikipédia, la région bénéficiait d'un climat méditerranéen, chaud et estival. Une rapide recherche sur Google lui indiqua que cela signifiait que, pendant l'hiver, là où elle serait, il pleuvrait quinze jours par mois et les températures ne dépasseraient pas les quatorze degrés.

Dans l'ascenseur de la station de Chalk Farm, elle décida de voir le côté positif des choses. Une rousse au teint pâle ne supportait pas bien la chaleur. Même la température estivale moyenne dans ce prétendu climat méditerranéen ne dépassait pas les vingt-cinq degrés, ce qui était tout à fait tolérable.

Sur le chemin de la boutique, elle expliqua à Cress :

— Ce n'est pas cette partie de l'Australie qui subit des canicules et ces terribles feux de brousse. Et la ville est célèbre pour ses homards. Je crois que je n'en ai jamais mangé. Tu aimes ça, toi ?

— Des homards, des moutons, qu'est-ce que c'est que cet endroit ? grogna Cress. Tu as obtenu ta nationalité alors ?

— Johnno a soudain retrouvé le passeport manquant. Mon dossier est donc complet, désormais.

Elle ramena son attention sur l'écran du téléphone.

— Il y a deux immenses parcs nationaux dans les environs. Donc, quand tu viendras me voir, nous pourrons partir en randonnée.

D'une main, Cress lui immobilisa le bras. L'air troublé, elle commença :

— Tu sais que je t'aime. Tu es vraiment ma famille.

— Je sens qu'il y a un « mais ».

Sophy esquissa une grimace. Elle allait avoir droit à un sermon sur sa fuite en Australie, ses baisers avec Charles, ou Dieu sait quoi. Un jour, Cress avait passé dix minutes à lui expliquer les conditions optimales pour laver des robes vintage en machine.

— Mais l'Australie est très loin, les billets sont très chers, je déteste prendre l'avion, et le décalage horaire sera mortel. Donc, pour que ça en vaille la peine, il faudrait que ce soit un voyage de six semaines au moins. Au moins !

— On dirait que tu y as beaucoup réfléchi, commenta Sophy.

Elle attendait que Cress arrive à la conclusion que, de toute évidence, elle préparait.

— Ça m'occupe beaucoup l'esprit depuis que tu as annoncé que tu partais et que tu comptais y rester indéfiniment ou prendre un congé sabbatique.

Elles se remirent à marcher, et elle secoua la tête.

— Bref, personne ne sait au juste combien de temps tu vas passer là-bas. Pas même toi. Mais je ne peux pas juste prendre six semaines de congés et claquer des milliers de livres pour de longues vacances. Avec Colin, nous économisons pour notre apport.

Le moment était mal choisi pour lui faire remarquer qu'ils économisaient depuis si longtemps qu'ils pourraient sans doute aujourd'hui s'offrir l'une de ces belles maisons à trois étages qu'elles étaient en train de longer.

— Pas des milliers de livres, protesta-t-elle. Si tu prenais un vol low cost…

— Je déteste la randonnée et je déteste les fruits de mer ! s'emporta-t-elle soudain.

Elle avait crié, ce qui ne lui ressemblait pas du tout.

— Je suis désolée, s'empressa-t-elle d'ajouter. Vraiment désolée. Je ne pensais pas que ton départ me perturberait autant. C'est juste que tu vas me manquer.

— Oh, ma sœurette adorée ! Toi aussi, tu vas me manquer. Tellement, finit-elle d'une voix rauque.

Elle était au bord des larmes.

— Pas autant que tu vas me manquer, renchérit Cress qui, elle, les joues ruisselantes, pleurait déjà. Sans toi ici, je ne serai que la moitié de moi-même.

— Je ne serai peut-être pas partie longtemps. Ça dépendra de si et de quand j'obtiens ma nationalité. Il y a beaucoup d'éléments encore en suspens, pour le moment, insista Sophy. Je pourrais partir plus tôt et rentrer plus vite. Qui sait ?

Elles étaient arrivées à la boutique. Mais s'arrêtèrent, car il était difficile de marcher en pleurant. Et bien plus facile de pleurer dans les bras l'une de l'autre. Même si elle partait mi-juillet, l'Australie était encore à des semaines de distance. Des mois, en fait. Elle était sûre que, d'ici là, toutes ses larmes se seraient taries.

Leur touchante étreinte fut brusquement interrompue par la porte de la boutique qui s'ouvrait. Phoebe, que ces manifestations d'émotion aussi inconvenantes semblaient laisser de marbre, surgit sur le seuil et leur lança :

— Il est bien trop tôt pour… ce genre de démonstrations, fulmina-t-elle, sans épargner sa Cress chérie. Allez, dépêchez-vous ! Réunion du personnel. On est lundi matin, si vous n'aviez pas remarqué.

C'était le huitième, voire le neuvième, lundi matin de Sophy à la boutique. Et c'était la première fois qu'elle entendait parler d'une réunion du personnel ce jour-là. Mais Charles serait peut-être présent. Elle se précipita à l'intérieur si vite qu'elle faillit trébucher.

Hélas, pas de Charles. Juste la brochette au complet : Chloé, Béatrice et Anita qui, l'air plutôt excédé, avaient déjà pris place sur les canapés roses. Phoebe se percha sur la première marche de l'escalier en colimaçon, afin de pouvoir s'adresser à son personnel comme Eva Perón haranguant la foule du balcon de la Casa Rosada. Deux marches au-dessus trônait sa fidèle *consigliera*, Coco Chanel, qui arborait un nouveau collier de velours rose.

Prenant appui contre le bureau, Sophy l'écouta les informer des réservations des robes de mariée, d'un envoi de marchandise d'un vendeur de Palm Springs, retenu par les douanes, et d'un différend qu'elle avait avec le personnel du magasin de décoration intérieure, deux portes plus bas, qui déposait ses sacs à recycler devant la boutique.

— J'ai dit à cette horrible Jodie qui y travaille que nous payons la mairie une fortune pour faire ramasser nos propres sacs de recyclage. Et que, donc, si elle recommence, je vais la dénoncer.

Chloé et Béatrice se donnèrent un coup de coude.

— Ce serait plutôt une mission pour Freddy, railla Chloé avec un sourire espiègle.

Sophy ne voyait pas en quoi c'était drôle. Jodie était une femme très antipathique qui, un jour, était sortie de son magasin pour l'invectiver, car elle avait eu l'audace de téléphoner devant sa vitrine.

Drapée dans sa dignité, Phoebe se redressa.

— Je n'ai pas besoin de Freddy pour mener mes batailles, rétorqua-t-elle, impériale. Freddy ! N'importe quoi !

Sophy ne savait toujours pas ce qui se passait entre Freddy et elle, mais il était évident qu'ils se détestaient.

Ses pensées dérivèrent alors sur son voyage, et elle ajouta mentalement une paire de chaussures de randonnée à sa liste de courses. Elle devrait vérifier qu'elles étaient assez épaisses pour la protéger des serpents. Puis, encore une fois, elle se demanda comment elle allait pouvoir s'adapter à un pays où les morsures de serpents étaient responsables de tant d'accidents mortels.

Pendant ce temps, Phoebe continuait à radoter sur une robe Ossie Clark qui n'avait pas été achetée ici, mais que sa propriétaire, fidèle cliente, allait apporter pour des retouches. Même si cela ne l'enchantait guère.

— Pour finir, comme vous le savez, samedi en huit a lieu le bal de printemps rétro.

Sophy n'avait jamais été aussi heureuse d'entendre les mots « pour finir ».

— J'ai persuadé le dénommé Freddy de financer nos coiffures et maquillages. Après le déjeuner, mes amis, Vivienne et Roy, viendront s'installer dans l'arrière-boutique. Nous pourrons passer entre leurs mains expertes chacune notre tour.

Chloé, Béatrice et Anita s'étaient ragaillardies à cette nouvelle. Même Cress s'était redressée.

— Roy fait les plus beaux *victory rolls* de Londres ! s'exclama Chloé avec enthousiasme.

Sophy lui lança un regard perplexe. Elle aurait tout aussi bien pu parler martien.

— Bien entendu, ce sera sur vos heures de repos. Mais la boutique vous offre vos places. Vous serez donc toutes ambassadrices de *La Petite Boutique vintage*. Je vais avoir besoin de photos de vos tenues, y compris les accessoires, mercredi matin au plus tard. Ce qui vous laisse plus d'une semaine pour rectifier le tir si vos toilettes ne conviennent pas, déclara Phoebe de manière officielle.

Elle avait dû renifler de la colle en guise de petit déjeuner.

— Cress, tu viendras, j'espère ? Avec ton petit ami ?

Cress s'affaissa de nouveau.

— Nous ne sommes pas vraiment amateurs de bals.

— N'importe quoi ! Ce sera très sympa, répliqua-t-elle d'un air sinistre.

— Oui, vraiment super ! renchérit Béatrice. L'orchestre est fabuleux, et si on arrive assez tôt on peut prendre une leçon de swing gratuite.

Ce devait être sympa, en effet. Visiblement, à part Sophy, tout le monde était au courant pour ce bal rétro. Y compris Cress et sans doute même Charles. Et aucun d'entre eux ne lui en avait parlé. C'était vraiment vexant. Avec un regard de reproche à sa demi-sœur, elle demanda d'un ton froissé :

— Quel bal de printemps rétro ?

— Je croyais t'en avoir parlé, répondit Phoebe sans faire le moindre effort pour avoir l'air convaincante. Pour être honnête, je ne pensais pas que tu serais encore ici après tant de semaines.

— Non mais sérieusement ! Ça t'arrive de réfléchir avant d'ouvrir la bouche ? lâcha Sophy.

Elle était trop vexée pour prendre la peine de se montrer diplomate.

Phoebe souffla d'un air exaspéré et leva les yeux au ciel.

— Qu'importe, je suis désolée. Tu peux venir.

Puis, avec un sourire sardonique, elle ajouta :

— Charles est déjà sur la liste. Tu n'auras donc pas besoin de prendre une place pour lui aussi.

Elle sentit une soudaine bouffée de chaleur l'étreindre. Elle avait les mains moites.

— Charles ? répéta-t-elle comme si c'était la première fois qu'elle entendait son prénom.

— Oui, Charles, intervint Chloé. Le Charles dont tu dévorais le visage derrière le pub vendredi soir.

— Je ne… nous ne… Non.

Malgré ses efforts, elle était incapable de formuler une phrase entière.

— Le même Charles qui t'a emmenée en week-end coquin, jubila Béatrice en se frottant les paumes. Je mourais d'envie de te demander de me raconter, mais j'ai pensé qu'il y avait une raison pour que tu gardes le secret. Alors que tout le monde est au courant, franchement.

— Ce n'était pas du tout un week-end coquin, marmonna Sophy, en portant ses mains à ses joues brûlantes.

— Mais je croyais que Charles était gay ? s'étonna Anita.

Sophy n'était donc pas la seule à la boutique dont le gaydar était complètement défectueux.

— Charles n'est clairement, absolument pas gay, rectifia Phoebe en penchant la tête en arrière.

Elle braqua alors sur Sophy son regard le plus malveillant.

— Mais quel intérêt de commencer à sortir avec quelqu'un, alors que tu pars bientôt pour l'Australie ? Franchement, je ne comprends pas. Pauvre Charles !

— Pauvre Sophy ! renchérit Cress avec loyauté. Mais le cœur a ses raisons que la raison ignore.

En ce moment, le cœur de Sophy voulait deux choses : partir à l'aventure loin d'ici *et* Charles.

— Tu pars toujours en Australie ? demanda alors Phoebe, soupçonneuse.

Elle ne put qu'acquiescer d'un signe de tête.

— Eh bien, tant mieux !

Chapitre 27

Sophy avait imaginé que Phoebe serait enchantée de voir que ses projets de voyage étaient toujours d'actualité et qu'elle n'aurait plus à la supporter longtemps. Pourtant, au cours des jours suivants, son despotisme sembla frôler la démence.

Le temps humide de la vague de chaleur printanière inhabituelle ne faisait rien pour arranger les choses. Elle redoublait d'efforts pour s'assurer que personne ne s'approchait des robes avec les mains moites. Tout particulièrement Sophy. Elle se lavait les mains si souvent qu'elles étaient rouge vif et, en dehors du travail, les enduisait d'une crème qui avait été élaborée en s'inspirant des pêcheurs norvégiens.

Quant aux tenues pour le bal, elle était tout simplement tyrannique. À l'origine, elle avait souhaité que toutes portent une robe longue. Jusqu'à ce que Béatrice lui fasse remarquer qu'il serait difficile de swinguer dans une robe du soir et que Cress ait catégoriquement refusé de venir si c'était obligatoire.

Sophy avait décidé de mettre la robe drapée en velours noir qu'elle avait trouvée au vide-greniers. Elle souhaitait si ardemment voir Charles la regarder de nouveau comme il l'avait fait lors de cette soirée fatidique, dans la salle d'eau, à Bath.

Elle avait consciencieusement montré sa photo à Phoebe. Avec celle des babies dorées au talon raisonnable qu'elle avait achetées longtemps auparavant pour un mariage. Mais Phoebe avait mis son veto.

— Elle n'a rien d'exceptionnel, avait-elle jugé.

— Elle l'est en réalité. En fait, elle ressemble beaucoup à une Madame Grès.

Ses yeux lançant des éclairs, la directrice avait rétorqué :

— C'est juste une robe banale. Je ne peux pas te permettre de porter ça.

L'un des points les plus positifs de son départ en Australie était qu'elle n'aurait plus à voir Phoebe. Ni à lui parler. Ni à argumenter avec elle. Ni à composer quotidiennement avec ses sautes d'humeur. Quand elle envisageait son voyage sous cet angle, elle regrettait de ne pas déjà être dans l'avion.

— Tu sais quoi, Phoebe ? s'entendit-elle dire. J'ai trente ans, je m'habille moi-même depuis vingt-cinq ans, et ce que je porte sur mon temps libre ne te concerne absolument pas. C'est clair ?

— Dans ce cas, tu te paieras ton billet toi-même, siffla Phoebe.

Une fois de plus, Sophy se demanda pourquoi elle avait aussi mauvais caractère, pourquoi elle était si irritable.

— Très bien. Dans ce cas, je vais envoyer un mail à Freddy et lui demander combien je lui dois pour la place.

Elle avait prononcé les mots magiques. Les yeux de la directrice se remirent à lancer des éclairs.

— Très bien ! fulmina-t-elle.

— Oui, très bien !

Phoebe faisait partie de ces gens qui donnaient toujours à Sophy le besoin d'avoir le dernier mot.

Mais Phoebe, la championne incontestable du dernier mot, lança la réplique finale :

— Au moins, achète-toi un soutien-gorge qui te va. Tu fais un 90B. Pas du tout la taille que tu portes, quelle qu'elle soit.

Les deux semaines qui suivirent ne furent guère meilleures. Avec le temps, les clientes aussi étaient grognons. Aucune robe n'allait jamais. L'une d'entre elles en avait essayé plus de vingt sans en acheter une seule. Coco Chanel, qui avait réussi à trouver un morceau de pizza rance pendant l'une de leurs pauses-déjeuner, avait vomi à travers les marches ouvertes de l'escalier en colimaçon, manquant de peu la tête de Chloé. Et Sophy avait beau vérifier ses mails toutes les heures, elle n'avait toujours rien reçu du service d'immigration australien. Pire que tout, le week-end précédant le bal, Charles partit en Écosse pour un voyage d'affaires de plusieurs jours. Elle passa donc cinq des précieuses soirées du peu de temps qui leur restait sans le voir. Mais, bien sûr, il ignorait encore que sa date de départ pourrait être avancée d'août à juillet. Il l'ignorait parce qu'elle ne lui avait pas encore dit. Elle ne l'avait dit à personne. Quel était l'intérêt, avant de savoir ce qu'il en était de sa demande de nationalité ? Et puis la date de l'opération de Jean n'avait pas vraiment été confirmée.

Mais je te verrai au bal, lui rappela-t-il dans un SMS.

Ils étaient obligés d'avoir recours à cet ennuyeux moyen de communication, car, dans les contrées sauvages de l'Aberdeenshire, il n'avait pas de réseau pour l'appeler.

À propos, tu sais danser ? Je ne peux que glisser, mais ce sera divin de glisser ensemble, joue contre joue. Je pensais que tu étais au courant, c'est pour ça que je n'ai rien dit.

Le jeudi avant le bal, au soulagement général, un violent orage éclata. Le ciel était zébré d'éclairs, les rues tremblaient des roulements de tonnerre. Sophy, allongée dans son lit, écoutait le bruit de la pluie qui cognait aux fenêtres. Lollipop était assis sur son ventre. Même s'il se considérait comme le caïd du quartier, il détestait se mouiller.

Le vendredi, il faisait plus frais. Au point qu'elle dut porter un cardigan pour aller au travail. Et quand, en arrivant, elle salua Phoebe, elle eut droit à un « bonjour » très aimable et un sourire en réponse au sien. Elle se demanda où était le piège. Mais il n'y en avait pas.

— À propos, Hege et Ingrid vont venir chercher leurs robes, annonça la directrice en vérifiant son agenda. Je t'appellerai pour que tu montes les voir une dernière fois.

— Et voir les clientes, ajouta aimablement Sophy.

Elle ne voulait pas gâcher leur entente.

— Oui, c'est ce que j'ai voulu dire.

Elle poussa un soupir. Son visage était soudain empreint d'une expression pleine de douceur, mêlée de mélancolie.

— Mais les robes sont vraiment ravissantes.

Elle venait de finir de mettre de l'ordre dans la boutique quand elle reçut un message de Phoebe qui la convoquait à l'étage. Le cœur lourd, elle gravit l'escalier d'un pas pesant. Non seulement elle voulait garder ses distances avec la directrice, mais elle conservait un mauvais souvenir du dernier passage de cette mariée et de ses demoiselles d'honneur incontrôlables.

Heureusement, la vision qui l'accueillit la rasséréna. Vêtues de leurs tenues de mariage, la mère et la fille étaient toutes les deux sur l'estrade. Avec sa robe et son manteau gris années 1930, un bibi de velours noir à voilette perché sur la tête, Hege était d'une élégance folle.

Quant à Ingrid, elle était aussi belle que pouvait l'être une mariée le jour de son mariage. Cress avait accompli des miracles avec la robe coupée en biais en satin gris huître. Elle semblait maintenant avoir été faite pour elle. Suivant les conseils de Phoebe, ses cheveux étaient tirés en chignon.

— Je n'opterais pas pour un voile, lui disait la directrice. Vous êtes trop menue, Ingrid. Il vous submergerait et détournerait l'attention de la pureté des lignes de votre robe. Je suggère que vous demandiez à votre fleuriste de vous faire une coiffe de fleurs.

Juste quelques gypsophiles. Pour les bijoux, misez sur la sobriété. Le plus adapté à la couleur gris huître, c'est l'or, pas l'argent. Vous allez être une mariée tout simplement éblouissante. Que dis-je ? Vous l'êtes déjà.

Sophy la regarda joindre les mains et pousser un soupir de ravissement devant la vision nuptiale qu'était Ingrid. C'était comme si la Phoebe des deux dernières semaines avait disparu pour être remplacée par un modèle bien amélioré.

— Vous êtes toutes les deux magnifiques, les complimenta-t-elle à son tour. J'en ai presque les larmes aux yeux.

Ce n'était pas un mensonge. Elle sentait déjà ses paupières la picoter.

— Puis-je me permettre de vous demander où se trouve le reste de la bande ?

Avec un haussement d'épaules, Hege répondit :

— Ce n'est pas la peine.

Ingrid sourit. Elle n'avait plus rien à voir avec la future mariée de quelques semaines auparavant. Phoebe ne disait-elle pas toujours qu'une fois que la robe était choisie, tout le reste suivait. « Quoi de plus important que votre robe de mariée ? » aimait-elle à demander. Même si Sophy pensait que peut-être, dans l'ordre hiérarchique, la personne que vous épousiez venait avant la robe. Mais, dans le cas d'Ingrid, elle paraissait certes beaucoup plus heureuse maintenant que la question de la tenue était réglée.

— Elles se préparent pour mon week-end d'enterrement de vie de jeune fille, déclara-t-elle. J'ai été priée d'arriver à Saint Pancras ce soir avec mon passeport. J'espère donc que nous allons à Paris et que ce sera de bon goût. Pas de pailles zizis ou de policier stripteaseur.

Sophy sourit intérieurement. Ayant rencontré les trois pintades, elle craignait le pire.

— Vous êtes vraiment aussi sublimes l'une que l'autre. Voulez-vous que je prenne quelques photos ? proposa-t-elle en brandissant son téléphone.

Elles acquiescèrent. Même si, finalement, ce fut Phoebe qui prit les photos, car elle avait des idées très arrêtées sur leur composition. Elle parvint même à convaincre Ingrid de leur permettre d'en publier une sur le compte Instagram de la boutique, à condition qu'elles le fassent après le mariage.

— Et n'oubliez pas de nous taguer dans toutes les photos de mariage que vous posterez, ajouta-t-elle gaiement.

Mais son enjouement dissimulait une menace subtile : « Je sais où vous habitez et je vais vous traquer si vous ne le faites pas. »

Il n'y avait plus qu'à aider Hege et Ingrid à se déshabiller et à emballer leurs robes dans les boîtes spéciales qu'elles utilisaient pour les articles de grande valeur. Cress émergea de sa mansarde pour les attacher d'un ruban bleu ciel comme elle seule savait les nouer.

— Bon, il est temps que je redescende, déclara alors Sophy.

— Oui, il est grand temps, approuva Phoebe.

Mais Hege tendit une main vers elle.

— Pas si vite. Nous voulons vous remercier, Sophy. Vous trois en fait, ajouta-t-elle en fouillant dans son sac. C'est juste un petit et tout à fait inadéquat témoignage de notre gratitude pour tout le mal que vous vous êtes donné.

— Et vraiment, je suis tellement désolée pour ce qui s'est passé la dernière fois, s'excusa Ingrid. Chaque fois que je repense à la conduite de mes demoiselles d'honneur, je suis mortifiée.

— Je pense que vous allez voir bien pire pendant le week-end à Paris, laissa échapper Sophy.

Le coup d'œil assassin de Phoebe était bien mérité. Ingrid lui glissa une enveloppe entre les mains.

— C'est très aimable à vous, la remercia la directrice en recevant sa propre enveloppe. Mais vraiment pas nécessaire. Vous ne pouvez même pas deviner ce que signifie pour moi de trouver la robe parfaite pour une mariée. C'est ce que je préfère dans mon travail.

Cress se contenta de sourire en silence. Sophy savait parfaitement que, si sa demi-sœur aussi aimait son travail, elle se serait bien passée de coudre à la main un ourlet de plusieurs mètres.

Ce ne fut qu'après le départ de Hege et d'Ingrid et après avoir salué la dernière cliente d'un joyeux mais un peu frénétique : « Merci pour votre visite. Nous espérons vous revoir bientôt ! » que Sophy ouvrit son enveloppe. Elle y trouva une carte de remerciement avec un bon d'achat *John Lewis* d'une valeur de 100 livres.

Elle attendit le départ de Chloé et de Béatrice pour en discuter avec Phoebe et Cress.

— Ça arrive tout le temps, déclara Phoebe, d'un air plutôt satisfait. Une fois, une mariée reconnaissante m'a offert un mini-break au *Soho Farmhouse* pour lui avoir dit la dure vérité : que si elle se mariait dans une robe décolletée en lamé rouge, elle le regretterait.

Son regard s'embua à ce souvenir.

— Je lui ai vendu une adorable robe droite en dentelle pour la cérémonie, et elle a porté le lamé rouge à la réception du soir. L'un de mes plus grands moments, même si c'est moi qui le dis.

Cress, qui avait reçu le même cadeau que Sophy, était prête à le dépenser.

— Allons chez *John Lewis*, ce soir, lui suggéra-t-elle. J'ai besoin de mercerie.

Elle avait toujours besoin de mercerie. Et Sophy avait été debout toute la journée.

— Pouvons-nous faire ça une autre fois ?

— Quand tu seras loin, en Australie, sans savoir si tu me reverras un jour, tu regretteras de n'avoir pas sacrifié deux heures de ta vie pour m'accompagner chez *John Lewis*, déplora sa demi-sœur.

Sous cette apparence si douce se cachait une femme qui n'hésitait pas à avoir recours au chantage émotionnel.

— Tu n'as pas besoin d'acheter un produit anti-serpents, par exemple ?

Ce même matin, Sophy avait encore lu sur Wikipédia que les serpents étaient présents dans toutes les régions d'Australie et qu'un certain nombre d'entre eux étaient venimeux.

— Eh bien, je suppose que si…, répondit-elle sans grand enthousiasme.

— Si tu vas chez *John Lewis*, je te supplie de faire un détour par les soutiens-gorge, lança Phoebe depuis l'arrière-boutique. Tu fais un 90B, Sophy. Inutile de me remercier.

Même pas en rêve ! Il n'était pas question qu'elle fasse un détour par les soutiens-gorge pour essayer un 90B alors que toute sa vie d'adulte elle avait fait du 90C. Mais après s'être fait gentiment réprimander par Cress (« Quel mal ça peut faire ? Si Phoebe se trompe, tu auras le plaisir de savoir qu'elle s'est trompée. Et si elle a raison, au moins, tu porteras la bonne taille de soutien-gorge… »), sans comprendre comment, elle se retrouva dans les cabines d'essayage.

La vendeuse était manifestement de mèche avec Phoebe. Sans même prendre son tour de poitrine, elle déclara d'un ton ferme :

— Bien, vous avez clairement besoin de descendre d'une taille.

Une demi-heure plus tard, elle suivait Cress dans le rayon mercerie, trois soutiens-gorge 90B dans son sac. Intérieurement, elle était furieuse. Extérieurement aussi. Mais ne pouvait s'empêcher d'éprouver un soupçon de satisfaction en songeant à ses seins dans la bonne taille de soutien-gorge.

Pourtant, comme l'avait dit Cress, Phoebe ne devait jamais le savoir. C'était un secret qu'elles emporteraient dans la tombe.

Chapitre 28

— Miracle ! Tu portes la bonne taille de soutien-gorge, s'exclama Phoebe le lendemain, quand Sophy émergea de la cabine d'essayage dans sa robe de velours noir drapée, prête pour le bal de printemps rétro. Je savais que tu faisais un 90B. Même si, si j'étais toi, j'aurais opté pour un bonnet rigide plutôt que souple. C'est beaucoup plus joli sous une robe vintage.

Sophy lança un coup d'œil désapprobateur à la poitrine certes très avantageuse de Phoebe qui avait passé la robe de dentelle noire acquise par Johnno quelques semaines auparavant et qu'elle s'était appropriée sur-le-champ. Puis elle baissa les yeux vers la sienne, désormais bien plus pimpante à présent qu'elle avait trouvé la taille de soutien-gorge adéquate. Enfin une taille différente, quoi.

Se renfrognant, elle croisa les bras.

— On n'est vraiment pas obligées de parler de ma poitrine.

— Dans ce cas, je ne dirai pas à quel point elle est mise en valeur par cette robe qui, j'en conviens, est bien plus belle en réalité qu'en photo. Maintenant, qu'est-ce que tu comptes faire avec tes cheveux ?

Comme promis, les amis de Phoebe, Vivienne et Roy, un couple très glamour, tous les deux en imprimé léopard de la tête aux pieds, avaient installé un salon de beauté/coiffure dans l'arrière-boutique. Sophy était la dernière sur leur liste. Chloé, Anita et Béatrice avaient émergé avec les célèbres *victory rolls*, leurs longs cheveux remontés et bouclés en rouleaux volumineux. Avec leurs sourcils arqués, leurs lèvres d'un rouge carmin, elles ressemblaient toutes les trois à des pin-up des années 1940. Sophy n'aurait pas été surprise de les voir poser à côté d'un Spitfire.

Les longs cheveux ondulés de Cress, tressés, formaient une couronne autour de sa tête. Son maquillage, beaucoup plus discret, était tout à fait assorti à sa robe New Look en dentelle bleue. Même si elle adorait les vêtements vintage et qu'elle collectionnait les robes vintage comme les enfants collectionnent les cartes Pokémon, il était très rare de voir Cress en robe.

Seule Phoebe avait refusé les services de Vivienne et Roy. Ce dernier, un homme d'un mètre quatre-vingts, au style rockabilly, avec une banane sur la tête, avait déclaré, galant :

— Il est vrai que nous pouvons difficilement améliorer la perfection.

Même si Sophy détestait l'admettre, il avait raison. L'élégant carré brun, impeccable de Phoebe, son eye-liner tout aussi précis et son rouge à lèvres écarlate ne pouvaient pas être améliorés.

Hélas, son propre cas était bien différent. Ses cheveux, lavés de ce matin, étaient si raides et brillants qu'ils refusaient les *victory rolls*. Et les bigoudis chauffants qu'elle avait portés presque tout l'après-midi n'avaient fait qu'empirer la situation. Dès que Roy y passait un peigne, les boucles disparaissaient. Ils optèrent donc pour des tresses, comme celles de Cress, et en firent un chignon dans lequel Roy passa un ruban noir dans l'espoir vain qu'il reste en place.

Même si elle ne s'était jamais beaucoup préoccupée de maquillage, hormis un blush pour ne pas paraître trop pâle et un mascara parce que ses cils étaient presque transparents, elle donna carte blanche à Vivienne. Pour un résultat stupéfiant.

Au bout d'une demi-heure, ses yeux soulignés de khôl ressemblaient à ceux de Bambi. Elle avait maintenant des pommettes et des lèvres rouges et pulpeuses.

— Avec mes cheveux, jamais je n'aurais pensé pouvoir porter un rouge à lèvres aussi vif, déclara-t-elle en se regardant dans le miroir.

Hormis la perspective de revoir Charles après une semaine de séparation, elle n'était pas spécialement emballée par ce bal de printemps. Mais, après 18 h 30, alors que la recette du jour avait été mise au coffre, la dernière robe accrochée à un portemanteau, un événement inattendu se produisit. Phoebe se mit à être fun. Qui aurait cru qu'elle pouvait l'être ?

Elle émergea de l'arrière-boutique avec deux bouteilles de prosecco et des gobelets en carton, et lança, sans la moindre ironie apparente :

— Allez, mesdames ! Que la fête commence !

Cela faisait si longtemps que Sophy ne s'était pas préparée pour une vraie soirée avec des amis. Béatrice connecta son téléphone sur des airs célèbres de grand orchestre et, tout en buvant, elles apportèrent les dernières touches à leurs tenues. Elles s'aspergèrent de parfum, se distribuèrent des talonnettes et des pansements anti-ampoules. Comme l'avait dit Chloé, « mieux vaut prévenir que guérir ».

Même Coco Chanel était d'humeur festive. Elle portait un collier diamanté, car, apparemment, elle les accompagnait au bal.

— Elle est très angoissée par la séparation, expliqua Phoebe. Je ne peux pas la laisser seule trop longtemps. Pauvre amour ! Elle ne me le pardonnerait jamais. Je ne me le pardonnerais jamais.

Elles étaient en train de quitter la boutique et, riant, elles montèrent dans le monospace qui les attendait, avec de petits cris de joie.

Après avoir contourné Regent's Park, Béatrice osa demander à Phoebe :

— Si j'avais un pistolet sur ta tempe et que tu devais choisir, tu préférerais quoi ? Les robes vintage ou Coco Chanel ?

Sophy se raidit. Leur directrice était de si bonne humeur. Et voilà que Béatrice venait tout gâcher. Mais Phoebe se contenta de rire.

— Il est impossible de choisir. N'est-ce pas, ma princesse ?

Elle effleura la tête de la chienne de ses lèvres sans se préoccuper de son rouge à lèvres.

— Je pense que je choisirais la balle dans la tête, Béa.

Le monospace ne tarda pas à se garer devant un bâtiment d'aspect plutôt délabré à Bloomsbury. Pas loin du *mews* où Charles l'avait emmenée dîner la semaine précédente.

Elle eut du mal à dissimuler sa déception devant l'extérieur miteux.

— Je pensais que ça ferait plus, disons, salle de bal.

— C'est beaucoup mieux à l'intérieur, la rassura Phoebe en glissant un bras sous le sien. C'est l'une des deux salles de bal des années 1950 restant à Londres. Chaque fois que je viens ici, j'ai l'impression de pénétrer dans un autre monde.

Sophy était sceptique. Mais, toujours sous l'effet un peu enivrant du prosecco, elle se réjouissait de voir Phoebe se comporter en véritable être humain. Elle décida donc de ne pas jouer les rabat-joie. Après avoir franchi la double porte qui ouvrait sur l'opulent vestibule rouge et or, elle ne put retenir son cri d'admiration.

Elle avait vraiment l'impression d'être repartie soixante-dix ans en arrière.

— Attends de voir la salle de bal, lui promit Phoebe.

Cinq minutes après avoir fait la queue pour les vestiaires et s'être pomponnées une dernière fois, elles franchissaient une autre double porte pour se retrouver dans l'une des plus belles pièces que Sophy ait jamais vues.

C'était un peu comme d'entrer dans un coffre à bijoux. Les murs étaient tapissés de velours rouge chargé d'ornements dorés. D'énormes lustres de cristal et des lampions de soie pendaient du plafond, leur lumière se reflétant sur les petites tables et chaises dorées dispersées sur le plancher. Le grand orchestre d'au moins quarante musiciens était sur scène. Tous portaient des costumes ou des robes en lamé doré, le chef d'orchestre était en queue-de-pie.

Elle survola alors l'assistance des yeux. Les hommes, en smoking, avaient les cheveux gominés comme s'ils sortaient du plateau de *West Side Story*. Les femmes, en robes de toutes les couleurs imaginables, leurs jupes amples bruissant sur des jupons de tulle raides, avec des mises en plis ou des cheveux crantés, avaient des visages de stars de cinéma.

Mais la plus belle vision de toutes fut l'homme de haute taille qui, en l'apercevant, la salua d'un élégant geste de main. Aussi vite que ses talons le lui permettaient, elle se hâta vers le groupe de tables réquisitionnées par Freddy que, pour la première fois, elle voyait en costume. Quant à Charles, si elle avait l'habitude de son élégance, ce soir, il s'était surpassé.

— Regarde-toi ! s'exclama-t-elle, le balayant des yeux de la tête aux pieds alors qu'il prenait la pose.

Il ne lui manquait que la canne et le haut-de-forme pour compléter cette queue-de-pie qui lui allait à la perfection.

— Ce sont des guêtres ? demanda-t-elle.

— C'est exagéré ?

Elle savait que, quelle que soit sa réponse, il n'y prêterait pas attention, car il n'en faisait qu'à sa tête. Elle se pencha pour l'embrasser.

— Je ne changerais rien. Au fait, tout le monde est au courant pour nous deux, chuchota-t-elle. Nous n'avons plus besoin de filer en douce.

— J'aimais bien quand on filait en douce.

Il lui prit la main pour la faire tournoyer sur place.

— Tu es très belle. Cette robe… Toi dans cette robe… Même si je regrette de ne plus pouvoir plonger ma main dans tes cheveux.

— Peut-être plus tard, suggéra-t-elle avec espoir.

Mais leur instant d'intimité fut interrompu par Chloé et Anita qui passaient devant eux pour aller saluer des amis de l'autre côté de l'immense salle de bal.

— Tu veux danser ? proposa-t-elle.

Il leva sa coupe de champagne.

— Je n'ai pas encore assez bu pour affronter la piste de danse.

Sophy s'installa entre Cress et lui pour regarder les couples de danseurs qui swinguaient. Mais un swing tranquille. Aucun cavalier ne lançait sa cavalière en l'air, ne la faisait passer entre ses deux jambes.

Freddy avait beau se plaindre d'avoir des poils de chien sur son seul costume, Coco Chanel était sur ses genoux. Il commanda de nouveau du champagne. Tout était absolument parfait. Mais il manquait quelqu'un.

Quand Charles se leva pour aller saluer l'une de ses connaissances, laissant Cress discuter avec Phoebe d'une femme qui portait une robe qui était la copie exacte de celle de Marilyn Monroe dans *Sept Ans de réflexion*, Sophy approcha sa chaise de celle de Freddy.

— Johnno va venir ? Il va sans doute être en retard. Il est toujours en retard, ajouta-t-elle pour se convaincre que c'était la raison de son absence.

Tout en grattant la petite chienne derrière ses grandes oreilles de chou, Freddy répondit d'un ton détaché :

— Ce n'est pas vraiment son truc.

Elle esquissa une grimace.

— C'est à cause de moi ? J'étais vraiment furieuse pour le passeport manquant. Il y a eu quelques paroles maladroites. Ou, plus exactement, je n'ai pas été très sympa.

— Je suis sûr qu'il le méritait. Tout ce cirque avec son passeport et son acte de naissance… Il est allergique à l'administration, commenta Freddy en secouant la tête.

Sophy était certaine que, quel que soit le salaire que Johnno versait à son homme de confiance, ce n'était pas suffisant pour gérer ses affaires au quotidien.

— Heureusement pour Johnno qu'il est tout aussi charmant qu'exaspérant, soupira-t-elle. Mais je lui ai quand même dit des choses dont je ne suis pas fière.

Freddy lui tapota la main, dévoilant les tatouages qui serpentaient autour de son poignet et de ses doigts.

— Sophy, nous savons tous les deux que Johnno a entendu bien pire que quoi que tu aies pu lui dire. Je parie que tu n'as même pas prononcé un seul juron.

— Bien sûr que non ! s'exclama-t-elle, choquée.

— Eh bien, alors, tout va bien, conclut-il avec un de ses sourires insouciants qui semblaient toujours exaspérer Phoebe.

Mais, ce soir, la directrice était radieuse.

L'orchestre entonna un nouveau morceau, plus rapide, plus sonore. Elle dut donc hausser la voix.

— Si je suis la raison pour laquelle il a décidé de se défiler…

— Oh, Johnno ne vient jamais à ce genre d'événement, intervint Phoebe en se penchant contre Freddy pour ajuster le collier de Coco Chanel. Pas depuis qu'ils lui ont interdit l'entrée parce qu'il portait une salopette jaune. Il refuse catégoriquement de porter un costume. Il préfère mille fois être au pub.

— Et puis, il a dit qu'il devait aller voir un type.

— Au sujet d'un chien, finit Sophy pour Freddy en levant les yeux au ciel.

Un jour, Johnno se ferait prendre à son propre jeu et rentrerait avec un chien.

Elle sentit un frôlement sur son épaule et se retourna, souriant déjà à Charles. Mais c'était un inconnu en veste de velours bleu nuit, avec une banane et des favoris, des yeux noirs, expressifs, un menton taillé à la serpe. Le genre d'homme qui aurait pu la faire glousser et rougir d'habitude.

Mais pas cette fois, parce qu'il n'était pas Charles.

— Je peux vous aider ? demanda-t-elle sans cesser de sourire.

Elle ne comprenait pas ce qu'il attendait d'elle. Il avait dû la prendre pour une autre.

— J'espère bien, répondit-il d'une voix aussi suave que son sourire. Voulez-vous danser avec moi ?

Sophy sursauta.

— Oh !

Elle chercha Charles du regard, mais il avait disparu. L'orchestre avait de nouveau entonné un air rapide et entraînant, et…

— Allez, Sophy ! l'encouragea Cress en lui donnant un coup de coude. Je suis sûre que c'est comme la bicyclette, ça ne s'oublie pas.

Ce n'était jamais qu'une danse, et elle avait vraiment envie de danser.

— Merci, avec plaisir, dit-elle en prenant la main de l'homme. Je suis Sophy.

— Christian, se présenta-t-il en l'aidant à se lever.

Avant même qu'elle ait eu le temps de reprendre son souffle, il l'avait enlacée.

Cress avait raison. Elle n'avait pas dansé dans les bras de quelqu'un sur une immense piste de danse depuis des années. Mais elle retrouva son rythme pour un swing endiablé avec Christian.

Il y avait quelque chose de si libérateur dans le fait de danser, de suivre la mélodie, le tempo. Elle était en train de danser un second swing avec Christian quand ils furent interrompus. L'espace d'un instant, elle espéra que c'était Charles. Mais c'était un homme au style rockabilly d'un certain âge qui dansait très bien le fox-trot. Puis le chef d'orchestre annonça qu'il voulait voir tout le monde en piste pour la *Lambeth Walk*. Et elle se retrouva entre Chloé et Anita pour une version effrénée du vieux classique de music-hall.

Quand, essoufflée, elle regagna leur table, elle avait chaud et mourait de soif. Phoebe la regardait, l'air abasourdi. Charles, qui était de retour, l'applaudit avec un sourire plein de fierté.

Il lui servit une coupe de champagne.

— Que de surprises tu nous réserves, Sophy ! Voilà que tu t'es transformée en Ginger Rogers.

— Quand même pas, objecta-t-elle en baissant la tête pour cacher son sourire de satisfaction. Même si avec mon cavalier,

Steve Maltby, nous sommes arrivés seconds au championnat de danse de salon de Londres pendant trois années consécutives.

— Et tu n'as pas eu envie d'en faire une carrière ?

Elle était flattée par sa question. Mais il y avait une raison pour laquelle Sophy et Steve avaient toujours été seconds et jamais premiers. Et puis…

— Sophy a découvert les garçons, et Steve s'est cassé le ménisque en jouant au foot à peu près en même temps, se souvint Cress. Ce qui a été un peu un soulagement parce que tous ses week-ends étaient accaparés par les concours de danse.

— Cress me faisait mes robes, expliqua Sophy. Et puis, à peu près à la même époque, elle aussi a découvert les garçons. Ou, du moins, elle a commencé à sortir avec Colin.

Comme si elle avait développé un don de divination inquiétant, au moment où elle mentionnait son nom, celui-ci apparut.

Contrairement à Johnno, il portait un costume. Un costume qui ne lui allait pas du tout, sur un tee-shirt Bob Dylan. Ses longs cheveux gominés étaient plaqués en arrière, dégageant son visage pâle, à l'expression embarrassée. Mais Cress, qui jusqu'ici avait feint de s'amuser (Sophy connaissait la différence entre Cress feignant de s'amuser et Cress s'amusant vraiment), s'illumina.

— Tu es venu ! s'exclama-t-elle.

— Je te l'avais dit, non ? marmonna-t-il en cherchant une chaise.

Il n'en trouva pas. Les bras ballants, gêné, il resta debout derrière Cress qui s'était renfrognée.

— Prends la mienne, Colin, lui proposa Sophy en se levant d'un bond.

Elle n'aimait pas beaucoup Colin. Même si elle l'avait connu la moitié de sa vie, il ne s'était pas amélioré avec le temps. Mais il plaisait à Cress, et Sophy aimait Cress, qui était en train de lui lancer un regard reconnaissant.

Sans même lui laisser le temps de réagir, Charles l'attira sur ses genoux.

— Et tu peux t'asseoir ici.

Même si tout le monde était au courant de leur relation – à part Colin qui chuchota à Cress : « Je croyais qu'elle partait bientôt. Pourquoi elle a un nouveau copain ? » –, elle se sentait un peu mal à l'aise, assise sur ses genoux, en public, entourée de tous ses collègues.

Quand, soudain, elle s'aperçut qu'elle était dans la position idéale pour qu'ils s'embrassent sans qu'elle ait à étirer le cou et lui à se pencher. Elle noua ses bras autour de ses épaules et pressa son front contre le sien.

— Tu vas profiter de moi ? demanda-t-il.

Sa voix offensée contrastait avec la lueur espiègle dans ses yeux.

— Bien sûr, répondit-elle.

Sans rien ajouter, elle s'empara de ses lèvres.

Un baiser plutôt innocent, sans mains baladeuses, sans langues se pourchassant. Et pourtant, comme chaque fois, son cœur battait la chamade, elle avait la tête qui tournait, le ventre noué de désir. Elle aurait pu continuer à l'embrasser toute la soirée. Mais Phoebe voyait les choses autrement.

— Ton chignon bat de l'aile, déclara-t-elle avec une petite tape dans son dos. Je vais te le refaire.

Franchement, ce n'était pas la seule chose chez elle qui battait de l'aile. Mais la pensée de Phoebe lui plantant des épingles dans le crâne fit l'effet d'une douche froide. Malgré l'orchestre qui jouait *In the Mood* de Glenn Miller. Et puis, elle ne pouvait sans doute pas passer toute la soirée à embrasser Charles.

Elle se leva pour gagner les toilettes. Où elle passa un quart d'heure de bonheur, dans une glorieuse réunion féminine, à échanger des épingles à cheveux et des tampons, des compliments sur les tenues de chacune, des conseils amoureux.

Elle se retrouva ensuite sur la piste de danse, dans les bras de Charles. Même s'il avait eu raison de dire qu'il ne pouvait pas vraiment danser, juste glisser sur place, ce slow avec lui fut tout simplement divin. Il ne lui marcha sur le pied qu'une seule fois et promit de se racheter.

Le reste de la soirée s'égrena en une suite de moments qu'elle aurait voulu enregistrer dans son téléphone en souvenir. Freddy et Phoebe valsant avec Coco Chanel, Chloé et Anita dansant ensemble, car il n'y avait pas assez d'hommes. Un couple de quinquas performant un jitterbug frénétique qui ne leur aurait valu que des dix dans *Danse avec les stars*. Moins plaisant, la vue de Cress assise pendant toutes les danses, Colin à côté d'elle, lançant des regards noirs. Mais même lui s'égaya quand, une fois que la musique se fut tue, les lumières rallumées, ils finirent par sortir de la salle de bal.

Un peu ivres, riant, ils traversèrent Bloomsbury Square en courant, jusqu'à trouver une friterie encore ouverte. Pendant que Sophy attendait un hot dog et des frites, Charles l'attira de nouveau dans ses bras, et ils se mirent à osciller, joue contre joue, au milieu de la queue, sous les sifflets et les applaudissements.

Mais elle avait encore à vivre la meilleure partie de la nuit. Une fois la foule dispersée, ses amis et collègues rentrés en bus de nuit ou en taxi, elle suivit Charles à travers les rues sombres de Bloomsbury, jusqu'à la mansarde dont il avait fait une merveille. « Pour un dernier verre », avait-elle dit.

Même si elle aurait été d'accord pour bien plus qu'un dernier verre.

Il y eut un dernier verre : le cognac de luxe que Charles versa dans de vrais verres à cognac. Mais ce ne fut pas tout. Dans la mansarde, plongée dans une semi-pénombre, elle retrouva sa place sur ses genoux. Et, jusqu'aux premiers rayons du soleil, ils s'embrassèrent à en perdre haleine.

CHAPITRE 29

LE DIMANCHE MATIN, QUAND ELLE SE RÉVEILLA, déshydratée, les membres ankylosés, elle était toujours dans les bras de Charles sur son canapé Eames du milieu du siècle. Elle était incapable de se souvenir de la dernière fois qu'elle avait éprouvé un tel sentiment de bien-être. De sentir que, tant d'un point de vue physique qu'émotionnel, elle était exactement où elle devait être.

— Non, ne te réveille pas, lui murmura Charles au creux du cou, en la sentant bouger. Tu es une couverture extrêmement confortable.

— Mon téléphone, grogna-t-elle.

Dans un coin encore obscur et lointain de la pièce, il continuait à sonner.

— Qui diable peut t'appeler à…

Il se tortilla pour libérer son bras et regarder sa montre.

— Pas même 8 heures, un dimanche matin ?

Sophy ne savait pas qui pouvait manquer à ce point de manières et de sensibilité pour l'appeler si tôt un jour de repos. Soudain, elle se redressa en sursaut, enfonça son coude dans le torse de Charles qui poussa un cri de douleur.

— Ce sont mes grands-parents, dit-elle, la voix un peu rauque parce qu'elle avait bu beaucoup de champagne la veille et qu'elle avait la bouche horriblement pâteuse. Nous nous embrouillons tous avec les décalages horaires et les heures d'été.

Incapable de se lever du canapé, elle glissa au sol, puis rampa vers le coin où, dans son sac, l'appareil sonnait de nouveau. Elle y plongea la main et l'en extirpa.

— Je t'en prie, fais-le taire, Sophy. Je t'en supplie, l'implora Charles du canapé où il était toujours recroquevillé.

Elle se releva en titubant, attrapa la poignée de la porte et se retrouva dans une petite entrée aux murs couverts d'un papier peint aux vibrantes couleurs tropicales. Éblouie par la luxuriante végétation, les fleurs d'hibiscus rose vif – et était-ce un lémurien ou un singe ? –, elle fut obligée de fermer les yeux.

Sophy trébucha jusqu'à la salle de bains où le carrelage crème et vert menthe était beaucoup moins aveuglant. Puis elle rappela ses grands-parents qui, après trois appels manqués, avaient renoncé à la joindre.

Assise sur le bord de la baignoire sur pieds, elle positionna son téléphone face à elle. Enfin ! Les visages souriants de Bob et de Jean la regardaient. Ils s'approchèrent de leur propre écran pour mieux la voir.

— Dis donc, ma belle, on dirait que tu as eu une nuit difficile ! s'exclama Bob. Tu as dormi, au moins ?

— Oui, j'ai dormi.

Dans un sens, c'était vrai. Et ils n'avaient pas besoin de savoir que ce n'était pas dans son propre lit. Puis, les yeux plissés, elle examina son reflet dans le miroir de rasage de Charles et se rendit compte qu'elle avait un faux cil collé à sa joue. Le maquillage de ses yeux ayant coulé, elle ressemblait à un raton laveur qui se serait battu, et l'une de ses tresses s'était échappée de son chignon.

— J'ai dû oublier de me démaquiller hier soir.

— Tu es quand même ravissante, mon chou, la complimenta Jean.

C'était un mensonge éhonté, mais il lui fit plaisir.

— J'espère que ça ne va pas être trop calme pour toi de te retrouver coincée ici avec les deux anciens que nous sommes, reprit sa grand-mère.

— J'ai tellement hâte, au contraire.

Elle savait pourtant que le ranch et la ville voisine de Queensville seraient bien plus calmes que Londres, hier soir.

— Je deviens trop vieille pour les virées nocturnes.

— Eh bien, tu auras quand même droit à quelques virées nocturnes quand tu feras un saut à Melbourne, commenta Bob en se frottant pensivement le menton. Barbara et les filles sont tellement impatientes de te rencontrer. Et si tu réussis à arriver avant Noël, cette année, toute la tribu débarque au ranch.

— Je serai là bien avant Noël, répondit-elle.

Ce serait un Noël bien différent, néanmoins. Sans ce délicieux froid piquant, l'odeur des marrons grillés flottant dans l'air alors que, la pression montant, elle essayait de faire toutes ses courses de Noël en un après-midi. Elle ne se battrait pas avec Cress pour les triangles verts dans la boîte de *Quality Street*. Ne viderait pas la moitié de la bouteille de Bailey's avec Caroline en faisant leur habituel puzzle le 26 décembre. Mais un Noël différent pouvait avoir ses avantages.

— J'ai grandi en regardant le sitcom australien *Neighbours*. Je connais tout de Noël à la plage et des homards au barbecue.

— En tout cas, nous t'attendons avec impatience. Et maintenant que Johnno a tout arrangé, tu n'as pas besoin de t'inquiéter des dates et tout ça, déclara Jean.

Sophy, qui se sentait déjà très vulnérable, était totalement déroutée. Comment savaient-ils que Johnno avait tout arrangé ? Et depuis quand Johnno pouvait-il arranger quoi que ce soit ?

— Je sais, il a enfin trouvé son passeport, et le dossier a été envoyé. Mais ça peut prendre encore un moment avant que j'obtienne ma double nationalité. Si je l'obtiens. J'ai dû prouver que j'étais de bonne foi et que j'avais de bonnes valeurs morales, mais j'ai un petit doute sur l'une des personnes que j'ai données comme référence pour en attester. Mon ancienne directrice d'école. Elle ne m'a jamais aimée.

Sophy se rendit compte qu'elle déviait du sujet.

— Vous avez parlé à Johnno, alors ?

Ils hochèrent la tête de concert.

— Il a appelé l'autre jour. Cet abruti a oublié le décalage horaire, évidemment. Il nous a téléphoné en pleine nuit.

— Je lui ai dit de vous appeler. Il n'était pas au courant pour l'opération des hanches de Jean.

Sophy fronça les sourcils. Elle sentait les signes avant-coureurs de ce qui serait probablement une migraine mémorable.

— La date a été fixée ?

Jean repoussa sa question d'une main.

— Ne t'inquiète pas pour ça, mon cœur. Comme je l'ai dit, Johnno va tout régler.

Leur confiance dans leur fils unique si totalement irresponsable était touchante. Mais loin d'être judicieuse.

— Mais je ne peux pas acheter mon billet avant d'obtenir ma nationalité, ce qui pourrait prendre des mois, et j'ai trop attendu pour postuler…

— Sophy, mon cœur, tu t'inquiètes trop, la coupa Bob.

Sophy commençait à comprendre de qui Johnno tenait son insouciance dans la vie. Elle, en revanche, avait hérité d'une bonne dose des gènes de Caroline. Autrement dit, qu'il fallait passer des semaines à s'inquiéter d'un problème.

Se sentant faiblir de seconde en seconde, elle raccrocha au bout de cinq minutes. Et puis, Bob et Jean ne semblaient pas saisir l'urgence de la situation. Que, sans sa nationalité, elle était coincée. Et qu'elle allait sans doute devoir débourser des milliers de livres pour son vol si elle ne l'obtenait pas avant l'opération de sa grand-mère.

Elle avait beau être au quatrième étage au moins – elle avait un vague souvenir d'avoir monté beaucoup d'escaliers la nuit précédente –, elle percevait le murmure de la circulation et d'autres signes de vie derrière la porte de la salle de bains.

Ce n'est pas qu'elle essayait de se cacher de Charles, non. Mais elle mit un moment à réparer les dégâts de la nuit précédente. Fidèle à lui-même, Charles possédait une gamme complète de produits pour la peau dont elle se servit généreusement. Ne tenant pas à fouiller dans son armoire de toilette pour trouver une brosse à dents neuve, elle s'efforça de se débarrasser de son haleine fétide à l'aide d'un doigt et de dentifrice.

Ce n'est qu'alors qu'elle émergea pour suivre l'odeur du café jusqu'au salon. Elle découvrit qu'il était équipé d'une kitchenette. Charles avait tiré les lourdes tentures de velours mauve, et la pièce était inondée de soleil. Deux murs étaient tapissés d'étagères de livres du sol au plafond, leurs dos colorés ajoutant une touche de décoration supplémentaire. Au-dessus d'une cheminée Art nouveau était accrochée une photo en noir et blanc d'une femme d'une minceur incroyable qui posait entre deux éléphants dans ce qui ressemblait à la brousse.

— C'est une photo de Richard Avedon, de 1955, prise au Cirque d'hiver, à Paris, expliqua-t-il.

Il était en train de verser du café d'une cafetière italienne dans deux minuscules tasses à expresso.

— C'était une mannequin américaine très célèbre, connue sous le nom de Dovima. L'original s'est vendu pour plus de 1 million de dollars il y a dix ans. Café ?

— Oui, s'il te plaît, accepta-t-elle avec gratitude.

Elle ne pouvait pas se résoudre à se rasseoir dans le canapé après y avoir passé toute la nuit. Elle prit donc place dans un fauteuil en forme de cube en cuir blanc.

— J'ai dû t'emprunter certains de tes produits Clarins. J'espère que tu ne m'en voudras pas.

— Bien sûr que non. Tu as trouvé la brosse à dents pour les invités dans l'armoire de toilette ?

Il s'avançait vers elle. Il était toujours vêtu du pantalon et du gilet de la veille au soir, mais avait retiré sa queue-de-pie et son nœud papillon. Même si elle était presque sûre que c'était elle qui le lui avait défait la nuit dernière pour approcher sa bouche de la sienne.

— Charles, je n'ai pas été élevée chez les sauvages. Il n'était pas question que je fouille dans ton armoire.

Inexplicablement, ce matin, elle se sentait gauche et timide. Pourtant, ils n'avaient rien fait de plus que s'embrasser, avant de s'endormir dans les bras l'un de l'autre.

— Merci.

Elle prit la tasse qu'il lui tendait, regrettant qu'elle ne soit pas cinq fois plus grande. Puis, l'espace d'une seconde, il posa sa paume chaude sur sa joue, avant de battre en retraite vers le canapé.

— Tout va bien avec tes grands-parents ?

— Johnno a fini par les appeler et, maintenant, ils semblent croire qu'il va accomplir une espèce de miracle administratif et faire accélérer ma demande de nationalité. Je suppose qu'ensuite il s'attaquera peut-être à la paix dans le monde et au changement climatique, ajouta-t-elle en haussant ses épaules douloureuses. Désolée, je suis grognon, non ?

— Si tu as aussi mal au crâne que moi, tu as le droit d'être grognon, répondit-il.

Complètement allongé sur le canapé, la tête renversée en arrière, il pinçait l'arête de son nez. Il avait beau affirmer se sentir aussi mal qu'elle, il semblait ne jamais se départir de son élégance naturelle.

— Alors combien de temps nous reste-t-il ?

Sophy se réjouissait à la perspective de l'Australie. Se réjouissait vraiment. Même si, ces derniers temps, elle devait s'en convaincre.

— C'est difficile à dire.

Il tourna la tête pour la regarder et fit une grimace de souffrance.

— Quatorze semaines, environ ?

— La date de mon départ n'est pas gravée dans le marbre.

Elle essaya de hausser les épaules avec désinvolture. Elle devrait lui dire que la date pourrait être avancée et qu'elle s'envolerait sans doute dans dix semaines. Mais quel intérêt, étant donné qu'elle n'en était pas certaine elle-même ? Et ce n'était pas une conversation qu'elle souhaitait avoir avec la gueule de bois. Ou à n'importe quel autre moment, en fait. Elle voulait juste rester dans cette merveilleuse bulle qui ne pouvait contenir que Charles et elle.

— Ça pourrait être plus tôt. Ou plus tard. Je ne suis pas encore sûre du temps que je vais y passer. Je t'ai dit que Jean, ma grand-mère, va se faire opérer…

— Je voulais dire, combien de temps avons-nous aujourd'hui ? Je pourrais te trouver une tenue plus confortable, et pourrais même te laisser le canapé pour toi toute seule, si tu voulais rester, ajouta-t-il d'un ton presque suppliant.

C'était une pensée tentante. D'autant qu'à la perspective de renfiler les chaussures de la veille sur ses pieds douloureux, elle avait envie de pleurer. Et puis sa belle robe en velours s'étant affaissée, elle n'avait qu'une hâte, passer quelque chose de plus confortable. Et, surtout, elle avait envie de se blottir de nouveau dans les bras de Charles.

— Je pourrais peut-être te laisser un petit coin de ton canapé, et nous pourrions nous faire livrer du paracétamol par Deliveroo ? C'est pas une mauvaise idée, ça !

Son téléphone venait de biper, lui indiquant l'arrivée d'un message.

> Sophy ! Où es-tu ? Pourquoi n'es-tu pas rentrée à la maison hier soir ? Tu es tombée dans la Tamise ? Je n'ai pas pu fermer l'œil de la nuit tellement je me suis inquiétée ! Pour info, notre maison n'est pas un hôtel, et les parents de Mike viennent déjeuner. Tu as promis de faire un cocktail de crevettes et de peler les pommes de terre. OÙ ES-TU ???? Bises, maman

— Ma mère a déjà tout un programme prévu pour moi, dit-elle avec tristesse en essayant de se lever. Je n'ai vraiment pas envie, mais je dois y aller. Elle m'attend pour faire un cocktail de crevettes.

— Une punition aussi cruelle qu'insolite, soupira Charles. Tu as trente ans, Sophy, tu as le droit de vivre ta vie.

Flageolant sur ses jambes, elle s'avança vers le canapé et lui caressa le front d'une main qu'elle espérait apaisante.

— Elle a du mal à accepter l'idée que je ne vais pas rester indéfiniment, expliqua-t-elle avec douceur.

— Dans ce cas, nous sommes deux.

Avec un grognement, il se redressa pour prendre son visage entre ses paumes.

— Mais je te verrai la semaine prochaine.

C'était une affirmation, pas une question.

— Pour le vernissage de la nouvelle exposition de mode au V&A, jeudi prochain. Il y aura un bar à champagne.

Un bar à champagne n'était pas une perspective aussi alléchante qu'il l'aurait été en temps normal. Elle faillit même avoir un haut-le-cœur en entendant le mot « champagne ». Mais une soirée avec Charles serait merveilleuse. Parce qu'elle avait beau être toujours dans son appartement, sentir sa main légère sur sa hanche, il lui manquait déjà.

— Et ensuite, je pourrais revenir ici ? suggéra-t-elle. Pour un de nos fameux « derniers verres ».

Car il avait raison. Elle avait le droit de vivre sa vie. Et puis, elle pouvait toujours dire à Caroline qu'elle dormait chez l'une de ses collègues de la boutique. Charles et elle aussi n'avaient qu'une période indéfinie à passer ensemble. Et elle voulait emporter avec elle plus que des souvenirs de ces baisers enflammés qui, chaque fois, la laissaient sur sa faim.

Il étouffa un soupir tremblant.

— Ça me plairait beaucoup. Un dernier verre ? Ou tu veux dire un dernier verre qui n'est pas vraiment un dernier verre ?

Pour une fois, ce fut elle qui dut s'accroupir pour l'embrasser et non le contraire.

— Oh, je pense que tu sais exactement ce que je veux dire.

Chapitre 30

Quelque chose semblait avoir changé à la boutique. Maintenant qu'elles étaient sorties danser et qu'elles s'étaient soûlées ensemble, Sophy n'était plus une intruse, la fille de Johnno qui avait trouvé un travail bien qu'on n'ait pas vraiment besoin d'elle.

Une fois que vous aviez donné votre dernier tampon à une collègue et que vous vous fichiez qu'elle vous ait vue avaler un hot dog en trois bouchées, vous faisiez partie de la bande.

Chloé, Anita et Béatrice avaient toujours été polies, cordiales, même. Mais jamais réellement amicales. Pourtant, quand elle arriva à la boutique le lundi matin, se sentant encore vulnérable après avoir décidé que le meilleur moyen de soigner sa gueule de bois était de quasiment vider une bouteille de chardonnay lors de son déjeuner du dimanche tardif, elle fut accueillie comme si elle venait de rentrer d'un déploiement de six mois dans un pays déchiré par la guerre.

— Qu'est-ce qu'on s'est amusées, samedi soir, lança Béatrice. Je pense que nous devrions remettre ça tous les samedis.

Sophy alla chercher un tabouret dans l'arrière-boutique. Comme les lundis matin étaient toujours calmes, elle espérait pouvoir s'asseoir derrière le bureau et ne pas être perturbée par le bruit.

— Et toi, qu'est-ce que tu es douée ! renchérit Chloé en feignant de valser avec la minirobe inspirée de Pucci qu'elle était en train d'accrocher. Tu vas devoir m'apprendre le fox-trot.

— Nous pouvons tout à fait organiser quelques cours de fox-trot avant mon départ pour l'Australie, suggéra-t-elle.

Elle savait pourtant que, même si cela n'arriverait pas avant plusieurs semaines, elle allait être débordée. Caroline avait des tas de projets pour elles deux, comme une journée ensemble dans un vrai spa ou encore ranger le placard sous l'escalier.

Et puis, elle voulait passer autant de temps que possible avec Cress pour essayer de la convaincre que rien ne l'empêchait de venir en Australie pour de longues vacances. Et elle n'était pas contre le fait d'aller danser avec les filles non plus.

Mais elle serait heureuse de passer chaque jour et chaque nuit de ces semaines restantes avec Charles. Ils commençaient à peine à se connaître, et elle voulait en savoir tellement plus à son sujet, faire tellement de découvertes avec lui.

— Sophy ! Tu as l'air fatiguée, s'écria Phoebe qui descendait l'escalier. Fais-tu partie de ces gens qui ont la gueule de bois pendant deux jours ?

Peut-être que tout n'avait pas changé, en fin de compte.

— C'est ma gueule de bois d'hier. Ma gueule de bois de samedi soir était absolument différente, reconnut-elle.

Parce que quand on avait le teint pâle, il était très difficile de cacher à quel point on se sentait mal en point.

— J'avais plutôt un mal de tête. Là, j'ai l'impression que je peux tourner de l'œil d'un instant à l'autre.

Phoebe ne répondit pas tout de suite. Elle caressait une robe du soir en soie avec sensualité.

— Eh bien, si tu as les mains propres…

— Toujours !

Avec un effort, Sophy parvint à agiter ses doigts propres.

— Dans ce cas, j'aimerais bien que tu t'assieds sur le canapé et que tu tries un carton de gants de soirée que nous venons de recevoir, dit-elle, s'adoucissant. Peux-tu les classer par couleurs, des plus clairs aux plus foncés ? Même si ce serait une bonne idée de commencer par retirer tes lunettes de soleil.

Et comme un autre signe qu'elle était désormais acceptée dans le club officiel de *La Petite Boutique vintage*, environ une demi-heure plus tard, alors qu'elle était affairée à classer les gants par couleurs, elle entendit le bruit des griffes et les soufflements de Coco Chanel qui descendait l'escalier en colimaçon.

Puis la chienne se dandina vers elle et lui donna des coups de tête dans les tibias. Comprenant le message, elle la souleva sur le canapé. (Coco Chanel était aussi lourde et compacte qu'une boule de bowling.) Après avoir fait trois cercles sur place, elle se coucha en rond, posa le museau sur ses genoux et s'endormit immédiatement. Et, malgré elle, Sophy sentit une pointe d'envie en voyant la chienne s'assoupir.

Dans la boutique calme, la journée s'étira en longueur. Elle la passa presque intégralement à la cave à faire l'inventaire. Elle dénicha des vêtements dans des housses de plastique et des cartons d'accessoires que tout le monde semblait avoir oubliés. Et c'était bien le cas. Quand Phoebe descendit l'escalier de la cave pour lui proposer une tasse de thé, ce qui n'était jamais arrivé jusque-là, elle resta bouche bée devant la pile de robes qu'elle était en train d'examiner, traquant les trous de mites tant redoutés.

— C'est… ce sont…

Chancelante, Phoebe posa une main sur la rampe.

— Ce sont les stocks d'invendus Chelsea Girl 1960 que je cherche depuis des mois, au point que j'ai fini par croire que j'avais dû les voir en rêve !

— Oui, ce sont des stocks d'invendus, acquiesça Sophy en brandissant une minirobe couleur citron vert. Elles ont encore leurs étiquettes. Elles étaient dans deux sacs-poubelle qui étaient tombés derrière les portants.

— Je pourrais t'embrasser, déclara la directrice avant de se raviser. Mais je n'en ferai rien. En revanche, je vais peut-être demander à Béatrice d'aller te chercher un cupcake.

— Je préfère mille fois un cupcake à ce que tu m'embrasses, sans vouloir te vexer.

— Tu ne me vexes pas du tout, répondit la directrice qui, déjà, remontait.

Phoebe avait désormais décidé de se montrer amicale, sympathique, et Sophy regrettait presque de ne pas rester à la boutique. Presque.

Même si, contrairement à ce matin, elle n'avait plus l'impression de vouloir mourir, sentant son coup de barre du milieu de l'après-midi arriver, elle eut besoin de sucre et de caféine.

Elle prit son cupcake et son mug de thé pour sortir sur la terrasse. Et s'émerveilla une fois encore de n'être qu'à une si courte distance d'Oxford Circus. Pourtant, ici, elle entendait les oiseaux gazouiller, le teuf-teuf lointain d'un bateau qui arrivait dans sa direction. Le soleil filtrait à travers les branches des arbres qui ployaient, leurs feuilles ombrageant l'eau scintillante.

Avec un soupir d'aise devant la beauté des lieux, elle but son thé à petites gorgées, bien déterminée à prendre son temps. Et, comme à chacune de ses pauses, elle sortit son téléphone de la poche de sa robe sac pour voir si elle avait un message de Charles.

Si elle n'avait rien de lui, elle avait un e-mail d'un certain E. Harper du ministère de l'Intérieur australien. L'objet n'indiquait que son numéro de référence, ce qui ne l'avançait pas beaucoup.

Les mains tremblantes, elle ouvrit l'e-mail. Les mots se brouillaient sous son regard. Elle cligna des yeux et essaya de se concentrer.

Chère Madame,

J'ai l'honneur de vous confirmer votre nationalité australienne par filiation.

Elle cligna de nouveau des yeux.

Votre certificat de citoyenneté australienne est désormais disponible à la Haute Commission australienne de Londres. Merci de prendre rendez-vous pour le retirer. Vous trouverez les renseignements pour nous joindre ci-dessous.

Elle fut envahie par une soudaine sensation de légèreté grisante.

Maintenant, elle pouvait aller en Australie. Elle n'avait pas besoin d'un visa. Ni d'avoir des milliers de livres sur son compte bancaire. Elle pouvait juste partir, comme si elle montait dans un train pour Manchester.

Il y avait tant à organiser. Elle ne savait pas si elle allait vraiment s'y installer, y passer du temps ou simplement prendre de très longues vacances. Elle avait tellement de gens à qui elle devait annoncer la nouvelle. Et particulièrement une personne à qui elle voulait parler plus qu'à toute autre.

Elle s'attendit à tomber sur la messagerie. Il n'était jamais foutu de répondre à son téléphone. Pourtant, cette fois, il décrocha à la troisième sonnerie et demanda d'une voix méfiante :

— Sophy ?

Elle prit une profonde inspiration.

— *G'day mate !* Ça va, tout baigne ?

— Tu as fumé ? hasarda son père.

Honnêtement, la question était assez justifiée.

— Je te parle comme une Australienne parce que je suis officiellement citoyenne australienne.

Officialiser son héritage n'avait été qu'un moyen d'arriver à ses fins. Mais, maintenant que c'était fait, elle s'étonnait de l'émotion que cela lui procurait. Sa voix se fit aiguë et, d'une main impatiente, elle essuya une larme.

— Oh, petite… !

Johnno semblait aussi ému qu'elle.

—Je vais te dire, l'Australie a une sacrée chance de t'avoir. Écoute, je suis désolé d'avoir mis tant de temps à déterrer…

—Non, c'est moi qui suis désolée. Je n'aurais pas dû te dire ces choses la dernière fois que je t'ai vu. J'ai eu un peu l'impression que tu m'évitais.

—J'ai dû aller voir un type…

—… à propos d'un chien. C'est ça!

Elle laissa échapper un rire étranglé.

—Je t'ai peut-être un peu évitée, reconnut-il. Tu as tous les droits d'être en colère contre moi. Mais ça allait mieux entre nous ces dernières semaines. Et puis, soudain, nous étions de nouveau en mauvais termes, et tout était ma faute.

Cela ne lui ressemblait pas du tout de faire preuve d'une telle introspection ni de présenter ce qui s'apparentait à des excuses. Touchée, elle répondit simplement:

—Je t'ai vu plus souvent ces dernières semaines que pendant des années, et ça m'a vraiment fait plaisir.

—Oui, moi aussi, petite. En fait, je pense… Freddy pense que c'est pour ça que j'ai traîné des pieds pour trouver mon passeport. Parce que je savais que, quand tu aurais ta nationalité, je te perdrais de nouveau.

Il émit un grognement.

—Je ne sais pas. Il y a peut-être un peu de vrai là-dedans.

—Tu ne vas pas me perdre. Je vais voir tes parents. Voir où tu as grandi. Découvrir si le gène de la tonte de moutons est vraiment dans mon ADN, ajouta-t-elle pour le faire rire. Même si nous ne sommes pas proches physiquement, c'est une manière de nous rapprocher, non?

—Oui, j'imagine…

Elle perçut le son d'une porte qui se fermait, puis le bruit de fond se tut.

—Donc, rien ne te retient ici. Tu peux juste monter dans un avion dès que possible.

— Ce n'est pas aussi simple que ça.

À la pensée de bientôt prendre l'avion, elle avait les mains moites, le cœur qui battait plus fort.

— J'ai encore beaucoup de choses à organiser. Des détails à régler. Des gens à qui je dois dire au revoir. Tu n'es pas la seule personne dont je suis devenue proche…

— Je vais appeler maman et lui dire qu'elle peut prendre rendez-vous pour son opération. Ils ont eu une nouvelle annulation, donc elle peut avancer dans la liste, déclara Johnno. Il est quelle heure, là, en Australie ?

— Ne les appelle pas maintenant ! le supplia-t-elle frénétiquement. C'est le milieu de la nuit, là-bas. Il n'y a pas le feu. Je dois attendre un peu avant de réserver mon vol, sinon je vais payer plein pot pour un billet de dernière minute. J'ai besoin de savoir exactement quand Jean se fait opérer.

Son cœur battait à présent à tout rompre.

— Elle pensait vers la mi-juin, si je ne me trompe pas.

— Mi-juin ! s'écria Sophy.

On était fin avril. Autrement dit, elle n'avait que six semaines. Six semaines, cela ne lui laissait pas du tout le temps de régler tout ce qu'elle avait à régler. Et puis il y avait Charles ! Il croyait toujours qu'elle ne partait pas avant trois mois. Au moins.

— Six semaines. Waouh !

— Mais tu n'as pas besoin d'attendre si longtemps, déclara Johnno. Si tu t'inquiètes pour l'argent, je serais ravi de t'offrir ton billet.

C'était un geste très gentil. Elle sentit de nouveau sa gorge se nouer d'émotion.

— Ce n'est pas nécessaire, répondit-elle d'un ton ferme. J'ai économisé pour le payer. Presque toute la somme.

— Mais si tu pars plus tôt, tu pourras passer du temps avec mes parents avant l'opération de maman.

— Dis donc ! On dirait presque que tu essaies de te débarrasser de moi.

C'était censé être une blague. Pourtant, elle était sur le point de se remettre à pleurer. À chaudes larmes.

— Bien sûr que non. Je ne veux pas que tu penses que je te retiens, Sophy. Et je suis fier que tu veuilles explorer ton héritage australien. Tu vas être obligée de commencer à boire de la bière, mon chou.

— Jamais !

Elle tremblait encore de panique. Pour un peu, elle aurait pu s'évanouir.

— À bientôt, j'espère, ajouta-t-elle.

— Je passerai à la boutique demain ou après-demain. Tu es sûre que c'est trop tôt pour que j'appelle mes parents ?

— Certaine !

Elle raccrocha sans la moindre illusion : son père n'avait pas écouté un mot de ce qu'elle avait dit.

Elle l'imaginait d'ici. Il allait débarquer à la boutique pour le pot du vendredi soir, et prendrait l'air surpris en la voyant passer l'aspirateur ou faire la caisse.

— Tu es encore là ? dirait-il. Je pensais que tu serais déjà en Australie.

Pourtant, il avait pris la nouvelle de sa double nationalité bien mieux que certaines autres personnes dans sa vie. Quand elle monta l'escalier pour gagner l'atelier, où Cress peinait à raccommoder la déchirure sur la robe Ossie Clark, elle ne savait pas à quelle réaction s'attendre. Et à peine avait-elle annoncé : « Je viens d'apprendre que j'ai ma double nationalité » que Cress fondit en larmes.

— Je ne pars pas tout de suite, protesta-t-elle.

Elle savait qu'avant la fin de la journée elle aussi allait se mettre à pleurer.

— Je ne peux pas parler de ça maintenant, sanglota sa demi-sœur, la tête bizarrement penchée. Je ne veux pas tacher cette robe de larmes.

Elles n'en reparlèrent pas non plus en allant au métro. Au lieu de descendre l'escalier à 18 heures pile, Cress envoya Phoebe lui dire qu'elle allait rester pour finir la robe Ossie Clark et qu'elles parleraient le lendemain.

—Elle est bouleversée, rapporta Phoebe.

Loin de paraître réjouie, elle semblait vraiment perplexe de voir que le départ imminent (même s'il ne l'était pas tant que ça non plus) de Sophy puisse autant contrarier Cress.

—Alors, souhaites-tu donner ta démission plus tôt que prévu ? lui demanda-t-elle tout à coup.

—Non, mais sérieusement ! Je ne sais même pas encore exactement quand je pars ! s'exclama Sophy. Désolée, Phoebe, mais tu vas devoir me supporter encore un peu.

Elle se dirigea vers l'escalier pour essayer d'aller réconforter Cress. Mais Phoebe, sur la dernière marche, lui bloqua le passage.

—Bon, écoute, ça s'est pas si mal passé entre nous, en fin de compte. Mais je ne pense pas que la mode vintage soit ta vocation.

—Mais j'ai adoré travailler ici !

—Et nous avons été très contentes de t'avoir. Mais tu vas sans doute découvrir que tu préfères garder des moutons ou quelque chose de ce genre.

D'un geste, elle la congédia.

—Non, Sophy. Je ne peux pas te laisser monter tant que Cress travaille sur cette robe Ossie Clark. Elle a déjà fait deux taches de larmes, et son raccommodage invisible est un peu de travers.

Quand elle rentra chez elle et apprit la bonne nouvelle à Caroline et Mike, elle eut droit à une nouvelle scène.

Caroline prit son téléphone pour pouvoir lire l'e-mail du ministère de l'Intérieur australien. Et s'empressa de le lui rendre comme s'il était radioactif.

—Bon, alors voilà, c'est fait, lâcha-t-elle.

—Je ne pars pas tout de suite, répéta Sophy pour la énième fois en l'espace de trois heures. Vous êtes encore coincés avec moi quelque temps.

— Tu pars vraiment, alors ? demanda Mike. Même si ta mère m'a dit que tu avais commencé à sortir avec quelqu'un ?

Lui tournant le dos, il coupait des légumes pour le dîner. Ce qui lui permettait d'éviter de la regarder dans les yeux, car il détestait les confrontations.

Sophy lança un coup d'œil furieux à sa mère qui semblait parfaitement impénitente. Comme elle l'avait souvent répété depuis qu'elle était rentrée dimanche matin, Caroline renchérit :

— Vu que tu n'es pas rentrée de la nuit, je pensais que si tu avais une nouvelle relation, tu ne partais plus en Australie.

— J'ai toujours dit que je partais en Australie.

— Alors pourquoi as-tu commencé à sortir avec ce Charles ? insista Caroline, les mains sur les hanches. Parce que je sais que tu as prévu de rester chez lui jeudi soir aussi, mademoiselle. Qu'importe toutes ces absurdités sur le fait que tu vas dormir chez une de tes collègues de travail.

Non mais sans blague, elle avait l'impression d'être redevenue adolescente !

— J'ai juste dit ça parce que…

— Tu n'as pas dit, Sophy. Tu as menti.

— Parce que je savais que tu me prendrais la tête, exactement comme tu es en train de le faire à cet instant précis, fit-elle remarquer. Charles connaît mes plans sur l'Australie, et nous savons tous les deux que nous ne faisons que passer du temps ensemble, rien de sérieux, juste profiter de notre compagnie mutuelle.

Caroline émit un reniflement dédaigneux.

— Comment tu le vis ?

— Très bien. Vraiment super bien.

Sa date butoir d'origine, mi-août, avait fait de l'Australie une perspective vraiment excitante, mais pas si concrète. Maintenant, elle allait monter, attendre une heure décente pour appeler Jean, puis se connecter à l'ordinateur de Mike et peut-être enfin acheter son billet d'avion.

Ceux qu'elle aimait allaient lui manquer. Cress, sa mère, Mike, même Johnno. Et même si elle n'était pas officiellement celle qu'il aimait, ce n'était pas juste Charles qui lui manquerait, mais ce qu'ils auraient pu être ensemble. Ce qu'ils auraient pu vivre. Et la perspective de lui annoncer qu'ils n'avaient sans doute plus que cinq ou six semaines avant qu'elle prenne l'avion pour l'autre bout du monde ne la réjouissait pas vraiment.

— Ça n'a pas l'air d'aller si bien, marmonna Mike, toujours sans se retourner.

— À quelle heure dîne-t-on ? demanda-t-elle alors.

Elle espérait que le changement de sujet serait bienvenu. Elle se trompait.

— « À quelle heure dîne-t-on ? », répéta Caroline, haussant la voix. Au moins, tu ne seras plus là pour considérer cette maison comme un hôtel.

Sophy savait que sa mère était parfaitement odieuse parce qu'elle était triste que sa fille unique parte vivre à des milliers de kilomètres pour une période indéterminée. Voire pour toujours. Malgré cela, elle monta l'escalier en trombe comme l'adolescente furieuse, bouillonnante de rage, qu'elle avait été. Et, en dépit du bruit de ses pas furibonds, elle entendit Caroline dire à Mike :

— Je regrette qu'on ait mis ce fichu banc solaire en vente sur Facebook Marketplace, maintenant.

Chapitre 31

Quand Sophy sortit du métro à la station de Chalk Farm, Cress l'attendait. Silencieuse, sa demi-sœur était très pâle.

— J'ai essayé de t'appeler hier soir, commença Sophy.

Mais, d'une main levée, Cress l'interrompit :

— Je ne veux pas en parler. De l'Australie, clarifia-t-elle. Je ne peux pas en parler, sinon je vais pleurer.

— Nous serons bien obligées d'en parler tôt ou tard.

— Je ne vois pas pourquoi, répliqua Cress avec un reniflement.

Aussi énervant que ce soit, d'autant que Sophy avait besoin de parler de sa panique à la pensée de l'Australie, elle savait que c'était le mode opératoire habituel de Cress quand elle devait faire face à une épreuve qu'elle ne voulait pas vraiment affronter. Que ce soit un raccommodage invisible difficile ou un courrier de sa gynéco lui rappelant qu'elle devait faire un frottis, il lui fallait un certain temps pour se confronter à ses peurs.

Elle espérait juste que cela ne durerait pas jusqu'à son départ, car elle avait sincèrement besoin de quelqu'un à qui se confier.

Charles. Elle pourrait en parler avec lui demain quand ils se verraient au V&A. Charles, mieux que quiconque, comprendrait pourquoi elle était partagée entre l'excitation et la terreur à l'idée de partir en Australie. Comme il était étrange d'éprouver deux sentiments aussi contradictoires, même s'ils étaient tous les deux justifiés !

— Est-ce que Phoebe t'a dit que j'avais trouvé un gros stock d'invendus Chelsea Girl hier ? demanda-t-elle, plus pour changer de sujet qu'autre chose.

Elle le lui avait dit. Et, pendant le reste du court trajet, Cress s'extasia sur une longue jupe à carreaux rose qui faisait partie du lot, mais qu'elles ne pouvaient pas vendre car, d'un point de vue technique, ce n'était pas une robe vintage.

— Elle m'a dit que je pouvais la prendre, mais je ne sais pas trop si je suis le genre de personne qui peut se permettre une jupe à carreaux rose.

Sophy savait que Cress finirait par la prendre, mais qu'elle n'aurait jamais l'audace de la porter.

Sophy était différente. Du moins, elle l'était maintenant. Elle pouvait se montrer audacieuse. Elle pouvait vivre des aventures. Elle pouvait faire un saut dans le vide sans se soucier d'où elle atterrirait.

Une pensée qui ne fit que renforcer sa détermination. Aussi, quand elles arrivèrent à la boutique, elle se sentait plus calme. Plus résolue.

Elle décida d'acheter ses billets d'avion le soir même. Enfin, elle devrait peut-être attendre d'avoir reçu son certificat de citoyenneté australienne. Et elle n'avait toujours pas réussi à parler à Jean.

C'était comme si la chance avait soudain décidé de lui sourire, après tant de mois de revers de fortune. Où était sa bonne étoile quand elle s'était fait renvoyer de la boutique dans laquelle elle travaillait depuis dix ans, qu'elle avait rompu avec Egan et s'était retrouvée SDF ?

La chance avait un sens des priorités bien étrange. En effet, Phoebe se montra plus que compréhensive quand elle lui expliqua qu'elle devait aller à la Haute Commission australienne pendant les heures d'ouverture.

— Tu n'as pas besoin de poser une journée de congé. Tu peux tout à fait sauter une matinée ou un après-midi pour aller régler ça.

Peinant à cacher son allégresse à la perspective que Sophy ne foule plus jamais le seuil de la boutique, elle resta debout à côté d'elle quand elle appela le numéro indiqué sur l'e-mail et leva le pouce avec enthousiasme en l'entendant dire :

— Oh ? Vous avez des créneaux demain matin ? Et je dois juste apporter mon passeport, deux autres pièces d'identité et une copie de l'e-mail du ministère de l'Intérieur ? Parfait. À demain alors.

La Haute Commission australienne se trouvait sur le Strand. Et, avec ses rangées de drapeaux australiens serrés les uns contre les autres qui frissonnaient dans la brise de mai, elle était facile à repérer. Après avoir montré patte blanche et avoir franchi la sécurité, elle se retrouva dans un cadre majestueux. Des sols et des murs en marbre, des colonnes ouvragées, des lustres splendides.

Il y eut une courte attente dans un couloir moins prestigieux. Puis, sans grande cérémonie, son tour arriva. Elle entra dans un bureau, présenta ses papiers et se vit remettre son certificat de citoyenneté australienne.

Elle ne s'était pas attendue à vivre un instant aussi émouvant. Elle s'était inquiétée de rentrer travailler, d'acheter ses billets d'avion, de ce qu'elle allait dire à Charles le lendemain. Maintenant, tout était oublié. Elle regardait l'élégante feuille de papier. Qui ressemblait plutôt à un parchemin arborant un blason représentant un kangourou et un émeu, frappé d'un sceau de cire au bas de la page.

Il n'y avait pas si longtemps, elle avait encore une vie étriquée, confortable, routinière. Mais cette feuille de papier était pour elle comme un laissez-passer vers une nouvelle vie, pleine de possibilités, qui s'ouvrait à elle.

— Félicitations pour votre nationalité, lui déclara le quinquagénaire qui lui avait remis le document.

Sans doute pour lui faire comprendre qu'elle pouvait maintenant quitter son bureau. Bouche bée, un peu désorientée par les événements, elle restait debout devant lui.

— Waouh, merci ! s'exclama Sophy. Je vais passer du temps avec mes grands-parents. Ils ont un élevage de moutons à environ deux cents kilomètres d'Adélaïde. Sur la côte.

Elle se lança dans un discours confus sur les merveilles de Queensville, le homard en fibre de verre à l'entrée de la ville, ajouta qu'elle se réjouissait qu'il n'y fasse pas trop chaud.

— Parce que j'ai une amie de classe qui a habité à Brisbane pendant deux mois. Elle m'a dit qu'il faisait plus de quarante degrés l'été. Je ne pourrais pas le supporter.

— Eh bien, vous allez être dans une très belle région du pays, répondit l'homme que ses histoires devaient ennuyer ferme.

Il regarda la queue des gens qui s'impatientaient derrière elle.

— Bonne chance et bon voyage.

— Je n'ai même pas encore mon billet d'avion.

— Pour la sortie, vous devez suivre les panneaux, indiqua-t-il, un peu désespéré.

Elle finit par saisir le message et prit congé. Après avoir soigneusement glissé le document dans une pochette en plastique, elle descendit un escalier de service qui n'était pas aussi majestueux que celui par lequel elle était montée. En sortant sur le Strand, elle tomba dans les bras de Johnno.

— Oh, mais ?! Qu'est-ce que tu fais là ? s'étonna-t-elle.

Même s'ils n'avaient pas pour habitude d'exhiber leur affection mutuelle, la sensation de ses bras qui se refermaient autour d'elle lui fut aussi familière que réconfortante.

— C'est un événement très spécial, Sophy. Je voulais absolument le fêter avec toi, expliqua-t-il d'une voix rauque d'émotion.

Ils étaient quasiment de la même taille. Et quand elle recula pour le regarder attentivement, elle vit qu'il pleurait.

— Quelle vieille chiffe molle sentimentale je fais !

— Je ne pensais pas que ça serait si important pour toi, dit-elle en le reprenant dans ses bras. Tu n'as même pas passé la moitié de ta vie en Australie.

— Ça a remué beaucoup de choses, répondit-il de la même voix éraillée.

Quand elle le relâcha, elle remarqua ses drapeaux australiens. Un qu'il tenait à la main, deux autres qu'arboraient son tee-shirt et le sac qu'il portait de son autre main.

— Et mon drapeau, à moi ? Je me sens nue ! plaisanta-t-elle en lui donnant un petit coup de coude.

Il sourit.

— On retourne à la boutique ? suggéra-t-elle alors.

— Je pensais… il y a un petit parc, près de la Tamise. C'est une belle journée. Et si nous prenions un moment ?

Il s'exprimait en phrases décousues et paraissait si troublé qu'elle ne put s'empêcher de s'inquiéter.

— Tu te sens bien ?

— Je ne me suis jamais senti aussi bien, lui promit-il.

Pourtant, il avait perdu son habituel air fanfaron.

Ils traversèrent le Strand pour se diriger vers les jardins de Victoria Embankment. Au loin, la Tamise scintillait au soleil. À 11 heures du matin à peine, le parc était calme, à l'exception des quelques groupes de touristes qui s'y promenaient.

Ils trouvèrent un banc, s'y assirent, à l'ombre d'une voûte d'arbres.

— Bienvenue dans la citoyenneté australienne, déclara-t-il en lui tendant son sac.

En théorie, elle était moitié australienne, moitié britannique. Mais il semblait malvenu de le lui faire remarquer. Le sac contenait un autre tee-shirt frappé d'un drapeau australien. Qui, cette fois, était pour elle.

— Tu vas me demander de le porter tout de suite ?

Johnno hocha joyeusement la tête, et elle l'enfila sur sa robe. Il était un peu étroit, mais c'était l'intention qui comptait.

— Et maintenant, qu'avons-nous d'autre ?

Elle examina tour à tour tous les produits typiquement australiens qu'il avait réunis. Dont une crème à la papaye qui, selon lui, était miraculeuse contre les piqûres d'insectes.

Le sac renfermait aussi un ouvre-bouteilles en forme de crocodile et un étui à passeport gravé d'un drapeau australien. Elle avait la gorge tellement nouée par l'émotion qu'elle arrivait à peine à pousser des exclamations de joie. Pour la toute première fois de sa vie, elle sentait le lien que Johnno tenait à nouer avec elle, sa fille.

Le sac renfermait une dernière surprise. Une enveloppe A4 couleur chamois.

— Qu'est-ce que c'est ? s'étonna-t-elle.

À côté d'elle, elle sentit son père se figer. Non sans appréhension, elle la décacheta et en sortit une petite pochette en plastique frappée du logo Qantas. Le sang battant contre ses tempes, les doigts malhabiles, elle l'ouvrit pour trouver…

— Tu n'as pas fait ça ?

Elle se tourna vers lui et sentit soudain les larmes ruisseler sur ses joues.

— Si, Sophy, répondit-il en la regardant en extraire deux billets d'avion. Un aller-retour avec une des dates flexibles, donc, si tu détestes vraiment, tu ne seras pas obligée de rester.

— Mais c'est trop cher, et c'est une classe affaires…

Elle lut le prix sur les billets et étouffa un cri.

— C'est trop. Je ne peux pas accepter ! s'exclama-t-elle en lui tendant les billets.

— Si, tu peux, rétorqua-t-il énergiquement en repoussant sa main. J'ai été un père de merde, Sophy. Je le sais.

— Mais non, insista-t-elle.

Pourtant, c'était la vérité, et ils le savaient tous les deux. Même si elle avait eu trente ans pour s'habituer au fait que Johnno l'avait négligée. Elle ne lui en voulait pas. Il était comme ça, voilà tout.

Il lui prit la main et la pressa.

— Je n'étais pas présent et j'aurais dû l'être. Ce n'est pas parce que je ne t'aimais pas. Tu sais comment je suis. Plein de bonnes intentions, mais je n'arrive jamais à les mettre en pratique.

— Mais moi aussi, je t'aime. J'espère que tu le sais, assura Sophy.

Elle avait la voix tellement étranglée de larmes qu'elle pouvait à peine s'exprimer.

— Même si je suis vraiment furieuse contre toi.

— Et ça…, ajouta-t-il en tirant sur le coin des billets. Eh bien, c'est pour compenser pour tous les anniversaires et les Noëls que j'ai ratés.

— Tu ne les as pas tous ratés.

— J'en ai raté suffisamment, répliqua-t-il.

Elle se jeta dans ses bras et se mit à sangloter sur l'épaule de son tee-shirt.

— Allons, Sophy. Tu ne peux pas passer tout son séjour en Australie à pleurer. On va te prendre pour une Anglaise geignarde.

— C'est exactement ce que je suis, marmonna-t-elle.

Elle avait beau être à moitié australienne, elle n'avait pas franchement l'esprit pionnier.

Elle se dégagea de l'étreinte de son père et plaqua les billets sur sa poitrine.

— Merci encore.

— Même si je ne sais pas vraiment pourquoi je te donne les moyens de quitter Londres alors que nous commençons à peine à nous connaître, observa-t-il en prenant gentiment son menton au creux de sa paume.

— Tu devrais venir aussi. Peut-être pour l'anniversaire de mariage de Bob et de Jean, ou à Noël ? proposa-t-elle.

Il approuva d'un signe de tête.

— Oui, absolument. Il y a longtemps que je dois revoir la mère patrie.

Devant son manque d'enthousiasme, elle comprit qu'il ne mettrait pas ce projet à exécution.

— Tu devrais peut-être retourner travailler maintenant, suggéra-t-il alors.

Elle rassembla tous ses cadeaux et les rangea dans le sac.

— Tu m'accompagnes ?

Il secoua la tête.

— Je dois aller voir un type à propos d'un chien.

Décidément, il était vraiment impossible. Avec un sourire, elle acquiesça.

— Mais oui, bien sûr.

Après une dernière embrassade, un merci plein de ferveur, Sophy reprit la direction d'Aldwych pour prendre le 168 pour Chalk Farm. Johnno partit dans le sens opposé et traversa la Tamise pour aller vaquer à ses occupations habituelles.

Une fois dans le bus, prise de panique, elle vérifia qu'elle avait bien son passeport et son certificat. Et elle ne pouvait pas laisser ses billets d'avion en vrac dans un sac. Elle les transféra dans la chemise en plastique, mais ne put résister à son envie de les regarder. Juste pour s'assurer qu'elle n'avait pas rêvé.

Non, ils étaient bien réels. Très chers. Mais aussi très réels. Elle décollerait de Heathrow et, après une escale de quelques heures à Kuala Lumpur, poursuivrait son vol vers Adélaïde.

C'est alors qu'elle remarqua la date sur le billet aller.

Et fondit de nouveau en larmes.

Sophy parvint sans trop savoir comment à finir sa journée en pilote automatique. Elle attendit que Freddy la rappelle après lui avoir laissé plusieurs messages, plus pressants les uns que les autres.

Enfin, il la rappela. Elle était sur le chemin qui menait de la station de métro Hendon à chez sa mère, avec l'impression de monter à l'échafaud. Il allait falloir qu'elle lui annonce la nouvelle.

— Freddy, tu étais au courant pour ces billets ? demanda-t-elle sans même prendre le temps de le saluer. Ce n'est pas que je ne suis pas reconnaissante, parce que je le suis. À tel point que j'ai pleuré. Mais y a-t-il une quelconque possibilité de différer la date de départ ?

— Attends une seconde.

Elle l'entendait taper sur son clavier.

— Le truc, Sophy, c'est qu'il était vraiment très fier de t'avoir trouvé ce vol, et il n'y a aucun problème, hein, tout est en ordre, c'est un vrai billet, mais c'est juste que… Il l'a eu par l'intermédiaire d'un de ses contacts de la compagnie aérienne…

— Bien entendu, répondit-elle avec un soupir résigné.

— Il lui a fait un prix d'ami, mais l'accord, c'était qu'il ne pourrait plus changer la date de départ, une fois le vol réservé. Il pensait que tu serais contente.

— Je le suis, mais c'est beaucoup plus tôt que ce que j'avais prévu. À l'origine, je devais partir mi-août. Puis l'opération des hanches de ma grand-mère a été avancée à mi-juillet, j'ai donc envisagé cette date. Puis mi-juin, mais nous n'en avions pas encore discuté. Je n'avais pas de date définitive.

Elle avait encore envie de pleurer.

— Johnno a dit que tu aimerais partir plus tôt, passer du temps avec tes grands-parents avant l'opération. Si c'est à propos de ta démission de la boutique…

— Pas du tout.

Phoebe serait enchantée de la voir partir. Elle viendrait probablement même l'aider à faire ses bagages.

— C'est juste que j'ai d'autres impératifs. Des trucs à faire. Des gens avec qui je dois passer du temps.

Elle n'eut rien besoin d'ajouter, car Freddy le fit pour elle :

— Charles.

— Que sais-tu de Charles et moi ?

Elle se rappela alors qu'il avait été aux premières loges pour la voir assise sur les genoux de Charles et l'embrasser au bal de printemps.

Il poussa un soupir. Encore une fois, il n'était franchement pas assez payé pour ça.

— Excuse-moi, mais tout le monde est au courant pour Charles et toi.

Tout le monde, sauf Johnno, visiblement.

Chapitre 32

Quand Sophy annonça la nouvelle à ses proches, elle passa les pires vingt-quatre heures de sa vie.

Blême de colère, Caroline fulminait. Ignorant les gémissements de Mike, elle passa sa rage sur les verres et les assiettes sans défense qu'en vidant le lave-vaisselle elle rangeait n'importe où. Et en cassa plusieurs.

— Typique de son salaud de père ! lâcha-t-elle, quand elle fut capable de parler. Le roi des grands gestes symboliques qui finissent par poser des problèmes plutôt qu'apporter des solutions.

— Ça partait d'une bonne intention, souligna Sophy.

Elle esquissa une grimace. Sans ménagement, sa mère venait de mettre son mug préféré dans le lave-vaisselle.

— C'est vraiment gentil de sa part. Et il a dépensé des milliers de livres pour les billets. Je ne peux franchement pas les lui renvoyer à la figure.

— Au lieu de dépenser des milliers de livres pour des billets d'avion qui me privent de tous les moments privilégiés que nous devions partager avant que tu disparaisses à jamais…

— Maman !

— Il aurait mieux fait de débourser son argent pour des chaussures d'uniforme d'école neuves ou pour tes tenues de danse, avait résumé Caroline, féroce.

Et elle avait raison. Sophy le savait, ce qui ne la réconfortait en rien.

Surtout que, quand enfin elle finit par s'échapper dans l'escalier, elle entendit sa mère lui lancer :

— J'espère que tu t'apprêtes à dresser une liste de tout ce que tu vas avoir besoin d'emporter. Ils n'ont pas de *Marks & Spencer* en Australie. Ni *Boots*. Alors n'oublie pas de noter « culottes » et « tampons ».

Le lendemain ne fut pas tellement mieux. Malgré les protestations de Cress qui ne voulait rien savoir parce qu'elle allait pleurer, Sophy lui annonça la nouvelle sur le trajet vers la boutique. Et elle tint parole. Elle sanglota si fort qu'elle fut incapable de boire son café. Et quand elles arrivèrent, hoquetant, suffoquant, elle se rua immédiatement à l'étage.

Elle fut peu rassérénée par la réaction de Béatrice et de Chloé. Ses deux collègues, consternées par la nouvelle date de départ, lui dirent à quel point elle allait leur manquer.

Bien entendu, la seule personne vraiment heureuse de ce rebondissement fut Phoebe.

— Pas de problème, lui dit-elle, désinvolte, quand Sophy lui expliqua la situation. Je suis sûre que nous pourrons nous passer de toi. Nous nous débrouillions très bien avant que tu arrives.

Cependant, elle était loin d'en avoir fini. Ce soir, elle retrouvait Charles à la soirée de vernissage du V&A avant d'aller chez lui pour un dernier verre qui n'était pas vraiment un dernier verre. Elle s'en était tellement réjouie. Tout particulièrement d'être de nouveau avec lui, de redevenir la Sophy telle qu'il la voyait, telle qu'elle-même commençait à se voir : intelligente, drôle, sexy.

Elle envisagea de lui annoncer la nouvelle par SMS. Mais c'était clairement le genre de nouvelle à annoncer en personne. Aussi, en dépit du fait qu'elle avait presque autant envie de pleurer que Cress, elle voulait se faire aussi belle que possible.

À la fin de sa journée de travail, elle passa la robe de brocart vert sapin métallique années 1960 qu'elle avait portée lors de cette journée à Bath, quand Charles et elle s'étaient avoués qu'ils se plaisaient mutuellement. Pourtant, quand elle retoucha son maquillage dans la petite salle de bains de la boutique, même la perspective de finir la soirée chez lui ne parvint pas à la réconforter.

Elle enfila alors les sandales argentées à talons compensés, se donna un dernier coup de brosse et sortit dans la boutique. Qui, à l'exception de Phoebe et de Coco Chanel, était déserte. La directrice attendait pour fermer.

— Tu es bien élégante, observa-t-elle, l'air un peu surpris. Tu vas dans un endroit chic ?

— Une soirée de vernissage au V&A, marmonna-t-elle en prenant son sac fourre-tout et son sac à main.

Rien n'échappait à Phoebe : pas plus les ombres sous les yeux de Sophy que le fait qu'elle emportait deux sacs à une soirée.

— Tu n'as encore rien dit à Charles ? demanda-t-elle.

Sophy secoua la tête.

— C'est au programme pour ce soir.

Phoebe lui ouvrit la porte donnant sur la rue. Pour la première fois, elle avait une expression compatissante.

— Pauvre, pauvre Charles, déplora-t-elle. Je savais que ça finirait dans les larmes.

Il l'attendait, assis avec une nonchalante élégance sur l'un des bancs devant le V&A. Quand il l'aperçut traversant la rue, il bondit sur ses pieds, son beau visage anguleux s'éclairant d'un sourire radieux. Il avait l'air si heureux de la voir qu'elle ne put s'empêcher de lui rendre son sourire. Elle était pourtant sûre qu'à l'instant même où elle le retrouverait elle fondrait en larmes.

— J'ai l'impression que ça fait un temps fou, des années que je ne t'ai pas vue, déclara-t-il quand elle arriva à sa hauteur.

— Ce n'était que la semaine dernière.

Elle avait essayé d'adopter un ton désinvolte, sans grand succès.

— Eh bien, j'ai l'impression qu'une éternité s'est écoulée depuis la semaine dernière.

Ses paroles étaient affreusement prophétiques. Mais elle n'eut pas le temps de s'y attarder. Charles avait pris sa joue au creux de sa main et l'embrassait d'un baiser léger qui contenait mille promesses.

Il lui prit son sac fourre-tout, et ils se joignirent à la queue des invités, vibrants d'impatience. Tous les âges étaient représentés, les femmes étaient en robes d'été de couleurs vives, les hommes en costume.

Malgré son besoin désespéré de dévoiler ce qu'elle avait sur le cœur, Sophy voulait attendre pour lui annoncer la terrible nouvelle. Elle savait qu'elle aurait jeté une ombre sur une soirée qui devait être exceptionnelle.

Une fois son sac déposé aux vestiaires, ils longèrent la boutique du musée qui était fermée, traversèrent la longue galerie des sculptures et franchirent la double porte qui ouvrait sur le jardin John Madejski, un bel espace à ciel ouvert, entouré des splendides bâtiments de brique rouge du musée. L'été, les petits (et grands) enfants pataugeaient dans le bassin ovale creusé au milieu de ses vastes pelouses.

Ce soir, personne ne pataugeait. La majorité de l'assistance était agglutinée autour du bar à champagne qui avait été dressé dans un coin. Dans le coin opposé se trouvait un bar à fruits de mer, devant lequel les invités dégustaient des huîtres. Plus loin, le buffet des desserts. Charles, qui poussait Sophy devant lui, ne s'arrêta que pour prendre deux flûtes de champagne à un serveur qui passait.

Il continua jusqu'à arriver à des canapés et des fauteuils en rotin blanc, à l'extrémité du jardin, beaucoup plus calme que les secteurs encombrés des bars et du buffet.

Sophy prit place sur un canapé. Il s'assit à côté d'elle, sa cuisse frôlant la sienne.

— Tu n'as personne à charmer de ta brillante conversation ? demanda-t-elle, en survolant des yeux la foule élégante.

Lui prenant la main, il effleura ses phalanges d'un baiser.

— J'ai une théorie. Si, pendant une soirée, tu restes à un endroit, les gens qui veulent te voir finissent tous par te trouver. Et puis tu es la seule personne que j'ai envie de charmer, reprit-il.

Elle sentit son cœur se serrer. C'était tellement adorable ! Et cela n'allait pas lui faciliter la tâche.

Elle entrelaça ses doigts aux siens.

— C'est inutile. Je suis déjà tombée sous ton charme.

— Et c'est loin d'être fini, fit-il remarquer.

Il faisait allusion au tête-à-tête qu'ils avaient prévu après le vernissage. Elle aurait été incapable d'expliquer comment ses yeux bleus, assombris, sa voix rauque et sensuelle, parvenaient à lui faire le même effet que ses baisers.

Pourvu qu'il la regarde toujours ainsi quand elle lui aurait avoué ce qu'elle avait à lui dire.

— Charles ! Qu'est-ce que tu fais caché ici ? Tu ne veux pas partager la plus belle femme de la soirée, c'est ça ?

Elle leva les yeux vers le visage buriné aux yeux pétillants d'un vieux beau en costume blanc, froissé. Il ouvrit le bal, et un flot ininterrompu de gens passèrent saluer Charles, leur donnant l'impression de ne pas avoir un instant à eux.

Bien sûr, il la présenta à chacune de ses connaissances et la fit participer à toutes ses conversations. Elle ne fut pas surprise de constater qu'il semblait connaître quasiment tout le monde. Sa main ne quittait pas la sienne. Il la caressait de son pouce. Tous ses sens en éveil, elle était impatiente de ce qui devait suivre.

Si ce n'était qu'il faudrait d'abord commencer par avoir une discussion sérieuse avec lui.

Profitant enfin d'une légère accalmie dans la procession, elle se tourna vers lui et, poussant un très long soupir, s'arma de courage.

— Ces nuages ne me disent rien qui vaille, déclara-t-il, la devançant.

Elle détourna les yeux de son visage pour lever la tête. Il était tout juste 20 h 30. Il ne faisait pas encore nuit. Sophy voyait les nuages rouler, menaçants, au-dessus de leurs têtes. Elle remarqua la fraîcheur soudaine de l'air.

— Tu crois qu'il va pleuvoir ? demanda-t-elle.

Mais ses paroles furent noyées par un assourdissant grondement de tonnerre. Un éclair zébra le ciel, illuminant le crépuscule, et les premières gouttes de pluie se mirent à tomber.

— J'espère que tu peux courir dans ces chaussures, dit-il en riant.

Il l'aida à se redresser, retira la veste de son costume crème pour les abriter, et ils s'élancèrent à travers la pelouse. Sophy, riant malgré elle, s'agrippait à lui. En effet, elle ne pouvait vraiment pas courir dans ces sandales à semelles compensées.

Ils franchirent les portes ouvertes et se retrouvèrent dans la galerie des sculptures alors qu'un autre coup de tonnerre retentissait. Ils n'étaient pas les seuls à s'abriter de l'orage. De plus en plus de gens s'entassaient derrière eux, créant un goulot d'étranglement.

Elle reprit sa main et l'entraîna dans l'interminable galerie pleine de statues vieilles de plusieurs siècles. Juste avant qu'elle ne débouche sur les salles dédiées à la mode, elle l'attira dans l'une des alcôves arquées qui s'échelonnaient tout du long. Ils étaient cachés aux regards indiscrets par *Les Trois Grâces*.

— J'ai quelque chose à te dire.

— Je sais, répondit Charles.

Elle sentit le soulagement l'envahir. Quelqu'un, sans doute Freddy, probablement Freddy, à moins que ce ne soit Phoebe, l'avait mis au courant. Ce qui rendait les choses un peu plus faciles.

— Toute la soirée, j'ai voulu désespérément te voir seule, moi aussi.

Ce n'était pas ce qu'elle voulait entendre. Même si, d'un autre côté, c'était exactement ce qu'elle voulait entendre. Presque autant que sentir ses bras l'enlacer, sa bouche s'emparer de la sienne, la privant de toute pensée cohérente.

Seules comptaient la pression de ses magnifiques lèvres sur les siennes, sa langue qui pourchassait la sienne, l'une de ses mains plongée dans ses cheveux, l'autre sur sa taille pour la serrer plus près encore. À tel point qu'elle aurait pu sans vergogne s'allonger sur le sol et faire l'amour ici même, sous les yeux des autres invités abasourdis.

Elle sentit alors sa cuisse entre les siennes. Son baiser était si fougueux que toutes les parcelles de son corps s'étaient embrasées. Elle se sentait perdre pied.

Elle s'arracha à son étreinte. D'une main sur son torse, elle le repoussa et sentit son cœur cogner à grands coups dans sa poitrine.

— Il faut qu'on s'arrête… Je dois te dire…

Il essaya de la reprendre dans ses bras.

— Qu'y a-t-il de si important qui ne puisse pas attendre ? Sophy…

Elle ferma les yeux pour ne pas voir l'expression pleine d'une tendresse mêlée d'exaspération qui s'était peinte sur son visage. C'était le seul moyen pour elle de lui parler, ne pas le regarder.

— Tout a changé. Johnno m'a acheté des billets d'avion… je pars en Australie dans dix jours.

Chapitre 33

L'orage ne grondait pas qu'à l'extérieur. Le visage de Charles arborait à présent une expression houleuse. Son regard empreint de douceur s'était assombri, durci.

— Dix jours ?

Sophy hocha la tête.

— Je ne l'ai su qu'hier. Je pensais que nous avions encore au moins deux mois ensemble.

— Mais tu as dit… je croyais que nous avions environ trois mois et demi, déclara-t-il d'un ton accusateur.

— Jean, ma grand-mère, doit se faire opérer des hanches. Et l'intervention a été avancée.

Il recula d'un pas.

— Tu ne me l'as jamais dit.

— Eh bien, je n'avais pas la date exacte. Tout était en suspens. Je ne savais même pas si j'allais obtenir ma nationalité à temps, murmura-t-elle d'une voix plaintive. Puis tout est allé très vite. Dès qu'ils ont eu les documents de Johnno, ils ont traité mon dossier en un temps record. Et hier, il m'a fait la surprise des billets d'avion. Il a pensé que ce serait sympa que je puisse passer un peu de temps avec mes grands-parents, apprendre à les connaître, avant que Jean se fasse opérer.

Elle parlait en un flot de paroles ininterrompu. Mais Charles se contenta de hocher la tête.

— C'était gentil de la part de Johnno. Tellement généreux. Je ne lui en veux pas.

C'était la vérité. Elle avait perdu tellement de temps à en vouloir à son père, en vain. Il était comme il était. Certes, irritant, insouciant, mais il débordait de charme, de bonté.

— C'est juste qu'il ne fait pas attention aux détails, quelquefois.

Charles changea de position. Son visage maintenant éclairé était plein d'espoir.

— Si c'est juste une question d'argent, ça ne me dérange vraiment pas de payer pour changer les dates.

Elle était très touchée, mais elle ne pouvait pas accepter son argent. Et puis elle avait déjà essayé, la veille au soir, quand elle avait appelé la compagnie aérienne.

— C'est un billet spécial, fit-elle avec un haussement d'épaules impuissant. Johnno connaît un type qui lui a fait un prix.

Inutile d'expliquer plus. Charles poussa un soupir résigné.

— Dix jours.

— Je prends l'avion vendredi de la semaine prochaine.

Il sortit de derrière les trois Grâces et s'avança à vive allure dans la galerie des sculptures. Elle n'eut d'autre choix que de le suivre. À l'extérieur, la pluie continuait à fouetter les fenêtres. La soirée était fichue.

D'un autre côté, il n'était même pas 21 heures. La nuit ne faisait que commencer.

Elle dut se hâter pour le rattraper. Avec ses longues jambes, il faisait de grands pas.

— S'il te plaît, Charles. Ne réagis pas comme ça, plaida-t-elle en essayant de lui prendre la main.

Mais il lui échappa.

— Ça veut juste dire que nous devons profiter au maximum du temps qui nous reste, ajouta-t-elle.

— Nous n'avons pas de temps, répliqua-t-il, catégorique.

Il monta quatre à quatre le petit escalier qui menait à la boutique du musée, puis, au-delà, au hall d'entrée.

— Dix jours. Neuf, en fait. Non, huit, parce que tu prends l'avion vendredi.

— Tu peux t'arrêter pour me parler !

Elle l'agrippa par le bras, et il fut obligé de s'exécuter.

— Ce n'est pas ma faute. Pourquoi es-tu si en colère contre moi ?

Comme il aimait à le faire, il prit une mèche de ses cheveux pour l'offrir à la lumière.

— Je ne suis pas fâché. Pas du tout. Mais tu ne m'as même pas dit que tu avais avancé la date de ton départ d'un mois.

— Je comptais te le dire quand j'aurais eu plus de certitudes.

Il haussa les épaules.

— Tu as l'air en colère.

— C'est la situation qui me met en rogne. Ce foutu Johnno. Pas toi, Sophy.

— Alors rentrons chez toi, comme prévu, comme nous le voulions.

Mais il secoua la tête.

— Ce n'est pas une bonne idée, déclara-t-il résolument.

Il avait pris la décision sans même la consulter.

— Si. C'est une excellente idée, insista-t-elle en s'écartant pour laisser passer deux des invités, trempés.

— Ça l'était quand tu devais rester encore trois mois. Mais je ne vais pas...

Il fit une grimace de douleur. D'autres gens passaient à côté d'eux.

— Trouvons un endroit plus calme.

Il regagna le vestibule, Sophy sur ses talons, et repéra un banc de pierre où ils purent s'asseoir. Un moment, ils restèrent ainsi en silence. Tout ce qu'elle voulait dire se résumait à le supplier de la ramener chez lui et de lui faire l'amour. Et cela valait la peine d'essayer...

— Charles.

— Je ne suis pas le genre d'homme qui couche avec une femme quand je sais que je ne la reverrai peut-être jamais plus, assena-t-il durement, comme si elle l'avait déjà imploré et qu'il était choqué par son audace.

— Mais tu vas me revoir. Je ne pars pas avant une semaine, fit-elle remarquer. Plus d'une semaine !

— Nous savons tous les deux que tu dois avoir une liste de préparatifs de dix pages au moins.

On aurait dit qu'il avait discuté avec Caroline : la liste que sa mère avait jugé bon de commencer pour elle avait déjà atteint les cinq pages, ce matin.

— Au mieux, nous volerons un moment par-ci, par-là, continua-t-il. Ce n'est pas une façon de se dire au revoir.

— C'est toujours mieux que rien.

— J'avais tellement de projets pour les prochains six mois, déplora-t-il avec tristesse. Je voulais t'emmener en week-end. Pas pour des vide-greniers, ni pour des ventes de succession. Juste pour être tous les deux, ensemble. Je pensais que nous avions le temps et que tu changerais… Enfin, quel est l'intérêt de parler de tout ça maintenant ?

— Tu pensais que je changerais d'avis ? comprit Sophy.

— Je l'espérais.

— Mais tu savais que je partais en Australie. Ça a toujours été le plan !

Sa colère enflant, elle avait élevé la voix.

— Oui, mais ces derniers temps, tu étais moins enthousiaste à la perspective de l'Australie. Pas comme quand nous nous sommes rencontrés. À l'époque, tu allais partir, c'était sûr. Mais récemment, tu parlais plutôt d'y faire un séjour, pas de t'y installer.

Et c'était la vérité. Parce que jusqu'à ce qu'elle le rencontre, jusqu'à ce qu'elle trouve sa place à la boutique, la seule note positive de sa vie était son projet de repartir de zéro en Australie.

— Nous n'aurions jamais dû sortir ensemble.

— Mais nous l'avons fait, et j'en suis heureuse. Même si, à cet instant précis, tu m'agaces prodigieusement.

Au cas où il penserait qu'elle blaguait, elle croisa les bras, feignant un air furieux.

— Je suis flatté que tu tiennes tant à coucher avec moi, lâcha-t-il alors.

Même si ce n'était pas ce qu'elle avait voulu dire, qu'il déformait ses paroles, le simple fait de les entendre lui donna envie de le ramener dans sa mansarde et de passer avec lui une nuit dont elle se souviendrait encore quand elle serait une vieille dame.

— Ah, parce que toi, tu ne veux pas coucher avec moi ? C'est ça ?

Sans lui laisser le temps de mentir et de lui dire que non, elle l'embrassa.

Ce fut à son tour de prendre son crâne au creux de sa main pour l'immobiliser alors qu'elle lui picorait la bouche. Il resta d'une immobilité de statue. Jusqu'à ce que, se pressant contre lui, elle glisse sa langue entre ses lèvres.

Avec un grognement, il capitula et l'embrassa avec la même passion.

Ils s'embrassèrent avec une fougue décuplée, éperdument, avidement. Puis, d'une main, il effleura son visage empourpré, et leurs baisers se firent plus doux, plus tendres, pleins de regrets.

Il la repoussa alors délicatement.

— Je ne peux pas, chuchota-t-il. Je regrette, mais je ne peux pas.

— Je ne serai peut-être pas partie pour toujours, chuchota-t-elle en retour. Je reviendrai peut-être.

Il se leva. Encore une fois, il lui caressa le visage et répondit :

— Ou peut-être pas.

Sur ces mots, il s'éloigna.

Chapitre 34

Huit jours.

Il pleuvait toujours le lendemain, ce qui s'accordait parfaitement à l'humeur de Sophy.

Sept jours.

Elle avait l'impression que le temps s'était accéléré. Les jours passaient à la vitesse de l'éclair, alors qu'elle voulait en chérir chaque heure, chaque minute.

La boutique avait été affreusement animée. Chaque femme de Londres semblait vouloir une robe vintage pour une occasion spéciale, et elle était aussi débordée au travail qu'à la maison, avec une liste de choses à faire qui semblait ne jamais finir, supervisée par Caroline.

Pourtant, elle avait encore le temps de penser à Charles. Elle éprouvait un mélange confus d'émotions : de la tristesse, de la colère et, le vendredi soir, de l'espoir.

Leur réunion hebdomadaire au pub le *Hat and Fan* s'était transformée en soirée d'adieu improvisée. Sophy était touchée que ses collègues, qu'elle ne connaissait que depuis quelques semaines, paraissent sincèrement tristes de la voir partir. Elles avaient fait une collecte pour lui offrir un flacon de son parfum préféré, Chanel No 19, ainsi que l'huile de bain et la crème pour le corps.

« Pour masquer l'odeur des moutons », avait déclaré Chloé, impassible, comme si ce n'était même pas une blague.

Phoebe lui avait alors tendu un cadeau enveloppé « de ma part et de celle de Coco Chanel ». Ce ne pouvait être qu'une robe. Et c'était le cas. Une robe d'été des années 1950, imprimée de kangourous et de koalas qui gambadaient sur du coton blanc.

— La reine a fait un tour d'Australie en 1954, juste après son couronnement. Alors toute l'Angleterre a été submergée par une vague de folie australienne, expliqua-t-elle.

Sophy ne comprendrait jamais Phoebe. Comment pouvait-elle passer de détestable à adorable en l'espace d'une minute ?

Mais elle avait beau être très touchée par leurs attentions, elle était distraite. Chaque fois que quelqu'un entrait dans le pub, son cœur faisait un bond dans sa poitrine, et elle levait la tête. Mais ce n'était jamais Charles. Ni Johnno. Même si elle avait le sentiment de lui avoir dit au revoir sur ce banc de parc lorsqu'il lui avait offert ce sac de cadeaux. Et puis, il savait exactement où elle était. S'il voulait venir, s'il le pouvait, il serait là. Et cela lui convenait très bien.

Mais ce qui lui convenait nettement moins, c'était de garder l'image de Charles s'éloignant comme dernière vision de lui.

— Tu pourrais lui envoyer un SMS, suggéra Cress.

Elle avait eu droit à tous les détails sur la manière blessante dont il l'avait rejetée.

— Il a sans doute eu le temps de s'habituer à la nouvelle, maintenant. Comme moi. Je n'ai pleuré que deux fois, aujourd'hui.

— Et moi trois, répliqua Sophy. Je te bats.

Elle prit son téléphone. Sa demi-sœur avait raison. Elle n'avait aucune raison de ne pas envoyer un message à Charles.

Il lui fallut un quart d'heure pour élaborer deux phrases courtes :

Nous sommes au Hat and Fan. Ce serait super de te voir.

Elle attendit la fermeture, en vain : il ne répondit pas, ne les rejoignit pas.

Six jours.

Le dernier samedi, Sophy vint travailler à la boutique. Mais se réfugia à plusieurs reprises dans l'arrière-boutique pour verser quelques larmes et répondre à des appels de Caroline qui n'était toujours pas ravie de la voir déménager « au fin fond de ce foutu outback ». Pourtant, rien n'enthousiasmait autant sa mère qu'un projet.

Ce même soir, il y eut une dernière soirée d'adieu improvisée pour quelques anciens collègues et amies que Sophy avait réussi à rassembler et/ou qui avaient pu trouver une baby-sitter. Ils étaient juste assez pour l'une des grandes tables de *Wagamama*. Mais la conversation qui ne tarda pas à s'essouffler lui rappela pourquoi elle avait voulu changer de vie.

Pourtant, elle ne pensait qu'à une chose ! Qu'elle était à Holborn, à dix minutes à pied de l'appartement de Charles. Et qu'au lieu de prendre le métro pour rentrer, il serait si facile d'aller le voir ? Mais serait-il là ? Lui ouvrirait-il pour qu'elle monte quand elle sonnerait à l'interphone ?

Après avoir dit au revoir à ses amies, après de ferventes promesses de garder le contact sur WhatsApp et FaceTime, elle commença à s'éloigner dans cette direction. Mais quand elle repensa à la manière dont il l'avait repoussée, dont il avait refusé qu'elle l'embrasse, elle décida qu'elle ne se sentait ni assez courageuse ni assez forte pour affronter un autre rejet.

Cinq jours.

Elle passa le dimanche au centre commercial de Brent Cross avec la fameuse liste et sa mère : une combinaison fatale. Au bout de deux heures, elles eurent un débat très animé devant *John Lewis*. Sophy déclara qu'elle venait d'acheter trois soutiens-gorge neufs, qu'elle n'avait pas besoin de plus.

— Je te signale qu'il y a des magasins en Australie ! Étrange, mais vrai !

— Ils n'ont pas *John Lewis*. Oh, et puis nous devons encore aller chez *Boots*. Tu dois t'acheter des bas de contention pour le vol pour éviter les thromboses. Sophy ! Reviens ici. Reviens immédiatement !

Quatre jours.

Trois jours.

Deux jours.

Son dernier jour à la boutique était arrivé. Phoebe, qui interdisait pourtant à ses employées de manger pendant les heures d'ouverture, avait commandé un gâteau à la pâtisserie de Primrose Hill.

Freddy passa pour lui remettre sa dernière paie et la serrer dans ses bras. Toutes les filles l'imitèrent, y compris Phoebe, qui lui déclara gaiement :

— Eh bien, si tu passes dans le quartier, n'hésite pas à venir dire bonjour.

Pour la dernière fois, elle regagna la station de Chalk Farm avec Cress.

— Ça me fait tout drôle, lui confia-t-elle. La boutique a pris tellement de place dans ma vie, ces dernières semaines. Et maintenant… c'est fini. Comme ça.

— Ça n'a pas à être juste comme ça. Si tu changeais d'avis à la dernière minute, personne ne t'en estimerait moins. Je suis sûre que Phoebe te redonnerait ton travail, assura Cress qui, malgré toute sa bonne volonté, n'était pas très psychologue.

— Je pense que Phoebe préférerait mettre le feu à la boutique que me redonner un jour mon travail, répliqua Sophy.

Sa demi-sœur, la tête tristement baissée, releva vivement les yeux.

— Alors tu as changé d'avis ? demanda-t-elle, pleine d'espoir.

— Je suis toujours décidée, affirma-t-elle. Mais, à la moindre nouveauté, tu seras la première informée.

Elle rentra alors chez Caroline. Qui n'était plus la seule à avoir une liste. Mike s'était mis sur le coup aussi et avait créé un tableur Excel. La soirée fut entièrement consacrée à une répétition des bagages à préparer. Même si Sophy objecta que faire ses bagages n'était pas le genre d'activité qui nécessitait une répétition générale.

Un jour.

C'était le dernier jour. Demain, Sophy serait à Heathrow pour s'enregistrer à 10 heures.

— Même si j'aime m'enregistrer tôt. Donc nous devrions prévoir d'arriver pour 8 h 30 au plus tard, déclara Caroline. On ne peut pas prédire la circulation à cette heure du matin.

— Écoute, j'apprécie vraiment que Mike veuille m'accompagner en voiture, mais je pense qu'il serait plus rapide d'aller à Paddington et de prendre le train express pour Heathrow, argumenta Sophy, comme elle l'avait fait plusieurs fois auparavant.

Pour se dire au revoir en beauté, ils dînaient pour la dernière fois dans le restaurant préféré de Sophy. Cress était invitée aussi.

— Qui sait s'ils ont des restaurants italiens en Australie ? s'interrogea Caroline à voix haute.

Elle était décidément persuadée que l'Australie était un pays du tiers-monde.

Sophy, qui enroulait ses spaghettis autour de sa fourchette sans parvenir à en avaler un, écouta Mike répondre :

— Il y en a, chérie. Il y a des communautés italiennes très importantes à Sydney et à Melbourne.

C'était le genre de *fun fact* fascinant qu'il avait toujours sous le coude. Cress donna un coup de pied à Sophy sous la table, et elles échangèrent leur premier sourire de la soirée.

Les bagages, la perspective du long vol, les adieux à tout le monde lui faisaient prendre si cruellement conscience de tout ce qu'elle laissait derrière elle qu'il lui était difficile de se réjouir de ce qui l'attendait.

Pour tout arranger, sa mère sortit une liasse de papiers de son sac.

— J'allais oublier, dit-elle en les faisant glisser dans sa direction à travers la table. Je les ai imprimés pour toi. Ce que tu dois faire, si tu te fais mordre par un serpent. Ils ont des serpents bruns, là où tu vas. Ce sont les plus venimeux, ajouta-t-elle sombrement.

— C'est bon à savoir.

Avec un soupir, Sophy prit les feuilles et jeta un coup d'œil à la première page pour prouver sa bonne volonté.

— Il y a aussi les Sparassidae. Des vraies saloperies, ces araignées ! renchérit Mike.

— Et si tu vois un koala… Je sais qu'ils ont l'air mignons…

— Ils sont tellement mignons. J'aimerais trop en câliner un, acquiesça Cress.

Le regard dont Caroline la foudroya coupa court à son enthousiasme.

— Je suis désolée.

— Tu peux l'être, Cress. Parce que la plupart d'entre eux sont atteints de chlamydia, révéla Caroline, non sans une certaine délectation.

Même si elle s'était promis de n'en rien faire, Sophy sortit son téléphone de son sac pour vérifier si personne n'avait cherché à la joindre.

Elle ne savait pas pourquoi elle se fatiguait. Jusqu'à ce qu'elle voie qu'elle avait cinq appels en absence, quatre messages WhatsApp et trois SMS. Tous de Charles.

Les doigts presque paralysés, elle ouvrit l'application messagerie pour lire la première ligne du premier SMS.

Sophy, j'ai été idiot…

Quand son téléphone sonna, le nom de Charles apparut à l'écran.

— Il faut que je réponde, annonça-t-elle en se levant. Je n'en ai pas pour longtemps.

Elle renversa de la sauce *arrabbiata* sur son haut, mais elle s'en fichait.

— C'est la compagnie aérienne ? Ton vol a peut-être été annulé, lança Caroline, pleine d'espoir.

Sophy se précipita par la porte ouvrant sur la rue qu'un serveur lui tenait et répondit à l'appel.

— Charles !

Puis elle ne sut plus quoi ajouter.

— Je suis désolé. Tellement désolé, dit-il pour elle. Désolé de la façon dont j'ai réagi, dont les choses se sont terminées entre nous, désolé de ne pas être venu au pub, désolé d'avoir autant attendu. Et maintenant, je ne vais pas pouvoir te voir.

— Il n'est pas trop tard ! s'exclama-t-elle. On a encore du temps.

— Mais tu pars demain matin, objecta-t-il, non que ce soit vraiment utile de le lui rappeler.

— Nous ne sommes pas encore demain matin. Nous sommes encore ce soir. Il n'est même pas 20 heures ! Je voudrais te voir.

Caroline avait insisté pour qu'ils rentrent pour 20 h 30 afin de boucler les bagages. Même si les valises étaient loin d'être faites.

— Je pourrais venir te retrouver. Tout de suite.

Manifestement, il ressentait la même chose qu'elle. Elle était sur le point de lui dire de sauter dans un Uber quand elle vit Caroline jeter un coup d'œil par la fenêtre couverte de buée du restaurant et lui faire signe de revenir d'un geste impatient.

— Non, c'est moi qui te rejoins chez toi, répliqua-t-elle, remerciant le ciel d'avoir eu la prévoyance d'emporter son sac. Je commande un Uber tout de suite.

— Mais n'arrête pas de me parler, implora Charles d'une voix rauque. Juste pour entendre ta voix. Sophy, je suis vraiment désolé.

— Tu l'as déjà dit. Écoute, je dois y aller, mais je serai bientôt auprès de toi.

Encore une fois, la chance lui sourit. Il y avait un Uber à une minute qui faisait déjà demi-tour pour venir la chercher. Elle adressa des gestes apaisants à Caroline qui, toujours aux aguets, allait lui en vouloir à mort. Et pour cause. Mais, demain, elle s'envolait pour l'autre bout du monde et elle avait trente ans. Ce n'était donc pas comme si elle pouvait être privée de sorties, d'argent de poche, parce qu'elle montait dans un taxi qui prenait la direction de Holborn au lieu de rentrer chez elle faire ses valises.

Elle envoya un message d'excuses à sa mère, un autre à Cress, encore plus désolé car sa demi-sœur allait devoir supporter la fureur de Caroline. Puis, dans un acte de pure défiance, elle coupa son téléphone et pesta contre la circulation du jeudi soir.

Il lui fallut trente-cinq minutes pour parcourir la distance entre Hendon et Bloomsbury. Une fois arrivée, elle se rua hors de la voiture. Charles l'attendait sur le seuil de son immeuble, porte ouverte.

Il portait son pantalon de tweed lilas, sa chemise d'un blanc toujours aussi immaculé, mais il avait roulé ses manches. Et quand il lui caressa les cheveux, elle ne put s'empêcher d'admirer ses avant-bras.

Et soudain, elle se sentit inexplicablement intimidée.

— Oh, mon Dieu… Je suis dans un tel état, lâcha-t-elle en baissant les yeux.

Elle venait de se souvenir qu'elle avait mis l'un de ses vieux jeans, celui qui bâillait aux genoux et qui lui faisait de grosses fesses.

— Et j'ai de la sauce tomate sur mon haut.

Un vieux haut qu'elle avait emprunté à sa mère.

— Pas du tout, dit-il en faisant un pas vers elle. Tu es belle. Tu es toujours belle.

C'était faux. Elle avait aussi prévu pour ce soir de s'épiler, se laver les cheveux, se faire un masque. Mais elle appréciait la gentillesse de Charles.

— Tu es beau, toi aussi, observa-t-elle d'une voix grave.

En effet, il était beau et il avait des pommettes exquises.

— Je préférerais avoir un charme sauvage plutôt qu'être beau.

Il n'y avait rien à dire. Ou, plutôt, il y avait tellement à dire. Pourtant, ils restaient plantés l'un devant l'autre, les yeux dans les yeux, se souriant comme des idiots.

— Tu veux entrer ? finit-il par demander.

Déjà il prenait sa main pour la conduire à l'intérieur.

— Pour un dernier verre ?

— Pour tout ce que tu désires, lui promit-il.

Ils n'avaient même pas atteint le palier du premier que déjà ils étaient dans les bras l'un de l'autre, en équilibre précaire sur une marche, et s'embrassaient à perdre haleine.

Incapable de penser, elle parvint à dire :

— J'adore ça. J'adore t'embrasser. Mais je ne tiens pas à ce que nous tombions tête la première dans l'escalier.

— Moi non plus. Attendons d'être en haut.

Ils atteignirent le quatrième étage en une course essoufflée. Il avait laissé la porte de son appartement ouverte et, quand elle la franchit, comme si cela paraissait important, que cela pouvait changer les choses, il déclara :

— Il faut que nous parlions.

Elle hocha la tête et se tourna vers lui.

— Je sais.

— Il y a tellement à dire.

— Nous pourrions passer littéralement toute la nuit à nous parler.

— Toute la nuit ? répéta-t-il.

— Peut-être pas toute la nuit.

— Parce que même si j'ai dit que je ne suis pas le genre d'homme qui coucherait avec une femme s'il savait…

— Je ne suis pas là pour me coucher.

— Tu veux toujours…

— Si tu veux…

— Alors pourquoi n'es-tu pas déjà en train de m'embrasser ? la taquina-t-il en lui tendant les bras.

Ils ne cessèrent de s'embrasser tout le long du couloir qui menait à sa chambre. Sophy aperçut vaguement les murs noirs, le plancher blanc, un tapis persan d'une élégance surannée. Charles la déposa sur son lit où il la rejoignit.

Ils s'embrassaient toujours en se déshabillant fébrilement. Puis ils caressèrent chaque millimètre de leurs peaux dénudées comme s'ils avaient toute la vie devant eux.

Il ne s'arracha à ses lèvres que pour murmurer contre sa bouche.

— Tu es sûre ?

— Je n'ai jamais été aussi sûre.

Et c'était la pure vérité.

Elle s'était tourmentée pour chacune des décisions capitales qu'elle avait jamais prises, avait essayé de les esquiver. Mais ce qui se passait ici, maintenant, lui semblait tout simplement couler de source.

Elle ne connaissait du sexe que l'acte. Expédié en une demi-heure, grand maximum. Mais avec Charles, elle faisait l'amour. Il n'y avait ni début ni fin, et elle ne put s'empêcher de se demander pourquoi elle partait le lendemain. Parce que, à présent qu'elle était dans ses bras, elle avait l'impression d'avoir trouvé son vrai chez-elle.

Chapitre 35

Sophy ne ferma les yeux qu'une seconde. Juste une seconde.

Mais elle avait quand même dû s'endormir. Ils avaient tous les deux dû s'assoupir. Parce que, quand elle se redressa soudain, l'adrénaline brûlant dans ses veines, Charles se réveilla aussi en sursaut.

— Rendors-toi, lui souffla-t-il en lui caressant l'épaule.

Ce simple contact suffit à réveiller toutes ces délicieuses sensations qui sommeillaient en elle. L'espace d'un instant, elle se pencha plus près, puis recula vivement.

— Oh, merde ! Quelle heure est-il ? Où est mon téléphone ? C'est déjà le matin ?

Chaque pensée était pire que la précédente. Elle repoussa la couette pour s'en enrouler et gagner l'entrée où elle avait jeté son sac à main la veille au soir.

— Tout va bien. Il n'est même pas encore 6 heures, la rassura Charles.

Il était à côté d'elle, ses mains sur ses épaules.

— Respire à fond. Tout va bien se passer. Je te le garantis.

— Je ne peux pas m'enregistrer en ligne, gémit-elle. Toutes mes affaires sont chez moi. Il faut que je rentre à Hendon, et je n'ai même pas fini mes derniers bagages…

— Mais ils ont des magasins en Australie…

— Et il faut que je me lave les cheveux !

— Tes cheveux sont parfaits, déclara-t-il, ce qui était un mensonge.

Ils ressemblaient à un casque.

— Tu as besoin de café.

— Je n'ai pas le temps pour un café ! paniqua Sophy.

Mais elle le suivit dans la cuisine, agrippant son téléphone. Quand elle le ralluma, il s'éclaira et se mit à vibrer.

— Ma mère va me tuer !

— Je ne pense pas, assura Charles en mettant du café moulu dans sa cafetière italienne.

Elle n'en était pas si sûre. Caroline répondit à la première sonnerie.

— Tu as vraiment dépassé les bornes, là ! hurla-t-elle.

— Je suis tellement désolée, maman. Je n'ai pas vu le temps passer.

Elle fit une grimace. Charles, qui sortait de la pièce pour lui laisser un peu d'intimité, lui tapota l'épaule.

— Où es-tu ? demanda sa mère. En route pour la maison ?

— Je suis à Bloomsbury.

— Qu'est-ce que tu fous à Bloomsbury ? siffla-t-elle entre ses dents. Franchement ? T'envoyer en l'air avec ton chéri était plus important que rentrer faire tes bagages ?

— Ce n'est pas mon chéri ! protesta-t-elle.

La situation était tellement dramatique qu'elle fut prise d'une envie incontrôlable de rire. Charles, son « chéri » ?

— Tu pensais partir pour l'Australie dans les vêtements que tu portes ? Tu n'as même pas ton passeport, Sophy ! Tu as complètement perdu la tête ou quoi ?

— Je pense que oui. Je ne sais pas ce qui ne va pas chez moi, admit-elle.

Mais elle n'obtint pas de réponse. Juste une conversation étouffée. Puis sa mère fut remplacée par Mike. Avec le plus grand calme, car c'était l'homme idéal en cas de crise, il déclara :

— D'accord, voilà ce que tu vas faire. Tu vas aller à Heathrow. Je vais t'envoyer ton numéro de terminal, et nous t'y retrouverons avec tes bagages.

— Je suis tellement désolée, Mike…

— En tout cas, si tu rentres un jour d'Australie, tu seras totalement privée de sorties, fit-il, impassible. Et si quelqu'un te demande qui a fait ta valise, tu devras mentir et répondre que tu l'as faite toute seule. Tout ira bien. Heureusement que nous avons une longue pratique d'entraînement en matière de bagages.

— Inutile de me remercier ! cria Caroline derrière lui.

— Je te suis très reconnaissante, bredouilla Sophy.

Ils prévoyaient de se retrouver à 9 heures. Quand elle raccrocha, elle vit Charles, debout sur le seuil, alors que la cafetière commençait à bouillir sur la cuisinière.

— Tout est arrangé. Je les retrouve à l'aéroport.

— Je peux t'accompagner si tu veux, proposa-t-il.

Sophy en aurait été enchantée. Mais elle ne voulait pas d'un dernier adieu hâtif, sous le regard furieux de Caroline. Elle ne voulait pas lui dire au revoir du tout.

— Si tu me demandes de ne pas partir, je ne partirai pas, s'entendit-elle répondre.

Il se tourna pour la regarder, abasourdi.

— Si tu veux que je reste, je reste.

Il poussa un soupir. Puis il arrêta de tripoter ses tasses à expresso pour avancer un tabouret à côté d'elle et s'asseoir.

— Je veux que tu restes, dit-il. Plus que tout au monde.

Elle fut submergée par un mélange de soulagement et de déception.

— Dans ce cas, c'est d'accord.

— Mais tu pars en Australie, Sophy, reprit-il en prenant sa main dans la sienne. Tu vas vivre des aventures, tomber amoureuse de la famille que tu n'as jamais rencontrée, tu vas peut-être même finir par tondre un mouton…

— Je ne veux pas tondre un mouton, marmonna-t-elle, en essayant de refouler ses sanglots. Je veux partir, mais je veux rester. Je ne sais pas ce que je veux.

— Dans ce cas, je décide pour toi. Parce que nous savons tous les deux qu'il est préférable de regretter quelque chose qu'on a fait plutôt que de ne pas l'avoir fait du tout.

Il la regardait sans ciller.

Elle pressa ses doigts.

— Mais si je regrette de ne pas être restée ?

Il leva les yeux au ciel.

— Tu regretteras quand même de ne pas être partie. Et si tu reviens, et ce n'est pas une obligation, je serai ici. Je n'ai aucun projet d'aller nulle part ailleurs.

— Alors je pars ?

Il déposa un baiser sur son front, puis se leva pour servir le café.

— Tu me le demandes ou tu me l'annonces ?

— Je pars, murmura-t-elle plus pour elle-même, pour entendre les mots.

Pour s'habituer à l'idée.

— Oui, je pars.

— Bien, approuva-t-il.

Parce qu'il était vraiment le meilleur. Le meilleur des hommes.

— Voilà ton café. Tu as besoin d'autre chose ?

— Non, rien, c'est juste parfait.

Elle avait du café, Charles assis à côté d'elle. Que pouvait-elle vouloir de plus pour le prochain quart d'heure ?

À part…

— En fait, j'ai besoin de shampooing et d'après-shampooing. Et puis, Charles, tu n'as pas un seul pore dilaté. Je devine donc que tu dois avoir un masque vraiment efficace quelque part.

Chapitre 36

Charles accompagna Sophy jusqu'à Paddington. Elle avait encore les cheveux mouillés et portait l'un de ses tee-shirts. Même si elle était surprise de voir qu'il possédait un vêtement aussi ordinaire qu'un tee-shirt. Elle n'avait pas voulu prendre le risque de s'enregistrer vêtue d'un haut couvert de taches de sauce tomate, qui pourraient être prises pour des taches de sang, et de se voir refoulée.

Elle était également reconnaissante pour le SMS de Caroline :

J'ai mis une culotte propre dans ton bagage à main, espèce de petite traînée !

— Nous nous reverrons, lui déclara-t-elle en attendant le prochain train express pour Heathrow.

Ce n'était pas juste pour le réconforter. C'était aussi une promesse qu'elle se faisait à elle-même.

— Et puis nous nous parlerons via FaceTime, WhatsApp, Zoom. Et même Skype.

— Bien sûr, acquiesça Charles en hochant gravement la tête. Mais pas trop souvent. Je veux que tu vives tes aventures et tes nouvelles expériences sans te soucier que nous ayons rendez-vous sur FaceTime, alors que tu es en plein saut à l'élastique.

— Je suis tout à fait partante pour de nouvelles aventures, mais pas pour le saut à l'élastique. Jamais !

Elle regarda le panneau d'affichage des horaires pour s'apercevoir que le Heathrow Express était à quai.

— Mais nous garderons le contact. À moins que tu ne tombes amoureux d'une rédactrice de mode française d'une élégance inouïe qui ne porte que du Dior. Dans ce cas, je ne m'interposerai pas.

Elle plaisantait, mais qu'à moitié. Si Charles tombait amoureux d'une autre, elle serait anéantie. Il parut le comprendre, car, l'attirant de nouveau dans ses bras, il l'embrassa sur le sommet du crâne.

— Et si tu tombes amoureuse d'un cow-boy ou d'un acteur de *Neighbours*, surtout fonce, répondit-il.

Riant entre ses larmes, elle l'embrassa une dernière fois avant de monter dans le train.

Elle arriva à Heathrow à 8 h 20. Bien entendu, Caroline et Mike l'attendaient et l'avaient déjà enregistrée en ligne. Tout le monde aurait donc pu dormir un peu plus longtemps et n'arriver que pour 9 heures.

Mais elle prendrait bien garde de ne pas le leur faire remarquer. Après une engueulade de dix minutes de sa mère, qu'elle méritait totalement, ils prirent un dernier petit déjeuner ensemble.

Assise devant son café, Caroline déclara :

— Tu es la plus exaspérante des filles. C'est un miracle que je n'aie pas les cheveux tout gris.

— J'ai dit que j'étais désolée. Je suis vraiment désolée, répéta-t-elle.

— Mais je t'adore, et tu vas me manquer. Alors, Sophy, s'il te plaît, ne tombe pas amoureuse d'un Australien.

Elle prit la main de sa fille et la plaqua contre son cœur.

— Je sais que ces surfeurs sont bronzés et beaux gosses. Mais ce n'est pas tout d'être beau gosse. Regarde Mike.

Elle se tourna vers Mike qui avait une patience d'ange. Certes, il n'était pas beau gosse, mais il était solide, plein de bonté et de considération tant que vous ne demandiez pas à utiliser son ordinateur.

— Je compte sur toi pour bien t'occuper de maman, lui ordonna-t-elle. Même si, vu que je ne serai plus là, tu seras le seul à subir ses colères.

— Que veux-tu dire par là ? demanda Caroline.

Mais Mike sourit.

— Je m'y attends.

Au contrôle des passeports, Caroline, en larmes, était incapable de la laisser partir. Il intervint et l'entraîna à l'écart pour que Sophy puisse passer de l'autre côté.

Le point de non-retour.

Le passage de la barrière de sécurité derrière laquelle elle reprit son sac et remit ses chaussures fut lourd de signification. Elle ne pouvait s'empêcher d'être triste. Mais, après tout, elle avait le droit d'être triste. Ce ne serait que quand elle ferait escale à Kuala Lumpur qu'elle sentirait l'enthousiasme la gagner. Un enthousiasme un peu terni par la panique de la dernière étape de son voyage. Cinq heures dans deux bus différents d'Adélaïde à cette petite ville avec le homard en fibre de verre à l'entrée. Puis un taxi jusqu'à l'élevage de moutons où, elle l'espérait, Bob et Jean l'accueilleraient à bras ouverts. Mais elle avait le temps de s'en inquiéter dans l'avion entre Kuala Lumpur et Adélaïde.

En général, elle aimait attendre à l'aéroport avant d'être appelée pour l'embarquement. Elle adorait faire une provision de magazines et s'asperger de parfums qu'elle ne pouvait s'offrir au duty-free. Mais, ce matin, elle fut heureuse de trouver un endroit tranquille où s'asseoir pour relire tous les messages qu'elle avait reçus de Charles depuis leur rencontre. Y compris le tout dernier qui était arrivé cinq minutes auparavant.

Tu me manques déjà. Maintenant, pars et amuse-toi ! Bises

Elle ne tarda pas à être appelée pour embarquer. Les nerfs en pelote, elle s'avança sur le tapis roulant, s'arrêtant régulièrement pour vérifier qu'elle avait toujours son passeport et sa carte d'embarquement.

Quand elle arriva à la porte d'embarquement, elle aperçut la ligne fuselée de l'avion qui allait l'emporter au loin. Ignorant la queue des passagers qui attendaient déjà, elle s'assit pour s'assurer une dernière fois que son passeport et sa carte d'em…

— Un peu de compagnie, ma chérie ?

Étouffant un soupir, elle leva la tête, prête à envoyer sur les roses l'intrus en espérant qu'il ne serait pas son voisin de siège pendant le vol.

— Johnno ? Qu'est-ce que tu fais ici ? Je rêve ou quoi ?

Elle cligna des yeux, mais il était toujours debout devant elle. Chargé d'un sac à dos si énorme qu'il avait dû enjôler une hôtesse au sol et d'un sourire la persuader de le faire passer en bagage à main.

— Surprise !

Sophy le dévisagea.

— Je répète : qu'est-ce que tu fais ici ?

— Tu sais que j'ai parlé avec mes parents.

Il se débarrassa de son sac à dos, qui était presque de sa taille.

— J'ai décidé que j'allais venir donner un coup de main aussi. Je pouvais tondre un mouton en moins de deux minutes, à l'époque, précisa-t-il en se rengorgeant. Il ne faut pas gâcher un tel talent, Sophy.

— Mais ce n'est même pas la saison de la tonte. Et t'imaginer dans une ferme de moutons…

— C'est plus un élevage qu'une ferme, mon chou, lui rappela-t-il.

Il s'assit et allongea les jambes.

Sophy le toucha d'un doigt pour s'assurer qu'il était bien réel.

— Que vas-tu faire de la boutique ?

Il haussa de nouveau les épaules.

— C'est ce à quoi sert Freddy. Et puis, tu rentres bientôt, non ?

— Mais si ça se trouve, je vais rester là-bas. Je ne sais pas encore. Et si les hanches neuves de Jean ne fonctionnent pas ?

— Voyons où tu en es dans six mois, conseilla-t-il. Il peut se passer beaucoup de choses, dans ce laps de temps. Regarde tout ce qui s'est passé ces six derniers mois.

Elle posa sa tête sur son épaule. Certes, il y a six mois, elle était loin de ressentir cette bouffée d'affection pour lui.

— Nous nous sommes vraiment retrouvés, ça c'est l'un des points les plus positifs.

Et puis, à cette époque, il y a six mois, elle n'était pas amoureuse.

— Mieux que de rencontrer Charles ? ironisa Johnno comme s'il pouvait lire en elle.

Elle lui donna une tape, et il poussa un cri.

— Je croyais que tu n'étais pas au courant pour Charles.

— Sophy, mon chou, tout le monde est au courant pour Charles et toi. C'est un brave garçon, tu n'en trouveras pas de meilleur, ajouta-t-il en passant un bras autour de ses épaules.

Elle renifla. Pourtant, elle s'était promis de ne pas pleurer aujourd'hui.

— Je sais.

— Donc, tu vas passer suffisamment de temps en Australie pour aider tes grands-parents, voir du pays, faire connaissance avec la famille, puis décider si tu veux rester ou rentrer.

À son tour, il la poussa du doigt.

— Pourquoi penses-tu que je t'ai pris un billet de retour avec une date flexible ?

— Qu'est-ce que tu peux être exaspérant ! dit-elle en se redressant pour pouvoir croiser les bras. Un casse-pieds de première !

— Mais tu ne me changerais pour rien au monde !

Et il avait raison.

— Et maintenant, tu crois qu'ils auront le dernier *James Bond* dans l'avion ? Je n'arrive jamais à dormir en avion. Il n'y a jamais assez de place, et pourtant je ne suis pas vraiment un géant…

Elle se rendit alors compte de ce qui l'attendait. Ils n'étaient même pas encore montés à bord que Johnno s'étalait déjà.

— Tu ne vas pas parler sans arrêt jusqu'à Adélaïde, j'espère ?

Il lui adressa un sourire radieux.

— Tu peux compter sur moi, chérie.

Elle lui rendit son sourire.

— Je vais aller trouver un gentil steward pour voir si je peux changer de siège.

Mais elle ne fit même pas mine de bouger.

— Alors, Sophy, tu veux le hublot ou le couloir ? demanda-t-il en allongeant encore les jambes. Je préfère le couloir, mais ne t'inquiète pas pour ton vieux père. Je te laisse choisir.

Épilogue

Un an plus tard

Il se passa presque un an et un jour avant que Sophy se retrouve à Heathrow, sur le point de s'engager dans la file « rien à déclarer », cette fois.

Et quels douze mois elle avait passés !

Pour la première fois de sa vie, elle était bronzée : un chaud climat méditerranéen n'avait rien à voir avec l'unique semaine de chaleur d'un été anglais. Au début, elle avait juste eu des taches de rousseur. Puis, enfin, elle avait bronzé.

Elle avait goûté aux homards et à la viande de kangourou, mais avait préféré de loin les crustacés. Elle était accro aux biscuits australiens au chocolat *Tim Tam*. Et elle avait été anéantie en découvrant à quel point il était difficile de dénicher des saucisses de porc ou une vraie tranche de bacon dans tout le sud de l'Australie.

Elle avait vécu des expériences dont jamais elle ne se serait crue capable. Elle avait fait une randonnée dans le bush, même si elle ne s'était limitée qu'à deux heures. Elle s'était trouvée nez à nez avec un serpent et ne s'était pas fait mordre. Et, même si cela n'avait pas vraiment été la saison de la tonte, elle avait carrément tondu un mouton. Ni elle ni l'animal n'avaient versé une seule goutte de sang.

Pendant que sa grand-mère se remettait de son opération, elle avait assuré la gestion des chambres d'hôtes et préparé à dîner pour trente personnes. Elle avait même appris à faire les lits au carré parce que Jean, qui avait été infirmière, avait des exigences très rigoureuses.

Le point d'orgue de son voyage en Australie avait sans doute été sa rencontre avec Bob et Jean. Après deux journées passées à s'acclimater et à récupérer de son décalage horaire, elle avait eu l'impression de les connaître depuis toujours. Et regrettait que ce ne soit pas le cas. Tous trois avaient immédiatement noué une relation affectueuse, un peu taquine, qui l'avait aidée à supporter son mal du pays.

Une fois que Jean avait récupéré l'usage de ses deux hanches, Bob et elle avaient célébré leurs noces d'or. Ce qui lui avait donné l'occasion de faire la connaissance de sa famille, plus nombreuse qu'elle aurait jamais imaginé : une multitude de cousins dont elle ne soupçonnait même pas l'existence.

Puis, une semaine avant le mariage de Radha, elle avait pris l'avion pour Sydney pour retrouver son amie. Les autres demoiselles d'honneur l'avaient accueillie à bras ouverts. Dieu merci ! Sa robe lui allait parfaitement, et elle avait pleuré d'émotion en regardant Radha et Patrick ouvrir le bal sur *Fernando* d'ABBA.

Elle avait projeté d'aller à Melbourne retrouver sa multitude de cousins. Mais, pendant qu'elle était à Sydney, une chambre s'était libérée dans la colocation de deux des autres demoiselles d'honneur, Kate et Jedda. Et puis, incroyable ! Elle avait trouvé un travail dans une boutique vintage, *L'Armoire de Clive*. Clive, le propriétaire, l'avait traitée comme une espèce d'oracle de la mode vintage. Ce qui l'avait agréablement changée de l'attitude de Phoebe.

Pour les fêtes, elle était retournée au ranch de ses grands-parents et avait passé Noël sur la plage dont elle rêvait depuis longtemps, à déguster des homards grillés au barbecue. La plupart des cousins de Melbourne étaient revenus pour l'occasion.

Puis elle avait regagné Sydney et la vie qu'elle avait réussi à se créer là-bas.

Elle avait passé une année fabuleuse. Pleine d'aventures, de nouvelles expériences, de rires. Et avait travaillé dur. Elle avait savouré les magnifiques levers et couchers de soleil de Sydney, même si ses cheveux n'avaient jamais pris l'aspect « décoiffé retour de plage » dont elle rêvait. Elle avait même rencontré un type vraiment sympa du nom de Rob, dans un bar, sur Bondi Beach. Mais « vraiment sympa » ne suffisait plus. Pas quand Charles occupait toutes ses pensées, ou qu'elle voyait son beau visage fatigué s'afficher sur son écran. Parce qu'en raison du décalage horaire, l'un d'entre eux s'apprêtait toujours à partir travailler quand l'autre était sur le point de se coucher.

Puis l'été arriva alors que, pour elle, c'était l'hiver. Elle fut reprise d'un violent mal du pays. Comme la grisaille du ciel de Londres lui manquait ! Et le crachin. Elle regrettait le crachin ! Quand elle buvait son café, le matin, elle pensait souvent à Regent's Canal. Étrangement, *La Petite Boutique vintage* lui manquait aussi. Elle avait vidé le sud de l'Australie de toutes ses robes vintage qui voyageaient maintenant dans une caisse en direction de l'Angleterre. Même si Phoebe lui avait envoyé un e-mail dans lequel elle lui disait qu'elles n'avaient sans doute pas grand intérêt, mais qu'elle allait lui faire la grâce d'au moins leur jeter un coup d'œil.

Elle avait décidé de laisser à Freddy le soin de lui annoncer qu'elle revenait travailler à la boutique. Jusqu'à ce qu'elle trouve autre chose. Et si Phoebe ne lui manquait pas le moins du monde, elle avait cruellement envie de revoir certaines autres personnes. Privée de la présence de Cress, elle avait l'impression qu'elle avait un membre en moins. Sa mère et Mike lui manquaient. Elle regrettait même leurs remontrances. En effet, ses grands-parents étaient tellement ravis de l'avoir avec eux qu'ils ne la réprimandaient jamais. Pas même quand, la première fois qu'elle avait emprunté leur voiture, elle avait foncé droit dans un poteau.

Ensuite, il y avait Charles. Toutes les nuits, elle dormait dans le tee-shirt qu'il lui avait prêté. Pourtant, il ne sentait pas son odeur, et pas une fois elle ne l'avait vu en tee-shirt. Ses costumes, ses chemises Liberty lui manquaient. La manière dont il prononçait les noms des pierres précieuses et des grands couturiers comme s'il récitait de la poésie. L'expression pleine de douceur et de tendresse sur son visage après leurs baisers. L'homme si rare qu'il était lui manquait.

Mais, surtout, tout ce à quoi elle avait voulu si désespérément échapper lui manquait.

Un soir où Johnno, lui rendant visite à Sydney, l'avait trouvée devant un vieil épisode d'*EastEnders*, il lui avait déclaré :

— Il est temps pour toi de rentrer maintenant, Sophy.

Elle n'avait même pas eu le courage de feindre de protester.

Un mois plus tard, après un ultime séjour chez ses grands-parents, Bob et Jean l'avaient accompagnée à l'aéroport d'Adélaïde. Au moment de passer le contrôle des passeports, elle avait de nouveau pleuré.

— Tu nous as tous transformés en Anglais geignards, avait dit Jean, sa propre voix pleine de larmes, en la serrant une dernière fois contre son cœur. Nous te reverrons bientôt, mon chou. La terre n'est pas si grande.

Bob renchérit :

— Tu es sûre de ne pas vouloir remmener Johnno avec toi ?

Quand elle répondit qu'ils étaient coincés avec lui, il eut l'air sincèrement consterné.

La femme qui tamponna son passeport à Heathrow la salua d'un « bienvenue chez vous ». Et c'était vrai. Son année en Australie avait été une expérience unique, qui l'avait métamorphosée à jamais. Mais elle était de retour chez elle.

C'était tellement bon de retrouver Londres. Quand elle avait consulté la météo locale pendant la deuxième partie de son vol, les prévisions annonçaient un ciel gris, avec crachin persistant. Même si on était en mai.

Mike et Caroline avaient dit qu'ils viendraient la chercher. Une attention pleine de gentillesse, qui n'aurait pas dû être compliquée. Mais qui pourtant avait impliqué qu'elle leur indique précisément son heure d'arrivée à l'aéroport, en tenant compte du possible retard de son avion, du coût du parking de courte durée, si elle aurait besoin de sandwichs et d'un thé tout de suite, ou si elle pourrait attendre d'être rentrée à la maison. Elle était quasiment sûre qu'ils avaient créé un tableur Excel pour ça.

Impatiente d'apercevoir le visage inquiet de sa mère, elle poussait son chariot dans le hall des arrivées. Bien sûr, son inquiétude s'évanouirait dès qu'elle la serrerait dans ses bras, pendant que Mike maugréerait sur le nombre de minutes restantes au parking.

Elle survola du regard la foule de ceux qui attendaient l'arrivée de leurs proches. Caroline et Mike n'étaient nulle part en vue. Pourtant, ils étaient du genre ponctuel.

Non. Elle ne voyait pas sa mère. En revanche, elle apercevait un homme de haute taille, dans un magnifique costume de tweed, avec une pochette et une chemise roses assorties.

Elle avait beau ne pas voir son visage, Sophy savait que c'était Charles. Il était dissimulé derrière un grand panneau annonçant : « la plus belle femme du monde ».

Le cœur battant la chamade, elle alla vers lui, et il abaissa sa pancarte. Jamais personne n'avait paru aussi heureux de la voir.

Elle se dirigea droit vers lui, se fichant de qui elle bousculait, jusqu'à se trouver à sa hauteur. Elle ne voyait que lui.

— Ah, te voilà ! s'exclama-t-il, comme s'ils s'étaient vus la veille.

— Comment as-tu su ?

Elle clignait des yeux, prête à fondre en larmes.

Avec un haussement d'épaules, il répondit :

— Johnno, dit-il simplement, avant d'ajouter : mon Dieu, comme tu m'as manqué !

Toute l'année, elle avait planifié cet instant. Dans tous les scénarios qu'elle avait imaginés, elle portait une robe vintage seyante, du rouge à lèvres carmin, et elle avait bien dormi.

Jamais elle ne s'était vue en jogging large, tee-shirt australien, sur lequel elle avait passé l'un des vieux cardigans tout troués de Bob. Ses cheveux étaient en bataille, électriques, et elle était sûre de sentir la transpiration.

— Toi aussi, tu m'as manqué, dit-elle, sa voix se brisant. Tu m'as tellement manqué. Mais je voulais que ce moment soit parfait.

D'un geste plein de tendresse, Charles lui prit la joue.

— Tu es enfin devant moi, objecta-t-il. Quoi de plus parfait ?

Puis il l'embrassa.

Ce qui fut tout aussi parfait.

Remerciements

Mille mercis à Rebecca Ritchie, Euan Thorneycroft, Alexandra McNicoll, Tabatha Leggett, Jack Sargeant ainsi qu'à tout le monde chez A.M. Heath. Merci aussi à Olivia Barber, Kimberley Atkins, Katy Blott, Emily Goulding, Rachel Southey, Sarah Christie et à toute l'équipe de Hodder & Stoughton. J'ai beaucoup de chance de les avoir.

Achevé d'imprimer en juillet 2024
par Aubin Imprimeur à Ligugé
N° d'impression 2404.0045
Dépôt légal, août 2024
Imprimé en France
38122647-1